CW00486480

La memoria

1092

LE INDAGINI DI PETRA DELICADO

Giorno da cani
Messaggeri dell'oscurità
Morti di carta
Riti di morte
Serpenti nel Paradiso
Un bastimento carico di riso
Il caso del lituano
Nido vuoto
Il silenzio dei chiostri
Gli onori di casa
Sei casi per Petra Delicado

DELLA STESSA AUTRICE

Una stanza tutta per gli altri
Vita sentimentale di un camionista
Segreta Penelope
Giorni d'amore e inganno
Dove nessuno ti troverà
Exit
Uomini nudi

Alicia Giménez-Bartlett

Mio caro serial killer

Traduzione di
Maria Nicola

Sellerio editore
Palermo

2017 © *Alicia Giménez-Bartlett*

2018 © *Sellerio editore via Enzo ed Elvira Sellerio 50 Palermo*
e-mail: info@sellerio.it
www.sellerio.it

2018 *aprile seconda edizione*

Questo volume è stato stampato su carta Palatina prodotta dalle Cartiere di Fabriano con materie prime provenienti da gestione forestale sostenibile.

Giménez-Bartlett, Alicia <1951>

Mio caro serial killer / Alicia Giménez-Bartlett ; traduzione di Maria Nicola. – Palermo : Sellerio, 2018.
(La memoria ; 1092)
Tit. orig.: Mi querido asesino en serie.
EAN 978-88-389-3773-6
I. Nicola, Maria.
863.64 CDD-23

CIP – *Biblioteca centrale della Regione siciliana «Alberto Bombace»*

Titolo originale: *Mi querido asesino en serie*

Mio caro serial killer

1

La vita è strana, a volte, o meglio, la vita è quasi sempre strana. Per moltissimo tempo ti sembra di non invecchiare affatto e poi un bel giorno, davanti allo specchio, ti accorgi che gli anni ti sono piombati addosso tutti insieme. Fu così che mi successe quella mattina. Ero appena uscita dalla doccia e stavo per pettinarmi quando di colpo mi vidi davanti una cinquantenne che mi osservava con diffidenza. Quella poveraccia aveva i capelli crespi, la pelle cascante e la faccia di chi ha visto il diavolo in persona. Ero io, sempre io, ma a un'età che non era la mia. Qualcuno mi aveva fatto un incantesimo? O era la maledizione del peccato originale? Non essendo superstiziosa optai per la spiegazione biblica, molto più antica e rispettabile del volgarissimo malocchio. Ma come se non bastasse, visto che le punizioni bibliche sono sempre ad ampio spettro, ne ricordai un'altra che mi riguardava da vicino: «Ti guadagnerai il pane con il sudore della fronte». Come potevo concedermi un intervento d'emergenza in un centro estetico se in meno di quaranta minuti dovevo essere in commissariato? Era troppo tardi per chiedere mezza giornata libera per motivi per-

sonali. Ma l'estetica vuole la sua parte, questo è indubbio. Decisi che avrei chiesto a Garzón di coprir-
mi per un paio d'ore mentre cercavo di rimettere ordine nello sfacelo del mio aspetto.

Il viceispettore non fece obiezioni ma non si rispar-
miò la domanda trabocchetto:

– E che cosa dico al commissario se chiede di lei?

– Dipende.

– Da cosa dipende?

– Dal tono della richiesta. Se è normale, non gli dia
retta. Se è nervoso, gli racconti una storia, gli dica che
sono andata dal medico. Se invece la butta sul tragi-
co, mi chiami.

– E se va fuori di testa?

– Lo mandi a quel paese.

– Da parte sua, ispettore.

Il centro estetico che veniva in mio soccorso quando avevo il tempo di occuparmi del mio aspetto of-
friva un ampio ventaglio di servizi: salone di parrucchiere, massaggi, aromaterapia, trattamenti viso e
corpo per tutti i gusti. Calcolai che in meno di tre ore
sarei riuscita a seguire quasi tutto il percorso. E così
feci. Prima mi diedero una spuntatina ai capelli e me
li irrorarono di un fluido rivitalizzante. Poi mi appli-
carono sul viso una maschera densa come un frullato
di frutta, e altrettanto profumata, che rimase in posa mentre una signorina molto atletica mi massaggia-
va la schiena.

Cominciavo a sentirmi molto meglio. Migliorare il
modo in cui ci presentiamo agli altri è una prima vit-

toria contro lo scorrere impietoso degli anni. Così è stato insegnato a noi donne e meno male che lo abbiamo imparato. Già la lettura del foglietto illustrativo di una crema o l'ascolto delle spiegazioni dell'estetista esercitano su di me un indubbio effetto placebo. Della poltiglia che avevo sul viso mi era stato detto: «Il suo principio attivo è ricavato dai germogli più teneri del tè di Ceylon e possiede infinite proprietà rigeneranti: ridefinisce l'ovale, distende le rughe, nutre gli strati più profondi dell'epidermide e cancella le macchie prodotte dall'esposizione solare». In definitiva, un balsamo dell'eterna giovinezza con la consistenza e il colore di un muco verdognolo. Al termine del massaggio, per completare il trattamento, mi spalmarono su tutto il corpo un'altra crema meravigliosa, teoricamente in grado di restituirmi la freschezza e l'elasticità dei vent'anni. Poi venni lasciata sola sul lettino, in una piacevole penombra, con una delicata musica di sottofondo per tutta compagnia. – Si rilassi – mi ordinò in tono suadente una voce femminile. Obbedii con tale zelo che il rilassamento si trasformò in un sonno riparatore.

Mi svegliò la suoneria del cellulare che avevo strategicamente collocato vicino all'orecchio. Gettai un'occhiata esanime allo schermo: il commissario Coronas. Coronas? Possibile? Garzón non l'avrebbe passata liscia.

– Parlo con l'ispettore Petra Delicado o faccio prima a chiamare il servizio persone scomparse?

– Buongiorno, commissario.

11

– Posso sapere dove diavolo è finita?

– Sarò in ufficio fra un momento. Poi le spiego.

Riattaccò. Feci passare cinque minuti e chiamai il viceispettore. Non mi lasciò neanche parlare.

– Guardi che Coronas non mi ha dato il tempo di avvertirla. Sembrava ammattito, completamente isterico. Ha visto che lei non era alla scrivania e l'ha chiamata sotto il mio naso. Ci sono rimasto malissimo.

– Oh, non sa quanto mi dispiace, Fermín! Sto quasi per mettermi a piangere. Si può sapere che cos'ha il capo di tanto urgente?

– Una donna assassinata, Petra. Dev'esserci qualcosa di strano perché Coronas non ha voluto dirmi niente. Dice che la aspetta.

– Ci vorrà almeno un'ora, prima non ce la faccio.

– Un'ora? Ma diventerà una belva! Che cosa gli dico se torna?

– Gli dica che sono tutta spalmata di una pappetta verde e che devo fare una doccia e asciugarmi i capelli.

– Questo non glielo dico neanche in punto di morte.

– E allora taccia per sempre.

Avevo calcolato perfettamente i tempi e per fortuna quella mattina il traffico era abbastanza fluido. Allo scoccare di un'ora esatta ero pronta ad affrontare il mio fatale destino.

Coronas mi fissò con un odio che non faceva onore al suo ruolo. Io assunsi un'espressione talmente neutra che non era nemmeno un'espressione.

– Ha qualche scusa valida per questo ritardo?

Domanda retorica.

– Dovevo andare dal medico – mentii.

– Magnifico! Credevo che per andare dal medico si chiedesse un permesso ai superiori.

– Era il mio ginecologo, una piccola urgenza. Non mi è stato possibile avvertire.

Abbassò gli occhi incerto: non sapeva se sentirsi imbarazzato o in colpa. Il tabù ginecologico aveva funzionato. Non c'è uomo che dopo un'allusione al ginecologo abbia il coraggio di fare altre domande. Coronas cambiò discorso:

– Petra, un paio d'ore fa hanno trovato una donna assassinata nella sua abitazione, una villetta a schiera in periferia. All'inizio si pensava a un caso di femminicidio, ma poi la polizia autonoma ha chiesto la nostra collaborazione. Il corpo presenta segni di accanimento che possono far pensare all'operato di un'organizzazione criminale.

Collaborare con i Mossos d'Esquadra non mi piaceva per niente. Ma la verità è che a me non piace collaborare con nessuno quando si tratta di svolgere un'indagine. L'idea che il lavoro di squadra sia meglio del lavoro individuale mi riesce del tutto incomprensibile. È vero che oggi è richiesto l'apporto di moltissima gente per l'attività investigativa: specialisti delle impronte, analisti di laboratorio, informatici, medici, esperti balistici... ma dall'unione dei saperi non nasce necessariamente una squadra. Quello che passa per «squadra» finisce per essere un'accozzaglia di persone che sgomitano per mettersi in mostra e far prevalere la loro idea su quelle altrui. Peggio ancora se la squadra è formata da soggetti che provengono da forze di polizia diverse. Allora la situazione diventa incandescente. All'ansia di primeggiare, di dimostrare la propria superiorità, si unisce l'orgoglio di corpo e non c'è più niente che si salvi. Ma fra tutti gli inconvenienti del lavoro di squadra ce n'è uno che mi dà particolarmente sui nervi: l'obbligo di parlare. Io ormai ero abituata a Garzón, e fra noi non c'era alcun bisogno di spiegare il perché e il percome di ogni cosa. Una parola, un cenno, un semplice grugnito erano carichi di significato più della dissertazione di un accademico. Riconosco che, invecchiando, dover fare uso del linguaggio verbale mi sembra sempre più stupido. Perché dare tanta aria alla bocca? Ci aiuta forse a comprenderci meglio? Ne dubito davvero, e quando vedo la gente blaterare compulsivamente al cellulare mi viene da piangere, o da prenderli a borsettate.

Coronas mi guardava aspettandosi qualche domanda, ma io ero ancora persa nelle mie divagazioni.

– Sta già pensando a chi può essere il colpevole, Petra?

– No, commissario. Mi chiedevo se è proprio necessario collaborare con i Mossos.

– C'è un ispettore giovane, dicono sia molto brillante, le piacerà. E ha fama di essere un osso duro quanto lei. Comunque le ricordo un'espressione che adesso va di moda: «È così che funziona», che tradotto nel nostro linguaggio significa: «Non ci sono cazzi». Mi tenga informato.

Nel corridoio, Garzón mi disse:

– Prima di mettersi a bestemmiare si ricordi che senza i Mossos non ci sarebbe neppure il morto. Quello spetta a loro d'ufficio.

– Ma che cosa orrenda, Fermín! Neanche dovessimo contenderci i morti. Ho forse una faccia da avvoltoio affamato di cadaveri? Per me se lo possono tranquillamente tenere, il loro morto.

Il viceispettore si strinse nelle spalle.

– E va bene. Pur di fare il bastian contrario lei è disposta a trasformarsi in colomba pasquale.

– La pianti, Fermín, non basta che ci si prospettino guai a non finire, deve anche fare lo spiritoso!

– Bene, mi piace vederla così! Quando comincia a essere arrendevole mi preoccupo.

Facemmo rotta verso un quartiere di nuova costruzione dalle parti di Trinitat Vella, una distesa di lunghe file di casette a schiera. Erano abitazioni modeste con un microscopico giardino davanti e appartamenti di pochi metri quadri. L'abitante tipo doveva a stento rientrare nel ceto medio. Appena svoltammo nella via indicata avvistammo gli automezzi dei Mossos d'Esquadra. Gli immancabili vicini osservavano tenendosi a distanza dietro le transenne, più con curiosità che con allarme. Un altrettanto immancabile reporter ci bloccò appena scendemmo dalla macchina.

– Siete della Policía Nacional? Affiancherete la polizia autonoma nelle indagini?

Non risposi. Sentii un laconico «Sì» di Garzón.

– Come mai? – attaccò il reporter.

– Perché tutte le forze dell'ordine del paese sono al servizio del cittadino.

Provai qualcosa di simile a un'ondata di imbarazzo e affrettai il passo senza guardarmi indietro, ma non potei fare a meno di cogliere la voce del viceispettore che pronunciava un non meno imbarazzante: – No comment.

Quello che doveva essere il brillante giovane ispettore dei Mossos mi venne incontro. Era sulla trentina, massiccio, non molto alto, con gli occhi verdi e i capelli tagliati a spazzola come un marine. Risultava stranamente attraente. Mi diede la mano con espressione grave.

– Ispettore Petra Delicado? Sono Roberto Fraile. Siamo sulla stessa barca, a quanto pare.

Ci raggiunse Garzón. Fraile gli sorrise.

– Assalito dai giornalisti, a quanto vedo. La cosa migliore è non farci caso. Quando capiscono che perdono tempo si stancano e se ne vanno.

– Sappiamo come comportarci con i giornalisti – risposi a mia volta con un bel sorriso, – sono anni che li sopportiamo.

Lui non diede segno di aver colto il mio avviso ai naviganti, continuò a fare il padrone di casa e ci condusse a vedere il cadavere.

– Ho chiesto di non rimuoverlo finché non l'avessi visto anche tu.

– Il medico legale è già stato qui?

– Sì, il medico e anche il giudice. E abbiamo già raccolto eventuali tracce. Niente di particolare. Dobbiamo ancora sentire i vicini, la cosa migliore è che lo facciamo tutti e tre insieme.

– Che bel regalo, ispettore. Con la passione che ha lei per queste cose! – esclamò Garzón.

– Ma che buffo. Vi date del lei?

– La forza dell'abitudine. Delle buone abitudini, intendo.

Mi guardò in faccia per la prima volta. Era stupefatto. E io scoprivo in quel momento che se una donna di una certa età vuole che un uomo giovane si accorga di lei deve ricorrere sistematicamente alla stronzaggine.

– Se per lei va bene, ispettore, possiamo andare a vedere la vittima – disse, affrettandosi a correggere il tiro. Così era già meglio. Probabilmente si stava chiedendo che genere di arpia gli avessero mandato. C'era tempo per fargli capire che non ero il mostro freddo e distante che aveva appena conosciuto; e se alla fine non lo avesse scoperto voleva dire che non se lo meritava.

Entrammo nella casa custodita da agenti in uniforme. Sul pavimento, circondata da una pozza di sangue già annerito, giaceva una donna. Con il volto sfigurato. Aveva addosso un pigiama la cui parte superiore era stata arrotolata al di sopra dei seni. I pantaloni le incorniciavano il ventre nudo, cosparso di segni che sembravano essere tagli profondi. Rimasi inorridita. Fraile se ne rese conto.

– Visione poco piacevole, vero? Si tratta di Paulina Armengol, cinquantacinque anni. Impiegata. Non coniugata. Viveva sola. Il medico legale dice che è stata uccisa verso l'una di questa notte. Qualcuno ha suonato alla porta e lei ha aperto. L'assassino l'ha pugnalata ventidue volte, poi le ha tagliato la faccia fino a renderla irriconoscibile. Ha lasciato un foglio sul corpo e se ne è andato.

– Che tipo di foglio?

– Una lettera d'amore.

– Come? – fu la domanda che uscì strozzata dalla gola di Garzón.

– L'hanno portata via con le prove, ma ho fatto una foto. Si legge molto bene.

Me la mostrò sul suo cellulare, ma prima che potessi vedere qualcosa se lo riprese.

– Gliela mando via mail così potete stamparla.

– So leggere su uno schermo.

– Sì, però su carta la vedrà meglio.

– Vuole prestarmi quell'aggeggio una buona volta?

Non reagì alle mie maniere brusche, semplicemente mi passò il telefono. Vidi che Garzón faceva seri sforzi per non ridere.

– Leggo ad alta voce così sente anche il viceispettore: «Carissima Paulina, sai che ti ho amata con tutta la forza del mio cuore. E in fondo sai che ti amo ancora. Ma sei stata così dura con me, dimostrandomi fino a che punto non mi ami, che non ho potuto fare a meno di ucciderti. Non si gioca con i sentimenti. Firmato: Demostene».

– Demostene è un nome inventato, com'è ovvio – sottolineò Fraile del tutto inutilmente.

– Però può dare degli indizi.

– Indizi? E su cosa, ispettore?

– Lei sa chi era Demostene, Roberto?

– Non ne ho idea.

– Il più grande oratore di Atene. Da bambino era balbuziente, ma riuscì a correggere il suo difetto. La leggenda vuole che si esercitasse a parlare con dei sassolini in bocca. Così, grazie alla sua costanza, divenne celebre per i suoi discorsi politici. Poi cadde in disgrazia e finì per suicidarsi.

– Accidenti – disse Fraile. – Se questo può darci una pista, viene da pensare che stiamo cercando un politico.

– O un suicida il cui corpo deve ancora comparire – aggiunsi.

– O un tipo che mastica i sassi – scherzò Garzón.

– Comunque cerchiamo un uomo con una certa istruzione – sentenziai.

– E anche parecchio patetico, perché questa storia che non si gioca con i sentimenti... – aggiunse Garzón.

– È troppo presto per formulare ipotesi. La prima cosa da fare è vedere i parenti e gli amici della vittima – decretai.

– Io comincerei dai vicini – obiettò Fraile.

– D'accordo – dissi. – Se ne occupi lei, allora, la aiuterà il viceispettore. Io devo sbrigare alcune formalità in commissariato.

– Non dica niente ai giornalisti della lettera d'amore. È il tipo di cose di cui vanno matti. Se ci prendono gusto non ce li togliamo più dai piedi.

– Stia tranquillo, Roberto, è tutto sotto controllo.

Me ne andai direttamente in commissariato e una volta lì mi precipitai nell'ufficio del commissario Coronas. Entrai senza bussare.

– Mi scusi, commissario, prima di dare inizio alle indagini vorrei sapere una cosa. Chi le dirige: io o Roberto Fraile?

– Si calmi, Petra, che irruenza! Non le piace il collega?

– Ma cosa vuole che me ne importi se mi piace o no! Non è questo il problema. Il problema è che le indagini collegiali, come lei sa meglio di me, non funzionano. Ci deve essere qualcuno che decide, che indica l'ordine delle priorità, che distribuisce i compiti. Fraile ed io siamo pari grado, quindi...

– Lei è più anziana, ha più esperienza. Prenda lei il comando e non se ne parli più.

– Non è così semplice, commissario. Bisogna che la cosa sia definita ufficialmente perché lui capisca. Altrimenti sorgeranno sempre dei malintesi.

Coronas ci pensò su. Poi sbuffò come un bufalo delle praterie e finalmente acconsentì.

– E va bene, Petra. Parlerò con i superiori di Fraile. Li chiamo. Nel frattempo lei si metta al lavoro senza perdere tempo.

Certo non persi tempo a immaginare che cosa pensasse Coronas. Qualcosa del tipo: questa maledetta Petra è sempre più isterica, colpa dell'età, che non perdona. Ma non me ne importava un fico secco, non avevo intenzione di litigare con un presuntuosetto per contendergli un pezzo di cadavere. Gli anni che ti porti sulle spalle devono servire a qualcosa: per esempio a darti il diritto di non tollerare la cretineria altrui e di protestare senza vergogna. E se poi avessero concesso il comando a quel bellimbusto che mi guardava senza vedermi, avrei dovuto accettarlo, ma almeno sarebbe stato tutto più chiaro.

Paulina Armengol non aveva parenti in città. Solo dei cugini a Maiorca. Li raggiunsi per telefono. Che la cugina Paulina fosse stata assassinata a quel modo era una cosa che sfuggiva alla loro comprensione, una cosa da telefilm. Loro la vedevano una volta all'anno, per Natale. Era la tipica parente con cui ci si tiene in contatto per dovere, quasi per carità. Ma si dissero pronti a venire a Barcellona a occuparsi della salma. Non chiusi nessuna porta su una loro eventuale implicazione, ma non nutrivo troppe speranze che qualcosa potesse arrivare da quella parte.

Il passo successivo fu far visita al posto di lavoro della vittima. Non fu difficile. Era impiegata amministrativa presso uno dei commissariati che provvedono al rilascio dei passaporti e dei documenti d'identità, precisamente in quello di calle Muntaner. Gli agenti in servizio mi accolsero cordialmente e non ebbero difficoltà a indicarmi i colleghi della vittima. Tre uomini. Pessima coincidenza, con la quantità di donne che lavorano negli uffici pubblici dovevano proprio toccarmi tre maschi. A meno che non fosse appassionata di calcio, la vittima doveva aver scambiato con loro sì e no due parole al giorno. Gli uomini sono poco curiosi, possono dividere per anni la stessa stanza con un collega senza sapere neanche se è spo-

21

sato. Al punto che è difficile dire se la loro sia discrezione o indifferenza. Ben diverso è il caso delle donne, che in cinque minuti sanno tutto dei colleghi, perfino che numero di scarpe portano.

Cominciai da un signore che a giudicare dall'età doveva essere vicino alla pensione. Rimase sbalordito quando seppe che Paulina era stata assassinata. Non faceva che ripetere le solite cose, «Nessuno le voleva male, era una brava persona», come se questo potesse servire a far luce sul delitto. Nemmeno gli altri seppero dare contributi interessanti. Appresi che Paulina era sempre puntualissima, molto solerte, che non usciva nemmeno a prendere il caffè a metà mattina e che allo sportello era sempre gentile. Evidentemente l'assassino non si era lasciato impressionare dal suo zelo di impiegata modello. E neanche io, dato che non mi diceva niente sulla sua vita. Il ritratto superficiale che si andava delineando non aveva nulla di originale: una donna di mezz'età, nubile, meticolosa, forse un po' ossessiva, dalla vita trasparente come l'acqua che esce dal rubinetto. Quale amante deluso potrebbe trucidare una donna simile? Ma soprattutto: come potrebbe una donna del genere avere un amante così appassionato da massacrarla perché era stato respinto? Doveva esserci qualcosa che quelle prime ricognizioni non permettevano di intravedere. Forse Paulina era una tigre travestita da agnello, una bomba di sesso, un sepolcro imbiancato che nel chiuso della sua vita privata faceva le cose peggiori fino a morire nel peggiore dei modi.

Mentre uscivo delusa dal commissariato di calle Muntaner una donna delle pulizie in grembiule celeste, con uno spazzolone in una mano e una sigaretta nell'altra, mi avvicinò:

– Quelli non sanno niente – mi disse.

– E lei sì?

– Scommetto quello che vuole che le hanno detto quant'era brava e gentile Paulina.

– E non lo era?

Cacciò fuori una boccata di fumo soffiando verso il cielo. Si rendeva conto che pendevo dalle sue labbra e cercava di prolungare la suspense.

– Non dico di no, per lavorare lavorava bene, però si dava un mucchio d'arie. Per lei gli altri non esistevano.

– I suoi colleghi non sembrano di questa opinione.

– Cosa vuole che ne capiscano gli uomini. Magari con loro non era così. Ma con me era antipatica. Sempre piena di storie. Mai contenta di come le pulivo la scrivania. Se c'era un pelo lì, una macchia qui, se usavo il prodotto giusto per il monitor... Faceva la signora. E avesse visto come andava vestita! Faceva la sfilata di moda ogni giorno: la giacca, la camicetta, il foulard, le scarpe in tinta... Poi, quando si è fatta il fidanzato, non le dico!

La bloccai subito.

– Aveva un fidanzato?

– Be', doveva essere il fidanzato. Sarà stato un anno fa, un signore che veniva a prenderla all'uscita. Più vecchio di lei, piccoletto, con la pancia, uno come ce ne sono tanti. Lei sembrava avesse trovato il principe azzurro, bisognava vedere come gli andava incontro! Lui aspettava laggiù, all'angolo, e se ne andavano via sottobraccio come due piccioncini. Io lo so perché a quell'ora pulisco le scale e ogni tanto esco a fumarmi una sigaretta. Mi passava davanti arricciando il naso, sembrava che le facessi schifo. Alla fine, però, il tipo non è più venuto, si vede che si è stufato.

– E lei? Sembrava triste o abbattuta quando quel signore ha smesso di venire?

– E che ne so io? Ma è logico che se si era fatta delle illusioni le cose non sono andate come voleva lei. Mi dica se a quell'età è normale fare i fidanzati.

Per quanto cercassi di incentivare il pettegolezzo, non riuscii a estorcerle altro. È probabile che non sapesse niente di più di quello che mi aveva detto. Eppure era plausibile che mi stesse parlando dell'assassino: un fidanzato in età matura. Tornai dentro, senza crederci troppo, e chiesi di incontrare di nuovo i colleghi di Paulina Armengol. Nessuno sapeva nulla di eventuali relazioni né della vita privata della donna.

Al mio ritorno in commissariato mi venne incontro il viceispettore Garzón. A uno solo dei vicini della vittima, di nuovo una donna, era capitato di vederla con un accompagnatore. Un'unica volta. La descrizione dell'uomo, basso e rotondo, coincideva con quella che era stata fatta a me. C'era stato quindi un fidanzato respinto, un Romeo attempato che non aveva accettato l'abbandono della sua Giulietta. L'ipotesi del crimine organizzato sembrava definitivamente svanita. Tutto faceva pensare a un esecrabile caso di femminicidio.

– Ho l'impressione che non sarà difficile trovare l'assassino, ispettore. Questa Paulina sarà anche stata sola e riservata, ma avrà pur detto a qualcuno che usciva con un tipo, no? – osservò sensatamente Garzón.

Capire fino a che punto possa arrivare la solitudine di una persona rischia di essere un esercizio sociologico difficile. Barcellona è nota per essere una città discreta, dove la gente vive gomito a gomito senza mai fare domande al vicino, per non intromettersi, per non disturbare. Tutto si svolge in un silenzio generale. Una donna che vive sola, che si innamora a cinquantacinque anni, può benissimo decidere di non parlarne con nessuno prima di avere la certezza che il suo sia un amore duraturo. Non sarebbe affatto impensabile né strano.

– Hanno già esaminato il suo cellulare? – domandai.

– Non lo so, ce l'ha l'ispettore Fraile.

– Basta, non si può andare avanti così. Vado a parlare con Coronas – sbottai.

– Io la aspetto qui.

Il commissario mi ricevette senza problemi. Non solo, mi ricevette con una gioia talmente artificiale da insospettirmi. Era gentile, sollecito, non dava il minimo segno di impazienza o di malumore. C'era da stare in guardia.

– Stavo proprio pensando a lei, Petra. Pare che... ecco, siamo arrivati a un accordo con i Mossos. L'ispettore Fraile avrà la direzione delle indagini. Ma è una questione puramente formale, dal momento che si tratta di un'indagine congiunta. Sono certo che questo non abbia la minima importanza per lei, conosco la sua professionalità.

Sembrerà assurdo, e non depone a mio favore, ma neppure per un attimo avevo preso in seria considerazione quell'eventualità. L'ispettore Fraile ed io eravamo pari grado, ma io avevo più anni di servizio alle spalle, e una maggiore esperienza in omicidi... Per me fu un fulmine a ciel sereno.

– Voleva dirmi qualcosa, Petra? – aggiunse Coronas serafico.

– No, commissario. È tutto perfettamente chiaro.

– Le assicuro che ho combattuto strenuamente perché la conduzione delle indagini andasse a lei, ma lei capisce, è già capitato che i nostri rapporti con la polizia autonoma fossero un po' tesi e ho preferito non tirare troppo la corda.

– Grazie, commissario.

– Tutto bene, Petra? Posso contare sul suo impegno?

– Ma certo, commissario.

A giudicare dalle pezze che il capo aveva tentato di mettere alla cosa dovevo avere fama di donna autoritaria, incline al comando, assetata di potere. Ebbi un'identica sensazione quando comunicai la novità al viceispettore.

– Miseria! – esclamò sottovoce, e mi guardò strizzando gli occhi come se si aspettasse un'esplosione. Poi mi chiese: – E lei che cos'ha detto a Coronas?

– Agli ordini, commissario.

– Non ne dubito – farfugliò. – E adesso che si fa?

– Si fa quello che ci dirà Fraile. Ha il suo numero, almeno?

– Sì, ma se vuole vederlo adesso è a Medicina Legale.

– Andiamoci.

Ero un po' scossa dalla notizia, e in fondo mi innervosiva di più la mia reazione che il fatto di non avere il comando. Calma, Petra, mi dicevo, non è che a te dia fastidio ricevere ordini, semplicemente sei abituata a organizzare tutto a modo tuo e adesso temi di non sapere come muoverti. Ma era davvero così? Lo si sarebbe visto dopo, per il momento non potevo negare che non essere io il capo mi faceva stare malissimo. Dicono che noi donne siamo meno ambiziose degli uomini, più accomodanti, ma non è vero, e io ne sono la dimostrazione. Sono una donna, questa è forse una delle poche certezze che ancora mi rimangono, e l'idea di dover obbedire a Roberto Fraile mi seccava incredibilmente.

Il mio nuovo capo era effettivamente all'obitorio, insieme al medico legale, intento a osservare il corpo della vittima. Mi guardò appena, salutandomi distrattamente, e mi invitò a prendere parte a quel rituale satanico.

– Prego, avvicinatevi. Il dottor Guitart mi stava dicendo che il cadavere non presenta segni di lotta. La vittima non si è difesa. L'aggressione è stata compiuta con un coltello molto affilato, forse da cucina. I tagli sul volto sono stati praticati dopo la morte. Non ci sono tracce di sostanze tossiche e neppure di alcol.

Ebbi un fremito nel vedere quel volto ferito, oltraggiato, capricciosamente distrutto senz'ordine né simmetria. Faceva pensare a un quadro di Picasso, pieno di lividure, di tagli, di bozzi tumefatti e di squarci scuri. Era spaventoso.

– Mio Dio! – esclamai sottovoce. – Che razza di mente disturbata può aver fatto una cosa simile?

– Non è detto che sia l'opera di una mente disturbata – obiettò Fraile. – Può essersi trattato di un accesso di collera violenta e improvvisa.

– Ma solo una persona disturbata può provare questo tipo di collera.

– Non creda, ispettore. Secondo la rivista *International Psychology* possono verificarsi accessi isolati di una violenza abnorme in individui psichicamente sani sottoposti a una forte pressione personale o ambientale.

Accidenti, pensai, non sa chi era Demostene ma va forte in psicologia forense.

– Lei cosa ne dice? – chiese Garzón al medico legale.

– L'ispettore ha ragione. Non fissatevi a tutti i costi sulla ricerca dello psicopatico, perché può averlo fatto anche un soggetto normale in stato di massima eccitazione, perfino da ubriaco.

Tacqui e non dissi più una parola finché non fummo usciti di lì. La terribile visione del cadavere mi aveva tolto persino la voglia di sfogare la mia frustrazione o di commentare con Fraile la decisione presa in sede superiore. Nemmeno lui aprì bocca, ma mi diede un appiglio per evidenziare la questione quando disse:

– Petra, che gliene pare se andiamo a ispezionare la scena del delitto? Ormai non c'è più pericolo di contaminazione delle prove.

– Ai suoi ordini.

Non raccolse la sfida, specificò soltanto:

– Osservando la casa della vittima potremo farci un'idea della sua personalità.

– Pare che circa un anno fa frequentasse un uomo che andava a prenderla sul luogo di lavoro – lo informai. – E pare che lo ricevesse in casa. La descrizione resa da due persone diverse coincide, per quanto vaga: un uomo di bassa statura, sulla sessantina e piuttosto in carne.

– Fantastico, ispettore, un punto per lei!

– Il cellulare è già stato esaminato? – chiesi.

– Ci stanno lavorando, credo che non tarderanno a farci avere una relazione.

Ci fiondammo tutti e tre a casa di Paulina Armengol. Aprì Fraile, tirando fuori di tasca le chiavi dell'appartamento. Mi domandai se fosse lui a occuparsi personalmente anche delle questioni logistiche più banali, come procurarsi le chiavi. Nel nostro caso era Garzón a fare quel tipo di cose, ma l'ispettore non sembrava disporre di alcun aiuto. La casa era come l'avevano lasciata i colleghi della Scientifica. Cominciammo dalla camera da letto. Fraile prendeva appunti sul suo taccuino e faceva i suoi commenti ad alta voce:

– Bambole di quando era piccola! Tipico delle donne che superano male i traumi del passato, e forse anche una maternità mancata. Lenzuola e copriletto rosa. Un altro segno di immaturità emotiva.

– Lei mi sorprende, Roberto. Ha studiato psicologia?

– Solo qualche nozione utile per il nostro lavoro, niente di più. Il copriletto rosa è un classico.

– Magari aveva solo gusti leziosi – disse il viceispettore.

– No, ci faccia caso: il resto dell'arredamento è decisamente sobrio. Il particolare del letto rosa salta all'occhio.

Poi Fraile aprì l'armadio e fece un gesto come a presentare la schiera di vestiti appesi:

– Ispettore, dia un'occhiata lei che è una donna – mi disse. – Saprà definire meglio di me lo stile e le preferenze della vittima. Io mi intendo poco di moda.

Gli avrei dato una scarpata in testa per quel commento, ma preferii tacere. Stavo risparmiando le munizioni per un'offensiva come si deve. Osservai con attenzione gli abiti della morta. Sapevo che i colleghi avevano ispezionato ogni oggetto della casa in cerca di indizi, quindi mi limitai a un'osservazione esterna. Poi, forte della sapienza femminile che mi attribuiva il collega, declamai:

– Stile discreto ma personale. Tipico di una donna della sua età che non vuole attirare l'attenzione ma rendersi attraente. Camicette fantasia, gonne diritte, giacche intonate, colori pastello. Indumenti di media qualità, confezionati in serie. Nessun capo speciale per eventi o serate.

– Che diagnosi da Christian Dior! – disse Garzón divertito.

– Possiamo quindi supporre che fosse una donna normalissima. Una zitellona che non aveva del tutto perso le speranze.

– Lei è sposato, Roberto?

– Sì, perché?

– Mi domandavo che effetto facciano a sua moglie le sue espressioni sessiste.

Sentii la risata di Garzón mentre vedevo lo stupore dipingersi sul volto di Fraile.

– No, ispettore, non pensi una cosa simile! – mi rispose inorridito. – Intendevo soltanto...

– Non so cosa intendesse, ma nel giro di due minuti ha insinuato che noi donne siamo esperte in modellini frivoli e ha dato della zitella alla vittima.

– Posso spiegare. È logico che di moda femminile si intendano le donne e di moda maschile gli uomini. Quanto alla zitella... non suonerà benissimo, ma le assicuro che se si fosse trattato di un single maschio di una certa età avrei detto esattamente la stessa cosa: zitellone.

Si vedeva che c'era rimasto male, tanto che il viceispettore cercò di rincuorarlo:

– Si abituerà, ispettore Fraile. L'ispettore Delicado è molto puntigliosa in fatto di parità di genere. E puntigliosa vuol dire che appena può punzecchia.

La risata del viceispettore suonò isolata nella casa vuota. E siccome Fraile non si riaveva dall'imbarazzo, decisi di passare oltre.

– Non se la prenda, Roberto, era una semplice precisazione. Andiamo in cucina, l'alimentazione è praticamente unisex.

Il minuscolo cucinino era in perfetto ordine. Come il resto della casa era uno spazio standard, semplice e anonimo. Vi si trovava anche un cassetto dei medicinali, contenente aspirine, digestivi e il necessario per medicare piccole ferite. Mi colpì uno scaffaletto riservato ai prodotti erboristici: diverse tisane, capsule di ginseng e altri integratori. Vedendomi interessata, Fraile disse:

– Mi pare di aver visto un negozio che vende questo genere di articoli a un paio di isolati da qui. Faremmo bene a passarci. Spesso gli erboristi danno consigli e si fanno raccontare molte cose dai loro clienti: acciacchi, abitudini, manie...

Non c'era dubbio che il nostro nuovo collega fosse svelto e intuitivo, probabilmente il secchione del suo corso. Preferii non fare dell'ironia sul suo intuito. Ogni volta che apriva bocca mi guardava spaventato, sperando di non aver detto nulla di offensivo. Se non altro avevo ottenuto la sua attenzione, e gli avevo fatto capire che una donna di mezz'età può essere dotata di una considerevole capacità di rompere le scatole al prossimo.

Il negozio di prodotti naturali si trovava esattamente dove lui lo ricordava e, come avevamo sperato, era lì che comprava i suoi integratori Paulina Armengol. La padrona, alta e magra come uno stecco, rimase sbalordita quando ci dichiarammo poliziotti e la informammo che Paulina Armengol era stata assassinata. Sapeva perfettamente chi era.

– Ma certo che me la ricordo, poverina, non ci posso credere! È stata una rapina?

– Ancora non lo sappiamo. Ci racconti qualcosa di lei, per favore, può esserci utile.

– Era una persona molto riservata, non parlava mai di sé. Qui vengono clienti che raccontano tutti i fatti loro. È logico, a volte la gente è in difficoltà e con i preparati erboristici cerca di trovare un equilibrio, un conforto. Ma lei era di poche parole e poi, se devo dire, non mi è mai parsa una persona sofferente.

– Che tipo di articoli consumava?

– Mah, le cose correnti: valeriana, tè verde, a volte comprava del pane integrale... Ora che mi ricordo, un po' di tempo fa era venuta a cercare prodotti drenanti e compresse per togliere la fame, capsule di carciofo, tutte cose per dimagrire. Non mi sembrava che fosse ingrassata e allora le ho detto: «Vuol farsi bella, eh?». Non mi ha risposto, però mi ha fatto l'occhiolino, poveretta.

– E questo può essere successo più o meno un anno fa?

Lei guardò in su come se il calendario della sua memoria si trovasse sul soffitto.

– Sì, qualcosa del genere.

Considerammo concluso un interrogatorio che se non altro confermava quanto già sapevamo. Eravamo usciti dal negozio e stavamo tornando verso la macchina, quando vedemmo l'erborista rincorrerci trafelata.

Gridava qualcosa di strano che non capii: – Iperico, iperico! – Ci aveva già raggiunti quando sentii che Fraile mi diceva sottovoce: – L'iperico è un fiore che ha proprietà antidepressive.

– Mi sono ricordata una cosa: a un certo punto la signora Armengol mi aveva chiesto delle capsule di iperico. Pensavo che fosse un po' giù di corda per la sua dieta dimagrante.

– Non le ha fatto domande?

– Ispettore, per una volta che una cliente preferiva stare zitta... Se dovessi fare domande a tutti passerei la vita ad ascoltare storie.

Tornò, sempre di corsa, in negozio, vedendo avvicinarsi un signore anziano che agitava energicamente il suo bastone. La scena non sfuggì a Garzón:

– Quello deve avere avuto buoni risultati dagli intrugli della signora. Guardate che passo da generale!

– Quegli intrugli hanno un effetto moderato ma ce l'hanno – rispose Fraile, senza convincere il mio sottoposto.

– Puah, il solo pensiero di ingoiarli mi fa venire il voltastomaco.

– Perché lei è sano e ottimista, Fermín. Se avesse qualche problema...

– Si intende anche di piante medicinali, Roberto? – intervenni.

– Bah, quattro cose lette sui supplementi dei giornali.

– La erudiscono parecchio i supplementi dei giornali, sembra quasi onnisciente!

34

Fraile mi guardò con diffidenza, chiedendosi quale dose di cattiveria si celasse nelle mie parole. Garzón sorrideva beato: quel capro espiatorio comparso dal nulla lo liberava dai miei attacchi almeno per un po'.

– E adesso che cosa facciamo? – domandò il mio collega dei Mossos.

– Quello che deciderà. Immagino le abbiano comunicato che il capo delle indagini è lei.

– Riguardo a questo, ispettore Delicado, le assicuro che io non c'entro niente. Personalmente preferirei lavorare in équipe, senza nessun tipo di gerarchia.

– Non è questione di gerarchie, ma di metodo. Lei deve indicare la linea da seguire.

– Che ne dite di stendere la relazione su quanto è stato fatto finora? Ci terrei a essere presente all'esame del computer della vittima.

– Perché s'intende anche di informatica, è ovvio.

– Ne ho qualche nozione.

– Ricavate anche quelle dai supplementi della domenica?

Lui sorrise con una certa tristezza.

– No, ho studiato un po' di informatica; solo a scopo professionale.

Annuii varie volte e ce ne andammo. Nel viaggio in macchina Garzón mi esortò cordialmente:

– Non lo tormenti troppo questo ragazzo, Petra. Di sicuro è una brava persona.

– Ma mi fa venire i nervi! Non si scompone mai, sa sempre tutto, non esce mai dal suo ruolo... e non ha il minimo senso dell'umorismo. Scommetto che è anche astemio!

– Qualche difetto dovrà pur averlo. A proposito: che ne dice di una birretta prima di metterci a scrivere quella cavolo di relazione?

– Dico che va benissimo. Anzi, mi pare d'obbligo. Non posso farci niente: diffido di chi non beve.

2

Il giorno dopo era sabato. I figli di mio marito erano con noi per il fine settimana e ne approfittammo per officiare il rito della colazione tutti insieme. Marcos era sceso di buon mattino a comprare i *churros* ancora caldi e io preparai una densa cioccolata per poterli intingere secondo tradizione. Hugo e Teo, i gemelli, si leccavano le dita come bambini molto più piccoli dei quattordicenni che ormai erano diventati.

– Se nostra madre ci vede mangiare questa roba le viene un colpo – osservò Hugo.

– E perché? – domandai.

– Adesso è fissata con l'alimentazione sana e rompe tantissimo sulla roba unta.

– Solo perché ha quel fidanzato – si inserì Teo. – È un dottore. Specialista di stomaco e budella, pensa che schifo.

– Quei dottori lì si chiamano gastronomi – disse Marina.

– Gastroenterologi, somara! – sbottò Hugo.

– Gasteropodi! – lo prese in giro suo fratello.

Marcos intervenne per mettere pace. Teo continuò:

– Be', chiamatelo come volete, ma quel nuovo fidanzato ci spiega sempre come bisogna mangiare, e ha riempito la testa alla mamma con le sue idee strane: frutta a colazione, pochissima carne bovina, dice «bovina», il tipo, niente zucchero, niente dolci. Secondo me i carcerati mangiano meglio. Tu che ne dici, Petra? Sei un poliziotto e lo saprai.

– Però vi dice cose sensate.

– Sarà, ma tu ci dai la cioccolata con i *churros* a colazione e non muore mica nessuno.

– Non sapevo che vostra madre avesse un fidanzato – si interessò Marcos.

– Sì, e sembra una cosa seria. Viene spessissimo a casa ed escono tutti i venerdì quando noi siamo qui da voi. Si chiama Francesc. È divorziato ma non ha figli. Per fortuna, non so come avrei fatto a sopportare altri bambini! Abbiamo già questa – specificò, indicando Marina.

– Non siete voi a sopportare me. Io sopporto voi che siete degli scemi e vi odio!

Mio marito intervenne di nuovo:

– Marina, non si dice quella parola. Non bisogna provare odio per nessuno.

– Ecco! Loro hanno detto che sono una bambina orrenda, che mi devono sopportare, e poi quella che viene sgridata sono io.

– Bambina orrenda? Chi ha detto che sei una bambina orrenda? – si rivoltò Teo.

– Volete smetterla tutti quanti una buona volta!? – tuonò il padre delle creature.

Tacquero e ripresero a mangiare *churros* in silenzio. Via via che avevano finito la loro tazza chiedevano il permesso di alzarsi da tavola e sparivano nelle loro stanze. Alla fine Marcos ed io rimanemmo soli.

– È spaventoso, Petra. Più crescono, peggio si comportano. Credevo che col tempo sarebbero maturati, ma sembra esattamente l'opposto.

– Non farci caso. Litigano per delle sciocchezze.

– Sì, ma mi fanno diventare matto. Sei stata saggia a non avere figli, te lo assicuro.

– Lo sono stata meno a sposare un uomo che ne ha messi al mondo quattro.

Ci venne da ridere. Paradossi della vita. Marcos era un uomo infinitamente sereno e pacifico, ma i suoi figli avevano il potere di mandarlo fuori dai gangheri. Io, invece, che ho un carattere molto più esplosivo, riuscivo a sopportarli senza difficoltà. È sempre così: tendiamo a essere meno tolleranti con i difetti delle persone che più ci sono vicine.

– Per fortuna passeranno la giornata fuori – mi disse Marcos. – Marina va a casa di un'amica e i ragazzi hanno gli allenamenti. Questo significa che possiamo andarcene in giro io e te. Ti propongo un mercatino dove a volte capita di trovare qualche vinile interessante, poi una passeggiata sulle Ramblas con aperitivo al mercato della Boquería. Il pomeriggio in casa, lettura, musica, un gin tonic, assoluto relax fino a sera, quando torneranno a invaderci i barbari. Che ne dici?

– Che corro subito a vestirmi.

Mi piacevano quei fine settimana di coppia, anche se la teoria è spesso più entusiasmante della pratica. Il centro di Barcellona è perennemente affollato di turisti, non avevamo prenotato in nessun ristorante ed era difficile trovare un tavolo libero, senza contare che quello che si immagina è sempre più bello della realtà. Ma andare a zonzo per la città con un uomo attraente come Marcos, una specie di guru neo-hippy alla Jeff Bridges, mi faceva sentire una donna fortunata e ragionevolmente felice. Alcuni psicologi dicono che camminare al braccio di un uomo suscita una sensazione di potere in una donna. A me sembra una perfetta scempiaggine, tendo a pensare che esibire un trofeo sentimentale sia detestabile quanto tenere la testa impagliata di un cervo appesa in salotto. Se mi piaceva passeggiare con mio marito era perché, dopo due matrimoni falliti, potevo considerarmi contenta se il terzo stava andando piuttosto bene.

Mentre curiosavamo fra libri e dischi usati, a un tratto Marcos mi chiese:

– Che ne pensi del fatto che la mia seconda moglie si è fidanzata?

– Niente, non penso niente. La cosa ti tocca? – risposi, lievemente gelosa.

– No, mi domandavo solo che tipo si sia scelta. Dicono che quando ci innamoriamo tutti finiamo sempre per ripetere lo stesso schema. Credi che quel Francesc possa assomigliare a me?

– Credo che tu ti stia preoccupando per il tuo orgoglio di maschio. Nessuna delle tue ex mogli si era mai messa con qualcuno seriamente finora. Forse ti illudevi che ciò si dovesse alla traccia indelebile lasciata in loro dalla tua personalità.

– Accidenti, Petra, come compatisco Garzón! Lui con te ci passa otto ore al giorno cinque giorni alla settimana. Ormai dovrebbe essere candidato per la canonizzazione.

– Allora faranno santa anche me, visto che sopporto lui. In questi giorni è di pessimo umore per via del colesterolo. Sua moglie lo tiene a dieta stretta, solo verdure bollite e pollo alla piastra.

– E lui come la prende?

– Guarda con occhi libidinosi tutti i salamini che vede e sta perdendo perfino il senso dell'umorismo. Le sue battute non fanno più ridere.

– Credi che stia invecchiando?

– Come tutti! Però avrebbe già potuto chiedere la pensione, se avesse voluto. Beatriz insiste perché lo faccia, ma lui non vuole sentire ragioni.

– Com'è difficile la vita, vero, Petra?

– Più che le parole crociate in cinese.

– Tu riusciresti ad andare in pensione senza soffrire di nostalgia per il tuo lavoro?

– Ma certo! Avrei mille cose da fare.

– Per esempio invecchiare al mio fianco dolcemente.

– Come due bottiglie di passito.

– Tu non ce la fai proprio a dire qualcosa di affettuoso, vero? – protestò.

Aveva ragione. Sono stata educata a nascondere i sentimenti, non per una questione morale, ma di buona creanza. Verbalizzare l'affetto è roba da villani, quasi come dire apertamente a qualcuno che lo detesti. L'ironia è il mio stile, nel bene come nel male.

Se fu destino o coincidenza che il mio cellulare squillasse proprio in quell'istante, è impossibile dirlo. Ma all'improvviso, fra prospettive di pensionamento e dichiarazioni di amore eterno lontano dal lavoro, il nome di Roberto Fraile comparve sul mio telefono. Temetti il peggio, fosse pure stato il meglio per le indagini.

– Ispettore Delicado?

– Mi dica, Fraile, che succede?

– Ho tutti i dati del cellulare della Armengol.

– Ah, sì? Sono interessanti?

– Molte chiamate a un supermercato, al parrucchiere, ai parenti di Maiorca... Niente di rilevante, però c'è un numero che si ripete più degli altri e che appartiene a una donna: Rosana Morente.

– L'ha chiamata?

– Un mucchio di volte, ma ha il telefono spento o fuori copertura.

– Non so cosa dirle, Roberto. Forse è andata via per il fine settimana in qualche posto lontano dalla civiltà. Aveva bisogno di me?

– No, era solo per tenerla al corrente. Io continuo a provare.

Chiusi la comunicazione e mi rivolsi a mio marito:

– Le nuove generazioni non si fermano mai. Non che per loro il lavoro sia la cosa più importante, semplicemente è l'unica. Stiamo collaborando con la polizia autonoma, e il nostro collega dei Mossos, l'ispettore Fraile, mi sta innervosendo.

– È giovane?

– Sulla trentina. Il tipico primo della classe che ha sempre da dire la sua, ma in fondo è un bravo ragazzo.

– Si innamorerà di te.

Scoppiai in una sincera risata.

– Mi lusinga che tu pensi questo, ma non è realistico. Fra non molto compio cinquant'anni, caro, e una donna di quest'età non è attraente per nessuno.

– Una donna non lo so; tu sei attraente.

Gli sorrisi con affetto. Non sapevo se fosse sincero o no, ma resistere ai complimenti è una delle cose più difficili per chiunque.

Non ci furono altre interruzioni per tutto il fine settimana, che trascorse tranquillo e piacevole come tanti. Ma il lunedì mattina, mentre stavo facendo colazione, Fraile tornò alla carica:

– Ispettore, dovrebbe venire immediatamente in commissariato.

– Intende dire prima delle otto?

– Ha chiamato Rosana Morente e le ho dato appuntamento per le otto e mezza. Ci sistemeremo nel suo ufficio, se lei non ha niente in contrario.

– Ma certo, Roberto, faccia come se fosse a casa sua. Arrivo appena posso.

Ripresi serenamente a spalmare il mio pane tostato. Se c'è una cosa che impari con la maturità è che un'ora in più o in meno non cambia niente per nessuno. Quindi mi vestii e presi la macchina senza fretta.

Garzón fu il primo a ricevermi. Osservai che stava davvero dimagrendo.

– Fraile è un rompiballe di prima categoria! – proruppe. – Mi ha cercato tre volte fra sabato e domenica. Voleva che facessimo i turni per chiamare il numero di quella Morente. Se non risponde, non risponde, dico io! Cosa ci guadagni chiamando mille volte? Noi abbiamo sempre lavorato bene, Petra, non ci siamo mai sottratti al dovere, ma di lì a diventare dei poveracci ossessionati dal lavoro, c'è una bella differenza, o no?

– Lei sta perdendo peso, Fermín.

– Già, non me ne parli. E anche gioia di vivere! Beatriz mi martirizza. E tutto per un po' di colesterolo. La trova una ragione sufficiente per farmi mangiare tutti i giorni pesce bollito e bietole? Mi verrà la depressione.

– Non sia esagerato.

– Ma perché tutti prendono la vita sempre così sul serio? La salute, il lavoro... Non se ne può più!

– È il segno dei tempi. Dal momento che non possiamo influire su quello che conta veramente, mettiamo tutta la nostra passione nelle sciocchezze. Nessuno pensa più seriamente a ribellarsi e a fare la rivoluzione, no? Però ci preoccupiamo compulsivamente della nostra salute, facciamo l'impossibile per essere efficienti sul lavoro, spostiamo l'attenzione dall'indispensabile al superfluo.

– Cavoli, non ci avevo pensato! Giuro che adesso mi mangio il primo salamino piccante che vedo al grido di *¡Viva la revolución!*

Entrammo nel mio ufficio ridendo a crepapelle, il che, per contrasto con la serietà funerea che regnava lì dentro, parve quasi un sacrilegio. Davanti alla scrivania era seduta una donna sulla cinquantina con gli occhi arrossati dal pianto e un fazzoletto appallottolato in mano. Fraile passeggiava su e giù. Quasi non ci salutò, entrò subito in argomento:

– La signora Morente non sapeva nulla della morte della sua amica. Si trovava per qualche giorno sui Pirenei, in una località non raggiunta dalla copertura telefonica. Per questo non rispondeva alle nostre chiamate.

L'addolorata signora annuì. Fraile ce la presentò e fece la prima domanda:

– Lei era molto amica della signora Paulina Armengol? Vi vedevate spesso?

– Direi che ero la sua unica amica. Vede, io ho il mio giro di amiche con cui esco a cena, vado al cinema e a fare escursioni. Ma Paulina era fatta a modo suo. Accettava di uscire solo se eravamo io e lei. Non le piaceva stare con altre persone.

Si era ripresa e parlava con relativa serenità. Intervenni:

– Ha idea di chi abbia potuto assassinarla?

– Assolutamente no! Come potrei?

– L'anno scorso la sua amica avrebbe avuto un fidanzato, può confermarcelo? – le chiesi.

– Oddio, proprio un fidanzato... Diciamo che per un po' di tempo è uscita con un uomo.

– Avremmo bisogno che lei ci dicesse tutto quello che sa di quella persona – si inserì Roberto.

– Si chiamava Ignacio.

– Ignacio e poi?

– Non lo so.

– Capisco. Ci dica allora che lavoro faceva, dove abitava, dove si erano conosciuti.

– Come ho già detto, Paulina era un tipo un po' particolare. Non mi ha mai raccontato niente del suo amico. Sapevo solo che uscivano, che erano innamorati, che era una brava persona. Diceva che si erano conosciuti ai giardini, che lui si era avvicinato e le aveva detto che era la donna più bella che avesse mai visto. Ovviamente non ci ho creduto. Pensate un po', un colpo di fulmine a quell'età... Ma lei aveva le sue fantasie. Sono convinta che chi non vede molta gente alla fine rischia di convincersi un po' troppo delle storie che si racconta, anche se non sono vere.

– E quell'uomo non le è mai stato presentato? Lei non lo ha mai visto fisicamente, nemmeno in fotografia?

– Mai. Questo, lo ammetto, mi aveva dato un po' fastidio. E poi una cosa che non mi piaceva era che lui non le aveva dato il suo numero di telefono. La chiamava dalle cabine. Oggi che tutti hanno un cellulare, non mi dica che non è assurdo.

Presi di nuovo le redini dell'interrogatorio:

– Rosana, capiamo quello che ci ha spiegato, che Paulina era una donna un po' particolare, molto riservata, ma se lei era la sua migliore amica, sembra poco credibile che non le abbia mai confidato nulla di quell'uomo.

– Lei vive in coppia, vero, ispettore?

Rimasi interdetta.

– Non vedo che cosa possa...

– Senz'altro lei vive in coppia.

– Sì, d'accordo, sono sposata.

– Allora dovrò spiegarglielo molto bene. Noi donne di età matura, che viviamo sole perché abbiamo divorziato, o perché siamo rimaste vedove o non ci siamo mai sposate, facciamo gruppo con altre donne sole. Ma non sempre questo significa che siamo veramente amiche. Ci vediamo, usciamo, facciamo vita sociale, ma il più delle volte non ci sopportiamo così tanto. E non scendiamo nei particolari della nostra vita privata, perché... insomma, perché alla fine c'è sempre chi fa confronti, chi critica... Sono rapporti di mutuo soccorso più che vere amicizie. Per gli uomini è diverso, loro non sanno stare in gruppo, se divorziano o rimangono vedovi si risposano in fretta, e se proprio si ritrovano soli vanno in un bar e chiacchierano con il cameriere.

Ci fu un silenzio compatto. Quello che stava dicendo era terribile, ma aveva l'aria di essere tristemente reale.

– Lei sa se la sua amica avesse avuto altri fidanzati? – chiese Garzón.

– No, non lo so. Però diceva sempre che prima o poi avrebbe trovato l'uomo giusto. Figuriamoci, quello non le era durato neanche due mesi. E adesso è morta. La vita non è stata generosa con Paulina.

– Perché avevano rotto?

– Non ne ho idea. Non so neppure se fosse stata lei o lui. Per qualche sciocchezza, immagino. Anch'io sono sola, e non mi sognerei mai di uscire con un uomo pensando di sposarmi. So come vanno le cose e non ho nessuna voglia di accollarmi un buono a nulla! Si sta benissimo da soli.

– Ma dove avrebbe potuto, Paulina, conoscere quell'uomo? Usciva? Era iscritta a qualche associazione, a qualche circolo?

– A me non risulta. So che una volta alla settimana andava a nuotare in una piscina comunale. Credo quella di Vall d'Hebron. A parte questo...

Avevamo finito. Come sempre la pregammo di chiamarci se le fosse venuto in mente altro. Che sconforto! Paulina Armengol era la vittima ideale di un malintenzionato: sola, riservata, fragile. Il fatto che quel fugace fidanzato non avesse voluto darle il numero di telefono ce lo rendeva ancora più sospetto. Forse l'aveva avvicinata già sapendo che l'avrebbe uccisa. Ma perché? E come mai aveva lasciato passare dei mesi fra la rottura e l'aggressione? E perché quella lettera da amante ferito?

– Che brutta cosa, i gruppi di donne sole! – fu il commento di Garzón.

– Non saranno tutti uguali! – obiettai.

Fraile non sembrava interessato a fare della sociologia spicciola. Disse subito:

– Bene, ci restano da vedere il materiale presente nel computer di casa e i movimenti del conto in banca.

– Chi comanda è lei, decida quello che dobbiamo fare.

– Ispettore, io preferirei che questa storia del comando...

– Sì, lo so, siamo una squadra e abbiamo un obiet-

48

tivo comune. Però è meglio che a distribuire le parti sia uno solo. Siamo uniti ma lei è il capo.

Serio, quasi rattristato, Fraile sorrise.

– D'accordo – disse. – Il cugino dell'Armengol ha chiamato dall'aeroporto e sta venendo qui. Potete ascoltarlo voi? Io mi dedicherò alle altre incombenze.

Se ne andò trascinando i piedi. Garzón mi guardò storto.

– Accidenti, ispettore, non è stata troppo dura con lui? Non mi sembra che stia abusando del suo potere.

– Mi dà fastidio dover condividere il caso con un'altra forza di polizia. O noi, o i Mossos.

– Le dà fastidio non essere lei a comandare.

– A me? Figuriamoci, Garzón! Queste sono esigenze prettamente maschili. A noi donne il comando non interessa.

Mise su una faccia strafottente che decisi di ignorare. Volevo avere la mente sgombra per eseguire gli ordini di Roberto Fraile, cosa che feci un'ora dopo quando ricevemmo il cugino della vittima, un quarantenne di nome Salvador. Era visibilmente scosso. Fraile gli aveva imposto una visita all'obitorio per identificare il corpo di Paulina. Perché diavolo ci chiedeva mille volte che cosa dovevamo fare se poi faceva di testa sua senza avvisare? Io il cadavere glielo avrei fatto vedere dopo. Ho notato che i parenti delle vittime perdono di obiettività dopo aver visto un loro congiunto in quelle condizioni. Ma dovevo fare buon viso.

Salvador era alto, tranquillo, quasi professorale, anche se in realtà dirigeva un piccolo albergo sull'isola.

Gli offrimmo un caffè e aspettammo che si riavesse dallo shock. Cominciò a parlare senza che dovessimo fargli delle domande.

– Non c'era nessuna ragione, nessuna, perché mia cugina facesse una fine del genere. Era una donna senza nemici, viveva un'esistenza tranquilla, ordinata, fin troppo abitudinaria.

– Lei esclude che potesse avere una doppia vita?

– Mia cugina? – Scosse la testa come per scacciare quell'idea assurda. – Ispettore, mia cugina era la donna più banale di questa terra, una donna senza grilli per la testa e anche un po' all'antica. Se mi permette di essere politicamente scorretto, dirò che era la tipica zitella. Non beveva, non fumava, non usciva di sera. Per lei esistevano solo il suo lavoro e la casetta che era riuscita a comprarsi con grandi sacrifici. Veniva da noi una settimana all'anno, per Natale, e in quei giorni faceva qualche passeggiata, leggeva, ci dava una mano in cucina, giocava con i miei figli. Una persona così non poteva avere una doppia vita. È ridicolo anche solo pensarlo.

– Ci hanno detto che sua cugina aveva pochissime amicizie. Lei sarebbe d'accordo con questa affermazione?

– Era riservata, aveva le sue piccole manie, un po' per l'età, un po' perché era vissuta sempre sola.

– Non aveva mai avuto fidanzati, relazioni sentimentali?

– Questo non lo so, ma francamente non riesco a immaginarla con un uomo, non credo neppure che le interessasse. Era rimasta nella casa dov'era cresciuta fino alla morte di mia zia, e poi, visto che l'appartamento era in affitto, la sua prima preoccupazione era stata trovare un posto per sistemarsi. Le donne della sua generazione hanno paura di rimanere sole, ma più che amore, quello che cercano è stabilità. Per questo le aveva dato tanta soddisfazione riuscire a comprarsi la sua casetta con i risparmi di una vita, e con quel poco che le avevano lasciato i suoi genitori.

– Sua cugina, Salvador, meno di un anno fa ha avuto una storia con un uomo. Pare che fosse stata lei a interrompere la relazione. E quell'uomo ha lasciato una lettera anonima nella quale confessa il suo crimine, un crimine evidentemente passionale.

Lui mi guardò stupefatto, come se gli avessi raccontato un'inverosimile leggenda metropolitana. Sorrise.

– Non ci credo. Una passione per mia cugina Paulina? Diamine, ispettore! Nella vita tutto è possibile, ma questo proprio no.

Gli porsi una copia della lettera in questione. La osservò per qualche minuto, si fece rosso in viso. Alla fine balbettò:

– Dio santo! Che cosa posso dire? È come se mi raccontassero che il re di Spagna si dedica alla tratta delle bianche.

– È eccessivo, sono d'accordo con lei – obiettai – ma non mi sembra così impensabile che una donna, zitella finché si vuole, riponga qualche speranza in un futuro a due, e nemmeno che qualcuno possa innamorarsi di lei.

– È vero, a ogni pentola il suo coperchio, come diceva la mia povera madre. Però è la cosa più incredibile che io abbia mai sentito.

– Ora, quando tornerà a casa, la prego di chiedere a sua moglie e a tutti i membri della famiglia se sua cugina, l'ultima volta che è stata lì, ha fatto delle confidenze a qualcuno, o se qualcuno ha avuto sentore di quanto le ho raccontato. E di vedere se nella stanza in cui dormiva sia rimasto qualcosa di suo, un libro dimenticato, un biglietto... La prego di aiutarci, di fornirci qualunque particolare possa rivelarsi significativo.

– Certamente lo farò. Chi immaginate che possa essere quell'uomo, ispettore?

– Non abbiamo alcun indizio, ma ci arriveremo.

E con questo lo salutammo. Uscì, incuriosito più che sconsolato. L'idea che sua cugina avesse avuto una storia sentimentale sembrava avergli tolto un po' di tristezza, come se una morte passionale potesse giustificare una vita che prima gli era sembrata inutile e insensata. È evidente che ogni biografia femminile viene considerata vuota se non annovera vicende amorose. Una poveretta può aver trovato una soluzione per il cambiamento del clima o aver composto opere più grandiose di quelle di Wagner, ma se non ha ispirato l'amore nel cuore di un uomo, fosse anche il più nefasto dei tipacci, la sua esistenza non vale un bel niente. La mia dovrebbe valere moltissimo, invece, a giudicare dalla mia vita sentimentale travagliata, eppure in quel momento mi sentivo una perfetta fallita come poliziotta: ogni passo che facevo era una delusione. Più la vittima di un delitto è una persona comune, più è difficile immaginare chi possa averla uccisa. Se il morto è un delinquente, un presunto assassino si trova senza tante difficoltà, ma un'impiegata cinquantenne e sola al mondo... è un altro paio di maniche.

– Prima che Fraile venga a seccarci – proposi a Garzón, – io direi di andare a fare un'altra piccola ispezione nell'appartamento della vittima.

– Pensa di dirglielo, ispettore?

– Io no, e lei?

– Io non ne so niente!

Mi ha sempre procurato un sottile piacere infrangere i sigilli di polizia e penetrare nella casa dove è avvenuto un delitto. Per quanto tutte le prove importanti siano già state raccolte, nutro sempre la speranza di trovare la chiave del caso. E poi, entrare in quei luoghi chiusi suscita un brivido specialissimo di terrore, come se l'anima del morto fosse ancora presente.

– Da dove pensa di cominciare, Petra? – disse Garzón facendomi trasalire.

– Cominciamo con la libreria? Vediamo che libri leggeva. Poi li apriamo uno per uno alla ricerca di lettere o biglietti.

I libri erano quasi tutti del genere detto «femminile», romanzi di autrici americane, spesso di ambientazione inglese, a volte con una trama noir, ma a volte semplicemente sentimentali. Sì, a Paulina l'amore interessava eccome, altrimenti non avrebbe letto tutta quella spazzatura, e doveva anche avere un'idea poco realistica della faccenda. Il viceispettore si mise a leggere alcune trame sulle quarte di copertina:

– «Margaret è la segretaria di John, di cui è segretamente innamorata, ma lui si accorge appena della sua esistenza. A poco a poco, grazie alla sua dolcezza e perseveranza, riesce a farsi apprezzare dal suo capo. Ma un giorno sparisce una forte somma di denaro e tutti i sospetti ricadono su di lei, come ne uscirà?».

– Lei che ne dice, Garzón?

– Mi guardo bene dal domandarmelo!

– Quello che mi domando io, invece, è perché una donna indipendente, che ha vinto un concorso pubblico e sa gestire la sua vita, debba leggere simili porcherie. Questo sì che è un mistero insondabile!

– Ogni tanto bisogna evadere dalla realtà, Petra.

– È così abominevole la realtà senza amore? Esistono buoni libri alla portata di tutti, musica meravigliosa, albe e tramonti, film, amicizie, conversazioni interessanti, viaggi in luoghi esotici...

– E salamini piccanti! Ma voi donne siete fissate con il matrimonio.

– Lei che si è sposato due volte non ha titoli per criticare!

– Ma io l'amore non l'ho mai cercato. Se Beatriz non fosse comparsa nella mia vita sarei rimasto vedovo e felice.

– Non è vero, Garzón. Bisogna essere disponibili a innamorarsi, ricettivi, altrimenti non succede niente. Io non credo nel destino.

– Ecco, lo vede che anche lei è una romantica? Magari è segretamente innamorata del commissario Coronas e non lo dice a nessuno.

– Vuole piantarla di dire sciocchezze e mettersi al lavoro?

Rideva sotto i suoi baffi da tricheco imbiancati dagli anni. Cominciò a prendere i libri uno per uno e a rovesciarli all'ingiù, agitandone le pagine a ventaglio. Lo aiutai. Dopo un po' scivolò a terra un foglietto. Lo raccolsi. Era una specie di cartolina che osservammo attentamente. Era un disegno, un emblema sinuoso nel quale si indovinavano due cuori allacciati intorno a una chiave.

– Che cos'è? – chiese Garzón. – Sembra il simbolo di una setta o qualcosa del genere.

– Oppure un disegno per un ricamo o per un *ex libris*.

– Può essere qualunque cosa.

– Non importa – conclusi. – Ci servirà come giustificazione. Siamo venuti qui e abbiamo raccolto un pezzo di carta.

Al ritorno in commissariato trovammo Fraile. Non osava chiederci da dove venissimo, dovetti dirglielo io. Non fece alcun commento. Quanto al disegno, lo degnò appena di uno sguardo e promise che avrebbe cercato su internet, nel caso fosse il marchio di qualcosa di conosciuto. Ebbi l'impressione che fosse nervoso.

– Io, invece, non ho trovato niente di niente! – esclamò. – La Armengol usava il computer il meno possibile. Neanche un profilo su una rete sociale o di messaggistica. Qualche acquisto di abbigliamento su internet, qualche scambio di mail con la famiglia di Maiorca, un po' di navigazione su siti di diete. Ma come si fa a essere così fuori dal mondo? Come si fa ad avere un fidanzato senza comunicare mai con lui? Mi chiedo come facessero a darsi appuntamento. Gli esperti mi assicurano che nessuna mail è stata cancellata. Io non capisco, davvero. A meno che quell'uomo non fosse affatto un fidanzato.

– Eppure noi abbiamo l'impressione che quella storia ci sia stata. Paulina leggeva romanzi d'amore, e può aver ceduto alla tentazione di vivere una di quelle storie. Anche se poi si è pentita e ha piantato il suo principe.

– Ma che tipo di principe mostruoso è uno che ammazza la sua ex, le sfigura il viso e lascia una lettera sul cadavere? Per quanto sia stato piantato, è una cosa bestiale!

– Il mondo è pieno di matti in libertà – buttò lì il viceispettore. A quelle parole, Fraile cambiò colore come un camaleonte, si irrigidì e si mise a sbraitare come un ossesso:

– Temo che lei abbia un'idea inesatta di che cos'è un matto, Fermín. La caratteristica principale di un matto è che è affetto da una malattia mentale che lo fa soffrire moltissimo. I matti, come li chiama lei, non se ne vanno in giro ad ammazzare la gente. Ho l'impressione che questa nostra collaborazione non stia dando risultati positivi. Me ne vado, signori, ho delle relazioni da scrivere per il mio superiore. Vi suggerisco di fare altrettanto.

Uscì lasciando una ventata di furia dietro di sé. Garzón ed io ci guardammo costernati.

– Ma cosa diavolo gli è preso?

– Dev'essere deluso perché siamo completamente bloccati. Non abbiamo una pista che sia una.

– E se la prende con me? Quel tizio è un maleducato e una testa di cazzo! Guardi, non si è neanche preso il disegno dei cuori per cercarlo su internet.

– Lasci stare, Fermín, non ci pensi. Se cominciamo a farci la guerra fra di noi le cose possono solo peggiorare.

– Non vedo come possano peggiorare! A questo punto manca solo che un meteorite ci piombi sulla testa.

Decisi anch'io che era meglio lasciare il commissariato e andare a stendere i miei rapporti a casa. Consigliai a Garzón di fare lo stesso. Quando sembra che tutto ti si metta contro, cambiare ambiente è per lo meno salutare. Ma le cose potevano peggiorare eccome, e infatti di lì a poco peggiorarono drasticamente.

Tanto per cominciare, arrivando a casa trovai Marcos nel suo studio. Lavorava serenamente al prospetto di una casa. Lo invidiai. Nessuno gli sottraeva le informazioni necessarie per fare bene il suo lavoro. Un architetto parla con i committenti, discute con i suoi collaboratori, cerca i dati che gli servono su prontuari e riviste... Il vento è sempre a suo favore. Che senso aveva un'occupazione come la mia, che mi costringeva sempre a rimestare nel torbido, a portare alla luce qualcosa che altri cercavano di tenere nascosto. Quella del poliziotto è una maledizione, pensai per l'ennesima volta nella mia carriera. Se nel caso di Paulina Armengol si fosse creata una forte ostilità fra Garzón e l'ispettore Fraile, era la fine. Conosco bene le discordie fra maschi, sono come quelle fra caproni, nessuno è disposto a cedere a costo di rimetterci le corna. Marcos mi salutò con un bacio distratto ma affettuoso e mi disse:

– Petra, prima che mi dimentichi: dopodomani arriva mia madre. Sarà ospite da noi. Non si fermerà per molto, una settimana al massimo.

Mi sentii come se mi si aprisse una voragine davanti. Ricevere mia suocera in quelle circostanze era come fare tutte e dodici le fatiche di Ercole con un macigno sulla testa fischiettando contemporaneamente il *Bolero* di Ravel. Mi stupii io per prima di riuscire a dire:

– Ah sì? Che bellezza!

Fu tale l'inverosimiglianza di quella risposta che mio marito ritenne di dovermi dire:

– Non dovremo starle sempre dietro, lei vedrà le sue amiche di Barcellona, andrà per negozi. Ci tiene a godersi un po' i nipoti, non ho potuto dirle di no.

– Hai fatto bene – dissi, con la rassegnazione di un condannato. – Sono oberata di lavoro, ma ci arrangeremo.

Andai in cucina e mi versai due dita di whisky. Mia suocera non è antipatica, a volte la trovo perfino divertente. È una settantenne straordinariamente ben conservata, molto signora e decisamente snob, che compensa il suo essere logorroica con una buona dose di eccentricità. A dire il vero l'avevo vista di rado e sempre per brevissimo tempo. Abitava a Tarragona e veniva a Barcellona abbastanza spesso, ma quasi sempre si fermava in albergo. All'inizio non sapevo come comportarmi con lei, ma presto avevo capito che lei non si faceva alcun problema. Ero la quarta moglie di suo figlio, e lei doveva aver rinunciato da un pezzo al miraggio della famiglia tradizionale. Ero semplicemente una che si trovava lì, nient'altro. Con Marcos aveva un rapporto strano, sembrava che andassero d'accordo, forse solo perché nessuno dei due ascoltava veramente l'altro. Insomma, avrei cercato di essere corretta, educata e moderatamente comunicativa.

Cenammo quasi in silenzio, stanchissimi tutti e due. Poi io mi ritirai in camera, avevo voglia di stare tranquilla, distesa, a leggere finché non mi avesse colta il sonno. Non volevo più pensare al maledetto caso di Paulina Armengol, solo così sarei riuscita ad affrontarlo il giorno dopo. E invece no, il destino mi preparava uno scontro frontale con la realtà.

Sentii il suono lontano del mio cellulare. Di colpo mi ricordai che lo avevo dimenticato nel soggiorno. Mi alzai a tentoni senza accendere la luce, per non svegliare Marcos che nel frattempo era venuto a dormire. Scesi le scale al buio, avrei potuto premere un interruttore, ma ero confusa e nervosa al punto da non ricordare dove fosse. Nel soggiorno sbattei un piede nudo contro una gamba del tavolo prima di raggiungere lo spietato aggeggio che ripeteva la sua musichetta. Imprecai dentro di me. Guardai lo schermo. Prima di tutto, l'ora: le quattro e venti. Secondo, la chiamata: era Roberto Fraile. Altre bestemmie virtuali.

– Ispettore, mi dica! – proruppi con piglio militaresco.

– Per Dio, Petra, meno male che ha risposto! Deve venire immediatamente.

– Si rende conto di che ore sono, Roberto?

– Hanno trovato un'altra donna morta, Petra, assassinata.

– Anche di questa dovremo occuparci insieme?

– Lei non ha capito, ispettore. La vittima è stata assassinata esattamente come Paulina Armengol. Anche lei ha una lettera d'amore sul petto.

Rimasi senza parole. Il cervello mi funzionava come una macchinetta mangiasoldi: mele, limoni, ciliegie giravano su e giù a tutta velocità. Un serial killer. Nel gioco folle della morte ci era toccato in sorte un serial killer?

– Dove si trova adesso?

– In calle Madrazo angolo calle Muntaner.

– Chiamo il viceispettore.

– Non si disturbi, l'ho già fatto io.

Immaginai la faccia del viceispettore quando aveva visto il nome di Fraile sul display. Corsi di sopra e mi precipitai sotto la doccia. La voce di Marcos non si fece attendere:

– Perché non accendi le luci, Petra? Che cosa succede?

– Accendi tu, visto che sei sveglio. Devo uscire, hanno trovato un'altra donna assassinata. Potrebbe trattarsi di un serial killer.

– Hai sempre detto che in Spagna i serial killer esistono solo nei romanzi e nei film – mi disse entrando nel bagno.

– Tornatene a letto, Marcos.

– Mi fa impressione rimettermi a dormire quando so che un serial killer se ne va in giro per la città.

– Non ti preoccupare, non sei il suo tipo.

Scoppiò in una risata amara e scomparve. Quando tornai in camera vidi che si era riaddormentato. Lo invidiai ancora una volta. Quando mai un architetto viene svegliato nel cuore della notte? Il mondo era ingiusto, e io un'imbecille, perché nessuno mi aveva obbligata a scegliere il mio mestiere.

3

Senza concedermi neppure un caffè, saltai in macchina e arrivai sulla scena del crimine. La faccenda era seria, a giudicare dalla piccola folla che si era raccolta. Il commissario Coronas, faccia funerea e occhi un tantino cisposi, discuteva con il giudice, il medico legale e una nutrita rappresentanza di forze di polizia. Quando mi vide mi fece cenno di unirmi al gruppo.

– L'hanno ammazzata meno di un'ora fa. L'ha trovata il vigilante di un cantiere che finiva il turno. I nostri uomini e i Mossos stanno perlustrando la zona, ma com'è facile immaginare tutti dormivano. La donna, trentacinque anni, aveva la carta d'identità nella borsa: Aurora Retuerto, cittadina ecuadoriana con regolare permesso di soggiorno. Accoltellata all'addome e con la faccia distrutta, come l'altra volta. Questo è il foglio che aveva addosso, può leggerlo. Non lo tocchi, è l'originale.

Mi mise sotto gli occhi un pezzo di carta con la sua mano inguantata di lattice. Lessi: «Ti ho amata con tutte le mie forze, eri il mio sole, il mio angolo di terra lontana. Te la sei cercata, amore mio, non mi hai dato altro che dolore. Addio».

Coronas aspettava la mia reazione.

– Tutto coincide con il delitto precedente – dissi, senza temere di suonare ovvia.

– Sarete sempre voi a condurre le indagini – mi informò il commissario. – Ma immagino lei si renda conto, Petra, che ci troviamo di fronte a un caso molto delicato. Sembra che abbiamo a che fare con un assassino seriale, che potrebbe colpire ancora. Le raccomando la massima discrezione con la stampa e soprattutto... lavoro, lavoro, lavoro, senza posa, senza tregua, senza respiro, finché non lo avrete trovato. Potrete contare su tutto l'aiuto extra che si renderà necessario. Si prepari a fare tutte le ore straordinarie umanamente possibili, e avanti! Non c'è tempo da perdere! Voglio essere informato secondo per secondo.

Mi parve di vedere un brillio nei suoi occhi cisposi. Quell'espressione, «assassino seriale», era come una formula magica. Da una parte faceva orrore, ma dall'altra veniva pronunciata come una di quelle malattie rarissime che fanno la felicità dei medici. Certo, ciò che conta è guarire il paziente, ma quello che se ne ricava a livello di prestigio vale molto di più. Sì, il mito del *serial killer* era penetrato a fondo nell'immaginario collettivo della nostra società.

Avvicinandomi agli uomini al lavoro scoprii un Garzón che sembrava Dracula appena riemerso dalla sua cripta. Roberto Fraile invece prendeva appunti concentratissimo, senza dare il minimo segno di stanchezza.

– È tutto come nell'assassinio di Paulina Armengol. Vuole vedere il corpo, ispettore?

Era impressionante. La donna indossava un paio di jeans e una maglietta, rialzata a scoprire le coltellate che le avevano aperto il ventre. Aveva la faccia distrutta da una rozza griglia di tagli che lasciava libera parte del bulbo oculare sinistro e le sezionava le labbra in vari punti. Un lavoro di distruzione coscienzioso.

– Ha visto la lettera? – mi chiese Fraile.

– Sì.

– Andiamo nel suo ufficio. Il giudice vuole che il corpo venga rimosso prima che la gente esca per andare al lavoro. La squadra della Scientifica sarà qui a momenti e ho mandato alcuni dei nostri uomini a caccia di testimoni. Non servirà, ma non si può escludere che qualcuno abbia sentito gridare o abbia visto qualcosa dalla finestra.

– Allora è già tutto risolto – dissi con una punta di cattiveria.

– Solo la parte pratica. Adesso bisogna mettersi a pensare.

– A quest'ora io non riesco a pensare senza un caffè ben carico – intervenne Garzón.

– Possiamo prenderlo in commissariato – ribatté Fraile.

– Ho detto un caffè, non una brodaglia infame.

Mi affrettai a intervenire:

– La Jarra de Oro dev'essere già aperta. Propongo di fare colazione lì.

Il nostro bar era aperto, infatti, e gli avventori più mattinieri si stavano già servendo di paste e croissant. Mi bastarono gli effluvi del bar per sentirmi rivivere.

A Fraile l'idea di concedersi un caffè con le paste mentre un cadavere martoriato veniva riposto in una cella frigorifera sembrava evidentemente un eccesso di libertà. Non voleva sedersi.

– Forse al banco ci serviranno prima.

– Non se ne parla proprio, ispettore. Che fretta c'è? Mangiare è una necessità primaria dell'essere umano, e intanto possiamo scambiarci le prime impressioni su questo nuovo delitto – obiettò un Garzón molto sicuro di sé.

– Ma siamo davanti al commissariato! Se qualcuno ci vede potrebbe pensare male.

– E chi se ne frega – rispose il mio collega, pronto a un ammutinamento in stile corazzata Potëmkin.

Mi sentii di nuovo in dovere di intervenire:

– Sono solo pochi minuti. E ci farà bene rimetterci in forze.

Forse imbaldanzito dalla rivendicazione dei propri diritti, Garzón ordinò un panino col salame e un piattino di olive. Io presi pane tostato con burro e marmellata, mentre Fraile optò per un succo di frutta e uno yogurt. Quando il viceispettore diede il primo morso al sospirato panino, Roberto osservò:

– Lei non teme il colesterolo, Fermín?

Cominciai a chiedermi anch'io se Fraile avesse deciso di prendersela con il mio sottoposto in modo consapevole o se invece fosse un semplice cretino. In ogni caso, non avevo più intenzione di intervenire. Mi preparai ad ascoltare lo sfogo del divoratore di salami.

– Negli Stati Uniti hanno appena scoperto che il grasso di maiale è ottimo per il cervello.

Fraile sorrise poco convinto e dichiarò:

– Io sono sfavorevole ai grassi in generale.

– E io sono favorevole alla libertà. Se uno ha deciso di ridursi le arterie come il radiatore bucato di un camion, sarà libero di farlo oppure no?

– Be', se la mette così.

– Posso avere la vostra opinione sul nuovo omicidio, cari colleghi? – domandai per mettere fine a quella scaramuccia verbale.

– Due omicidi rituali con tanto di messaggio del colpevole. Non ci sono dubbi, siamo di fronte a un assassino affetto da un disturbo antisociale con tratti paranoidi.

– Come nei telefilm – replicò Garzón.

– Qualcosa del genere. I profili psicopatologici che ho studiato si adattano perfettamente alla situazione.

– E da dove cominciamo? – chiesi. – Le due vittime non sembrano avere molto in comune: età diverse, diversa nazionalità e ceto sociale...

– Ora ci occuperemo di questo – disse Fraile. – Dobbiamo cercare di sapere tutto di questa seconda donna. Speriamo che non fosse solitaria quanto la prima.

Andammo nel mio ufficio. Fraile sfoderò il suo cellulare. Annotò diversi dati e ce li commentò:

– I miei uomini hanno già fatto alcuni accertamenti. Aurora Retuerto risulta domiciliata a Pedralbes, in un complesso residenziale di lusso, presso la signora Purificación Sistach.

– La signora è già stata avvertita del delitto?

– Lo faremo adesso. Siete pronti per andare a farle visita?

– Che ore sono? – chiesi.

– Le sette e mezza.

– Non le sembra troppo presto per irrompere a casa di qualcuno? Immagino che la vittima fosse la badante o qualcosa del genere. Potremmo trovare una donna sola o una coppia di anziani. Arrivare a quest'ora con una notizia simile sarebbe controproducente, potrebbe scioccarli. Propongo di aspettare fino alle otto e mezza.

– Buona deduzione e buona decisione – approvò Fraile. – Nel frattempo io mi ritirerò in sala riunioni a scrivere il rapporto su quanto fatto finora.

Una volta soli, Garzón ed io ci guardammo.

– Quel tizio marcia come un bulldozer – disse lui, sbuffando.

– È efficiente.

– È efficiente, ma gli piacciono gli schemi. Perché deve subito pensare che il colpevole sia perfettamente uguale agli esempi del suo libro?

– Gli manca l'esperienza, ma è bravo, mi creda. E questo per noi va benissimo perché ci libera da un mucchio di lavoro burocratico.

– Vuole fare tutto lui, risolvere il caso da solo. E poi ce l'ha con me.

– Lasci perdere, Fermín. Abbiamo già tante complicazioni, non se ne crei una in più. Si accontenti del fatto che è efficiente e ringrazi.

– Efficiente e coglione. Che razza di uomo è uno che

fa colazione con un succo di pesca e uno yogurt? Le sembra normale?

– A me non sembra normale che lei ignori i consigli del suo medico.

– Ah, lo sapevo! E sapevo che non mi avrebbe detto niente davanti all'ispettore dei Mossos. Per una volta ho approfittato della sua discrezione.

– Si tratta della sua salute, Fermín. Immagino lei sappia quello che fa.

– Faccio quello che posso, ispettore, ma mi riempie di gioia sapere che si preoccupa per me.

Lo guardai di traverso.

– Io mi preoccupo per lei? Preferisco preoccuparmi per i cani randagi, piuttosto. Mi ispirano più compassione e non mangiano panini col salame.

Rise come un orco dispettoso. Potevamo passare cent'anni a fare lo stesso gioco di botta e risposta e Garzón si sarebbe sempre divertito come il primo giorno.

Cercai di ritardare il più possibile l'uscita dal commissariato perché le nove mi sembravano un'ora meno infame delle otto e mezza per presentarsi in una casa elegante con la pretesa di fare un interrogatorio. Ma Fraile cominciò presto ad agitarsi. Ero giunta anch'io alla conclusione che il nostro collega fosse un teorico delle indagini più che un poliziotto esperto.

Arrivammo a Pedralbes alle nove meno cinque, e alle nove in punto una domestica in divisa celeste cielo ci aprì la porta di casa della signora Sistach. Ma invece di farci entrare, ci lasciò sulla soglia. Dal momento che per varcare il cancello avevamo già dovuto mostrare al custode i nostri tesserini, temetti che ci venisse inflitta una mezz'ora di anticamera. E invece no, pochi istanti dopo un'anziana signora alta e ossuta venne quasi di corsa a riceverci. Indossava un'antiquata vestaglia di piqué bianco su quella che doveva essere una camicia da notte coordinata. Stranamente, malgrado quell'abbigliamento mattutino, aveva gli occhi truccati con cura.

– Abbiate la bontà di perdonare se la ragazza vi ha abbandonati qui. Accomodatevi e scusatela, non ha idea di come si fanno le cose, povero tesoro. Siete della polizia, vero? Me l'ha detto il custode al citofono.

Entrammo in un enorme salone che ai suoi tempi doveva essere stato molto moderno. Ci invitò ad accomodarci su un ampio divano turchese, ci offrì un caffè. Accettammo e lei mandò in cucina la ragazza che non aveva idea di come si fanno le cose. Poi ci guardò corrugando la fronte.

– Si tratta di Aurora, vero? Stanotte non è rientrata.

Rimase in silenzio, preparandosi a quello che avremmo avuto da dire. Fui io a darle la notizia:

– Aurora è stata trovata morta in calle Madrazo, quasi all'angolo con calle Muntaner. È stata assassinata.

La signora Sistach si coprì la faccia con le mani. Quello schiacciasassi di Fraile, senza darle il tempo di riprendersi, completò il quadro con dettagli che io avrei preferito tacere:

– È stata accoltellata più volte all'addome, e completamente sfigurata.

La donna gemette, poi si mise a piangere in silenzio. Feci un cenno al collega perché evitasse di raccontarle altre truculenze. Volevo darle un po' di tregua. Ma intervenne Garzón mandando all'aria le mie precauzioni:

– Giorni fa è stata uccisa un'altra donna allo stesso modo. Il colpevole potrebbe essere un assassino seriale.

La nostra povera interlocutrice fu scossa da profondi singhiozzi.

– Lo sapevo, lo sapevo! – mormorò.

Stavo per chiederle che cosa sapeva, ma in quel momento entrò la ragazza che non aveva idea di come si fanno le cose. Magicamente la signora Sistach smise di piangere, raddrizzò la schiena e le spalle, fece comparire un fazzoletto per asciugarsi le lacrime. Nessuno aprì bocca finché il caffè non fu servito. Appena la domestica tornò in cucina, Purificación Sistach prese la parola. Il suo equilibrio sembrava ripristinato.

– Scusatemi, ma non è il caso che il servizio mi veda in questo stato. Vecchia come sono, se mi scoprono la minima debolezza sono perduta. Da quando Leonardo, mio marito, è mancato sei anni fa, sono rimasta sola e devo proteggermi. Non avendo figli, ho cercato qualcuno che potesse occuparsi di me. E pensavo di aver fatto la scelta giusta assumendo quella povera ragazza, Aurora.

Fraile diede segni di impazienza. Con uno sguardo lo esortai a lasciarla parlare.

– Aurora era bravissima, una ragazza molto piacevole. Quasi tutto quello che guadagnava lo mandava alla famiglia in Ecuador, teneva pochissimo per sé. Ed era sempre allegra. Uscivamo a passeggio, andavamo per negozi. Lei mi raccontava del suo paese. Una volta alla settimana cucinava dei piatti tipici di laggiù, e il sabato andavamo a pranzo fuori.

L'ispettore non si trattenne più, la interruppe:

– Signora, poco fa, prima che entrasse la domestica con il caffè, lei stava dicendo «lo sapevo, lo sapevo». A che cosa si riferiva?

– Come vi stavo dicendo, Aurora veniva da una famiglia molto modesta, avevano appena da mangiare. Era molto religiosa e...

– Signora, per favore, la prego di rispondere in modo preciso alle nostre domande.

– È quello che sto cercando di fare, ispettore.

Diedi un piccolo calcio al mio collega e lui mi guardò come se fossi impazzita.

– Continui, signora Sistach, la ascoltiamo – dissi dolcemente.

– Aurora era molto religiosa, e qui in casa non aveva troppo da fare, dato che c'è anche la somara che avete visto poco fa. Le lasciavo molto tempo per svagarsi, e lei frequentava il centro parrocchiale qui vicino. Abbiamo un parroco molto capace, sapete, che ha creato una specie di circolo per le ragazze latinoamericane che lavorano nelle case dei dintorni. Hanno una sala per le feste, organizzano delle bellissime attività. Lì si era fatta delle amiche, uscivano, si divertivano in modo sano... Andava tutto benissimo finché non ha conosciuto una giovane cubana che l'ha portata a frequentare altri ambienti.

– Quali ambienti?

– Niente di terribile, ma ha smesso di andare in parrocchia. Uscivano di sera, andavano in un posto in centro, una specie di circolo di latinoamericani, facevano tardi, ha cominciato a spendere per comprarsi dei vestiti. A me, se devo dire, tutte quelle novità non piacevano, preferivo quando il parroco la controllava un po' di più. E non pensiate che io sia religiosa, non lo sono affatto, che bisogno ne avrei? Ma una ragazza sprovveduta, senza istruzione, che vive in un paese straniero e non dispone di grandi mezzi, fa bene a cercare compagnia in un centro parrocchiale. Io stavo più tranquilla, sinceramente, il parroco vedeva dove il mio occhio non arrivava.

– Considerando la cosa in questo modo... – borbottò Garzón.

– Avete visto cos'è successo quando non c'è stato più nessuno a controllarla! Da quando ha cominciato ad andare a quel circolo maledetto si è messa a bere alcolici e ha conosciuto degli uomini. Pensate che qualche mese fa è venuta a dirmi che si era fidanzata. «Con un ragazzo del tuo paese?» le ho chiesto. E lei tutta contenta mi ha detto di no, che era spagnolo, un signore benestante sulla sessantina. Naturalmente ho cercato di aprirle gli occhi: «Ma cosa vuoi che veda in una ragazza come te un uomo anziano e benestante! La donna della sua vita, la madre dei suoi figli?». Lei si è offesa a morte, mi ha detto che non capivo, che ero ingiusta. Ingiusta, io! Le ho detto che per me poteva fare quello che voleva, ma che non mi venisse più a raccontare niente. Bastava che facesse il suo lavoro come al solito. Su questo niente da dire. La perfezione. Solo che due mesi dopo l'ho trovata che piangeva come una fontana. Mi ha detto che avevo ragione, che quello era un poco di buono, che non si sentiva rispettata come donna. Le ho risposto che per conto mio quello che doveva fare era pensare a se stessa e dimenticare. Ma è evidente che non ha seguito il mio consiglio. Lei stessa si era scelta la vita che l'ha portata alla morte.

– Ricorda delle date precise? – chiesi.

– Oh, no, ho una pessima memoria per queste cose! È passato parecchio tempo, dev'essere stato la scorsa primavera, ma non potrei assicurarlo, direi una bugia.

– Ricorda il nome di questo fidanzato? O qualche particolare che lei le abbia riferito? – chiese Fraile.

– Neanche per sogno. Vi ho già detto che non ho mai voluto saperne. Figuriamoci se devo fare da confidente sentimentale alla mia età! Io voglio vivere in pace, mica crearmi dei problemi, è l'unica cosa a cui aspiro nel poco tempo che mi resta da vivere.

Chiedemmo di vedere la camera di Aurora e lei ci portò in una stanzetta dietro la cucina. Era minuscola, ma ospitava un tavolino rotondo con un televisore, un computer che portammo via come prova, un letto singolo sormontato da un paio di animaletti di peluche, un pannello di sughero su cui erano fissate diverse fotografie, un armadio di cui esaminammo il contenuto. Poche cose, forse niente, in realtà.

La signora ci diede l'indirizzo dei parenti di Aurora in Ecuador, con i quali la ragazza comunicava spesso via Skype. Ma erano dati che avevamo già grazie al suo cellulare. All'ultimo momento, in un'illuminazione improvvisa, mi venne in mente di parlare con l'altra domestica, alla quale Aurora poteva avere fatto qualche confidenza.

Fu una buona idea, perché Dolores, così si chiamava la pretesa somara, non solo aveva sentito parlare del fidanzato misterioso, ma l'aveva visto da una certa distanza, anche se una volta sola.

– La stava riaccompagnando a casa a fine pomeriggio. Io uscivo dal lavoro. Parlavano sulla porta del negozio lì di fronte, quindi li ho visti solo da lontano. Era un tipo piccoletto, un po' grasso, già anziano. Vestito bene, quello sì. Aurora me ne aveva parlato tanto, era contenta di avere un fidanzato ricco. Lei si vedeva già col vestito da sposa, poverina, ma per me c'era puzza di bruciato, in quella storia, cosa vi devo dire!

– Ha una ragione precisa per affermarlo?

– Non è normale che un fidanzato stia così sulle sue. Non le ha mai dato il suo numero di cellulare! Vi sembra possibile?

– E Aurora come se lo spiegava? – le chiesi.

– Diceva che era un signore importante, che usava il telefono solo per lavoro.

– E per vedersi come facevano? – chiese Fraile.

– Non lo so. Non gliel'ho chiesto. Io però il motivo vero lo sapevo.

74

– Quale?

– Ma che era sposato, no? Il tipico cretino che prende in giro delle povere ragazze come noi, promette mari e monti e poi ha la moglie a casa che non deve sapere niente. Io gliel'avevo detto, ma Aurora non mi ascoltava, per lei quello era amore.

– E poi l'amore è finito.

– L'amore? Non è durato neanche due mesi, bell'amore doveva essere!

– Lei sa perché si sono lasciati? – chiese Fraile.

– Certo che lo so! Il tipo è sparito da un giorno all'altro e non si è fatto più vedere.

– E Aurora non è riuscita a rintracciarlo?

– Lì si è visto a cosa serviva tutta quella segretezza. Una volta che è sparito, lei non sapeva dove cercarlo. Non aveva un numero di telefono, non aveva un indirizzo, nemmeno un contatto su internet... Secondo me perfino il nome era falso.

– Lei se lo ricorda?

– Il cognome non me l'ha detto, ma mi pare che il nome fosse Jesús. Però non sono sicura che sia quello vero.

– Grazie, Dolores. Ci è stata di grande aiuto – le dissi.

– Purché prendiate quel disgraziato...

Nel tragitto di ritorno Fraile osservò che non sapeva quale delle due testimonianze fosse più spietata. Se quella della signora o quella della colf.

– La Sistach, così fine, così elegante, tanto sconvolta dalla morte della sua domestica, ma l'unica cosa che le interessava era che il prete la tenesse in riga. E quella Dolores, che lavorava ogni giorno gomito a gomito con la vittima, non sembrava le importasse un bel niente che adesso la povera Aurora sia all'obitorio.

– Nessuna delle due ha molto da aspettarsi dalla vita. Forse questo indurisce il carattere – disse Garzón.

– Una si aspetta una comoda solitudine, l'altra neppure questo, fatica e miseria – specificai. – Mi fa ridere l'uguaglianza di opportunità di cui godiamo nell'Occidente civilizzato – conclusi.

– La disuguaglianza non è dovuta solo al denaro – replicò Fraile. – Contano molto anche la bellezza e la bruttezza, la salute e la malattia, l'intelligenza e la stupidità... Una società completamente giusta per tutti è impossibile.

– Se lo dice lei...

– Io, potendo scegliere – se ne uscì Garzón, – preferirei essere brutto e stupido, ma ricco e in salute. Sarebbe una buona combinazione. E invece sono bello e intelligente, ma povero e pieno di acciacchi, una vera scalogna.

Gli concessi una risatina di cortesia e guardai con la coda dell'occhio l'ispettore Fraile, che ora taceva, trincerato dietro un'espressione amara che non lo abbandonava mai.

Consegnammo il portatile della vittima al servizio informatico e ci riunimmo nel mio ufficio.

– Bisogna avvertire la famiglia – dissi. – Forse il consolato può provvedere al biglietto aereo per un parente, o al rimpatrio della salma.

– Non so se lo faranno – commentò Garzón.

– Lei che idea si è fatto di questa storia? – domandai a Fraile.

– Io direi che siamo alla ricerca di un dongiovanni, ispettore. Un dongiovanni da strapazzo.

– Tutti i dongiovanni lo sono, Roberto.

– Sì, ma questo è molto pericoloso. Forse le donne gli hanno fatto qualcosa.

– Eppure il profilo delle due vittime è così diverso che ho difficoltà a pensare al tipico serial killer disturbato.

– Tutti gli assassini seriali sono disturbati, Petra. Chi può uccidere più di una volta, e per gusto?

– Per gusto no, ma...

– Cerchiamo un individuo disturbato, su questo non ci sono dubbi.

– Lei è molto sicuro di sé, vero, Roberto?

– Non potrebbe essere altrimenti – mi rispose. – Chi vive solo ha bisogno di basi solide.

Poi si alzò e raccolse le sue cose.

– Dove diavolo sta andando?

– A stendere il rapporto.

– E noi intanto che facciamo? Ci sarebbe da vedere il circolo che frequentava Aurora.

– Non aprono fino alle sei, ho già guardato su internet. A proposito, si trova in calle Madrazo. Doveva essere uscita di lì quando l'assassino l'ha aggredita. Bisognerà anche tornare a Pedralbes. Forse il parroco avrà qualcosa da dire. Ma aspettate che io abbia finito, se non vi dispiace.

Se ne andò. Garzón era pronto per un altro sfogo:

– Lei crede che questo sia un modo di condurre le indagini? Di colpo mette su il muso e tutti devono aspettare lui.

– Una volta fa venire il nervoso a lei, una volta lo fa venire a me... per *par condicio*.

– E adesso che si fa, ispettore?

– Adesso ci calmiamo.

– Che ne dice se ci calmiamo al bar prendendo una birretta?

Andammo alla Jarra de Oro. Ero parecchio seccata, anche se cercavo di non farlo troppo vedere a Garzón. All'inizio Roberto Fraile mi era sembrato un personaggio facile da gestire, il tipico laureato superpreparato che ormai si trova spesso fra le nuove leve. Ma poi erano emersi alcuni aspetti della sua personalità abbastanza inquietanti e contraddittori. Si era mostrato irascibile senza motivo, introverso, a volte ipercritico e altre volte insensibile. Mi disorientava, mi faceva sentire insicura. Ero abituata ad avere delle certezze sul carattere della gente, grazie alle doti di penetrazione psicologica che non nego di possedere. Ma Fraile andava oltre le mie possibilità.

Avrei dovuto saperne di più sulla sua vita, ma visto come reagiva escludevo di fargli domande dirette. Certamente, se lo avessi detto a Garzón, lui avrebbe decretato che se mi sentivo così era solo perché non ero io ad avere le redini delle indagini, e forse su questo avrebbe avuto ragione. Che Fraile prendesse lui l'iniziativa mi impediva di pensare con chiarezza. Anche se, a ben vedere, era così comodo! Mi liberava da ogni responsabilità in caso di errore. Nelle indagini di polizia funziona esattamente come nella vita: più sei tu a decidere, più hai paura di sbagliare. Tutt'altra cosa è quando sono gli altri a dettare le regole: la religione, il controllo sociale, la legge... Tendiamo a ribellarci, ma alla fine i doveri ci aiutano a camminare per la vita più leggeri, seguendo un itinerario segnato da altri.

– Due cadaveri bastano a fare un serial killer, o ce ne vogliono di più? – La strana domanda del viceispettore mi strappò alle mie riflessioni.

– Non capisco che cosa intende.

– Molte cose insieme. Per esempio, se il piccoletto panzone avesse voluto soltanto ammazzare due delle sue ex? Non sarebbe un serial killer, ma solo un killer doppio.

– E che differenza ci sarebbe?

– Una grandissima differenza: non metterebbero a nostra disposizione tante risorse, squadre speciali, corsie preferenziali per ogni cosa. E se lo prendessimo, non ne ricaveremmo la stessa gloria.

– Mi dica lei in che cosa consiste la gloria qui. Una pacca sulle spalle e tante grazie.

– Non dica così, Petra, la gloria è gloria!

– Sembra che lei si auguri la morte di altre donne.

– L'ispettore Fraile è convinto che quel tizio colpirà di nuovo.

– Lo ha detto a lei?

– Sì, poco fa.

– L'avrà letto in uno dei suoi libri.

– Una volta era lei quella che credeva sempre nei libri.

– Pensi quello che vuole, ma a me sembra immorale sperare che muoia qualcun altro solo per poter dire che si sta dando la caccia a un serial killer.

– I serial killer sono rarissimi in Spagna, sarebbe un colpaccio.

– Certo. E adesso mi dirà che viste le vittime che si sceglie non ci sarebbe neanche molto da perdere. Delle poverette senza nessuno al mondo.

– Com'è facile scandalizzarla, ispettore! – esclamò tutto soddisfatto.

– Perché non si concentra sulle cose difficili, invece?

– E cioè?

– Lasciarmi in pace.

Rideva felice e contento, come se invece che alle prese con una vicenda di delitti spaventosi si trovasse a una festa con ricchi premi e cotillon. Pensai che neanch'io avevo riflettuto fino in fondo sull'atrocità di quelle morti. E se lo avevo fatto, non avevo reagito infuriandomi come mio solito. Sì, normalmente mi infurio al pensiero che una persona sia stata barbaramente uccisa, e questo sentimento potenzia la mia capacità di scoprire il colpevole. Ma ora quella spinta mi mancava. Eppure gli elementi per farmi infuriare c'erano tutti: donne indifese, raccapricciante modalità di esecuzione, accanimento sadico... Balzai in piedi.

– Si può sapere che cosa facciamo qui a tracannare birra come due balordi?

Garzón mi guardò senza capire.

– L'ispettore Fraile è impegnato a scrivere il rapporto e stiamo aspettando che abbia finito.

– Per me può anche scrivere il seguito dei *Fratelli Karamazov*. Noi entriamo immediatamente in azione – risposi.

– In quale azione, ispettore?

– Ho detto in azione, Fermín. Vado a pagare.

Ce ne andammo senza avvertire nessuno, diretti al circolo latinoamericano di calle Madrazo. Avremmo fatto un giro per i bar dei dintorni e avremmo atteso l'ora di apertura caso mai qualcuno si fosse presentato in anticipo. Qualunque cosa pur di non rimanere in stato vegetativo. L'umanità va avanti mossa dalla passione, e se qualcuno dice il contrario vuol dire che non l'ha mai provata, quindi per me può fare a meno di parlare.

4

Il bar più vicino al circolo che frequentava Aurora era un buco minuscolo dove servivano solo caffè. Lo gestiva un colombiano che doveva avere fiuto per gli affari. Il suo caffè era buonissimo, e dato il gusto dei popoli latinoamericani per questa bevanda (superati in questo solo dagli italiani), tutti quelli che frequentavano il circolo facevano tappa nel suo locale prima della serata. E poi era un tipo simpatico e aveva voglia di collaborare. Ma dopo aver osservato la foto della vittima ci disse di non riconoscerla. Solo quando Garzón precisò che poteva essere venuta in compagnia di uno spagnolo di una certa età, lui rimase per un attimo pensieroso e poi affermò con certezza:

– Sì, me lo ricordo. Era un tipo piccolino ma robusto. Vede, ispettore, mi ha colpito perché qui non vengono molti spagnoli. Siamo popoli fratelli, ma distanti. La famiglia non è così unita come si vorrebbe, soprattutto quando siamo noi a venire qui per lavorare. Lei capisce quello che voglio dire, vero?

– Perfettamente.

– Per questo mi ricordo di quel signore, non proprio giovanissimo, che veniva a prendere il caffè.

Aspettava una ragazza che frequentava il circolo. Lei non me la ricordo perché non entrava. Lui le andava incontro appena la vedeva. Non so se è il signore che cercate.

– C'è qualcosa di lui che le è rimasto impresso? Qualcosa che può aver detto, qualche aspetto della sua persona?

– No, non abbiamo mai parlato. Ma ho notato che aveva un anello molto fine, con un brillante piccolino. Lo portava al mignolo. Ci sono uomini che portano certi anelli grossi, volgari. Quell'anello invece era una cosa elegante, e lui aveva l'aria del signore.

– Saprebbe riconoscerlo se lo rivedesse?

– Penso di sì.

– L'ultima domanda poteva anche risparmiarsela – mi rinfacciò Garzón quando fummo fuori. – Non abbiamo la più pallida idea di chi sia quel tipo e lei ne parla già come se dovessimo prenderlo domani.

Era di pessimo umore, forse l'impossibilità di trovare qualche boccone proibito in quel bar lo aveva contrariato. Continuava a brontolare:

– Questo caso del serial killer comincia a uscirmi dalle orecchie. In teoria siamo alla ricerca di uno psicopatico, come dice Fraile, uno che seduce le donne con l'intenzione di farle fuori. Si comporta come una spia, non dà il suo numero di cellulare a nessuno, e poi scopriamo che se ne va in un bar a faccia scoperta e si fa vedere mentre aspetta la sua vittima. Qualcosa non quadra, ispettore.

– Si calmi, Fermín, è ancora presto.

– Sarà anche presto, ma può darsi che l'ipotesi di partenza sia sballata e che ci stiamo muovendo su una pista falsa.

– Sarebbe già bellissimo. Almeno vorrebbe dire che una pista ce l'abbiamo. Stia sereno, la prego, questi sono solo i preamboli.

– Due donne morte mi sembrano un po' pesanti come preamboli. La prima mi ha fatto pena, un'onesta impiegata che viveva sola, ma il caso di questa ragazza mi manda fuori di me. L'idea che uno stronzo della mia età, che per di più portava un anello con brillante, massacri una povera ragazza indifesa, è più di quanto possa sopportare. Io quel mostro lo prenderei e lo appenderei a quel palo laggiù.

– La prego di calmarsi, Fermín. Sa bene che lo spirito vendicativo non è ammesso in un poliziotto. Dobbiamo mantenere il giusto distacco emotivo.

Sul distacco emotivo gli mentii perché dovevo farlo, e perché se vuoi aiutare psicologicamente qualcuno nel novanta per cento dei casi non puoi essere sincero. La verità è veleno per l'equilibrio mentale.

Mezz'ora prima dell'orario di apertura cominciarono ad arrivare al circolo i ragazzi del servizio e alcuni dei soci. Erano tutti latinoamericani e nessuno sembrava avere più di quarant'anni. La fotografia che avevamo tratto dal telefono di Aurora cominciò a girare di mano in mano. Tutti l'avevano già vista, ma tra questo e sapere qualcosa della sua vita c'era una distanza che sembrava incolmabile. Non meno di un'ora dopo arrivarono due ragazze peruviane che la conoscevano meglio, tanto da dirsi sue amiche. Prima di rispondere alle nostre domande vollero sapere che cosa era successo. Per risparmiare tempo dovetti mentire di nuovo, mi inventai una scomparsa, in modo da non scatenare reazioni emotive incontrollabili. Le portai in un bar poco distante e lì procedemmo a un interrogatorio che non doveva aver l'aria di esserlo.

Secondo le due amiche Aurora era una delizia di persona, una ragazza felice e normale che sgobbava quattordici ore al giorno per aiutare la sua numerosa famiglia in Ecuador. Con la datrice di lavoro andava d'accordo. Non aveva motivo di lamentarsi: la signora le pagava puntualmente lo stipendio e non era mai troppo esigente o capricciosa. Nemici non poteva averne, Aurora aveva un carattere gentile e conciliante, che favoriva la concordia più che i conflitti.

– E riguardo all'amore?

– A un certo punto aveva cominciato a uscire con un tipo – si precipitò a dire una delle due ragazze mentre l'altra taceva e guardava davanti a sé. – Sembravano innamorati, ma poi ha dovuto piantarlo. Ormai era chiaro che quello non era uno che pensava al matrimonio, e vederlo solo per il sesso o la compagnia a lei non interessava. Sposare uno spagnolo poteva cambiarle la vita, ma lui non voleva sentirne parlare.

– Come l'aveva conosciuto?

La più loquace continuò a raccontare:

– Mi aveva detto che l'aveva notata lui, in un supermercato.

– Sapete quale?

– Ah, no! A te l'ha detto, Luz Eneida?

Luz Eneida scosse la testa.

– E il nome di quel signore lo sapete?

– No, il nome non l'ha mai detto, quando ne parlava diceva sempre «lui», «l'amore mio» – rispose a bassa voce Luz Eneida, che fino ad allora era rimasta in silenzio.

– Ho bisogno che ci pensiate bene e cerchiate di ricordarvi ogni minimo dettaglio che può avervi confidato Aurora su quell'uomo.

Luz Eneida mi guardò con i suoi grandi occhi scuri.

– Ma allora non è scomparsa. È morta, vero, ispettore?

– Sì. L'hanno trovata qui vicino. È stata assassinata.

La ragazza si coprì la faccia con le mani, la sua amica scoppiò in un pianto dirotto. Sembrava che non ci fosse modo di consolarla e i clienti del bar non ci toglievano gli occhi di dosso. Pregai Garzón di riaccompagnarla al circolo e di assicurarsi che qualcuno si occupasse di lei. Luz Eneida non si mosse. Fissava il pavimento. Le toccai leggermente il gomito.

– Lei sa qualcosa di più, vero?

– Sì. Aurora si sentiva molto sola, era una romantica, un'ingenua. Mi aveva detto in gran segreto che si era rivolta a un'agenzia matrimoniale. È così che l'aveva conosciuto.

– Quale agenzia?

– Non lo so. Mi ha promesso che se andava tutto bene e volevo sposarmi anch'io, mi avrebbe dato l'indirizzo. A me non interessava, figuriamoci. Io mi sposerei solo se mi innamorassi veramente. Poi non è andata come sperava e l'indirizzo non me l'ha dato. All'inizio quello la trattava come una regina, ma qualcosa di strano c'era. Non le ha mai dato il suo numero di cellulare e non l'ha mai portata a casa sua. E quando lei ha cercato di chiarire, è sparito da un giorno all'altro.

– Le aveva raccontato altro di lui? Che lavoro faceva, se era stato sposato, se aveva figli?

– Mi aveva detto che aveva una ditta sua, che stava bene, e basta. Il fatto è, ispettore, che io non volevo saperne troppo. Si capiva che quella storia non poteva finir bene, e mi faceva arrabbiare vedere Aurora tutta emozionata per quel vecchio. Io l'avevo avvertita, ma lei era contenta come una bambina, e così si è fatta fregare. Io ero sicura che quello non era una persona per bene. Un giorno voleva presentarmelo ma mi sono rifiutata.

– E quel signore era disposto a conoscere lei?

– Penso di sì, dovevamo andare a pranzo in un ristorante. Ma poi all'ultimo momento ho detto che non potevo. Perché dovevo vederlo? Se poi fosse andato tutto bene ci sarebbe stato tempo di fare conoscenza.

– Lei sa se Aurora ha mai presentato quell'uomo a qualcuna delle ragazze del circolo? Se lo ha mai portato lì?

– Non credo. Non voleva che nessuna glielo rubasse. Pensi un po' che perla pensava di aver trovato. Però giuro su Dio e la Madonna benedetta che non ho mai pensato che fosse un assassino. Un mascalzone, sì, questo l'ho pensato, ma ammazzarla...

– Nessuno lo avrebbe pensato, ammesso che sia stato lui.

Lei mi fissò piena di furia e nei suoi occhi affiorarono due grosse lacrime che non le impedirono di continuare a parlare:

– Noi finiremo tutte così, ispettore. Veniamo in Spagna per lavorare, perché parliamo la stessa lingua e qui possiamo guadagnare. Siamo popoli fratelli, non è vero? Ma non gliene importa niente a nessuno di noi. Voi ci disprezzate, se siamo vive o morte per voi è lo stesso. Prendetelo, quel figlio di puttana, vi prego. Se me lo vedessi davanti lo strozzerei io con le mie mani, a costo di passare il resto della mia vita in prigione.

– Lo prenderemo, non si preoccupi. Qui c'è il mio numero di telefono. Se si ricorda o viene a sapere qualcosa...

Uscendo mi imbattei nel viceispettore.

– Accidenti, quella ragazza stava male sul serio! Alla fine sono riuscito a farla calmare un po' con l'aiuto delle sue amiche. C'è qualche novità?

– Ce n'è una importantissima, Fermín! Dobbiamo cercare un'agenzia matrimoniale. Può darsi che la soluzione sia più vicina di quanto credessimo.

– Adesso chissà come s'incazza Fraile. Non gli abbiamo neanche detto che venivamo qui!

– Per me, può anche farsi venire la schiuma alla bocca.

Non se la fece venire, ma si stupì che ci fossimo mossi per conto nostro.

– Pensavo che mi avreste aspettato come vi avevo suggerito –. Evitò di usare il verbo «ordinare».

– Forse era quello che avremmo dovuto fare, solo che noi non siamo capaci di star fermi quando c'è del lavoro da fare. Comunque, i risultati sono stati ottimi.

– Anche i miei – lasciò cadere enigmaticamente.

– Potremmo condividerli? – chiesi, senza nascondere la mia irritazione.

– Si può sapere quale guerra sta combattendo, Petra? Quella dei sessi o quella tra forze di polizia?

– Io sono una combattente, Roberto, per me ogni guerra è santa.

– E invece le assicuro che per me no. Ho bisogno di essere certo che chi collabora con me non è mio nemico.

– E io ho bisogno di sapere che non sto qui a fare il soprammobile, ispettore Fraile. Quindi veda di non lasciarmi più a prendere la polvere in attesa che lei finisca di fare le sue cose.

Serrò le mandibole, diventò rosso. Credo che per la prima volta da quando lo conoscevo fosse veramente furibondo. Mi accorsi che contava mentalmente fino a dieci per non perdere le staffe. Rimasi impassibile. Alla fine disse:

– Cerchiamo di informarci reciprocamente di quello che abbiamo intenzione di fare. Va bene così, ispettore Delicado?

Aveva sul volto un sorriso sinistro.

– Va bene.

– D'accordo. Ora passo a informarvi di quello che ho scoperto. Qualche mese fa, forse prima, forse proprio nel periodo in cui ha conosciuto quel suo preteso fidanzato, Aurora Retuerto ha prelevato tremila euro dal suo conto corrente. L'ha lasciato quasi a zero. Poi per un po' non ha più fatto movimenti. Risultano solo i bonifici degli stipendi. E quella somma l'ha presa in contanti.

– Alla faccia! – esclamò Garzón. – Quindi al nostro uomo non interessava solo l'amore.

– Ma non basta. Anche dal conto di Paulina Armengol è stata prelevata la stessa somma. E proprio nel periodo in cui si suppone che abbia cominciato a vedere il presunto assassino.

– Alla faccia del benestante! – completò Garzón la sua esclamazione. – Però è strano. Che un dongiovanni si permetta di spennare le sue innamorate è un classico, ma che chieda esattamente la stessa cifra a tutte... Lavorava a tariffa fissa, quello stronzo?

– È rimasto qualcosa sul conto dell'Armengol? – chiesi.

– Sui diecimila euro.

– Io non ci capisco niente – si arrese Fermín. – Ditemi qualcosa voi, che siete i miei superiori.

– È ancora presto per una spiegazione. Concorda con me, ispettore Delicado?

– Su questo sì.

– E allora che cosa suggerisce di fare?

– Credo che dobbiamo dedicarci anima e corpo all'amore e al matrimonio.

Gli raccontai del colloquio con le due peruviane e della rivelazione sull'agenzia matrimoniale. Poi ci precipitammo nel mio ufficio, miracolosamente concordi sul prossimo obiettivo. Il primo passo era farsi un'idea generale su internet, e devo dire che il campo era piuttosto fertile. Quella delle agenzie e dei siti d'incontri ci apparve, anzi, come una fitta giungla, fatta di alberi, alberelli, arbusti e liane. I nomi non erano uno o due, o qualche decina, ma migliaia, o almeno così ci sembrò a un primo sguardo. Concludemmo che addentrarci in quel labirinto senza una guida sarebbe stato troppo infruttuoso.

Per strano che possa sembrare, esiste a Barcellona la sede di Anarema che, con una sola lettera di differenza da «anatema», è l'Associazione Nazionale delle Agenzie di Relazioni Matrimoniali e d'Amicizia. Niente di più facile che andarci e parlare con il presidente, che come c'era da aspettarsi era una presidente. Devo dire però che tutta la facilità dell'operazione finì lì. La signora si mostrò molto allarmata al pensiero che un'agenzia matrimoniale potesse ricollegarsi a un omicidio di quel genere. Parlò di prestigio, parlò di serietà e riservatezza, parlò di segreto professionale, e solo quando la tranquillizzammo garantendole l'assoluta segretezza dell'inchiesta, accettò di collaborare.

– Come potete immaginare, con l'avvento di internet il nostro lavoro è diventato molto più difficile – fu la prima cosa che ci disse. – Chiunque, senza alcun controllo, può aprire un portale di contatti dove chi vuole entra e lascia qualche dato e un paio di fotografie, che in molti casi non corrispondono nemmeno alla realtà. È scandaloso. Chi lo fa inganna le persone che ricorrono in buona fede alla rete per trovare la persona giusta e, come se non bastasse, lavora nella più completa illegalità, elude il fisco, percepisce dei guadagni senza offrire nulla in cambio.

– Tutte le agenzie virtuali sono così? – chiese Fraile.

– No, non tutte. Ce ne sono di serie, che lavorano alla luce del sole. In genere si tratta di siti internazionali, per accedere ai quali è necessario fornire dati personali affidabili e verificabili. Hanno un regolamento, e in teoria chi si iscrive lo fa con il proprio nome e dice la verità. Ma parliamo sempre di teoria. Nella realtà dei fatti, il novantanove per cento delle lamentele viene da chi si rivolge a questo tipo di agenzie virtuali. Diciamo che noi, agenzie tradizionali, abbiamo un mucchio di clienti che escono delusi dalla sfera dei siti d'incontri. È paradossale, perché da una parte questa concorrenza, come vi dicevo, è spesso fraudolenta, ci danneggia, ma dall'altra ha consolidato il nostro prestigio e la nostra fama di affidabilità. Noi siamo molto orgogliosi di questo, glielo assicuro.

– Quante agenzie ci sono a Barcellona?

– Agenzie vere e proprie, con una sede e un'attività seria, nove. O almeno nove sono quelle iscritte alla nostra associazione.

La sua risposta mi rincuorò. Nove è un numero abbordabile per un lavoro d'indagine. Ma quello che disse subito dopo tornò a preoccuparmi:

– Poi, certo, ci sono molte agenzie pirata. Per aprire un'attività di questo tipo non occorre una grande infrastruttura. Sempre in teoria. Perché in pratica un'agenzia seria come quella che io dirigo richiede un'enorme quantità di lavoro e anche di personale: psicologi, segretarie, organizzatori di eventi, addetti stampa... La mia, solo per darle un'idea, è la più grande in Spagna.

– Come funziona un'agenzia di questo tipo? – chiese opportunamente Garzón.

– Nella nostra gli iscritti passano attraverso dei filtri. I più importanti sono il colloquio con uno dei nostri psicologi e una conversazione generale per determinare i gusti, gli interessi, la posizione sociale. Una volta verificato tutto quanto inseriamo i dati in archivio. A partire da lì svolgiamo un lavoro molto complesso per vedere quali profili sono compatibili fra di loro. Poi facciamo in modo che avvengano degli incontri e i due interessati sono tenuti a dirci se la cosa è andata bene oppure no. Se la risposta è no, facciamo altri tentativi.

– Può dirci come funziona la parte economica? – intervenni.

– Proponiamo un contratto della durata di un anno per una somma totale pagabile a rate mensili. Dal momento in cui c'è stato un incontro soddisfacente, incassiamo il cinquanta per cento del totale e il resto del debito viene cancellato. Se l'anno dovesse trascorrere senza che nessun appuntamento vada a buon fine, il cliente può sottoscrivere un nuovo contratto. Se invece il cliente decide di rinunciare, può farlo, ma non può reclamare la somma per cui si è impegnato.

– Quindi voi non ci perdete mai.

– Facciamo un lavoro e chiediamo un compenso.

L'esito finale non dipende da noi, ma dalla soggettività del cliente.

– Non capisco – disse il viceispettore.

– Noi proponiamo a un nostro iscritto tutta una serie di contatti mirati, ma non è detto che funzionino. Immagini il caso di una vedova alla ricerca di un uomo che le ricordi il defunto marito, o di un cliente che spera di trovare la sosia di sua madre da giovane. In casi come questi possiamo fare ben poco. Non è facile accontentare un desiderio soggettivo.

Garzón era talmente interessato che non pensava più alle indagini, seguiva il filo della sua curiosità.

– In questo caso dovreste cercare dei candidati che rientrino nella descrizione fornita dal cliente, e se uno vi descrive la sua mamma...

– Era solo un esempio! Lei crede che i clienti ci dicano tutto? Che si conoscano così bene da sapere che cosa vogliono? Ah, se sapessero che inconsciamente stanno cercando la mamma, magari non avrebbero bisogno del nostro aiuto!

Riportai l'interrogatorio su binari più concreti.

– Può dirci di quale ammontare annuo stiamo parlando?

Si vedeva che non aveva nessuna voglia di rispondere, ma non poteva fare altrimenti.

– La nostra agenzia è la più costosa, ovviamente, perché è la più grande e la migliore. La somma complessiva concordata alla firma del contratto è di duemilacinquecento euro. Le mensilità sono di duecento euro, e poi c'è una quota di iscrizione.

– Questo vi garantisce una clientela di buon livello economico – osservai.

– Non creda, ispettore. C'è gente che arriva a chiedere un prestito per potersi rivolgere a noi.

– Devono avere un alto concetto del matrimonio.

– Hanno un alto concetto dell'amore, dell'amicizia, degli affetti e della compagnia. Oggi le persone cercano questo più che il matrimonio in sé.

Rimanemmo in silenzio tutti e tre, senza sapere cosa dire. Fu quella donna decisa e pratica a tirarci fuori dall'impasse.

– Ora vi do una lista di agenzie. Volete anche quelle che lavorano via internet?

– Sui telefoni e sui computer delle vittime non c'è traccia di contatti con quel genere di siti.

– Questo non vuol dire. Potrebbero aver usato il computer di qualche luogo pubblico – disse con sicurezza la direttrice.

– Lei crede? – replicò Fraile scettico.

– C'è chi teme che le proprie attività in rete vengano spiate. Ci sono stati dei casi. Per i clienti di un'agenzia la discrezione è fondamentale, ve lo assicuro.

Aprì il suo computer, batté qualche tasto e ci stampò una lista che passò a Fraile. Osservandola sullo schermo, cominciò a commentarla:

– Le prime nove che vedete sono agenzie tradizionali, hanno una sede, un numero di telefono e tutto il resto. Le altre sono virtuali ma affidabili. Questa è una piattaforma europea. Queste due sono specializzate in ragazze russe. Quest'altra in donne latinoamericane. Poi c'è questa piattaforma molto esclusiva, pensata per professionisti e dirigenti d'ambo i sessi che non hanno tempo per fare la conoscenza preventiva del partner. Gli si consegna il pacco pronto, per così dire. Vi servono anche le agenzie di contatti per omosessuali, per persone sposate o per avventure senza conseguenze?

– Faccia come crede – rispose l'ispettore Fraile, visibilmente demoralizzato da quella valanga di indirizzi.

– Bene. Qui ci sono tutte. E quando vi dico tutte sapete già cosa intendo. Domattina sarò in agenzia. Vi lascio il mio numero di telefono così potete chiamarmi se avete bisogno di chiarimenti.

– Ma da qui lei sarebbe in grado di accedere alla banca dati della sua agenzia? – chiese Fraile.

– Sì, posso vedere se il nome di quelle donne compare nel nostro archivio clienti. È questo che mi sta chiedendo?

Cercò, digitò, e a dimostrazione che non bisogna mai contare sulla fortuna, i nomi di Paulina Armengol e di Aurora Retuerto non vennero fuori.

Uscimmo di lì come se ci avesse sorpresi un acquazzone senza ombrello. Garzón sembrava essere già bagnato fradicio.

– Santo cielo, chi lo avrebbe detto che sarebbe stato così complicato! Ci sono più agenzie matrimoniali che fruttivendoli in questa città! E parliamo solo di quelle che lavorano alla luce del sole. Perché se alla Retuerto o all'Armengol è venuto in mente di rivolgersi a un'agenzia pirata e di contattarla da chissà dove, come dice la signora, allora tanto vale che lasciamo perdere fin da subito.

– Difficile non vuol dire impossibile – rispose Fraile.

– Lei ha fede, vero, Roberto?

– Io ho speranza, Petra.

– La speranza è sempre l'ultima a morire – recitò Garzón.

– O la prima, dipende dal carattere che si ha – disse l'ispettore, molto serio. – Se io non avessi speranza, le assicuro che mi sarei già suicidato molto tempo fa.

Salendo in macchina, Garzón mi bisbigliò all'orecchio:

– Che cosa avrà voluto dire?

– Non ne ho idea – sussurrai.

Passammo tutto il pomeriggio in commissariato a cercare di districarci in quel ginepraio di agenzie matrimoniali, d'incontri da una botta e via. Mentre ci dividevamo i compiti passò a trovarci il commissario Coronas. Voleva vedere a che punto eravamo, ma soprattutto voleva lamentarsi perché non avevamo fatto uso delle risorse speciali che ci aveva messo a disposizione.

– La Scientifica ha fatto il suo lavoro e poi ci siamo serviti del centro informatico – si difese Fraile.

– Ma non delle forze speciali.

– Non ce n'è stato bisogno. Non siamo ancora entrati nella fase dell'azione.

Coronas fece scorrere lo sguardo su di noi con intenzioni minacciose.

– Finora sono riuscito a frenare la marea montante dei giornalisti. Non ho fornito particolari e ho negato il collegamento fra i due delitti. Ma non credo di poterlo fare ancora a lungo. Appena la notizia del possibile serial killer balzerà agli onori della cronaca voglio che attiviate tutte le risorse a vostra disposizione. Tutte, avete capito? Che ce ne sia bisogno o no. Le teste di cuoio, i tiratori scelti, gli elicotteri, le unità cinofile, gli uomini rana, l'esercito, se necessario. Voglio delle scene da film. La gente deve convincersi che ce la stiamo mettendo tutta.

Il senso di fastidio rimase ad aleggiare nell'aria quando fu uscito. A nessuno piace beccarsi una ramanzina.

– Meraviglioso! – dissi per spezzare la tensione. – Non abbiamo uno straccio di copione e lui vuole che giriamo un film. Ma lei crede che un regista accetterebbe una proposta del genere?

Roberto abbassò gli occhi, scosse la testa:

– Il commissario fa il suo dovere, ispettore, e poi ha ragione. Se questi casi finiscono sotto i riflettori dobbiamo pensare anche all'immagine.

Lo fissai.

– Lei non si diverte mai, Roberto? Dico, bere un bicchiere di troppo, fare un po' di critica distruttiva, mandare affanculo il capo? Non so, le sane reazioni che ha la gente normale.

– Io cerco di vivere alla giornata, ispettore, e questo è tutto. Buona serata. Ci rivediamo domani pomeriggio per confrontarci. In caso di risultati positivi, chiamatemi immediatamente.

Se ne andò, scuro in viso e a testa bassa come sempre. Guardai il viceispettore:

– Quel tipo non ha sangue nelle vene.

– È un po' noioso, Petra, nient'altro. Il problema è che lei è abituata al mio spirito, alla mia verve, al mio umorismo esplosivo.

– Sì, sarà così, Fermín. Buonanotte. E se anche adesso non se ne esce con qualche battuta divertente, credo che riuscirò a sopravvivere.

Arrivai a casa tardissimo, convinta che Marcos stesse già dormendo. E invece lo sentii parlare con qualcuno nel soggiorno. Una donna. Socchiusi la porta senza fare rumore. Non feci in tempo a spiare, perché mia suocera, della quale mi ero completamente scordata, si catapultò su di me piena di entusiasmo:

– Finalmente, cara! L'instancabile investigatrice! Temevo di dover andare a letto senza poter abbracciare la mia amatissima nuora. Come stai, Petra?

– Bene, Elvira, bene! E tu? Com'è andato il viaggio?

– Lo sai che sono capace di sopportare ogni tipo di avversità. E siccome non se ne è presentata nessuna, posso dire che è andato benissimo!

Ritrovavo intatto lo stile barocco della madre di Marcos, la sua estenuante vitalità, la sua simpatia, un po' estenuante anche quella a dire il vero. Era alta, con i capelli sale e pepe tagliati corti, sempre elegante, addirittura sofisticata. Mi osservò dalla testa ai piedi:

– Ti vedo stanca.

– E infatti lo sono. Stiamo lavorando a un caso molto complicato.

– Ma che emozione! Mi racconterai?

Marcos si affrettò a intervenire:

– Mamma, lo sai che Petra è tenuta alla massima riservatezza su tutto quello che fa.

– Ah, Marcos, tu devi sempre rovinare tutto! Magari se Petra me ne parlasse potrei aiutarla con qualche suggerimento... Diglielo tu, cara, vero che potrei aiutarti?

– Be'... forse potresti aiutarmi se tu ti fossi rivolta a un'agenzia matrimoniale – dissi ridendo. – Lo vedi quante cose mi tocca affrontare nella mia professione?

– Dici sul serio?

– Assolutamente.

– Non ci capisco nulla.

– Non preoccuparti, mamma – intervenne Marcos. – Petra scherza sempre. Credo che ora dovremmo aprire una bottiglia di spumante per brindare al tuo arrivo, e poi andarcene a letto tutti quanti. È tardi e tu e Petra avete bisogno di riposare.

Brindammo. Poi Elvira ci intrattenne sul suo argomento preferito: il suo gruppo di amiche, tutte vedove, tutte ricche, tutte mortalmente noiose e prevedibili, o almeno questa era l'immagine che lei voleva darne.

– Sono delle teste vuote, sempre a criticare i loro figli e a sdilinquirsi per i loro nipoti. Non parlano d'altro. Ma voi credete che una donna piena di interessi come me possa reggere una simile noia?

– E perché continui a uscire con loro?

Lei mi guardò con un velo di tristezza.

– Ah, Petra cara, come si vede che non conosci la solitudine! Noi donne abbiamo bisogno di una vita sociale quando rimaniamo sole. Gli uomini sono diversi, loro si illudono di poter fare nuove conquiste, ma noi quando perdiamo i nostri mariti non abbiamo voglia di trovarci un altro uomo da accudire. Per questo ci vediamo fra amiche e passiamo ore a chiacchierare di niente. È meglio che chiuderci con i nostri ricordi, non credi?

Badando a non essere antipatico, Marcos cercò di mettere fine alla serata.

– E allora, quando avrò il piacere di vedere la mia coraggiosa nuora con un po' di tranquillità? – chiese Elvira. – Magari a pranzo uno di questi giorni? Il lavoro mi priverà della tua compagnia?

– Farò il possibile perché non sia così, te lo prometto – dovetti dirle.

Più tardi, in camera da letto, mio marito si scusò con me.

– Mi dispiace, Petra. Con l'idea del brindisi ho cercato di abbreviare la cosa, ma mia madre è così torrenziale... A proposito, mi è piaciuta la trovata dell'agenzia matrimoniale, un modo geniale per cambiare discorso. Come ti è venuta in mente?

– Non so, idee che mi frullano per la testa – risposi.

5

Mi bastò visitare Ángel, la prima agenzia della mia lista, per capire che in nessuna sarei stata ben accolta. Quel lavoro sembrava richiedere una riservatezza così ermetica da rasentare il segreto. Ma c'era qualcosa di ancora più inquietante, l'assurda pretesa di fare commercio dei sentimenti umani conferiva a quel tipo di attività un alone quasi losco. Fornire amici, amanti o futuri coniugi dietro pagamento è qualcosa che si avvicina molto alla truffa. E poi i direttori delle agenzie sapevano di trafficare con materiale sensibile e temevano lo scandalo come il fuoco. La presenza di un poliziotto nei loro locali costituiva già di per sé una minaccia. Personalmente la cosa non mi preoccupava, non intendevo mostrarmi gentile o accondiscendente.

Il direttore di Ángel voleva a tutti i costi che gli esponessi i particolari dei casi di cui ci occupavamo. Le sue domande mi spazientirono talmente che di punto in bianco gli chiesi di mostrarmi il suo archivio clienti. E lì mi beccai un'altra mezz'ora di sproloqui sulla discrezione richiesta dal suo delicatissimo lavoro. Alla fine cedette e mi permise di mettermi io stessa al computer. I nomi delle vittime non comparivano. Avevamo già finito?

– No, avrei bisogno di una copia di tutte le fotografie di donne fra i venti e cinquantacinque anni che si sono rivolte a voi negli ultimi due anni.

– E per quale motivo?

– Le vittime avrebbero potuto iscriversi con un nome falso.

– Impossibile. Noi richiediamo sempre un documento d'identità.

– In anni di esperienza ho visto molti documenti contraffatti. Per favore, mi carichi su questa *pen drive* tutte le fotografie che le ho chiesto.

– Può vederle qui, se vuole. Non possono uscire dall'agenzia.

– Forse lei non ha colto la gravità della situazione. Stiamo indagando su due omicidi, due donne barbaramente uccise. Se rifiuta di collaborare rischia un'accusa di intralcio alla giustizia.

Lo sguardo incendiario che mi lanciò prima di obbedire non fu l'unico che raccolsi in quella mattina funesta. I dirigenti delle altre agenzie reagirono esattamente allo stesso modo. Pretendere di avere le fotografie del loro archivio era come mettere le mani nel loro *sancta sanctorum*, non poteva che mandarli in bestia. Fraile e Garzón ebbero identici risultati nelle agenzie a loro assegnate. Uno di quei responsabili arrivò a dire al mio sottoposto: «Attento, lei sta giocando con l'amore, che è una cosa sacra».

– Questi sono pazzi, mi creda – concluse Garzón dopo avermelo raccontato. – Se io fossi al governo, proibirei le agenzie matrimoniali. Che cosa si credono?

In ogni caso avevamo battuto a tappeto tutte le agenzie della città e quello che avevamo ottenuto erano centinaia di foto di donne da passare in rassegna nella remota speranza di trovare le nostre vittime.

– Prenderemo un paio di agenti che ci diano una mano – decise Fraile.

– Ma sono le due passate. Non si va a mangiare? – protestò Garzón, d'umore nerissimo.

– Andate pure. Io mi farò portare qualcosa da un ristorante cinese.

Nel breve tragitto fino alla Jarra de Oro il mio sottoposto non fece che lanciare maledizioni. Si scagliò contro tutto e tutti: contro le agenzie di incontri, contro l'ispettore Fraile, contro l'abitudine di mangiare in ufficio in generale, contro la cucina cinese in particolare.

– Quello può anche mangiarsi tutto il riso scotto che vuole, ma io a pranzo mi devo ricaricare con un bel menu autenticamente spagnolo. Vuoi mettere un *cocido* madrileno in confronto agli spaghettini di Canton? E per di più davanti allo schermo di un computer. Secondo me questo Fraile ha visto troppi telefilm americani.

– Questo Fraile è così com'è, e finché non ci obbliga a vivere come vuole lui bisognerà sopportarlo.

– Non ci obbliga, ma mi fa sentire in colpa. Noi qui a pranzare con le gambe sotto il tavolo mentre lui se ne sta lì a cuocersi gli occhi con le foto.

– Il senso di colpa è una scelta, Fermín.

– Un corno! E per di più questo maledetto caso non si sa da che parte prenderlo! Amore, amicizia e matrimonio un tanto al chilo. Ma chi l'ha detto che un rapporto nato grazie a un confronto di profili psicologici può dare la felicità? Io mi sono accollato ben due matrimoni, e non ho mai avuto idea del profilo psicologico delle mie mogli.

– Non faccia il vecchio retrogrado, per favore.

– Sarò vecchio ma un po' di buon senso ce l'ho ancora. Questa società è marcia, glielo dico io. Adesso la gente ha bisogno di servizi professionali per tutto, anche per parlare con una donna. Ormai nessuno è càpace di pensare e di sentire per conto suo.

– Dio santo, Garzón, si mangi una bella porzione di *chorizo* e calmi le sue ansie! Mi sta ossessionando.

Pranzammo in silenzio, e dopo aver seguito il mio consiglio riguardo al *chorizo*, il viceispettore parve molto più rilassato. Rientrando in ufficio portammo un caffè al nostro collega, che ci ringraziò senza staccare gli occhi dallo schermo. Mi passò una chiavetta con le cartelle di foto femminili che dovevo guardare. Le caricai sul mio computer e mi applicai al compito.

Da quelle facce sembrava emergere l'infinita solitudine di molte donne. Avevano età diverse, fra i venti e i sessant'anni. Forse oltre la sessantina si dà per scontato che l'amore non sia più possibile, ci si rassegna. Ciascuna aveva scelto un atteggiamento, un personaggio: la birichina, la provocante, la pudica, l'eterna bambina, la mamma, l'interessante, l'enigmatica… ma in tutte palpitava la speranza di trovare un compagno. Mi chiesi che cosa le spingesse, da dove tirassero fuori il coraggio per ricorrere a quel metodo così impersonale e rischioso per tentare di cambiare la loro vita. Il bisogno di amore è congenito? Oppure tutto nella nostra cultura cospira affinché ne siamo vittime? La pubblicità, con le sue immagini di coppie giovani e belle, i commenti della gente, la religione con il suo «crescete e moltiplicatevi», l'intera arte occidentale con le sue idealizzazioni, la letteratura con le sue vicende piene di passione... Il bisogno d'amore può essere un'immensa ragnatela pronta a catturare gli incauti che, incantati da un'illusione di felicità, si lasciano intrappolare. Sospirai. Due donne avevano trovato la morte in quella trappola, una morte assurda e brutale. Tutte le loro speranze di calore e compagnia erano finite nella solitudine più assoluta: una cella frigorifera all'obitorio. Un groppo mi chiuse la gola. Quel caso cominciava a sembrarmi il più desolante di tutta la mia carriera.

Erano le otto passate quando decisi di fermarmi. Mi infilai l'impermeabile e andai a vedere come se la cavavano i miei colleghi. Male: né Fraile, né Garzón, nessuno degli agenti che ci stavano aiutando, avevano riconosciuto i volti delle vittime in quelle interminabili sequenze di fotografie.

– Non ne posso più – dissi. – Mi ballano gli occhi, la memoria mi si confonde. Riprenderò domani.

– Anch'io getto la spugna – disse Garzón, alzandosi per prendere il suo giaccone. – Lei rimane, ispettore Fraile?

– Un paio di orette al massimo. Se mi dite dove siete arrivati, continuo io con le vostre cartelle.

– Lei non era sposato, Roberto? – mi venne istintivo chiedergli. Fraile alzò gli occhi dallo schermo, rimase per un attimo a guardarmi come ipnotizzato.

– Sì – mormorò, rimettendosi immediatamente al lavoro.

– E sua moglie non protesta per gli orari che fa?

– Non c'è problema – rispose senza alzare lo sguardo. – Al momento viviamo separati.

Mentre mi avviavo verso la macchina ebbi il piacere di sentir dire a Garzón le esatte parole che risuonavano nella mia mente:

– Quindi è davvero sposato! Non lo avrei detto, sul serio. Avrei giurato che era scapolo, semmai divorziato. E cos'avrà voluto dire con quell'«al momento»? Che sua moglie è lontana per ragioni di lavoro? Che si sono presi un po' di tempo per riflettere, come si dice adesso?

– Non sia così pettegolo, Fermín.

– Mi sto solo interessando della felicità dei colleghi, non c'è nulla di male. Senta, Petra, perché non gli chiede qualcosa di più sulla sua vita?

– Io?

– Le donne sono più portate a fare e a ricevere confidenze.

– Non conti su di me, Garzón. Se la preoccupazione per la felicità di Roberto la tiene sveglio la notte, glielo chieda lei.

Il mio sottoposto si congedò dicendomi che ero peggio di un cactus spinoso in un deserto di sassi, e io gli dissi che lui era peggio delle allegre comari di Windsor, ma in triste. Quindi potevamo dirci pari.

Quella sera, ricordando perfettamente che mia suocera era ospite da noi, cominciai a prepararmi un bel sorriso prima ancora di entrare in casa. Ma lo sguardo di Marcos mi fece capire che non stavo fingendo troppo bene.

– Oh, scusatemi, davvero. Sono piena di lavoro fin sopra i capelli, credetemi. Avrei voluto arrivare prima ma...

– Poverina! – esclamò mia suocera. – Sarai stanca morta. Non hai nessun bisogno di scusarti, cara.

– Hai cenato? – mi chiese mio marito. – Ho preparato il ragù. Ci sono delle tagliatelle, ti piacerebbe un piatto di pasta?

– Non ho appetito, Marcos. Magari è meglio se ripetiamo la manovra dello spumante.

Mentre mio marito andava a prendere i calici, sua madre si impegolò in un monologo talmente interiore che sembrava sgorgarle direttamente dalle viscere:

– Ti assicuro che adorerei essere una madre materna, ma non lo sono mai stata, cara, nemmeno quando ho partorito. E poi bisogna considerare che ho avuto tre figli maschi e nessuna femmina. Tu non sai quante volte mi sono ritrovata a pensare: ma che cosa ci faccio io con tanti uomini in casa? Dovevo per forza essere energica, capisci, altrimenti mi avrebbero mangiata viva.

Sarà stata anche una grandissima chiacchierona ficcanaso, ma nessuno la batteva quanto a sincerità. Continuò parlando a voce più bassa:

– Forse per questo Marcos si è sposato tante volte. Cercava una donna dolce e affettuosa, proprio quello che io non sono.

– E allora non so se con me ha trovato quella giusta.

– Che tu sia una poliziotta molto capace non significa che dentro di te non batta un cuore tenero.

Annichilita da quello stile poetico che non le conoscevo, ringraziai il cielo quando Marcos tornò con tutto l'occorrente per la cerimonia del brindisi. Speravo che Elvira avrebbe cambiato discorso, e invece non fece che ampliarlo:

– Il brutto è che tutti cerchiamo quello che non abbiamo! Gravissimo errore! Perché almeno quello che abbiamo lo conosciamo bene e dovremmo sapere come trattarlo.

– Vi lascio sole cinque minuti e vi ritrovo immerse in disquisizioni filosofiche – disse Marcos.

– Hai ragione, caro, cambiamo argomento. Come vanno le tue indagini, Petra?

– Non sono ancora autorizzata a parlarne.

– Ma che noia! – esclamò mia suocera. – Io credevo che vivere con un poliziotto fosse la cosa più emozionante del mondo. E invece non una parola! Quando tornerò a casa non so cosa dovrò inventarmi per intrattenere le mie amiche.

– Mamma, per favore! – la redarguì Marcos dando segni di stanchezza.

– Elvira, se alle tue amiche interessano solo i nipoti, non credo che con le avventure poliziesche avresti molto successo.

– Ah, ma non sono tutte così. C'è Gabriela, che è di origini italiane ed è una persona molto eccentrica. Ha la mia età ma dirige ancora la sua galleria d'arte. È una donna eccezionale. Ha viaggiato dappertutto, sempre da sola, e una volta ha avuto addirittura un flirt con un maori! Ci ha fatto vedere le foto. Un uomo scurissimo tutto dipinto a righe bianche, mai visto niente di più esotico! Stava per sposarlo, ma poi il maori non voleva lasciare la sua terra e lei non voleva vivere per sempre in un paese così lontano. Quindi l'ha lasciato, e quel poveruomo si è preso una depressione che non ti dico. Credo che Gabriela gli abbia pagato persino uno psichiatra. Ve lo immaginate un maori, dipinto dalla testa ai piedi, sdraiato sul lettino di uno psicoanalista?

– Mamma, Petra è stanca, forse non ha voglia di stare a sentire le storie della tua amica.

– Ah, figlio mio, sei di un triste! Di cosa dovremmo parlare, secondo te?

– Vai avanti, Elvira, è molto interessante – la incoraggiai.

– No, avevo già finito. Ma Gabriela fa sempre cose interessanti. Forse perché non si è mai sposata. Lei dice che il matrimonio dovrebbe essere un contratto a termine, rinnovabile ogni due anni, e dato che non è così preferisce non legarsi.

Continuò a esporre gli svantaggi del matrimonio secondo la sua amica, ma a un certo punto smisi di seguirla. Di colpo mi resi conto con orrore che la testa mi era crollata in avanti. Non so se mia suocera se ne fosse accorta, suo figlio di sicuro sì. Si alzò subito in piedi e mi invitò a salire in camera. Mai, in tutta la mia vita, avevo fatto una figura simile.

La prima sorpresa del giorno dopo me la diede l'agente Domínguez, di turno in portineria:

– Ispettore Delicado, c'è un prete che vuole vederla.

– Un sacerdote? È sicuro?

– Non so, è vestito di nero e ha quella striscetta bianca al collo. Per me è un prete.

– Solino.

– Come si chiama non me l'ha detto.

– Solino è il nome di quella cosa che lei chiama striscetta.

– Ah, sì, può essere.

– Dio benedetto, Domínguez, lo mandi nel mio ufficio.

Detesto l'ignoranza, ma ancora di più la mancanza di interesse a colmare le lacune. Ancora innervosita dall'ottusità di Domínguez accolsi finalmente il sacerdote. Parroco della Misericordia, come mi disse entrando.

– Mi chiamo Higinio Civit. Mi ha avvertito la signora Sistach, ispettore. Quello che è successo alla povera Aurora è spaventoso. Non lo avevo letto sui giornali.

– Cerchiamo di non diffondere allarme inutilmente.

Un'ondata di senso di colpa mi percorse dalla testa ai piedi. Improvvisamente mi ricordai che Fraile aveva suggerito di fare una visita alla parrocchia di Pedralbes. Me ne ero completamente dimenticata. Se davvero quell'uomo sapeva qualcosa di importante sarebbe stato meglio che la terra mi si aprisse sotto i piedi.

– C'è qualcosa che desidera raccontarmi, reverendo?

Sgranò gli occhi. Forse il «reverendo» l'aveva un po' spiazzato, dev'essere un appellativo che si usa di più fra i protestanti.

– Volevo farvi sapere che Aurora venne a trovar-mi circa tre mesi fa. Da tempo non prendeva più parte alle attività della parrocchia. Aveva preferito, con mio rammarico, il divertimento che viene offerto a queste ragazze da associazioni che di culturale hanno ben poco.

– Sì, ne sono informata.

– Purtroppo, presso il circolo che frequentava, Aurora si è trovata esposta a influenze che non sono state benefiche per la sua anima.

– Reverendo – gli dissi, consapevole che quel termine poteva suonargli strano, – l'anima della vittima è nelle mani di Dio, ormai. Noi ci occupiamo di trovare il suo assassino. C'è qualcosa di sostanziale che secondo lei dovremmo sapere?

Il sacerdote si fece scuro in volto, e molto dignitosamente dichiarò:

– Aurora usciva con un uomo. Venne a parlarmi perché era incerta sull'opportunità di unirsi a lui in matrimonio. Voleva un consiglio.

– Lei sa qualcosa di quell'uomo?

– Poco. Mi disse che aveva una sessantina d'anni e che era un imprenditore.

– Sì, questo lo sappiamo anche noi. C'è qualcosa di più?

– Mi disse che si chiamava Armando e che era nel ramo delle costruzioni.

Alzai le antenne e mi misi a scrivere.

– Le disse anche il cognome di quell'uomo, come si chiamava la sua impresa?

– No, sembrava restia a scendere nei particolari. Le chiesi se secondo lei fosse una brava persona e lei mi rispose che non ne era sicura. Ammise che non sapeva quasi nulla della sua vita, del suo passato, nemmeno dove abitava. Lui non aveva voluto darle il suo numero di telefono. Naturalmente le consigliai di interrompere quella relazione. Tanti misteri nascondevano senz'altro qualcosa di increscioso. Forse era sposato, forse la sua attività lavorativa non era rispettabile. Come fare per saperlo? Al giorno d'oggi si vedono tante cose... E quelle ragazze sono così indifese... Infatti, guardi com'è finita.

– Continui, per favore.

– Immagino che lei stessa vedesse qualcosa di strano in quella relazione. Per questo venne da me. Se la signora Sistach avesse saputo che usciva con una persona del genere sarebbe stata capace di buttarla fuori senza spiegazioni.

– Continui.

– Non ho altro da dire. Le diedi il mio consiglio, lei mi ringraziò e tornò alla sua vita. E non ho più saputo nulla di lei fino a...

– Va bene. Grazie di essere venuto. Se dovesse ricordare qualcosa di più, non esiti a chiamarci.

Fui parecchio antipatica con lui, non ero mai così fredda con chi si presentava spontaneamente per collaborare. Ma non sopportavo che si riferisse a quelle donne in quel modo, chiamandole «ragazze» e il determinismo sprezzante con cui negava loro il diritto di vivere libere e felici come tutti gli altri.

Volai verso la sala riunioni, dove Roberto Fraile, Garzón e gli agenti di rinforzo erano già al lavoro. Avevano cominciato a entrare nei siti di incontri considerati «seri» e non volevo certo dare l'impressione di creare del lavoro in più. Chiamai da parte l'ispettore e il viceispettore.

– Ho nuovi dati di affidabilità medio-alta.

Riferii della visita del parroco, del presunto nome del presunto assassino, della sua occupazione. Una pallida luce di speranza si accese sulle facce di entrambi. Erano particolari che si aggiungevano a un quadro di cui ancora non conoscevamo la forma.

– E noi che cosa ce ne facciamo? Adesso abbiamo tre nomi diversi per il possibile assassino, Ignacio, Jesús, Armando... non si finisce più – protestò Garzón.

– Non si può mai sapere, li mettiamo da parte e aspettiamo. Ma vi faccio notare che nessuno prima d'ora si era riferito in modo preciso alla sua occupazione – disse Fraile.

– Aurora può aver mentito – ribatté il viceispettore.

– Perché? Da tempo non aveva contatti con il parroco, era andata a cercarlo apposta per chiedergli consiglio – obiettai. – Che cosa poteva indurla a mentire?

– La paura che il prete parlasse con la signora Sistach.

– Improbabile. In realtà la signora Sistach sapeva che Aurora usciva con un uomo, glielo aveva detto lei stessa. Aurora aveva bisogno di fidarsi di qualcuno, era turbata dai misteri che circondavano quell'uomo. E poi non si mente a un sacerdote.

– È vero – ammise Roberto Fraile. – Se è così, considerato che Armando non è un nome dei più comuni, e che abbiamo un'idea della sua professione, bisognerà cercare anche lui nei database delle agenzie.

– E dare un'occhiata anche alle imprese di costruzioni – proposi.

– Temo che siano troppe. Ma forse non si può escludere neanche questo.

Garzón sbuffò sonoramente.

– Diavolo, ci vorrà una pazienza da cinesi! Vi rendete conto del lavoro enorme?

– Chiederemo rinforzi. Non ci hanno dato carta bianca in questo senso? – disse l'ispettore.

– Certo, tutto pur di mettere le mani su un serial killer – ironizzai. – Una bellezza. Ci daranno una medaglia, saremo su tutti i giornali, andremo in televisione! Diventeremo un esempio per le generazioni future. Mi viene quasi di gridare: Evviva il nostro caro assassino!

Fraile, non capendo se scherzassi o facessi sul serio, mi guardò scandalizzato.

– Mi auguro che non sia questo a incentivarla al lavoro.

Garzón gli posò una mano sulla spalla.

– Lei non conosce il senso dell'umorismo dell'ispettore Delicado. Ma si abituerà. Verso il duemila e quaranta, quando avremo risolto questo caso, anche lei troverà divertenti le sue battute.

Tornammo a suddividerci il lavoro, questa volta focalizzando la ricerca sugli uomini di nome Armando.

Quanto al settore edile, la prima ricognizione fu delle più scoraggianti. C'erano attività d'ogni genere: grandi imprese che si occupavano di ingegneria civile, piccole imprese familiari che ristrutturavano appartamenti, ditte specializzate in coperture, in infissi, in impianti d'ogni genere, studi di architetti, studi tecnici che si occupavano unicamente di calcoli delle strutture, rappresentanze e grossisti di materiale edile, artigiani che facevano opere in muratura.

All'ordine degli ingegneri e architetti ci diedero un estratto dell'albo avvertendoci che poteva essere incompleto. Sembrava l'elenco telefonico di una città di medie dimensioni. Per mia iniziativa, approvata da Fraile, ci infilammo in un caffè e lo squadernammo sul tavolo. Spaventoso. Ci guardammo l'un l'altro in silenzio.

– Che si fa, ispettore, ci tuffiamo in questo mare magnum o rinunciamo?

– Non lo so, Roberto, non lo so. Andare a chiedere a tutta questa gente di un certo Armando sui sessant'anni mi sembra impensabile, non sappiamo nemmeno se è il suo vero nome. Però se non lo facciamo...

– Sono scoraggiato, Petra – ammise Fraile. – La teoria dice che ci sono sempre dei punti in comune fra le vittime di un assassino seriale, questo dovrebbe delimitare il raggio d'azione. Eppure fra le nostre due vittime c'è poco in comune: la solitudine, le modalità brutali dell'uccisione, una lettera di rimostranze passionali e un prelievo di tremila euro dal conto corrente. Che cosa ce ne facciamo?

– Per me possiamo sentire le imprese più grandi e lasciar perdere il resto – proposi.

– Non c'è altra soluzione. Però tra fare così e non fare niente non vedo la differenza.

– Confidiamo nel destino.

– Il destino tende a portare sempre cose negative – sospirò Fraile.

– Io credevo di essere la persona più pessimista del mondo finché non ho conosciuto lei, Fraile. Ma mi fa piacere che si senta scoraggiato, almeno dimostra che è umano.

– Pensava non lo fossi?

– A volte sì e a volte no.

Sorrise tristemente e annuì.

– Sono umano, ispettore, fin troppo.

– Garzón ed io abbiamo un metodo molto efficace per combattere l'abbattimento. Vuole provarlo anche lei?

– In che cosa consiste?

– Ci ubriachiamo. Usciamo a bere e ci prendiamo una sacrosanta sbronza. Fa benissimo, mi creda. Dimentichiamo tutto e l'indomani ci buttiamo nel lavoro con rinnovate energie, convinti che tutto andrà bene.

– Io di solito non bevo.

– Lo prenda come un dovere.

– Ci penserò.

Dopo quel timido disgelo ci spartimmo le otto maggiori imprese di costruzioni della lista, quattro per ciascuno. Garzón sarebbe rimasto alla guida dei navigatori nelle reti dell'amore.

Al primo indirizzo mi accorsi che non sapevo con chi parlare. Pensai che il capo del personale poteva essere la persona indicata. Quando chiesi di lui venni corretta prima ancora di cominciare. Lì non esisteva un capo del personale, ma una responsabile delle risorse umane. Questo perché oggi nelle imprese i lavoratori sono considerati esseri umani, mi spiegò con un sorriso la responsabile stessa, facendomi accomodare. Il termine «personale», freddo e «impersonale», si scusò del bisticcio, era stato abbandonato. Bravi, bravissimi. Stavo per applaudire. Di certo grazie a questo cambiamento lessicale i vertici dell'impresa avrebbero avuto una candidatura al premio Nobel per la Pace.

– Senta, avrei bisogno di sapere se presso di voi lavora, o ha lavorato, un signore di nome Armando. Non mi chieda il cognome, perché non lo sappiamo.

Dopo le considerazioni umanistico-gestionali di cui ero stata fatta partecipe, la mia domanda dovette suonare brusca. Sorpresa e un po' perplessa, la signora chiese a una sua assistente di verificare se nelle loro liste di esseri umani risultasse quel nome. Nulla.

Scene molto simili si ripeterono presso le altre imprese dove mi recai: un capo delegava immediatamente a un subalterno la ricerca delle informazioni. Sarà anche vero che nelle aziende moderne non esiste più «il personale», pensai, ma la gerarchia a quanto pare resiste bene.

Sembrava proprio che il Signore non avesse dato agli Armando di questa terra la vocazione delle opere pubbliche o delle costruzioni. Neanche uno, non uno, figurava negli archivi di quei giganti dell'edilizia. Di Antonio, Alberto, Álvaro, Agustín, ce n'erano a bizzeffe, c'erano perfino due Leandro e un Adolfo, ma non un solo maledetto Armando su cui gettare un'ombra di colpevolezza. Mi sembrava di essere ammattita. Poteva bastare la comparsa di un semplice nome a placarmi, per quanto non fosse necessariamente quello dell'assassino? Sì, tutto pur di non rimanere incagliati come vecchi relitti.

Dopo ore di lavoro buttate al vento mi sentivo estenuata e soprattutto di pessimo umore. Quando rividi Fraile e gli chiesi con lo sguardo come fosse andata, lui mi fece capire la sua insoddisfazione con un semplice movimento degli occhi, senza parlare.

– Una giornata sprecata! – esclamai. – E com'è andata ai cercatori amorosi?

La voce di Garzón, che rientrava da una pausa caffè, mi raggiunse alle spalle:

– Uno degli agenti ha trovato un Armando sul sito di un'agenzia virtuale. Ho fatto fare dei controlli, ma è venuto fuori che è morto due anni fa. A questo punto sono curioso di sapere se ha fatto in tempo a sposarsi e a lasciare una vedova.

– Non sono in vena di scherzi, Fermín – gli risposi. – Dica ai ragazzi che possono andare, devono riposare. E noi anche. Magari domani vedremo le cose con più ottimismo. Qualcuno mi può accompagnare a casa? Ho dovuto prestare l'auto a mia suocera che sta facendo la bella vita a Barcellona.

– La porto io! – rispose Garzón.

– Io credo che rimarrò qui a rivedere queste liste – disse Fraile. Lo guardai con occhi di bragia.

– Ma è del tutto rincretinito o cosa? Sono giorni che seguiamo piste che non portano da nessuna parte, questo caso è un guazzabuglio informe che non si sa dove comincia e dove finisce, e a lei non viene in mente niente di meglio da fare che lavorare ancora un po'. Mi faccia il santo favore di venire a prendere qualcosa con noi e la pianti di giocare al piccolo Sherlock Holmes!

Ci fu silenzio. Vidi Garzón incassare la testa come se aspettasse l'esplosione di una bomba. Dopo un attimo sentimmo Roberto Fraile dire docilmente:

– E va bene, vengo.

Io stessa ero così stupita di quella mia invettiva che non riuscivo a farmi venire in mente dove andare. Azzardai:

– Sotto casa mia c'è un posto che non sembra così male.

Mi obbedirono come se fossero la mia scorta. In macchina nessuno osò fiatare. Garzón parcheggiò alla bell'e meglio e tutti e tre ci dirigemmo in formazione al bar. Sedemmo a un tavolo accanto alla vetrata. Prima che Fraile provasse a ordinare un succo di frutta, dissi:

– Tre gin tonic ben carichi, per favore.

– Vi porto qualche stuzzichino? – chiese il cameriere.

– No! – replicai tassativa per far capire a Garzón che non era il momento di darsi ai salumi.

Presto fummo serviti e affondammo le labbra nei bicchieri. Quel primo sorso aromatico fu come un tuffo in paradiso. Sospirai.

– Avete qualcosa da raccontare o ci ubriachiamo in silenzio?

– Posso dire che sono scandalizzato? – disse il viceispettore. – Ho visto cose che nemmeno immaginavo. Quelle agenzie specializzate in donne russe le pubblicizzano come merce. «Belle, misteriose, desiderose di crearsi una famiglia, sanno accontentarsi di poco e danno molto. Chi non vorrebbe una moglie così?». Non riuscivo a crederci. Poco ci manca che le espongano in un supermercato.

– E delle ispaniche cosa dicono? – chiese Fraile.

– Con loro è ancora peggio. Non si fanno problemi. Dicono che sono esotiche, calde, sottomesse. Ansiose di avere bambini e totalmente dedite quando nascono. Per loro il marito è un re.

– È a un passo dagli annunci delle prostitute – disse Fraile. – Mi domando se sia legale.

– Tutto è legale su internet! – proruppi. – E sapete perché? Perché nessuno si sogna di imporre dei limiti. Si dà per scontato che la gente abbia dei valori, senso etico, umanità... e invece non è così, viviamo in un'epoca in cui la gente se ne frega di tutto.

– Non mi aspettavo di sentire questo da lei – disse Garzón.

– Io stessa inorridisco quando mi sento dire certe cose, però le penso veramente. Una volta la religione metteva un freno agli istinti, più tardi sono venute le convinzioni morali e politiche, poi un senso di solidarietà universale. E adesso? Adesso abbiamo la terra di nessuno di internet dove anche l'ultimo imbecille può sfogare i suoi impulsi peggiori mantenendo l'anonimato! Stiamo cadendo in picchiata, signori. Se fosse possibile assassinare qualcuno via internet la gente si butterebbe in massa a eliminare il prossimo senza pensarci due volte.

– Ma Petra, non sta esagerando? – Garzón era davvero spaventato.

– Niente affatto! Lo ha detto lei: donne offerte come bestie al mercato, a questo siamo arrivati con tutta questa libertà.

– Adesso l'ispettore Fraile penserà che lei sia una specie di catechista o di testimone di Geova.

– Ma figuriamoci, Roberto, né una cosa né l'altra. Può stare tranquillo.

– Io credo – cominciò Fraile, e poi bevve un bel sorso dal suo bicchiere, – che l'ispettore Delicado in parte abbia ragione, ma che sia sbagliato generalizzare. Non si può vivere senza fede nell'essere umano. Sarebbe come vivere senza speranza. Bisogna sempre pensare che un futuro esiste, che le cose si aggiustano, cambiano, che ci può essere la felicità, che stiamo vivendo un periodo di transizione e poi verrà qualcosa di meglio.

– Sono d'accordo con lei – si espose empaticamente Garzón. – Prenda il nostro caso. Sembra che tutto cospiri contro di noi, ma certamente succederà qualcosa che ci metterà sulla buona strada e troveremo il colpevole. Lo sento.

– Sì – buttai lì senza pensarci, – adesso quello ne ammazza un'altra e lascia sul cadavere la sua carta d'identità.

Si fece un silenzio di gelo. Garzón ordinò un altro giro per dissipare gli spettri. Restammo a fissare i grani di pepe rosa o di non so quale altra spezia che adesso la moda impone di cospargere sul gin tonic.

– Io personalmente non ho istinti omicidi – disse il viceispettore per cambiare discorso. – Quindi se fosse possibile ammazzare via internet non credo che ne approfitterei. Ma se si potesse dare una bella bastonata, sarei già più tentato. Per esempio, ho una vicina anziana che se ne va sempre in giro col suo orribile cane. È una specie di topo al guinzaglio, ma ogni volta che mi vede mi ringhia come una belva. E la vecchietta neanche ci fa caso, cerca sempre di attaccar bottone: «Come sta, signor Garzón, la vedo bene, come vanno le indagini? E la signora come sta? Ha visto che bel sole c'è oggi?». Possiamo incontrarci anche tre volte al giorno e lei ripete sempre la stessa litania, mentre il suo perfido animale mi mostra i denti come se volesse divorarmi a partire dai calzini.

– Lei quel cane lo bastonerebbe! – esclamò Fraile, che pendeva dalle sue labbra come un bambino.

– Il cane no, poverino, è una creatura innocente. Bastonerei la mia vicina, se bastasse premere un tasto!

Era una storia talmente stupida, talmente demenziale, che scoppiammo a ridere come cretini. Non avevo mai visto ridere l'ispettore Fraile. Gli donava, aveva denti bianchi e bellissimi. Di colpo vidi i miei colleghi ammutolire e alzare gli occhi per guardare alle mie spalle. Qualcuno batteva con le nocche alla vetrata. Era Elvira. Mi fece segno che ci avrebbe raggiunti.

– Mia suocera, signori, siamo rovinati! – ebbi appena il tempo di avvertire. – Non dite niente delle indagini, vi prego, anche se lei vi bersaglierà di domande.

Era vestita in pompa magna. Distintissima e sfavillante porse la mano a Fraile e Garzón con la dignità di una regina. Si sedette senza chiedere permesso.

– Che meraviglia poter conoscere i colleghi di Petra! Non avrei mai sperato in un simile privilegio! Vedo, signori, che vi concedete un rinfresco dopo il servizio.

– Anneghiamo i nostri dispiaceri nell'alcol – disse il viceispettore.

– Giusto, i dispiaceri non devono mai prendere il sopravvento. Che cosa bevete? Gin tonic, ottimo! Ne prendo uno anch'io, e naturalmente offro l'ultimo giro.

Non ci diede il tempo di rifiutare. Guardai Fraile con la coda dell'occhio, sembrava che avesse difficoltà a mettere a fuoco lo sguardo. Sorrideva come un idolo indù. Se davvero non era abituato a bere doveva essere già parecchio alticcio. Elvira tenne a dirci che veniva dal Teatro del Liceo. Aveva visto L'*oro del Reno* e si diffuse sui vari stati di estasi che le aveva procurato lo spettacolo.

– Wagner è la mia perdizione! – esclamò. Poi ci illustrò l'intensità drammatica con cui ogni cantante aveva interpretato il suo personaggio senza risparmiarci un accenno alle arie più famose. Infine, con un doppio salto mortale carpiato, passò a domandarci delle indagini che ci tenevano occupati fino a tarda ora. Io scelsi di non rispondere, Fraile era già fuori gioco da un pezzo. Fu Garzón a doversela cavare a colpi di luoghi comuni, spiegandole che l'omicidio è un delitto spaventoso, e che la polizia non viene mai meno all'impegno di perseguire i criminali. Quando si fu stancata di ascoltare banalità, Elvira ingoiò l'ultimo sorso del suo gin tonic e potemmo finalmente chiudere la seduta. Io salii a casa con lei, mentre il viceispettore si adoperava per riaccompagnare a casa un *mosso d'esquadra* barcollante. Wagner, il gin tonic e probabilmente mia suocera avevano avuto un effetto devastante.

6

Non una, dieci, cento, mille volte, mi pentii di averlo detto. Quella frase stupida che avevo pronunciato senza riflettere, solo per fare dello spirito, era diventata realtà. «Adesso quello ne ammazza un'altra» mi era scappato di dire. Ebbene, la profezia si era avverata. Alle due del mattino, mentre ero nel pieno di un sonno riparatore, il mio telefono cominciò a squillare. L'intuito mi disse che il nostro caro assassino aveva agito di nuovo.

La polizia autonoma era già sul posto. C'erano anche il giudice, Garzón, il medico legale e il commissario Coronas. Mancava solo Roberto Fraile, che nessuno era riuscito a trovare. La vittima era una donna sui cinquant'anni, di professione infermiera, che stava rientrando dal turno di notte. Pugnalata selvaggiamente all'addome, con la faccia tagliata, era stata trovata nell'androne del condominio dove abitava, nei pressi della stazione di Sants. Coronas e il suo omologo dei Mossos d'Esquadra confabulavano a bassa voce, con le facce scure. Garzón mi informò prendendomi da parte:

– Si chiamava Berta Cantizano, era caposala di ostetricia all'ospedale Vall d'Hebron. Ha parcheggiato la macchina di fronte, ha attraversato la strada e mentre stava aprendo il portone il tipo l'ha aggredita. Ma forse questa volta siamo fortunati. Un ragazzo ha visto qualcosa. Lo troveremo in commissariato quando arriviamo.

– E la lettera d'amore, c'era anche stavolta?

– Sì, come sempre. La solita tiritera. «Mi hai abbandonato, eri la donna della mia vita, adesso hai quello che ti meriti». L'ha portata via la Scientifica.

– C'è qualcos'altro che devo sapere?

– Fraile non risponde al telefono. Con la sbornia che si è preso starà dormendo della grossa. Il suo capo è fuori di sé. Bisognerà dirgli che ieri sera non è stato bene.

– Ora vado ad affrontare i due commissari.

– Dio abbia pietà della sua anima.

Era il momento ideale per parlare con Coronas. Davanti a un collega di un'altra forza di polizia non avrebbe osato abusare della sua autorità. E infatti mi presentò al commissario Elías Pinzón della polizia autonoma catalana. Il turbamento aveva spento in entrambi ogni aggressività, come se li avesse ammansiti. Gli strinsi la mano rispettosamente.

Coronas mi chiese:

– Lei che ne pensa, Petra? Sembra che questa storia non finisca mai.

– Infatti, commissario, terribile.

– Non siamo riusciti a contattare Roberto Fraile. Sono andati due agenti a cercarlo a casa. Ha idea di cosa può essere successo? – mi chiese Pinzón.

– A dire il vero ieri sera il collega non si sentiva molto bene. Non c'è da stupirsene, gli orari che si impone vanno molto al di là del dovere.

Mi fissarono perplessi, come se si domandassero se la mia risposta fosse dettata da spirito di giustizia o di solidarietà. Continuarono a scambiarsi impressioni in mia presenza.

– Il problema è che adesso la stampa non la fermiamo più – disse Coronas. – Quelli laggiù sono giornalisti. Non chiedetemi come hanno fatto ad arrivare qui perché non lo so. Ormai non abbiamo scelta, dovremo dare in pasto la storia ai giornali, lei che ne dice, Pinzón?

– Ho paura anch'io. Del resto se non diamo la notizia perdiamo la possibilità che qualche cittadino ci chiami per collaborare.

– Ma è proprio quello che dovremmo evitare! – replicò il mio capo. – Ci chiameranno tutti i matti di Barcellona, tutti i lettori di polizieschi, tutti i fanatici delle serie televisive. Ci toccherà mettere delle persone a ricevere le ondate di spazzatura telefonica.

– Dobbiamo rassegnarci, Coronas. Anche chi non è particolarmente morboso vuole sapere chi uccide e perché lo fa.

– Certo, anche noi. Se lo sapessimo, giocheremmo d'anticipo. Non le pare, Pinzón?

La tardiva comparsa di Roberto Fraile interruppe il dialogo filosofico dei nostri due capi. Era stravolto, pallido, con le occhiaie, sembrava un morto che cammina. Dato che ormai cominciava a starmi simpatico, cercai di impedirgli di confessare la sua sbronza della sera prima.

– Come si sente, ispettore Fraile? Le ha fatto bene l'ibuprofene che le ho dato ieri sera? Stavo appunto dicendo a questi signori che lei lavora troppo e che alla fine certi strapazzi si pagano.

Quell'idiota mi guardava allibito, ma alla fine capì lo scopo della mia recita.

– Sono soggetto al mal di testa – riuscì a dire.

– Quindi non deve esagerare! – esclamai.

Pinzón, un po' seccato del mio interessamento per la salute del suo sottoposto, gli chiese:

– È già informato di tutto?

– Mi ha messo al corrente il viceispettore Garzón.

– Allora, se il commissario Coronas è d'accordo, la inviterei a mettersi al lavoro fin da subito, con il mal di testa o senza. Noi abbiamo finito. Raccogliete i risultati del sopralluogo e vedete di risolvere questo maledetto rompicapo. Tre vittime cominciano a essere troppe.

Ci ritirammo in un angolo a fare il punto.

– Io voglio vedere la vittima – disse Fraile. – Venite con me?

– I morti preferisco vederli all'obitorio – risposi. – Le scene del crimine mi fanno paura.

Però lo accompagnai lo stesso. Aprirono la cerniera del *body bag* perché potessimo osservare l'orrore di quel corpo martoriato. Presi il coraggio a due mani e guardai anch'io. Era spaventoso. Di nuovo quei tagli incrociati sulla faccia, di nuovo le coltellate all'addome. La donna portava un vestito a fiori, un golf di lana. Fisicamente non aveva niente a che vedere con le altre vittime, era alta e slanciata, con le ossa forti. Forse la sorpresa, o il fatto di conoscere l'aggressore, le aveva impedito di difendersi. Che cos'era che paralizzava le vittime? Sembrava che non si aspettassero che quell'uomo potesse uccidere, non alzavano neppure una mano per respingere i suoi mortali fendenti. Erano cadute tutte come uccellini, sorprese in un momento di tranquillità. Quel maledetto bastardo doveva essere stato tenero con loro quando uscivano insieme.

Fraile venne con noi in commissariato. Avevamo deciso che tutti gli esiti delle varie perizie sarebbero confluiti nel mio ufficio: referti, analisi di laboratorio, riprese delle telecamere... ogni tipo di prova.

In sala d'aspetto sedeva il testimone che aveva visto fuggire l'assassino. Era profondamente addormentato. L'agente all'ingresso ci tenne a darmi un suo parere:

– Ha detto che usciva da una festa di compleanno. Per me, ispettore, non era solo sbronzo, era completamente andato. Come si è seduto, è crollato. E adesso lo guardi, non lo sveglia neanche una bomba.

In effetti dovetti scrollarlo un bel po' per farlo tornare in sé. Lui ebbe un sussulto, poi mi guardò come se fossi un'apparizione.

– Si trova in commissariato, se ne ricorda? Se la sente di parlare?

Come un gatto appena sveglio, passò mezzo minuto a strofinarsi la faccia col dorso delle mani.

– Sì, sì, sto bene – disse senza troppa convinzione.

– Venga di qua, prego.

Lo portammo nel mio ufficio.

– Non ce l'avete del caffè? – quasi implorò.

Stavo per dirgli che la macchinetta era ancora staccata, ma Garzón andò a prendere uno zaino da cui estrasse un grosso thermos.

– Stanotte, quando hanno chiamato, mia moglie ha voluto preparare caffè per tutti – spiegò.

– Beatriz è un angelo! – esclamai, mentre Fraile e il testimone si gettavano sui bicchierini di plastica come viandanti nel deserto. Anch'io bevvi avidamente. Subito dopo, sotto l'effetto del liquido corroborante, ci mettemmo al lavoro.

– Può dirmi il suo nome e la sua occupazione? – chiese Fraile.

– Mi chiamo Óscar Llimona, faccio il tecnico informatico.

– Può raccontarci quello che ha visto? – continuò il mio collega.

– L'ho già detto prima.

– Abbiamo bisogno di una versione completa e dettagliata.

– Dunque, ieri sono uscito tardi dal lavoro e sono andato a cena con un collega. Verso le undici l'ho lasciato e ho raggiunto un'amica che festeggiava il suo compleanno. È stato allora che sono passato davanti a quel portone.

– Saprebbe dirci che ore erano esattamente?

– Non ci ho fatto caso, ma fra trovare parcheggio e tutto... sarà già stata mezzanotte. C'era quella donna che

131

uscira dal palazzo. Quando ha visto che mi avvicinavo si è messa a camminare più in fretta e ha abbassato la testa. Mi è sembrato strano, ma non più di tanto.

– Com'era la donna che ha visto?

– Non saprei come dire, una donna. Sono arrivato a casa dalla mia amica, ho brindato con gli altri e un paio d'ore dopo sono uscito. Al ritorno, mentre andavo a prendere la macchina, ho visto la polizia lì davanti. Allora ho chiesto cos'era successo. Mi hanno detto che c'era stato un omicidio e ho raccontato di quella donna che avevo visto uscire così in fretta.

– È sicuro che fosse una donna? – gli chiesi.

– Be', l'ho vista da lontano, però aveva la gonna e i capelli lunghi.

– Com'era? – insistetti.

– Oh, questo è difficile! Le ho già detto che non lo so. Abbastanza robusta, non tanto giovane e con quei capelli di un biondo strano, giallo, come se fosse finto. Ma non sono sicuro.

– Che cosa intende per «non tanto giovane»?

– Non lo so, come lei, o forse un po' più vecchia.

– E poi? – incalzai un po' piccata.

– Non lo so! Ero sull'altro marciapiede, era buio, e se non fosse stato per come ha reagito vedendomi, non l'avrei neppure notata.

– Ci spieghi meglio come ha reagito – disse Fraile.

– Si è messa quasi a correre e ha abbassato la testa. Come se volesse scappare, ma soprattutto non farsi vedere.

– La riconoscerebbe se ce l'avesse davanti?

132

– No.

– Aveva bevuto durante la cena?

– Un po'. Ma non da passare il limite. Io non guido mai quando ho bevuto.

– Ci lasci tutti i suoi dati. Le ricordiamo che è tenuto a presentarsi ogni volta che la chiameremo. E che dovrà deporre davanti a un giudice.

Alzò gli occhi al cielo in segno di rassegnazione e chiese se poteva andarsene.

Lo salutammo, e poi Garzón riempì di nuovo i bicchierini con il caffè di Beatriz.

– E allora? – domandai.

– Una donna! – fu la sintesi stupefatta di Roberto Fraile.

– Quello aveva più alcol in corpo di quanto ammetta, tanto per cominciare. E poi era buio e non l'ha vista bene – puntualizzò il viceispettore.

– Ma sembrava sicuro di quello che ha visto – affermai.

– Di quello che ha creduto di vedere – obiettò Fraile.

– Che cosa intende, Roberto?

– Che poteva essere un uomo travestito da donna.

Ci misi un po' a valutare l'idea.

– Non capisco perché l'assassino avrebbe dovuto fare una cosa simile – dissi.

– Per confondere eventuali testimoni, come infatti è successo.

– Non ci sono elementi che giustifichino una simile ipotesi.

– Certo, è un po' azzardata. Ma il fatto che avesse

133

i capelli di un biondo finto può far pensare che fosse una parrucca.

– Ma andiamo, Fraile – dissi per farlo ragionare. – Questo è il tipico caso dell'assassino che firma i suoi delitti. Le lettere d'amore sui corpi delle vittime parlano chiaro. Secondo lei un tipo del genere, presentandosi come un innamorato tradito, si prenderebbe il disturbo di travestirsi da donna?

– Ispettore, si sa che gli psicopatici giocano al gatto e al topo con la polizia e tendono ad aggiungere elementi nuovi a ogni delitto che commettono. Sono degli istrioni, amano il rischio, si prendono gioco dell'avversario, tutto per dimostrare che i più furbi sono loro.

– E quindi?

– E quindi l'assassino gioca a confonderci, nient'altro. Travestirsi da donna è una trovata in più.

– Gioca benissimo, non c'è che dire – concluse Garzón. – Confusi lo siamo eccome. E se invece ignorassimo quello che ha raccontato il testimone?

A quel punto persi la pazienza. Non ne potevo più.

– Basta! Non possiamo andare avanti così! Ci muoviamo alla cieca, ogni ipotesi è basata sul nulla! Adesso non sappiamo nemmeno se l'assassino è un uomo o una donna e intanto quelle poveracce continuano a morire!

– Non si agiti, ispettore – mi consigliò Fraile.

– Ma deve essere un uomo! – intervenne il viceispettore. – Non è di certo un caso se le due prime vittime sono state viste con un fidanzato misterioso. Vogliamo dimenticarlo? Adesso quello che bisogna fare è verificare chi abita nel condominio dell'infermiera. Magari verso mezzanotte una donna bionda è uscita per i fatti suoi.

– E allora dev'essere passata sopra il cadavere. Secondo il medico legale la morte è avvenuta intorno alle ventiquattro – ricordò Fraile.

– Queste valutazioni non sono mai precise, e non sappiamo neppure a che ora è uscita la presunta donna – insistette il viceispettore.

– Fermi tutti! – intimai. – Sono le quattro del mattino, non abbiamo elementi nuovi e a quest'ora non possiamo interrogare nessuno. Io, personalmente, non sono più in grado di pensare. Vi propongo un sonnellino di fortuna.

Mi guardarono come se non capissero la mia lingua.

– Vedete, lì c'è un divano. È un po' sfondato ma resiste. Togliendo i cuscini dello schienale abbiamo due magnifici guanciali. Il pavimento è duro, ma ha il vantaggio dell'orizzontalità. Ci giochiamo a testa o croce chi dorme sul divano e chi dorme per terra?

– Le sembra una cosa da farsi?

– È l'unica possibilità. Verso le otto cominceranno ad arrivare i dati, e se siamo ridotti a uno straccio non capiremo un accidente. Garzón, il divano spetta a lei per ragioni di anzianità. Fraile, chiuda la porta a chiave. E ora mandate un messaggio ai vostri familiari perché non si allarmino se non vi vedono tornare.

Si strinsero nelle spalle tutti e due. Mi obbedirono. Cercai il riparo della scrivania, stesi l'impermeabile sul pavimento e mi ci sdraiai su. Fraile spense la luce. Non so se fu la stanchezza o l'arrabbiatura, ma in un attimo piombai in un sonno profondo.

Mi svegliai grazie alle delicate scosse di Roberto Fraile.

– Petra, muoviamoci, di là si sentono dei rumori.

– Che ore sono?

– Le sette e un quarto.

Alzandomi mi sentii come se mi fosse passato addosso un camion. Stirai lentamente braccia e gambe, inarcai la schiena indolenzita.

– È riuscito a dormire? – chiesi al collega.

– Come un sasso! Mi sento molto meglio. È stata una grande idea questo accampamento. Il problema è il viceispettore, non riesco a svegliarlo.

– Lasci fare a me.

In effetti Garzón sembrava una statua distesa. Con le braccia incrociate sul petto, gli occhi chiusi e le gambe allungate, era addirittura sepolcrale. Lo chiamai avvicinando le labbra al suo orecchio.

– Fermín, si svegli!

Inutile. Sembrava passato a miglior vita. Feci cenno a Fraile di prenderlo per una gamba mentre io lo afferravo per l'altra. Tirammo insieme, e il corpo del dormiente scivolò giù dal divano con una certa celerità.

– Ma insomma, che modi sono questi? – gridò il redivivo. – Bisogna essere delle bestie, santo Dio!

– Non sapevamo come svegliarla, Fermín.

– Ci sono sistemi più civilizzati per svegliare la gente!

– La pianti di protestare! – lo redarguii. – Che cosa voleva che facessimo, che le facessimo annusare un sa-

136

lamino piccante? Che le sussurrassimo un canto della sua terra?

– Qualunque cosa tranne che farmi prendere una culata sul pavimento!

Per la seconda volta da quando lo conoscevo, Fraile scoppiò a ridere. Me ne rallegrai, era un trionfo.

– Forza, muovetevi voi due! – li spronai. – Con un po' di fortuna riusciremo anche a fare colazione.

Andammo a darci una rinfrescata e poi, con un'aria più o meno presentabile, corremmo al bar.

– Se il commissario chiede di noi, gli dica che siamo usciti a prendere un caffè – avvertii l'agente alla porta.

Ci sedemmo e ordinammo pane tostato, croissant, panini assortiti e litri di caffè. Vederci alla luce del giorno ci permise di constatare la devastazione dei nostri volti. Garzón era pallidissimo. Al suo passaggio in bagno si era lavato la faccia ma non aveva pensato di pettinarsi. Sembrava uno scienziato pazzo dopo una prolungata sessione di calcoli matematici. Mangiammo con voracità, senza parlare. Di colpo, Fraile diede un'inaspettata dimostrazione di umorismo:

– Il sonno è stato così riparatore che non mi ricordo più niente. Su cosa stavamo indagando?

– Io invece me lo ricordo fin troppo bene – disse Garzón. – Per una volta che abbiamo un testimone, quello ci racconta che ha visto scappare una donna. Una donna, porca miseria! Quell'informatico dei miei stivali doveva aver bevuto come una spugna!

– Non ne faccia un'ossessione, Fermín. Ora vedremo dove casca l'asino – gli dissi per rincuorarlo.

– Stavolta mi sa che gli asini siamo noi, ispettore.

Eravamo definitivamente tornati alla realtà, ed era una realtà che ci spaventava. I nostri volti si fecero cupi. Al rientro in commissariato, presi un pettine dalla borsetta e lo passai al viceispettore.

– Vada a darsi una sistemata, Fermín.

Coronas era arrivato e voleva vederci. Andammo nel suo ufficio. L'accondiscendenza della notte sembrava scomparsa. Era nervoso e preoccupato.

– So che non avete chiuso occhio, ma devo chiedervi di lavorare fino a sera. Fra poco il commissario Pinzón ed io daremo una conferenza stampa. Sapete già che cosa significa. Si scatenerà il finimondo: giornalisti, telecamere, dibattiti, dichiarazioni dei politici. D'ora in avanti saremo sotto i riflettori. Ingaggeremo uno psichiatra esperto in disturbi antisociali perché racconti cazzate alla stampa, tanto per fare figura. Non verrà reso noto il nome di nessuno di voi, ma se qualche giornalista dovesse farvi delle domande non mandatelo a quel paese, conoscete già le formule di rito: «siamo sulla buona strada», «per il momento nessuna ipotesi viene scartata» e via discorrendo. Quando sarà il caso di concedere qualcosa di più, ci penserò io. Ah, e date le circostanze, siete autorizzati ad aggiungere: «La cooperazione fra le due forze di pubblica sicurezza sta funzionando egregiamente». Intesi?

Annuimmo come tre scolaretti convocati dal preside. Il commissario continuò il suo discorso alzando il tono e il volume della voce:

– E adesso passiamo a cose più serie: voglio essere informato di ogni vostro singolo passo, è chiaro? Non rimandate la stesura dei rapporti a fine giornata. E servitevi di tutti gli specialisti che la moderna criminologia vi offre. Ma soprattutto, voglio vedere in scena le forze speciali!

– Ma commissario, è assurdo. Per il momento stiamo facendo solo lavoro d'ufficio. Perché diavolo dovremmo scomodare le forze speciali?

– Petra Delicado, lei ha il brutto vizio di non ascoltare quello che le si dice! Bisogna accontentare il pubblico, fare un po' di scena, dare del materiale alle telecamere. La gente deve capire che ce la stiamo mettendo tutta, e per questo ci vogliono le teste di cuoio. Quindi inventatevi qualcosa! Ma voglio vedere le foto dei tizi col casco e gli anfibi. Sono stato chiaro?

– Come il sole, commissario – si affrettò a rispondere Garzón, prevenendo ogni mia obiezione.

La nostra uscita dall'ufficio di Coronas fu tutto meno che trionfale. Vedersela con un serial killer, e per di più dover recitare per il pubblico, poteva essere estenuante. Come se non bastasse ci toccava pure mentire raccontando che eravamo «sulla buona strada». Non mi ero mai sentita così a disagio in tutta la mia carriera.

Occupammo i nostri posti di combattimento. Garzón telefonò per chiedere le relazioni della Scientifica, che non erano ancora pronte. Sembrava che prima del pomeriggio nessuno potesse realisticamente consegnarci nulla.

Quanto ai primi passi da fare, fummo perfettamente d'accordo. Prima di tutto bisognava andare al Vall d'Hebron.

– E la famiglia? – chiesi.

– Non c'è nessuna famiglia – mi informò Fraile. – La vittima era vedova, senza figli. Non ha fratelli e i genitori non sono più in vita. Pare non ci siano altri parenti.

– Caratteristica comune alle tre donne! Il nostro caro assassino cerca vittime solitarie – esclamò Garzón.

– Se è vero che le contatta attraverso un'agenzia matrimoniale, che siano sole non è così strano. Le persone con una ricca vita sociale difficilmente ricorrono a questi servizi – obiettai.

– Ma è possibile che ci sia gente così sola? Proprio senza nessuno?

– Sì, ce n'è – disse Fraile, gravemente.

– Be', andremo a caccia degli amici e dei colleghi di lavoro – concluse Garzón, che sembrava molto combattivo.

Uscendo, trovammo l'atrio insolitamente affollato.

– Sono giornalisti – disse Fraile. – Fra due minuti comincia la conferenza stampa.

– Dio ce ne scampi e liberi! – fu l'esclamazione di Garzón.

Ma le sorprese non erano finite. Proprio sulla porta due agenti delle forze speciali si presentarono con nome e cognome e grado. Li osservai dalla testa ai piedi. Non si erano risparmiati un solo elemento della bardatura: caschi, giubbotti antiproiettile, mitraglietta.

– Andate a rapinare una banca?

– Abbiamo ordine di scortarvi nei vostri spostamenti, ispettore Delicado.

– Per il momento non sarà necessario. Non abbiamo individuato alcun pericolo imminente.

– La nostra unità si occupa di prevenzione del rischio. Al momento è questa la nostra funzione.

– Ma non serve. In questa fase delle indagini non ne abbiamo bisogno.

– Noi eseguiamo gli ordini ricevuti, ispettore Delicado. Non posso dirle altro.

Fraile mi toccò il braccio discretamente. Parlò lui con loro:

– D'accordo, seguiteci con un automezzo. Siamo diretti all'ospedale Vall d'Hebron.

È vero che si era creata una certa complicità a livello personale, ma il collega aveva pur sempre il comando delle indagini. Io mi sarei battuta, avrei chiesto di parlare con Coronas, avrei fatto l'impossibile perché ci togliessero dai piedi quel paio di guerrieri. Lui invece era per i compromessi, preferiva non discutere, chinare la testa. Questo mi irritò profondamente, e mentre ci dirigevamo verso l'ospedale non feci nulla per nasconderlo. Avevo un muso lunghissimo, e Garzón che mi conosceva bene ne approfittò per punzecchiarmi.

– Ispettore, non so proprio perché le dia tanto fastidio avere una scorta di uomini armati fino ai denti. A me piace, mi fa sentire importante. E poi è in gioco la nostra sicurezza. Come faremmo se avessimo bisogno

141

di una buona sventagliata di mitra, senza questi ragazzi? Ci troveremmo in serie difficoltà, non le pare?

– Non è divertente, Fermín.

– Be', se vuole toglierseli di torno può sempre dargli dieci euro e mandarli a comprarsi il gelato.

– Mi sembra da irresponsabili aver voglia di scherzare in queste circostanze.

– Ma Petra, se sono ordini non possiamo fare altro
che adeguarci – intervenne Fraile.

– Il fatto è che l'ispettore Delicado appartiene a una
generazione contestataria – ironizzò il viceispettore.

– Appartengo a una generazione abituata ad analiz-
zare i fatti e a rifiutarsi di fare cose senza senso solo
perché lo dice il capo.

– Va bene, ma nella sua generazione i sociali network
non c'erano e adesso ci sono. Il primo deficiente che
decide di scrivere un tweet dicendo che le donne continuano a morire mentre la polizia non muove un dito, può metterci nei guai – obiettò Fraile.

– E a me non importa un beneamato accidente dei
guai che ci possono creare con un tweet. Le cose senza senso rimangono senza senso! – esclamai. – Mi dite voi come facciamo a passare inosservati con questi
sbirri equipaggiati per le guerre stellari? Santo Dio, man-
cano solo le spade laser!

Ero veramente furibonda e il viceispettore moriva
dalle risate. Da parte sua Fraile non capiva la mia posizione e neanche il gran divertimento di Fermín.
Ma se non altro non cercò più di intromettersi fra di
noi.

Di fronte allo spaventoso ingresso principale del Vall d'Hebron ci toccò aspettare che i nostri guardaspalle parcheggiassero. Ovviamente attiravano l'attenzione di chiunque nel raggio di un chilometro.

– Che cosa facciamo, ispettore? – vennero a dirmi.

– Scalate la facciata – sbottai.

Poi girai loro le spalle e mi inoltrai nell'ospedale piantandoli in asso. Fraile rimase a dar loro le opportune istruzioni, che immagino si riducessero al tipico «Aspettate qui».

Transitando per quegli interminabili corridoi il vice-ispettore Garzón non la smetteva più di ridere fra sé. Io facevo finta di niente, ma Fraile gli lanciava continue occhiate di disapprovazione. A lui non importava, se la rideva beato. La battuta della facciata gli era parsa geniale. Trattenne l'ilarità solo quando fummo davanti al dirigente del Centro di Ostetricia e Medicina Riproduttiva, il reparto dove lavorava Berta Cantizano. Fraile aveva già preso accordi per telefono e tutti ormai sapevano dell'assassinio. Fummo condotti nella sala infermiere, e lì attendemmo le colleghe di Berta Cantizano.

Uno dei tanti aspetti negativi degli omicidi seriali è che anche le indagini sono seriali, le situazioni si ripetono sempre uguali. Il ritratto caratteriale che ci fecero le colleghe della vittima era pressoché identico a quello dei casi precedenti: una bravissima persona, una gran lavoratrice, metodica e riservata. Nessuno in reparto sapeva nulla della sua vita privata. Solo che era un'appassionata di montagna e che appena poteva andava a fare trekking impegnativi. Nessuno aveva notato nulla di insolito negli ultimi tempi, e naturalmente nessuno era al corrente della sua situazione sentimentale. Ci scontravamo sempre con la stessa formula, che era come un muro: «Molto riservata». Ma quelle donne erano riservate perché erano sole, o erano sole per la loro scarsa comunicativa? Non era dato saperlo, il punto era che non parlavano dei fatti loro con nessuno, almeno sul luogo di lavoro. All'incontro con le infermiere del reparto ne seguì uno con i medici, inutile anche quello. Poi chiedemmo al dirigente se Berta avesse un armadietto per i propri effetti personali e ce lo aprirono. Dentro non c'era niente di interessante: un camice, zoccoli sanitari, calze di ricambio, articoli da toeletta. Nessuna rivelazione.

Berta Cantizano viveva in un minuscolo appartamento con terrazzo all'ultimo piano. La Scientifica non aveva rilevato nulla di strano. Tutto era in perfetto ordine. Frugammo fra le carte che la vittima teneva dentro un paio di faldoni: bollette, dichiarazioni dei redditi, vecchie prescrizioni mediche... Niente di niente, né una lettera, né un appunto, né una fotografia.

– Io dico che queste donne non le ha assassinate un essere umano. Ha pensato alla magia nera, alle uccisioni a distanza del vudù? – disse Garzón quando fummo di nuovo in commissariato.

Per fortuna in quel momento entrò Fraile con le relazioni che aspettavamo. Dal modo in cui me le gettò sulla scrivania dedussi che non contenevano la mappa del tesoro.

– Le chiamate dal cellulare della vittima corrispondono all'ospedale, a un negozio di parrucchiere, a un'associazione di escursionismo e a due amiche. La cronologia del computer registra visite a pagine di viaggi e montagna, di medicina e del settore sanitario in generale, di cucina e cura delle piante. Ho già parlato con le due amiche, stanno per arrivare. Ah, e tanto per non farci mancare niente, c'è un prelievo dal conto bancario per l'ammontare di tremila euro. Risale a sei mesi fa.

Visto che non reagivo, il viceispettore si sentì tenuto a dire la sua:

– Ecco, lo dicevo io! Com'è possibile che uno passi per la vita di tre donne senza lasciare traccia? Ma di cos'è fatto quell'uomo, di fumo?

Fraile, in tono molto più misurato, osservò:

– Si direbbe che l'assassino sia un perfezionista, ogni volta lascia sul luogo del delitto il cellulare e il computer della vittima. Evidentemente il rapporto che aveva con queste donne gli dà la certezza che non sia possibile risalire a lui per quella via.

– Rapporto che, per quanto ne sappiamo, le prime due donne avevano rotto di loro volontà – aggiunsi. – Ma ogni certezza ha un limite. Come faceva l'assassino a sapere che nessuna di loro teneva un diario, che nessuna si era confidata con qualche amica raccontando particolari significativi?

– Forse le aveva completamente soggiogate, ipnotizzate – azzardò Fraile.

– Dimentichiamo quello che ha visto l'ultimo testimone – obiettai. – Sembra che a fuggire dal luogo del delitto sia stata una donna.

– Non continui su questa linea, ispettore – mi bloccò Fermín. – Non mi faccia arrabbiare. Il testimone non era in sé. Che cosa c'entra una donna con questa storia? Cambiare sesso all'assassino manda all'aria tutto il lavoro fatto finora, non se ne rende conto?

– Noi non siamo artisti che dipingono un quadro, né autori che scrivono un romanzo! – ribattei spazientita. – Non possiamo escludere nessuno degli elementi nuovi che si aggiungono solo perché rovinano l'armonia dell'insieme!

– Signori, per favore, un po' di calma! – intervenne Fraile. – Andiamo per gradi. Azzardare ipotesi non ci aiuterà.

– Per mia esperienza so – dissi con tutta la tranquillità che riuscii a trovare, – che quando non ci sono ipotesi, non ci sono risultati.

– Bene, allora le formuleremo più avanti – concesse l'ispettore per mettere pace.

In quel momento sentimmo bussare alla porta. Era Domínguez.

– Sono arrivate le signore che avete fatto chiamare. Le porto nella sala degli interrogatori?

– No, le faccia accomodare qui, staremo più tranquilli.

Pepi e Elisenda, questi i nomi che comparivano sul cellulare della morta, entrarono una dopo l'altra con facce scure. Elisenda Rivelles, che era la più giovane e anche la più emotiva, piangeva come una fontana. La più anziana, Josefina López, probabilmente coetanea di Berta Cantizano, aveva il volto irrigidito da un'espressione risoluta. Ci mostrarono i loro documenti, specificarono le loro occupazioni. Pepi faceva la cassiera in una filiale bancaria, la sconsolata Elisenda era postina. Entrambe non coniugate, entrambe residenti a Barcellona, entrambe appassionate di montagna. Come la vittima erano iscritte a un circolo escursionistico.

Vedendo che il pianto della più giovane non cessava, tentai il metodo inglese:

– Possiamo farle portare una tazza di tè?

Lei scuoteva la testa, disperata, rivoli di lacrime le inondavano le guance. Rafforzai il metodo inglese con uno step successivo che in genere funziona:

– Un whisky, allora?

Funzionò. La giovane amica della morta mi guardò con aria spaventata, ma si asciugò la faccia e disse:

– No, no, adesso va meglio.

Fraile chiese della vita privata di Berta. Pepi rimase in silenzio, Elisenda, che oltre a essere la più emotiva era anche la più loquace, cominciò a raccontare quello che sapeva.

– Lei non parlava molto della sua vita. Sapevamo che era vedova. Suo marito era morto anni fa, di cancro, e lei ne aveva sofferto moltissimo. Ma adesso era serena. Siamo diventate amiche per via della montagna, ma anche perché ci piaceva cucinare. Lei era bravissima, ci scambiavamo le ricette. È stata lei a darmi l'autentica ricetta della paella valenciana.

– Uscivate spesso insieme?

– Oh, molto di rado. Mi aveva invitata un paio di volte a pranzo a casa sua. E quando non stavo bene mi dava sempre i consigli giusti, era una bravissima infermiera. Ci vedevamo più che altro in montagna. Anche se non era delle più giovani affrontava i percorsi più lunghi e difficili. Era molto in forma. In realtà io da un po' di tempo partecipavo meno perché ho un compagno, e ovviamente molti fine settimana li passo con lui.

– Vi ha mai detto di avere avviato una relazione sentimentale, di avere un fidanzato o un amante?

– Questo non potrei saperlo. Non eravamo così in confidenza. Ma mi sembrerebbe strano, perché una volta mi aveva messa in guardia, diceva che oggi gli uomini non sono affidabili. Diceva che una volta il matrimonio era una cosa seria, che adesso la gente si conosce via internet e poi le cose vanno come vanno. Io però il mio compagno l'ho conosciuto di persona, in discoteca, quindi...

– Lei non ha niente da aggiungere? – la interruppe Fraile rivolgendosi alla sua amica Pepi.

Pepi rimase zitta, poi girò lo sguardo verso di me, come a chiedere aiuto. Ci capimmo al volo.

– Credo, ispettore Fraile, che sia meglio ascoltare una persona alla volta. Per conto mio la signorina Rivelles può andare – intervenni, fissando il collega con intenzione. Lui non ci mise molto ad afferrare il messaggio.

– D'accordo, non ho altre domande. Lei, viceispettore?

Garzón scosse la testa. Mi parve mezzo addormentato. La ragazza piangente e loquace se ne andò e rimase la signora López. Non ci fu bisogno di chiederle niente, fu lei a parlare:

– Ci tenevo a rimanere sola con voi perché non mi fido di nessuno. Elisenda è una brava ragazza ma chiacchiera troppo.

– Sì, abbiamo visto – le dissi per rassicurarla.

Poi lei guardò di traverso Fraile e Garzón.

– Anche loro sono investigatori, vero?

– Può stare tranquilla, anche loro prendono parte alle indagini con me.

– Non vorrei dover leggere sui giornali quello che sto per raccontare.

Nemmeno io, pensai con tutto il cuore. La rassicurai:

– Da parte nostra la discrezione è garantita.

– Io ero molto amica di Berta. Ci vedevamo spesso – si decise a dire. – Parlavamo abbastanza delle nostre cose private, non troppo, non crediate. Berta era molto chiusa e aveva un carattere particolare. Immagino che si diventi un po' tutte così a una certa età. Se ne accorgerà anche lei, ispettore. Berta non aveva mai veramente superato la morte di suo marito. Erano una coppia molto unita, e non avendo figli vivevano un po' isolati dal mondo. Io li conoscevo perché venivano al circolo tutti e due, anche lui era un buon camminatore. I primi anni dopo la scomparsa di Agustín, così si chiamava il marito, furono molto difficili: lei non usciva più, non vedeva nessuno, non aveva più interessi... Poi era riuscita a riprendersi e aveva scoperto di avere più libertà di prima. È una cosa che succede a tutte le vedove, che lo riconoscano o no. Quindi uscivamo spesso, prendevamo i nostri aperitivi, andavamo al cinema, facevamo gite in montagna e piccoli viaggi. Circa sei mesi fa, posso dirle anche il giorno esatto perché era il suo compleanno, siamo andate a cena fuori per festeggiare. Lei era allegra, avevamo bevuto del buon vino, e dopo siamo andate in un locale... Allora Berta si è confidata e mi ha detto che sentiva molto la mancanza di un uomo nella sua vita.

Abbassò pudicamente gli occhi, come se non se la sentisse di andare avanti. Cercai di facilitarle il discorso:

– Mi stava dicendo che Berta aveva trovato un buon equilibrio nella solitudine.

– Io non so se lei sia sposata o no, ispettore. Ma le donne che hanno avuto un marito desiderano sempre riavere un uomo al loro fianco.

– Immagino che manchi la compagnia.

– La compagnia e il sesso – disse con decisione, e ci guardò con fierezza come se avesse pronunciato una frase di portata capitale.

– E il sesso, certo – commentai in tono neutro, sminuendo in qualche modo la sua rivelazione. Speravo che quel lungo preambolo servisse ad arrivare a qualche conclusione, ma preferivo non metterle fretta.

– Quella sera Berta mi aveva confidato che pensava di rivolgersi a un'agenzia matrimoniale. Non aveva intenzione di sposarsi, a meno che non funzionasse tutto alla perfezione. Voleva trovare un compagno.

Sentii le gole dei miei colleghi deglutire all'unisono

per l'emozione. Cercai di far finta di niente. Lei continuò il suo racconto guardando solo me.

– Io glielo avevo sconsigliato. Abbiamo tutte una reputazione da difendere, e sul lavoro queste notizie volano. Soprattutto le avevo raccomandato di non tentare con uno di quei siti di incontri, non si sa mai chi può visitarli. Ma lei mi aveva spiegato che aveva sentito parlare di un'agenzia speciale, molto esclusiva. Un'agenzia che non usava internet, che non si faceva pubblicità e che non forniva i numeri di telefono dei possibili candidati. Mi ricordo le sue parole: «Riservatezza totale e assoluta». A sentir lei non c'era neanche bisogno di uno scambio di mail, si faceva tutto di persona.

Mi si fermò il respiro. Avevo l'impressione di sentire i cuori di Fraile e di Garzón battere all'impazzata, esattamente come il mio.

– Io non ero per niente convinta. Le ho detto che la discrezione totale oggi non esiste. Prima ancora di rendersene conto sarebbe stata sulla bocca di tutti. «La vedova consolabile» l'avrebbero chiamata, e quel che ne consegue. Ma lei sembrava convinta e mi ripeteva che sapeva quello che faceva. L'agenzia a sentir lei era serissima, anche se questo aveva un prezzo.

– Quale prezzo? – non potei trattenermi dal chiederle.

– Tremila euro. Che trovasse un compagno o no. A me sembrava una truffa bell'e buona, e non gliel'ho nascosto. L'ho pregata di pensarci bene. Allora, ispettore, lei mi ha detto che era già stata all'agenzia, che le aveva fatto un'ottima impressione e che aveva già firmato. Si rende conto, ispettore? Tremila euro buttati dalla finestra! Regalati a quegli imbroglioni! Mi sono arrabbiata da morire, gliene ho dette di tutti i colori. Lei ha reagito male, mi ha detto che non era una stupida, che erano fatti suoi, l'unica cosa che voleva era rifarsi una vita, o almeno divertirsi un po'. Io l'ho pregata di riflettere e mi sono offerta di accompagnarla all'agenzia per farsi restituire i soldi, e questo l'ha resa ancora più isterica. Mi ha rinfacciato di tutto, ma la cosa che più mi ha fatto male è che mi ha accusata di essere invidiosa, perché lei era ancora capace di avere delle speranze, di voler essere felice, e io no. Questo non l'ho mandato giù. Dare dell'invidiosa a me! Dirmi che non volevo la sua felicità! Gliel'ho detto chiaro e tondo: «Basta, Berta. Quando questa storia sarà finita, e finirà male, non ti dirò che ti avevo avvertita. Ma adesso è meglio se non ci vediamo per un po'».

Per la prima volta la voce le tremò di pianto. Poi rimase in silenzio. Io ero sull'orlo dell'infarto.

– E poi? – balbettai.

– L'ha visto anche lei il risultato. Quell'agenzia le avrà fatto conoscere qualcuno che ha pensato bene di ammazzarla.

– E fra voi com'è andata?

– Non ci siamo parlate per mesi. Ero tentata di chiamarla, ma visto che non lo faceva lei... In fin dei conti era stata lei a offendermi, nessuno mi aveva mai dato dell'invidiosa. Poi, un paio di mesi fa è comparsa a un trekking organizzato dal circolo. È venuta da me e mi ha detto: «Avevi ragione, non è andata come speravo». E io: «Ti avevo detto che non avrei fatto commenti e non ne farò. Dimentichiamo tutto». «È già dimenticato» sono state le sue parole. Ci siamo abbracciate e amiche come prima. Ma non era vero, niente era più come prima. Abbiamo ricominciato a uscire, ma avevamo meno cose da dirci. La storia dell'agenzia aveva avvelenato tutto. Non c'era più la confidenza di prima. Un peccato.

– Continui.

– Non ho altro da dire, ho finito.

– Come si chiamava l'agenzia?

– Non lo so, Berta non me l'ha mai detto.

– Ma le ha raccontato almeno se aveva conosciuto qualcuno, se c'era stata una relazione?

– Avevamo detto che l'argomento era chiuso. E così è rimasto.

– E lei non le ha chiesto niente? Non si è fatta raccontare come aveva passato il tempo in cui non vi eravate viste, anche solo per curiosità?

– Io non sono una donna curiosa. E non mi interessano i particolari delle vite degli altri. Pensavo lo avesse capito.

– Nel periodo in cui non vi vedevate – continuai, – ha mai chiesto notizie della sua amica ad altre persone? Nessuno le ha mai parlato di Berta, o le ha mai detto di averla vista in compagnia di un uomo?

– No, non ho saputo niente. Era uscita dalla mia vita. E visto che nemmeno lei parlava troppo con la gente, dubito che avesse raccontato i fatti suoi a qualcuno. In ogni caso, io non mi sono informata.

L'avrei strangolata in quello stesso istante. Avrei fatto a pezzi il suo corpo con le unghie e con i denti. Garzón doveva pensarla come me, perché uscendo dal suo prudente silenzio, si mise quasi a gridare:

– Ma non è possibile! Qualcosa le avrà pur detto, un accenno, due parole!

– È andata esattamente come ho raccontato. Se mi avesse detto qualcosa me ne ricorderei.

– Ma è assurdo, non è naturale. Le amiche si parlano! Si preoccupano l'una dell'altra, soprattutto se poi fanno la pace! – ruggì il viceispettore.

– Vi ho raccontato tutto quello che so – rispose la signora Pepi senza alterarsi.

– Dovrà ripetere la sua dichiarazione davanti al giudice – puntualizzai.

– Certamente dirò le stesse cose che ho detto a voi, non dubitate.

Le recitai la solita solfa del «se ricorda qualcosa che possa esserci utile non esiti a chiamarmi», le diedi un biglietto con il mio numero e la lasciai andare. Uscì dall'ufficio dritta e sicura di sé, una vera montanara. Garzón, intanto, dava in escandescenze.

– C'è da impazzire! Ci disegna per bene tutta la mappa della faccenda, ma senza un nome che ci dia un minimo di orientamento. Secondo me ci nasconde qualcosa. Ah, le donne, le donne! Fra di loro sono cattive, rancorose, perverse, si legano al dito la minima offesa, si augurano tutto il male possibile! E poi dicono che se governassero loro non ci sarebbero più le guerre! Sì, me lo immagino, salterebbe in aria tutto il pianeta in meno di due secondi!

– E basta, Fermín! – tuonai. – Non ne approfitti per fare il misogino. Una cosa è che lei sia nervoso, e un'altra che mi tiri fuori un discorso sessista che non si può tollerare.

– Va bene, Petra, può anche darsi che io esageri. Ma non mi dica che la storia della testimone è servita a qualcosa! Mentre parlava sembrava che avessimo risolto il caso, e invece viene fuori che non abbiamo un cavolo di niente! E tutto per la testaccia dura di quelle due. Erano così amiche che una non aveva voglia di chiedere e l'altra non le ha detto niente. E solo per orgoglio.

– Pepi non poteva certo immaginare che Berta rischiava di essere assassinata, e Berta non aveva idea dei pericoli che correva. Secondo me questa donna non ci nasconde nulla. Anch'io l'avrei presa volentieri a calci, ma non può inventarsi quello che non sa.

– Che non abbiamo ricavato niente non è del tutto vero – intervenne Fraile. – La signora ci ha rivelato alcune cose fondamentali. Adesso sappiamo che la questione dell'agenzia è cruciale. E sappiamo che non la troveremo su internet. Inoltre possiamo essere certi di un fatto, che anche Paulina Armengol e Aurora Retuerto hanno conosciuto il loro assassino attraverso la stessa agenzia. Non può essere un caso che tutte e tre abbiano prelevato tremila euro dal loro conto bancario.

– Queste sono conferme, più che novità – obiettai.

– Ma significano qualcosa. Per esempio escludono che l'assassino circuisse le sue vittime per estorcere loro del denaro. Ora sappiamo che una misteriosa agenzia richiedeva quella cifra per i suoi servizi.

155

– E quindi sarebbe stata l'agenzia stessa a farle assassinare? – chiese Garzón.

– È una possibilità.

– A quale scopo?

– Perché quelle donne non parlassero dopo essere venute a conoscenza delle loro attività fraudolente.

– Ma allora avrebbero dovuto ammazzare tutti i loro clienti. O ne avevano solo tre? – replicai.

– Forse loro tre avevano minacciato i responsabili di denunciarli.

– Niente può far pensare che sia stato così. Le tre vittime, e di almeno due lo sappiamo con certezza, erano uscite con un uomo conosciuto tramite l'agenzia, ma poi avevano continuato normalmente la loro vita.

– Non possiamo esserne così sicuri – affermò l'ispettore.

– Non possiamo essere sicuri di niente! – gemette Garzón. – Io odio questo caso, odio il nostro caro assassino e odio quelle cavolo di agenzie!

– Questo era già molto chiaro, Fermín, non c'è bisogno che lo ribadisca – dissi, ai limiti della sopportazione.

– Voi due siete troppo emotivi – sentenziò Fraile.

– Lei è più equilibrato? – chiesi.

– Cerco di essere equanime, non mi scoraggio facilmente. Se mi lasciassi mettere in crisi da tutto quello che succede sarei fuori gioco già da un pezzo.

Quel suo tono saccente mi diede sui nervi.

– E va bene, prendiamo nota! Ma se il viceispettore odia l'assassino, ha tutto il diritto di dirlo. Anzi, le dirò di più, anch'io odio le agenzie matrimoniali, i siti di incontri, odio tutti gli uomini schifosi che cercano di abbindolare delle donne, e odio anche questa cultura fasulla che le fa sperare in una soluzione che si sa già che non esiste. Qualcosa da obiettare?

– Siamo tutti molto stanchi – disse Fraile. – La notte scorsa abbiamo dormito poco e male. Domani dobbiamo riparlare con la presidente dell'associazione agenzie matrimoniali. Forse lei saprà dirci qualcosa. Propongo di chiudere qui la giornata.

– E il rapporto chi lo scrive? – fece notare Garzón.

– Per tutti i diavoli, il rapporto può aspettare! – esclamai.

– Lo farò io – si offrì Fraile.

– Se io avessi il comando delle indagini... – cominciai, ma poi rimasi zitta.

– Se lei avesse il comando che cosa farebbe? Lo dica – mi incoraggiò Fraile.

– Le proibirei tassativamente di mettersi a lavorare a quest'ora. I nostri capi possono dire quello che vogliono, ma l'indagine li tocca poco. L'unica cosa che hanno saputo fare è stata metterci alle calcagna quei due energumeni vestiti da pompieri. Bene, devono capire che siamo fatti di carne e ossa e che le ossa hanno bisogno di riposare.

Fraile si mise a ridere. Un'altra battaglia vinta.

– Lei è molto rivendicativa, Petra. E sa cosa le dico? Che la sua arringa mi ha convinto. Andiamocene tutti a casa. Scriveremo domani.

Confidavo nel fatto che Roberto Fraile non si aspettasse grandi ringraziamenti per aver preso la decisione di andare a dormire. Quando sono arrabbiata non sono in vena di smancerie, e quella sera ero morta, distrutta, arrabbiata e addolorata. Il destino ci aveva fatto intravedere le chiavi del mistero per poi sottrarcele subito dopo. Dissi buonasera a tutti e scappai via.

7

Quella mattina, quando scesi in cucina, trovai mia suocera impegnata a preparare il caffè. Il giorno prima aveva visto in televisione la conferenza stampa dei nostri capi, aveva letto i giornali e si era sciroppata tutti i notiziari e i dibattiti sui delitti dell'assassino seriale. Secondo il suo dettagliato resoconto gli esperti avevano tracciato un profilo del colpevole che coincideva punto per punto con quello dei peggiori cattivi da film di serie B. Il criminale era uno psicopatico che sfogava la sua aggressività sulle donne sole perché aveva subito un trauma nell'infanzia. Perfetto, il drammone era servito, bastava condirlo con una buona dose di squallore e un pizzico di particolari pruriginosi. Dopo l'interessante rassegna stampa, Elvira venne al sodo senza esitazioni: – Ora che ci penso, Petra, non è questo il caso di cui ti stai occupando? Ti vedo sempre così affannata in questi giorni...

Che cosa potevo fare? Mentire? Era troppo furba per credere a una bugia e troppo ostinata per accettare una risposta evasiva. Abbassai gli occhi e le dissi che si trattava di una questione assolutamente confidenziale della quale non ero autorizzata a fare parola con nessuno. La sua reazione fu sorprendente:

– Ma che bello, cara! Sono così orgogliosa di te! Ti confesso che quando Marcos ti ha sposata non mi piaceva così tanto che tu fossi un poliziotto. Pensavo che ci fossero altre carriere professionali più tranquille, meno pericolose, più adatte a una signora. E poi avevo il pregiudizio, tu mi perdonerai, che fare il poliziotto non fosse una professione molto prestigiosa. E invece adesso guarda, stai indagando su un caso che tiene col fiato sospeso tutto il paese!

Sentii il caffellatte che mi andava di traverso. Era davvero più di quello che potevo sopportare, ma in nome della pace famigliare mi limitai a dire con aria compunta:

– Mi affido alla tua discrezione, Elvira.

Sulla porta del commissariato diversi reporter si accalcavano intorno ai due agenti delle forze speciali sempre in attesa di ordini. Andai immediatamente alla ricerca di Fraile e gli chiesi:

– È trapelato che le indagini le conduciamo noi?

– I giornalisti fanno la posta a tutti i commissariati di Barcellona, ma qui ce ne sono di più, visto che abbiamo due teste di cuoio sulla porta...

– Ecco, quei due devono sparire immediatamente!

– Ho già provato a dirlo.

– E allora?

– I capi dicono che devono rimanere dove sono.

– Oh, andiamo bene! Stavolta non solo dobbiamo temere le fughe di notizie, alimentiamo noi da soli il fiume in piena! Ha visto che cosa dicono in televisione?

– Dicono sciocchezze, come su qualunque altro argomento. Non credo che dobbiamo preoccuparcene.

– D'accordo, non mi preoccupo, mi limito a incazzarmi. Ci sono novità?

Erano arrivati i risultati dell'autopsia di Berta Cantizano, che non aggiungevano nessun elemento nuovo a ciò che già sapevamo. La morte era avvenuta intorno alla mezzanotte, come si era ritenuto fin dall'inizio. Le ferite all'addome erano state fatali e il volto era stato sfigurato dopo il decesso, anche se in modo meno violento che nei casi precedenti. Neanche la Cantizano aveva assunto sostanze tossiche di alcun tipo, nemmeno un po' d'alcol.

Fraile mi mostrò i risultati del sopralluogo sulla scena del delitto. Non era stato trovato neppure un capello, non un solo campione analizzabile.

Poi passammo alla relazione dello psichiatra forense. Il profilo coincideva con le scempiaggini che aveva sentito mia suocera in televisione.

– Lo psichiatra vorrebbe vederci.

– Come mai?

– Immagino voglia darci dei consigli.

– Santo cielo! Posso pregarla di pensarci lei, Roberto? Io non sono dell'umore per ricevere consigli.

– D'accordo, sono abituato a parlare con quella gente.

Dovevo sorvolare su quell'osservazione o dovevo chiedergli che cosa diavolo volesse dire? Preferii tacere.

– Se non le spiace, mentre lei sente cos'ha da dire lo strizzacervelli, io andrei a trovare la presidentessa dell'associazione agenzie matrimoniali. Garzón dov'è?

– Sta scrivendo le annotazioni sui nostri incontri di ieri. Dato che lei ha insistito perché andassimo tutti a dormire...

– Non riesco a credere che lei mi abbia dato retta! Pensavo che qualunque cosa io dicessi lei sarebbe rimasto a lavorare fino all'alba.

– Non sono strano come lei pensa, ispettore Delicado. Il lavoro è importante, ma ogni tanto anch'io mi riposo.

Gli feci un bel sorriso e me ne andai. Certo che era strano. Era un tipo pieno di misteri, che non parlava mai di sé, come se non avesse una vita privata. Il che in fondo poteva andare benissimo. Così dev'essere il buon poliziotto, senza famiglia, senza passato, senza una vita al di fuori del lavoro, una macchina al servizio delle indagini. Era logico che trovasse eccessivi due personaggi come me e Garzón! Avevamo potenziato a tal punto il lato umano che lavorare con noi doveva essere come stare in una gabbia di matti. Sospirai, ormai era troppo tardi per tornare indietro.

La direttrice dell'associazione Anarema mi ricevette piuttosto male. Un classico. Avere a che fare con la polizia può essere emozionante la prima volta, ma poi viene considerata una perdita di tempo, quasi un abuso.

Cercai di essere concreta:

– Ha mai sentito parlare di un'agenzia che non si fa pubblicità, che non è presente su internet, che non comunica via mail con i clienti ed esige la loro presenza fisica per qualunque tipo di transazione?

– Ispettore, quando siete stati qui vi ho dato tutte le informazioni di cui dispongo.

– Lei mi scuserà, ma ora sono qui di nuovo e le sto facendo una domanda. Mi risponda, per favore.

– No, non ho mai sentito parlare di un'agenzia simile.

– La prego di riflettere bene prima di rispondere. Come lei sa, ci stiamo occupando di un caso molto grave. Immagino lei abbia visto o letto qualcosa sugli omicidi seriali che si stanno commettendo in questa città. È per questo che sono qui.

Lei sgranò gli occhi come due bulbi perfettamente rotondi, si raddrizzò sulla sedia:

– Mi auguro che lei si renda conto di quello che dice, ispettore Delicado! Per una quantità di ragioni, fra le quali l'incomprensione e l'ignoranza della gente, le agenzie matrimoniali non godono di buona fama. Adesso ci manca solo uno scandalo di queste proporzioni perché ne escano distrutte. Le assicuro che è molto improbabile che un'agenzia seria nasconda uno psicopatico fra i suoi clienti. Come le ho già spiegato, la selezione che operiamo all'atto dell'iscrizione comprende sempre un colloquio approfondito con uno psicologo. Non ci sono psicopatici assassini nei nostri archivi, mi creda.

– Però stiamo cercando un tizio che ha ucciso tre donne, e tutte e tre si erano rivolte a un'agenzia matrimoniale. La quota che hanno pagato era di tremila euro in un'unica soluzione. Le dice qualcosa?

In preda al nervosismo, la direttrice si era alzata dalla scrivania e si era avvicinata alla finestra. Di colpo storse la bocca in un'espressione inorridita.

– Che cosa ci fanno quei robocop là fuori? – mi chiese quasi gridando.

163

Mi alzai e la raggiunsi. Le due teste di cuoio mi avevano seguita e ora montavano la guardia al cancello. La direttrice scaricò la sua furia su di me:

– Che cosa vuole, ispettore, che qui si riempia di giornalisti nel giro di cinque minuti? Vuole rovinare la reputazione di un mucchio di ottimi professionisti?

Più irritata per la presenza di quella scorta indesiderata che per lo sfogo della donna, feci appello a tutto il mio sangue freddo.

– C'è una cosa che dovrebbe preoccuparla molto più dei giornalisti, signora. Il giudice che istruisce le indagini la convocherà, visto che si rifiuta di rispondere alle mie domande.

Tornò a sedersi. Aveva gli occhi lucidi, era sull'orlo del pianto. Decise di mostrarsi stanca, esausta, vittima di tutta l'incomprensione del mondo.

– Che cosa vuole sapere?

– Se esiste un'agenzia con le caratteristiche che le ho descritto. O se ne ha sentito parlare.

– Ne ho sentito parlare. Tempo fa girava voce che esistesse un'agenzia del genere qui in città, ma nessuno, che io sappia, ha avuto modo di appurare se fosse vero. È un'idea nata negli Stati Uniti, per offrire la massima riservatezza a persone molto in vista, e dato che qui copiamo tutto dagli americani non sarebbe strano se qualcuno avesse cercato di riproporre la formula. Ma non ho mai saputo altro. È rimasta come una specie di leggenda metropolitana.

– Potrebbe farmi un favore?

Mi guardò implorando clemenza. Le sorrisi.

– Dovrebbe solo indagare fra i suoi colleghi. Chiedere se hanno avuto notizie di questa agenzia o di altre agenzie fantasma di qualche genere.

Lei annuì più volte, seria e contrita.

– Certo, certo, lo farò. Mi spaventa che un servizio che si fa passare per agenzia matrimoniale possa essere coinvolto in questa storia orrenda. Se lo fosse, sarebbe meglio che venisse smascherato quanto prima.

– Mi chiami appena ha qualche novità. In senso positivo o negativo, non importa. Posso contare su di lei?

– Sì, ci conti – mi disse stancamente. Poi ritrovò tutta la sua energia per dirmi: – Però la prego di promettermi su quello che ha di più sacro di...

– Farò in modo di non tornare più – la interruppi. – E se torno, le prometto che verrò senza i robocop.

I due armigeri mi aspettavano tranquilli in strada.

– Perché mi avete seguita? – chiesi.

– Ispettore, lo sa che abbiamo ordini superiori.

– Almeno avvisatemi quando mi venite dietro. Altrimenti sembra che la sospettata sia io.

Risero come due cretini. Per loro poteva essere divertente ma per me no. Appena arrivata in commissariato chiesi di parlare con Coronas, che mi ricevette subito.

– Commissario, le parlo molto seriamente. L'assistenza dei corpi speciali rischia di compromettere il successo delle indagini.

– Non so a quale successo lei si riferisca, Petra. Quindi non vedo che cosa possono compromettere quei ragazzi.

– Commissario, lei non si rende conto, ma...

– Si sieda, Petra, per favore. Lei, come forse tutti i suoi colleghi, siete convinti che noi capi non ci rendiamo conto delle difficoltà che a voi tocca affrontare. O sbaglio?

– Commissario, quegli uomini che ci seguono...

– Riesce ad ascoltarmi? Lei è testarda come un mulo! Quello che voglio dirle è che i capi, tra i quali mi metto anch'io, ricevono pressioni dall'alto. Un assassino seriale non è cosa di tutti i giorni. La stampa, e non parlo solo di quella locale, ci tiene gli occhi addosso. E anche la Generalitat e il Ministero degli Interni si stanno interessando. Ebbene, la nostra preoccupazione è che voi, e parlo dell'intera squadra che si occupa delle indagini, possiate lavorare tranquilli. Non vi stiamo alle costole, non esigiamo risultati immediati, sappiamo quanto può essere difficile. Quindi cerchi di rendersi conto che questa libertà di cui disponete ve la stiamo procurando noi. Spero che ne siate consapevoli.

– Lo siamo, commissario, però quei robocop che ci pedinano...

– Come li ha chiamati? – mi chiese il commissario ridendo. – Accidenti, Petra, lei è la più strabiliante delle rompiscatole! E va bene, revocherò l'ordine ai robocop, se il mio pari grado dei Mossos è d'accordo. È riuscita a spuntarla anche stavolta. Ma adesso torni all'esercizio del dovere e la smetta di dare nomi infamanti alle nostre forze speciali.

Ora sembrava contento e sorridente, miracoli dell'umorismo. E anch'io ero soddisfatta. Mi dispiaceva so-

166

lo che la battuta dei robocop non fosse farina del mio sacco.

Rientrai nel mio ufficio e trovai Garzón che mi aspettava scoraggiato.

– Cosa c'è adesso? – chiesi, sperando di poter evitare un nuovo piagnisteo.

– Voglio morire, Petra! Non avevo ancora finito di stendere il rapporto e Fraile mi ha messo sulla scrivania tutta questa roba.

– Che cosa sarebbe?

– I messaggi dei cittadini che vogliono aiutarci a risolvere il caso, pensi un po'!

– Andiamo bene. E che cosa ne viene fuori?

– Baggianate. Una signora scrive dicendo che da quando sono cominciati gli omicidi, vede suo cognato molto nervoso.

– Tutto qua?

– Sì.

– Scommetto che il cognato non le sta molto simpatico.

– E il resto non è molto diverso.

– Sarebbe utile se qualcuno ci aiutasse a trovare quella diabolica agenzia fantasma. Ma se facessimo un appello alla popolazione metteremmo sull'avviso l'assassino.

– Sì, e poi di sicuro la signora si inventerebbe che suo cognato ha messo su un'agenzia. Anche se il tipo fa il barbiere, lei ci proverebbe lo stesso.

Mi venne da sorridere.

– Ha mangiato?

– Una pera che Beatriz mi ha messo in tasca stamattina.

– Basta, andiamo alla Jarra de Oro. Sono stufa di girare a vuoto. Lo diciamo a Fraile?

– Ho visto che gli consegnavano un hamburger poco fa.

– Peggio per lui.

Arrivammo per il primo turno del pranzo, quindi potemmo scegliere un tavolo di nostro gradimento e ordinare in pace. Stanchissimi, affondammo le labbra nella birra quasi con disperazione.

– Sembra di impazzire, vero, ispettore? – mi disse Garzón. – Uno psicopatico se ne va in giro per la città ad ammazzare una donna dopo l'altra e noi qui ad aspettare un'illuminazione dal cielo.

– Non mi parli di psicopatici, Fermín. Non sono la persona più indicata. Ho la sensazione di avere abbandonato mio marito, di essere uscita dalla mia vita, di non sapere più chi sono. Non mi ricordo da quanto tempo non leggo un libro, non vado al cinema, non faccio una passeggiata. Da quando mia suocera è a casa nostra non sono riuscita a cenare con lei neanche una volta!

– Be', questo non credo che la tormenti così tanto.

Come sempre era riuscito a farmi ridere.

– Comunque parte domani. Stasera ci ha invitati tutti al ristorante. Non posso sottrarmi, anche se si presentasse in commissariato l'assassino con il coltello in tasca.

– E allora lasci il telefono a casa, così cena tranquilla.

– Mi sembra un po' esagerato.

– Perché non lo lascia a me, allora? Nel caso ci fosse qualcosa di davvero importante posso sempre chiamare suo marito. Se invece la chiama Fraile per una delle sue cazzate, gli dico che non si sente bene e che lasci detto a me.

Lo guardai esterrefatta:

– Sarebbe disposto a fare questo per me?

– Questo e molto di più! Tipo che adesso vado a ordinarle un'altra birra perché questa ormai è tiepida.

Mio adorato Garzón! Per quanto lo mandassi al diavolo, in realtà non avrei mai trovato un uomo più buono e premuroso di lui. Il giorno che fosse andato in pensione avrei dovuto smettere anch'io, cercarmi un altro mestiere, vendere fiori sulle Ramblas, magari.

Accettai la proposta. Quella sera, prima di andarmene, gli consegnai il mio telefono. Era uno stratagemma un tantino irresponsabile, ma perfetto nella sua semplicità.

Alle nove in punto ero a casa, in orario per la cena di famiglia. Marcos non credeva ai propri occhi. Era convinto che non sarei venuta affatto, o che sarei arrivata direttamente al ristorante con considerevole ritardo.

– Tanto lo so come andrà – mi disse. – Ti chiameranno a metà cena e dovrai scappare via.

– Ti assicuro che questa volta non succederà.

Gli spiegai l'espediente escogitato da Garzón e lui rimase piuttosto perplesso.

– Sei sicura che si possa fare una cosa simile?

– Sono sicura di averla fatta.

– Non vorrei che tu avessi dei problemi per colpa delle cene di famiglia.

– Stasera, per una volta nella vita, sarò una donna del tutto libera da problemi.

Mantenni la parola senza pentirmene, e proprio grazie a questo le indagini fecero un inaspettato passo avanti.

Entrando nel soggiorno fui accolta da una tenera scenetta. Nonna Elvira intratteneva i suoi tre nipoti, seduti tranquilli intorno a lei. Erano insolitamente ben vestiti e pettinati, consci dell'occasione speciale. Li salutai e salii a cambiarmi. Marcos mi seguì.

– Temo che ci sarà un po' di agitazione questa sera.

– Perché?

– Il tuo caro serial killer. I ragazzi hanno letto le notizie su internet e ne stanno discutendo con mia madre. Muoiono dalla voglia di sapere se ve ne occupate tu e Garzón.

– Tua madre lo sa già. Spero che sappia essere discreta.

– La discrezione non è il suo forte. Stava ad ascoltare interessatissima le novità che le raccontavano i bambini.

– Non vedo che cosa possano sapere.

– Dicono che c'è di mezzo un'agenzia matrimoniale. Volevano sapere che cos'era.

Mi cadde dalle mani il vestito che stavo per mettermi.

– Che cosa?

– Perché? Non c'è nulla di male. Non dovrebbero saperlo?

170

– Aiutami a tirare su la lampo.

In un attimo finii di vestirmi e scesi precipitosamente di sotto. I conciliaboli familiari cessarono con il mio arrivo. Affrontai Teo, quello che più chiaramente stava cercando di evitare il mio sguardo.

– Potete spiegarmi che cosa diavolo avete visto su internet?

Gli sguardi di tutti corsero alla nonna in cerca di protezione. La ottennero. Elvira mi disse quasi con dolcezza:

– Casualmente i ragazzi hanno letto le notizie che circolano su questi orribili delitti.

– Certo, casualmente. Puoi dirmi che cos'hai letto, Teo?

– Niente, che la polizia indaga sulle agenzie matrimoniali di tutta Barcellona. Forse l'assassino ha conosciuto quelle donne in questo modo.

– Allora l'altra sera, quando mi dicevi delle agenzie matrimoniali, non stavi scherzando! – esclamò mia suocera.

– Ditemi esattamente dove avete trovato questa notizia.

– Ma è dappertutto, Petra – disse Hugo, – sui siti dei giornali. Domani sarà in prima pagina.

– Maledizione! – esclamai. – Una fuga di notizie!

Mentre imprecavo nel modo più sconveniente mi domandavo come fosse potuto succedere. Forse un giornalista mi aveva seguita fino alla sede dell'associazione delle agenzie e si era fatto un'idea, che per quanto azzardata non aveva esitato a pubblicare. Moltiplicai mentalmente le imprecazioni.

– Eravamo sicuri che ci stavi lavorando tu, Petra! – esplose Teo al colmo della gioia.

– Come fai a dirlo?

– Non c'è bisogno di essere dei geni! Se non eri tu, non ti saresti arrabbiata tanto per la fuga di notizie.

Marina, che malgrado la sua età capiva quello che stava succedendo, anche se qualche particolare le sfuggiva, chiese:

– Ma una fuga vuol dire che qualcuno è scappato, Petra?

– Andiamo a cena. Immagino abbiate prenotato – dissi, per chiudere l'incidente.

Mia suocera, che temeva rappresaglie, si mise a gorgheggiare come un uccellino:

– Ma certo che ho prenotato! Vi porto nel miglior ristorante di Barcellona. Ho letto recensioni entusiastiche.

– C'è la pizza? – volle sapere Marina.

– Come, la pizza? Che orrore! Ci saranno piatti squisiti che ti piaceranno moltissimo!

Ci imbarcammo su due taxi per non dover cercare parcheggio e io mi sforzai di calmarmi e dimenticare il mio malumore.

Il ristorante era moderno e molto raffinato. Elvira chiese la carta dei vini e ci immergemmo nelle tipiche disquisizioni degli spagnoli di oggi: denominazioni d'origine, produttori, annate, bouquet... Alla fine mia suocera ci sorprese scegliendo un *cariñena*.

– È un vino poco noto, che finirà col diventare di gran moda, vedrete. Farà tendenza.

– La nonna è troppo avanti – disse Hugo, torcendosi dalle risate.

– Io voglio la coca-cola! – proruppe Teo.

– Non se ne parla neanche! – esclamò suo padre.

– Ma ormai siamo grandi, papà.

– Appunto. Non si rovina una buona cena bevendo coca-cola.

– Del vino, allora.

– Per quello non avete ancora l'età.

– Quando usciamo col nuovo fidanzato della mamma ci tocca prendere un succo d'uva che fa schifo!

– Con noi avrete solo acqua.

Mormorarono un assortimento di parolacce a bassa voce. Marina si unì alle proteste generali.

– Anche mia mamma è fissata con le cose naturali. Non mi ha mai lasciata andare al McDonald's. Tutti i miei compagni ci vanno e io no! Che figura faccio?

Mi divertivano le rivendicazioni gastronomiche dei figli di Marcos. Erano il segno di una tendenza generale. Da quando molte famiglie avevano fatto proprio il verbo del «mangiar sano» e il divieto del «cibo spazzatura», quello era forse il solo limite invalicabile che si poneva ai ragazzi.

– Secondo me quando è al lavoro Petra mangia un sacco di roba untissima e beve coca-cola – insinuò Teo maliziosamente. – Nelle serie americane i poliziotti si fanno portare gli hamburger dentro quelle scatole e mangiano seduti alla scrivania.

Pensai a Fraile e alle sue abitudini alimentari. Forse anche lui vedeva le serie americane.

173

– Questo assolutamente no, caro – ribattei. – Hai detto bene: quelli sono americani. Da noi è diverso. Ogni giorno il viceispettore Garzón ed io ce ne andiamo alla Jarra de Oro e ci mangiamo un bel piatto di fagioli e *chorizo*.

– Uh, ma è pesante! – esclamò Marina. – Sarà per questo che voi non riuscite a prendere l'assassino e gli americani sì.

I gemelli si torcevano dalle risate a quell'intervento della sorella e Marcos si arrabbiò:

– Marina, smettila di dire stupidaggini! Quello che mangia Petra sul lavoro non è un buon argomento di conversazione.

Mia suocera cercò di difenderla peggiorando le cose:

– Non la sgridare, povera bambina. Intendeva dire soltanto che la digestione di un pasto così pesante potrebbe indurre una sonnolenza che...

– Mamma! – la interruppe Marcos scandalizzato.

Hugo e Teo stavano per cadere a terra dal ridere e io non potei far altro che cercare di mettere pace:

– Nessuno ha dimostrato che l'ingestione di un buon *puchero*[1] sia incompatibile con la risoluzione di un caso di omicidi seriali.

– Su, Petra, raccontaci qualcosa – tentò Hugo approfittando dell'occasione.

– No.

– Non sono cose adatte ai bambini – disse mia suocera giudiziosamente.

[1] Il *puchero*, dal nome della pignatta in cui tradizionalmente veniva preparato, è uno stufato brodoso di vari tagli di carne e salumi, ceci e patate, oppure fagioli e verza, a seconda delle varianti regionali.

– E neanche agli adulti – conclusi intenzionalmente.

– E allora sapremo tutto da internet! – disse Marina, dimostrando ancora una volta come i bambini sappiano sempre toccare il punto dolente.

– Adesso basta! – intervenne mio marito. – Sarà meglio che ci concentriamo sui piatti da ordinare.

Leggemmo tutti insieme il menu, ordinammo e ci dedicammo ai nostri piatti, senza che il discorso tornasse più sul mio lavoro, anche se si avvertiva nell'aria una certa tensione, come se l'argomento tabù continuasse a occupare le menti del consesso familiare.

Dopo cena Marcos riaccompagnò i ragazzi dalle rispettive madri e io mi avviai con mia suocera verso casa. Una volta arrivate Elvira mi propose di prendere un whisky nell'attesa che rientrasse suo figlio. Accettai e ci accomodammo sul divano. Morivo dalla voglia di telefonare a Garzón per sapere se ci fossero novità, ma mi trattenni. Se non aveva chiamato voleva dire che non aveva niente da comunicarmi.

– Devo dire che anche se i ragazzi non sono tuoi, e non hanno nemmeno la stessa madre, tutti insieme formate una bellissima famiglia – esordì mia suocera volendo farmi un complimento.

– Litighiamo così tanto che sembriamo quasi una famiglia normale – scherzai.

– Ho visto che Marcos se la prende moltissimo quando ti fanno domande sul tuo lavoro.

– È uno degli scogli fra i ragazzi e me.

– Ma non è giusto, Petra. Devi comprendere anche il punto di vista degli altri. Se tu facessi il chirurgo, per esempio, e noi ti chiedessimo di un intervento difficile che hai eseguito, non credo che avresti problemi a parlarne. È una curiosità normale all'interno di una famiglia. E dal momento che sei un poliziotto, l'interesse è ancora più...

– Più morboso, intendi dire?

– E va bene, sarà anche una curiosità lievemente morbosa, ma si leggono tante cose sui giornali che rischiamo di farci delle idee ancora più morbose di quanto non sia la realtà.

Bevvi un buon sorso dal mio bicchiere, respirai profondamente e la guardai.

– Che cosa vuoi sapere, Elvira? Ti racconterò tutto, entro i limiti che mi sono consentiti.

Non ebbe un attimo di esitazione, non fece neppure finta di pensarci su, si gettò sull'argomento che più le interessava:

– Cos'è questa storia dell'agenzia matrimoniale?

– Tutte e tre le vittime si sono rivolte a un'agenzia matrimoniale. Questo può voler dire che l'assassino l'hanno conosciuto lì. Ma il problema è che si tratta di un'agenzia molto particolare, che garantisce la massima riservatezza. Tanto che non compare da nessuna parte, non si fa pubblicità, funziona solo attraverso il passaparola.

– E dal cellulare delle vittime, dal loro computer, non viene fuori niente?

– No. Pare che questa agenzia eviti addirittura i contatti telefonici e via mail.

Lei rimase in silenzio a lungo. Ogni tanto beveva un sorsetto di whisky. Fissava il vuoto e poi beveva un altro sorsetto. Pensai che fosse talmente affascinata da questa storia da esserne quasi ipnotizzata. Ma alla fine disse:

– Forse io so come aiutarti, Petra.

La squadrai severamente. Non ero disposta a spingere la cosa oltre il ragionevole. Un conto era saziare la curiosità della madre di mio marito offrendole qualche briciola di informazione, un altro era prestarsi a giocare ai detective assecondando la sua indole infantile, o forse senile.

– Ascoltami, Elvira. Secondo me è meglio che il discorso finisca qui. Ti ho già spiegato il punto più importante.

– Ma infatti! E io mi sono ricordata proprio adesso che la mia amica Gabriela mi ha parlato di un'agenzia che funziona esattamente così.

Smisi di bere per sgranare gli occhi.

– Che cosa vuoi dire?

– Quello che ho detto. Gabriela ci ha raccontato di un'agenzia che non ti dava neanche il numero di telefono. E ha voluto provare. Non voleva certo trovare marito, sperava solo di uscire con qualcuno di interessante, per il gusto dell'esperienza. Lei è sempre tanto curiosa... Alla fine ci ha detto che è stato un disastro, ma che in fondo si era divertita e non le è dispiaciuto neppure troppo dei soldi che ha speso.

– Anche lei aveva pagato tutto subito, in contanti?

– Mi pare di sì, una cosa come tremila euro, pensa.

– E sai come aveva trovato quell'agenzia?

– Gliene aveva parlato qualcuno.

Istintivamente mi ero messa in ginocchio sul divano, con la faccia a due spanne dalla sua.

– Ti ricordi il nome?

– Di cosa? Dell'agenzia? Non ne ho la più pallida idea.

– Chiama immediatamente la tua amica! – le intimai.

– Impossibile, Petra, è in vacanza. È andata in un resort in India e non ha portato con sé il cellulare perché la fa sentire controllata. Prima di una quindicina di giorni non torna.

La presi per un braccio, arrivai quasi a scuoterla.

– Ti ha detto come si chiama quel resort?

– No, non me l'ha detto. Non so nemmeno in quale parte dell'India si trovi.

– Pensa, pensaci bene!

– Ah, Petra, mi fai male, mi spaventi!

– E qualche amica comune potrebbe sapere dov'è andata?

– Forse sì, non lo so. Ma è quasi l'una di notte, non chiamo certo nessuno a quest'ora.

– Hai ragione. Quando parte il tuo treno domani?

– Alle dieci del mattino.

– Non lo prenderai.

– No?

– Alle nove sarai con me in commissariato. La polizia ti pagherà un altro biglietto.

– Ma davvero? Che emozione, Petra! Che emozione!

In quel momento sentimmo Marcos che apriva la porta.

– State ancora chiacchierando? – ci chiese entrando nel soggiorno.

– Domani non parto, caro! – gli annunciò Elvira entusiasta.

– Ah, no?

– Devo aiutare la polizia nelle indagini sul serial killer.

Lo disse con tanto orgoglio, con tanta puerile felicità, che non potei trattenere un sorriso. Il peggio fu quando Marcos ed io ci ritirammo. Dovetti spiegargli tutto per filo e per segno e quando ebbi finito mi accorsi che si era addormentato. L'unico in famiglia a non nutrire nessun interesse per l'assassino, e nemmeno per il lavoro di sua moglie, era lui.

Alle otto del mattino mia suocera mi aspettava in cucina, già perfettamente vestita e pettinata. Aveva apparecchiato la tavola e preparato il caffè. Era euforica. Cercai di fare colazione in silenzio ma non fu possibile.

– Petra, tu credi che i tuoi colleghi mi accetteranno nella squadra?

– Santo cielo, Elvira, mica devi entrare in polizia!

– Sì, lo so, ma dato che si tratta di un tema delicato e con tutto questo impatto mediatico...

– Non penserai di andare a raccontarlo in televisione!

– Alle mie amiche però potrò dirlo, vero?

– Solo quando avremo preso l'assassino.

– E se non lo prendete?

– Elvira, mi stai facendo innervosire.

– Hai ragione, tesoro, non parlerò più.

Inutile dire che non mantenne la promessa. Nel tragitto da casa al commissariato si diffuse su quanto fosse stato opportuno e provvidenziale, secondo lei, aver già fatto la conoscenza dei miei colleghi la sera in cui ci aveva sorpresi al bar. Non si trattenne dal dire, come frecciata divertente, che siccome erano in servizio sperava che il loro tasso alcolemico fosse più basso. Feci finta di non sentire.

Quando arrivai sistemai Elvira nel mio ufficio e andai in cerca di Garzón. Cominciavo a essere impaziente di riavere il mio cellulare.

– C'è stata qualche chiamata? – gli chiesi.

– Un certo Sebastián Comín, poco dopo che lei è andata via. Non ha lasciato nessun messaggio. Ha detto che richiama oggi.

– Non so chi sia. Ma ho delle novità importanti.

Convocai Fraile, e quando li ebbi davanti tutti e due esposi loro la possibilità che mia suocera, per pura coincidenza, sembrava offrirci.

– In effetti, se la signora ci permettesse di rintracciare quell'agenzia risparmieremmo molto tempo – disse Fraile.

– Non venda la pelle dell'orso prima di averlo ucciso, Roberto. L'amica di mia suocera dev'essere un po' bizzarra. Magari scherzava quando parlava dei suoi piani, forse si è inventata tutto. E poi, se anche riuscissimo a trovare quell'agenzia, siamo sicuri che sia l'unica a Barcellona?

– Dubito che ce ne siano due fatte allo stesso modo.

– Allora incrociamo le dita.

Elvira accolse i miei colleghi con gesti di studiata cortesia. Più che in un commissariato sembrava si trovasse a un ricevimento. L'unica arma di cui disponeva era il suo cellulare. La pregammo di ascoltarci.

– Per cominciare – suggerì Roberto Fraile con molta gentilezza, – sarebbe opportuno che lei cercasse di contattare i familiari della signora per vedere se effettivamente è partita. È probabile che loro sappiano in quale città si trova e anche il nome del resort in cui alloggia.

– Non credo di poterlo fare – disse Elvira, – Gabriela ha solo parenti lontani.

– E non sa come si chiamano?

– Oh, no di certo.

– Qualcuna delle sue amiche può saperlo?

– Forse sì, ma ne dubito. Come ho già detto a Petra, Gabriela è una donna molto indipendente. Forse ha passato la sua gioventù in un ambiente troppo rigido e questo l'ha resa una ribelle. Da quando ha cominciato a invecchiare se ne frega di tutto. Non vuole essere controllata, parte senza avvertire nessuno, neanche la sua domestica, non lascia mai detto dove andrà. È un'anima senza freni.

Fraile rimase di stucco alla frase dell'anima senza freni, e confesso che anch'io la trovai affascinante. Il viceispettore cercò di mettere un po' d'ordine nella faccenda:

– Io credo che dovremmo sederci tutti intorno a un tavolo e metterci al lavoro. La signora potrebbe chiamare con il vivavoce così sentiamo anche noi. E se viene fuori qualcosa di speciale, le daremo istruzioni. Non deve necessariamente rivelare che si tratta di un'indagine della polizia.

– Sono pronta – disse lei, come se si preparasse a varcare il Rubicone.

In sostanza doveva chiedere alle sue amiche se sapevano dove fosse Gabriela, o come rintracciarla. La prima telefonata fu impagabile.

– Cuca, sei tu?

– Ma certo! Sei già tornata?

– No, sono ancora da mio figlio!

– E come va a Barcellona? Stai facendo la turista?

– Più o meno.

– E la famiglia, bene?

– Sì, tutti bene. Ti chiamavo perché...

– Sei riuscita a farti portare a cena dalla nuora poliziotta? Senti, vedi se riesce a mettere una buona parola per me. Mi sono entrati i ladri in casa, sai? e i suoi colleghi di qui non hanno risolto un bel niente. Per me se ne fregano.

Elvira si voltò verso di noi un po' imbarazzata.

– Ti chiamavo perché ho bisogno di sapere dov'è Gabriela.

– In India. Torna il mese prossimo.

– Eh, lo so. Però mi servirebbe sapere il nome del posto dov'è andata, dell'albergo dove sta.

– Ah, cara Elvira, come faccio a saperlo? A me ha detto in India e basta. L'albergo è un resort stupendo, pensa che i camerieri sono tutti in costume tipico, sembrano dei maragià. Gabriela mi ha fatto vedere le foto su internet.

– E non ti ricordi il nome?

– No, mi ricordo solo di quei turbanti, con una striscia azzurra e una d'argento, una cosa elegantissima!

– Ma davvero? Che meraviglia!

– C'è qualcosa che non va, Elvira?

– No, niente, volevo parlarle di una sciocchezza.

– Quale sciocchezza?

– Te lo dico quando ci vediamo. Adesso però devo lasciarti.

Soffiò per alleviare la tensione. Io mi sentivo in imbarazzo per lei, dato il tono della chiacchierata cui avevamo assistito, poi pensai che non potevo farci niente se mia suocera era fatta così. Le sue amiche appartenevano alla borghesia benestante, erano quasi tutte vedove, e godevano di un livello di vita che le proteggeva dalle durezze quotidiane. Però soffrivano la solitudine come molte altre donne della loro età. Si vedevano spesso, giocavano a carte, andavano a qualche mostra, poco di più.

Continuammo a chiamare la lista delle amiche che Elvira riteneva possibili depositarie dell'informazione che ci interessava. Nessuna conosceva la meta del viaggio di Gabriela, benché tutte sapessero che era partita. Incredibile. Appena Elvira uscì dalla stanza per andare in bagno, Garzón commentò:

– Assurde, le donne. Se ne fregano della geografia. Viaggiano, ma non hanno mai la minima idea di dove sono. E non gliene importa un accidente. Per Beatriz fa lo stesso essere in Austria o in Australia, le basta prendere il sole. E se devono guardare una cartina, allora il disastro è assicurato.

Immaginai che un po' di misoginia lo risarcisse del dovere di moderare il linguaggio davanti a mia suocera. Quando lei tornò ricominciammo con le telefonate. A metà mattina mi parve che fosse sfinita.

– Fermiamoci un attimo per andare al bar – proposi.

A Elvira la Jarra de Oro piacque moltissimo. Ci chiese se quello era il nostro quartier generale durante le pause del lavoro, e quando seppe che mezzo commissariato si rifocillava lì si sentì orgogliosa della familiarità che le dimostravamo. Mentre sorseggiava il suo caffè macchiato disse:

– Di sicuro penserete che io e le mie amiche siamo una banda di vecchie stupide. Nessuna di noi è stata capace di chiedere a Gabriela qualcosa del suo viaggio. È andata in India e per noi è bastato, come se l'India fosse dietro l'angolo. Non vi sto aiutando, mi dispiace.

Fraile volle confortarla in un modo affettuoso che da lui non mi sarei aspettata:

– Non dica così, signora. Lei è bravissima. È normale che non ci si informi sulla meta precisa del viaggio di un amico, a volte per semplice discrezione. Ma le assicuro che il suo aiuto è prezioso.

Mia suocera sorrise, io ero quasi commossa. Garzón invece sembrava non trattenersi più dal ridere.

– Quante amiche ti rimangono? – le chiesi.

– Quattro, quelle che vedo di meno.

Tornammo alla carica. Alla penultima amica della lista, chiamata Sole, si accese una piccola luce di speranza. Lei sembrava più informata delle altre.

– Se so da che parte dell'India è andata? Ma certo che lo so! È a Goa, in un resort proprio sulla spiaggia.

– E sai come si chiama?

– No, cara, purtroppo no! Volevo chiederglielo, sai? Ma poi mi sono detta: penserà che io voglia spettegolare.

L'ultima amica non aggiunse niente di nuovo. Fraile guardò gli appunti che avevamo preso.

– Alla fine, sembra che sia a Goa – disse.

– E sul mare – aggiunse il viceispettore.

– Ce ne saranno centinaia di posti di questo tipo.

– Ma c'è un altro particolare che conosciamo – precisai. – Il personale maschile è in costume da maragià, con una striscia azzurra e una d'argento sul turbante.

– Quindi abbiamo una base da cui partire – dichiarò l'ispettore Fraile. – Useremo tre computer. Speriamo che nel sito del resort si vedano bene questi camerieri maragià.

– Da qualche parte li avrà pur visti la mia amica – gli ricordò mia suocera.

Da quel momento in poi l'attività fu febbrile. Ci mettemmo al computer tutti e tre e mia suocera andò a sedersi sul divano. Nel giro di cinque minuti si era già assopita, la tensione del detective dilettante l'aveva sopraffatta. All'ora di pranzo la svegliammo per chiederle se voleva andare a mangiare qualcosa e lei fu molto sorpresa che non avessimo ancora trovato nulla. Quando tornò si mise vicino a Fraile e rimase con lui a osservare lo schermo. Solo verso le sei Garzón cantò vittoria: Hotel Magic Nights Resort. Eccolo! Ci radunammo alle sue spalle e contemplammo le idilliache fotografie del tramonto sulle spiagge di Goa, delle lussuose terrazze e delle piscine turchesi, dei sontuosi buffet con trionfi di frutti tropicali. Ed ecco le immagini del personale maschile: tutti con denti bianchissimi, tutti con volti dalla levigata pelle bronzea, tutti con l'abito tradizionale e un turbante con due bande decorative azzurro e argento.

– È questo! – esclamò il viceispettore esaltatissimo. – Telefoniamo subito. Petra, lei se la cava bene con l'inglese.

– Un momento – avvertì Fraile. – Dobbiamo vedere che ore sono laggiù. Se la signora sta dormendo non possiamo allarmarla tirandola giù dal letto.

Internet ci diede la risposta: c'era una differenza di cinque ore e mezza. A Goa erano le undici e mezza di sera.

– Un po' tardi – si preoccupò Fraile.

– Non credo – disse Elvira. – Gabriela ama vivere di notte. E poi è in vacanza.

– Allora procedo immediatamente! – decisi.

Parlai con la reception. L'impiegata si ricordava benissimo della *spanish lady*, come la definì. Non era in camera, ma credeva di sapere dove trovarla. Mi pregò di attendere. Aspettai pochi minuti, di cui approfittai per sorridere a mia suocera e ai miei colleghi che fremevano dall'impazienza. Sentii finalmente una voce femminile da fumatrice, con l'accento spagnolo. Passai rapidamente il telefono a mia suocera, attivando il vivavoce.

– *Hallo?*

– Gabriela? Sono io, Elvira!

– Elvira? Non ci credo! Come diavolo hai fatto a trovarmi? L'indirizzo non l'ho dato a nessuno! – Seguì uno scoppio di risate.

– Sarebbe un po' lungo da raccontare. Quando torni ti spiego tutto.

– È successo qualcosa di grave?

– No, no, non preoccuparti. Ti sembrerà strano, ma devo farti una domanda.

– Forza, sono tutta orecchi! Sto bevendo una cosa al bar e mi piacerebbe tanto che tu fossi qui con me, è un posto divino.

– Gabriela, potresti dirmi il nome di quell'agenzia matrimoniale a cui ti eri rivolta? Ce ne avevi parlato tempo fa.

– Santo cielo, che cosa ti succede? Cerchi marito? O ti accontenti di un po' di sano sesso?

Mia suocera ci guardò come se ci chiedesse scusa a nome della sua amica.

– No, non è per questo. Vedi, per una serie di ragioni che ora non posso spiegarti, ho bisogno che tu mi dica dove si trova quell'agenzia. Te lo ricordi?

– Ma certo, me lo ricorderò finché campo! Quelli sono dei filibustieri che si sono presi tremila euro per farmi conoscere dei mostri che non ti immagini. Sono scappata a gambe levate. E poi era una tale seccatura! Con la scusa della riservatezza non mi davano mai un numero di telefono, dovevi sempre andare lì di persona.

– Sì, questo lo so.

– E come diamine fai a saperlo? Tutto questo è molto misterioso, francamente.

– Ti do la mia parola d'onore che ti svelerò il mistero, ma adesso ho bisogno di quell'indirizzo. È per una cosa importante.

– Si trova in calle Diputación all'angolo con calle Balmes, in un palazzo per uffici. Mi pare che il piano fosse il terzo, mi è toccato andarci tante di quelle volte...

– Il nome, le chieda il nome dell'agenzia – bisbigliò Fraile in preda all'ansia.

– E come si chiama?

– Vida Futura, si chiama. Vita futura! Figurati, al solo pensiero mi vengono i brividi! Passare la mia vita futura con uno di quei fuori di testa sarebbe l'ultima cosa che vorrei!

– Grazie, Gabriela, grazie mille! Scusami, ora devo proprio lasciarti.

– Ehi, aspetta un momento...

Elvira chiuse la comunicazione.

– Detesto essere maleducata – ci spiegò, – ma se non la interrompevo non avrei saputo come giustificarmi.

Ci lanciammo tutti e tre su di lei coprendola di complimenti. Fraile era emozionato.

– Brava, Elvira, bravissima! È stata meravigliosa, una vera investigatrice!

Lei cercava di fare la modesta, si mostrava confusa, intimidita come una bambina. Ma quando i complimenti finirono mi fece la fatidica domanda:

– E adesso che cosa facciamo?

Fraile, che non la conosceva quanto me, rispose esattamente quello che lei temeva di sentirsi dire.

– Adesso la lasciamo libera, signora. Può rientrare a Tarragona. Se dovesse servirci di nuovo la sua collaborazione sono certo che potremo contare su di lei.

– Ma...

Mi affrettai a intervenire, sapendo che non sarebbe stato facile rimediare alla sua delusione.

– Ti racconteremo tutto per filo e per segno appena questa storia sarà finita. Saprai cose che alle televisioni e ai giornali non arriveranno mai. D'accordo?

– E voi, intanto?

– Noi riprenderemo domani – rispose Fraile.

– E stanotte riuscirete a dormire?

– Io dormirò come un sasso, questo è sicuro! – rispose Garzón al culmine della contentezza.

– È vero che il nostro è un lavoro d'azione – precisò Roberto, – ma ogni cosa a suo tempo. L'ansia di sapere è tanta, ma dobbiamo aspettare.

– Quello che faremo subito sarà andare a bere una birra per festeggiare il felice esito della ricerca – proposi.

Sperai che in questo modo si sentisse meno esclusa dalla squadra di cui aveva creduto di far parte. Ma ormai era caduta nello sconforto. Che cosa potevo farci? Il quarto d'ora di gloria a cui ogni persona ha diritto finisce in fretta. Bisogna rassegnarsi. L'indomani mia suocera prese il suo treno.

8

Quella notte non dormii bene quanto avrei voluto. Come ogni volta che un'indagine arrivava a una svolta mi assalivano milioni di dubbi. Potevamo aver commesso qualche errore che ci aveva portati fuori strada? E se quella fantomatica agenzia Vida Futura, in nome della massima riservatezza di cui si fregiava, non avesse avuto neppure un archivio clienti? Al mattino ero così agitata che uscii di casa senza fare colazione. Ma a questo potevo porre rimedio in compagnia del viceispettore. Lo trovai nel mio ufficio, che negli ultimi tempi si era trasformato in una specie di quartier generale. Mi accolse con una frase che mi parve un po' strana:

– Andiamo a farci un caffè, Petra. Fraile è impegnato in non so cosa e ci tocca aspettarlo.

Andammo al bar. Garzón si mise a sbocconcellare con gran concentrazione un panino col prosciutto cercando di farlo durare il più possibile, io presi pane tostato con burro e marmellata.

– Vedo che ha appetito – gli dissi. – Di sicuro avrà anche dormito come si deve.

– Quanto all'appetito, mi mangerei un bue. E dormire è stato facile, con le sfacchinate che ci tocca fare ultimamente.

– Mi piacerebbe essere come lei.

– Non dica così, ispettore. Ho il colesterolo alto.

– Io ho dormito malissimo, invece, mi tormenta l'idea che qualcosa possa andare storto.

– Se è per questo non si preoccupi, lei ha sempre paura che tutto vada molto peggio di come andrà. È colpa del suo pessimismo.

– Le sembro pessimista, Garzón?

– Tutte le donne sono pessimiste. Vedono il futuro nero. Beatriz è come lei.

– Non siamo pessimiste. Cerchiamo di anticipare i problemi. Gli uomini sono diversi, devono ficcarsi nei casini fino al collo prima di capire che qualcosa non va.

– Mi pare che abbiamo già parlato di questo argomento.

– Lei ed io abbiamo già parlato di tutto, Fermín. Forse dovremmo smetterla di lavorare insieme.

– E che cosa farebbe lei senza di me, ispettore? Se lo immagina avere Fraile come collega?

– In effetti, non è una prospettiva allettante. Secondo lei Roberto ha fatto colazione a casa?

– Figuriamoci! Si è preso il caffè alla macchinetta e ha tirato fuori una merendina dietetica che si è comprato venendo qui.

– Di sicuro lui ha il colesterolo nella norma.

– Quello non ce l'ha nemmeno il colesterolo...

Improvvisamente lo vidi portare la mano alla tasca. Tirò fuori il cellulare e rispose:

– Sì. In un attimo siamo lì, ispettore.

Quando rientrammo, Fraile ci svelò che cosa lo aveva tenuto occupato fino a quel momento. Aveva cercato l'agenzia Vida Futura sul Registro delle imprese. C'era, e per di più sembrava in regola: aveva una sede legale, un numero di partita Iva, dei dipendenti... Non si trattava di un'attività clandestina. Alla voce «scopo sociale» c'era scritto «pubbliche relazioni». Non era propriamente vero, ma neppure si poteva dire che fosse falso. Il matrimonio e i rapporti d'amicizia sono pur sempre relazioni.

– Bene, signori, si parte – ci spronò Roberto.

Il palazzo era interamente occupato da uffici. Nell'atrio si aprivano diversi ascensori e il traffico di gente che saliva e scendeva dava l'impressione di entrare in un formicaio. In un certo senso ne fui sorpresa, perché mentalmente avevo associato la riservatezza con un luogo appartato e discreto. Chiedemmo informazioni al portiere e lui ci indicò il terzo piano. A ogni piano c'erano diversi uffici, nulla faceva pensare ad attività occulte o a luoghi segreti.

Suonammo e la porta ci venne aperta automaticamente. Una segretaria ci ricevette con un gran sorriso. Appena mostrammo i tesserini, il sorriso della ragazza si spense. – Vado ad avvertire la titolare – disse.

Arrivò immediatamente una donna sulla quarantina, con un caschetto striato di ciocche bionde, un tailleur grigio, un trucco un po' eccessivo. La tipica donna manager. Non avrei saputo dire se fosse bella o no, ma avvertivo in lei qualcosa di tremendamente volgare, forse le labbra siliconate, forse i seni voluminosi che lottavano contro l'abbottonatura della camicetta azzurra. Disse di chiamarsi Bárbara Mistral. Non sembrò troppo turbata dalla nostra presenza. Ci invitò ad accomodarci nel suo ufficio. Fraile prese l'iniziativa ed andò subito al sodo. Avrei fatto lo stesso anch'io.

– Signora Mistral, ha saputo degli omicidi seriali che sono stati commessi ultimamente?

– Sì, ne hanno parlato anche in televisione.

– Abbiamo fondati motivi per ritenere che le tre donne uccise fossero clienti della sua agenzia.

Lei si raddrizzò sulla sedia, preoccupata e nervosa.

– Come ha detto?

– Quello che ha sentito, signora Mistral. Non se ne era accorta?

– Come potevo accorgermene? Sui giornali non c'erano i nomi, solo le iniziali.

– È vero, ma sono state dette parecchie cose di ciascuna: occupazione, età, nazionalità... Ormai i giornali hanno diffuso la notizia che un'agenzia matrimoniale poteva essere decisiva per risolvere il caso. Non l'ha saputo? – insistette Fraile.

Lei mise avanti le mani aperte, scosse la testa come a implorare comprensione.

– Non ho avuto tempo di leggere i giornali. E poi, come potevo sapere, come potevo immaginare? L'idea francamente non mi ha sfiorata, lo giuro. Altrimenti... Come potevo immaginare una cosa simile? Siete sicuri di quello che dite?

Sembrava sincera. Fraile allentò la pressione.

– Capisco. È vero che lei non fornisce mai ai suoi clienti i numeri di telefono delle persone che incontreranno? Neanche il numero dell'agenzia?

– Assolutamente vero.

– Può spiegarci la ragione?

– Ciò che differenzia la nostra agenzia da tutte le altre è l'assoluta riservatezza. Molte persone temono di esporsi a indiscrezioni e molestie. Si sono verificati casi spiacevoli, non solo nell'ambito dei contatti via internet, ma anche in quello delle agenzie tradizionali. La nostra idea, quando abbiamo aperto, era tenerci fuori da tutto questo, garantire ai nostri clienti la tranquillità più assoluta.

– E per questo vi fate corrispondere una bella somma.

– Tremila euro, niente di eccessivo. In un'unica soluzione, questo sì. Ma è tutto alla luce del sole. Posso mostrarvi la contabilità. Siamo perfettamente in regola con il fisco e i nostri collaboratori hanno un normale contratto di lavoro. Ci teniamo molto.

– Quanti collaboratori ha?

– Soltanto due. La ragazza che ha visto e un ragioniere che ci assiste per le questioni amministrative. Il resto lo faccio io. Siamo una piccola azienda.

– Che tipo di clienti avete?

– Oh, del tipo più vario. L'unica cosa che hanno in comune è che per una ragione o per l'altra non vogliono far sapere a nessuno che si sono rivolti a noi.

– E quali possono essere queste ragioni?

– Dipende. Può esserci la persona importante, conosciuta. O semplicemente la persona che non tollera nessuna intrusione nella sua sfera privata. C'è chi si sente psicologicamente insicuro...

– Non sottopone i candidati a un'indagine psicologica? – chiesi.

– Certo che lo faccio, sono psicologa di formazione!

– Tiene un archivio dei suoi clienti?

– Sì, ma solo dell'ultimo anno. Dopo dodici mesi i dati vengono distrutti. Sempre per garantire la riservatezza.

– Possiamo vederlo? – disse Fraile.

– Ma certo! Trattandosi di una questione di questa gravità non c'è il minimo problema.

Ci condusse in una stanza dove c'era un computer su un grande tavolo da riunioni. I suoi tacchi altissimi ticchettavano con forza mentre camminava.

– Accomodatevi, prego. C'è posto per tutti.

Si diresse decisa verso il computer ma Fraile la fermò con molta cortesia.

– Se non le spiace, mi metterò io alla tastiera. Mi dirà lei come procedere.

– Va bene.

Rimase in piedi accanto all'ispettore. I suoi grossi seni gli sfioravano pericolosamente l'orecchio. Gli indicò diverse password successive che Fraile inserì senza dare segni di nervosismo. Quando si aprì il database dei clienti, cercò i nomi delle tre vittime. Io non guardavo lo schermo, osservavo le reazioni della donna. Pareva fortemente interessata, o curiosa. Non sembrava recitare una parte. Osservai che anche Garzón scrutava attentamente il suo viso. Fraile non parlava, non faceva commenti su quello che trovava, ammesso che stesse trovando qualcosa. Cominciai a perdere le speranze. Passarono alcuni minuti che sembrarono eterni. Alla fine il mio collega disse:

– Stamperei queste pagine.

Bárbara Mistral controllò che non mancasse carta nella stampante. I fogli uscirono uno dopo l'altro con lentezza. Non riuscii più a tacere.

– Ha trovato qualcosa di interessante, ispettore Fraile?

– Torniamo nella stanza della signora Mistral.

Provavo istinti omicidi contro il mio collega. Lui cedette il passo a tutti e rimase nel corridoio a telefonare. Poi entrò e venne a sedersi con noi. Finalmente annunciò:

– In effetti c'è un uomo che ha avuto contatti con tutte e tre le vittime: Paulina Armengol, Aurora Retuerto e Berta Cantizano. È Armando Torres Martínez, di professione impresario edile. Sessant'anni. Lei se lo ricorda, signora Mistral?

Si inserì Garzón:

– C'è anche il domicilio?

Fraile fece un cenno per fermarlo.

– Se ne stanno occupando i miei colleghi. Ho già chiesto il mandato del giudice.

L'attenzione di tutti tornò a concentrarsi sulla direttrice dell'agenzia. Era sconvolta. Portò una mano alla scollatura, poi alla guancia.

– Dio mio, non può essere, non può essere! – ripeteva come fra sé.

– Ricorda quell'uomo? – chiese Fraile.

– Ma certo che me lo ricordo! E anche le tre donne. Morte tutte e tre! È terribile, non riesco...! – Proruppe in un singhiozzo e si coprì la faccia con le mani. Piangeva cercando di non fare rumore, sembrava che non riuscisse a fermarsi. Rispettammo il suo sconforto. Cercava di controllarsi e di parlare ma tornava subito a essere scossa dal pianto. Alla fine si tirò su, prese diversi fazzoletti di carta da una scatola che aveva sul tavolo. Si soffiò il naso rumorosamente. Le si era sciolto il trucco, si ripulì gli occhi con precisione, come se conoscesse l'esatta posizione delle macchie nere. Tremava leggermente.

– Scusate, è stata una bella botta. Non avrei mai, mai immaginato, ve lo assicuro, che quelle povere donne... Non è giusto, non è normale...!

Temendo che potesse mettersi a piangere di nuovo, fui meno accondiscendente del mio collega:

– Cerchi di riprendersi, per favore.

– Sì, certo. Ecco, adesso sto bene.

– Può dirci qualcosa di quell'uomo?

– È una persona tranquilla, affabile, un uomo educato. Quando è venuto qui ho pensato che poteva essere un caso difficile. Tanto per cominciare non è molto attraente, e abbiamo clienti che in termini di presenza fisica, voi mi capite, pretendono più di quanto loro stessi non possano dare. Uomini non precisamente in forma che vorrebbero conoscere ragazze bellissime... Ma lui, devo dire, era molto realistico. Gli interessava soprattutto incontrare delle donne per bene, serie, gentili. Non poneva condizioni d'età né di fisico. Ebbe quei tre incontri, e un altro che non abbiamo ancora inserito sulla sua scheda perché è molto recente. Forse si vedono ancora.

– Ci dia tutti i dati immediatamente – le intimò Fraile.

Lei cercò sul suo portatile.

– Margarita Estévez Roldán. Cinquant'anni. Volete l'indirizzo? Sapete già che il numero di telefono noi non lo abbiamo.

Fraile si appuntò immediatamente l'indirizzo e uscì di nuovo per telefonare. Quando rientrò riprendemmo l'interrogatorio.

– Il soggetto in questione le espresse mai il desiderio che le candidate fossero donne completamente sole? – le chiesi.

Lei mi guardò con un sorriso strano:

– Tutti i nostri clienti sono persone molto sole, ispettore, specialmente le donne. Può sembrare strano, lo so. In teoria le persone che non hanno molti rapporti sociali non avrebbero bisogno di cercare la riservatezza che noi possiamo garantire. E invece per loro è importante. La gente che vive molto sola finisce per sviluppare manie d'ogni genere, e soprattutto non vuole che nessuno sappia fino a che punto è sola. È una tendenza comune.

– Continui.

– Armando Torres si è sempre comportato correttamente. Nessuna delle tre donne si è mai lamentata di lui.

– E allora perché dei tre tentativi nessuno è andato a buon fine?

198

– Vede, ispettore, noi preferiamo non fare domande. I rapporti umani sono complicati. Un incontro può riuscire bene o male per un'infinità di ragioni, e a voler indagare troppo si finisce per mettere in difficoltà il cliente. È un po' come accusarlo di qualcosa, come un voler cercare di chi è la colpa.

– Capisco – dissi.

– Le tre signore hanno deciso di non incontrare più altri candidati. Il signor Torres no. Lui era disposto a riprovare fino a trovare la persona giusta.

– Qualcuna di loro le ha mai raccontato qualcosa di lui, un particolare che avesse trovato strano, magari qualche aspetto insolito della sua personalità?

– No, nessuna mi ha mai detto niente. Forse Aurora, la ragazza sudamericana, mi ha detto che con lui si annoiava. Diceva che era serio, che gli piaceva solo andare al cinema, che la portava a vedere film di... – rimase zitta un momento, – film di morti ammazzati, così mi aveva detto. Ma come potevo sospettare qualcosa? Ci sono milioni di persone a cui piace vedere un buon thriller, ma non sono certo pericolose!

– Nessuno la sta accusando di niente – disse Fraile.

– Ma io non smetto di arrovellarmi, di pensare alle più piccole cose che potevano mettermi sull'avviso – disse con voce rotta dal pianto. – Mi sento così male!

– Siamo certi che non c'è stata nessuna negligenza da parte sua. Un assassino di quel tipo non è facile da individuare – la rassicurò il mio collega. E aggiunse: – Un'ultima cosa: è sicura di non avere modo di contattarlo?

– Solo andando a casa sua. L'indirizzo lo avete.

– Ora ci servono i suoi dati completi, signora Mistral, e il suo numero di cellulare. Presto verrà convocata per deporre davanti a un giudice. E non si assenti dal lavoro, quell'uomo potrebbe ricapitare qui. Se dovesse farlo... – La osservai attentamente.

Ebbe un brivido, strinse il fazzoletto nel pugno.

– Oddio, no!

– Non si spaventi. Sarà scortata giorno e notte da un agente finché non lo avremo catturato.

Lei annuì, sospirò.

Una volta in strada, Garzón disse:

– A me non pare che nasconda qualcosa.

– Neanche a me – confermai.

– A scanso di equivoci, sarà meglio metterle il telefono sotto controllo. E l'agente di scorta dovrà riferirci dei suoi spostamenti ora per ora – disse Fraile.

Il silenzio che regnava nell'auto mentre ci recavamo al domicilio di quel Torres era carico di elettricità. Fu di nuovo Fraile a parlare:

– Ho chiesto una pattuglia, caso mai ci fossero problemi.

– A proposito, dove sono finite le teste di cuoio che ci seguivano dappertutto? – si informò Garzón con finta ingenuità.

– L'ispettore Delicado li ha spediti a farsi un giro agli antipodi – rispose Fraile con insolito umorismo.

– Adesso sì che ci sarebbero venuti utili.

– E lei come lo sa che ho chiesto di toglierci la scorta? – chiesi sorpresa al nostro collega dei Mossos.

200

– Mi sono rivolto alle autorità competenti – rispose lui.

– Le autorità hanno la lingua lunga.

– E lei, Petra, è una scassapalle di portata siderale – disse Garzón, divertito. Mi accorsi che Fraile era scandalizzato. Gli sorrisi perché capisse che stavamo scherzando.

Eravamo arrivati. Lasciammo l'auto in un parcheggio sotterraneo poco lontano e ci dirigemmo in silenzio verso la casa di Armando Torres. Vidi Fraile tastare automaticamente la pistola che aveva sotto la giacca. Io la mia la tenevo nella borsa. Era proibito, a dir la verità, ma dubitavo che il nostro uomo fosse armato.

L'appartamento era un attico in uno stabile piuttosto signorile. Ci sorprese che ci fosse un portiere, consuetudine ormai quasi in disuso in questa città. Fraile gli disse chi stavamo cercando e mostrò il tesserino. L'uomo, anziano e discreto, ci disse con una certa preoccupazione:

– Veramente il signor Torres è in vacanza. È partito il dieci.

Feci un rapido calcolo mentale e capii che era il giorno successivo all'ultimo omicidio.

– Abbiamo un mandato. Ha la chiave dell'appartamento? – domandai.

La preoccupazione dell'uomo virò verso il panico.

– Signori, io non sono autorizzato.

Fraile tirò fuori un foglio dalla tasca, ma Garzón lo anticipò:

– Lei lo sa cos'è un mandato giudiziario? La legge ci

autorizza a entrare nell'appartamento. Se lei non ce lo apre, noi buttiamo giù la porta e entriamo lo stesso.

Fraile lo guardò quasi ammirato. Il portiere era già andato a prendere la chiave nel suo stanzino. Tornò un attimo dopo e ce la diede. La sua faccia spaventata era un poema. Mentre salivamo in ascensore Fraile non perse tempo, avvertì la Scientifica.

Garzón infilò la chiave e aprì con mano sicura. Il mio naso fu immediatamente schiaffeggiato da un forte tanfo di deodorante per ambienti. La luce del corridoio era accesa, Torres doveva essersene andato precipitosamente. Entrammo nel soggiorno, grande e ordinato. Comode poltrone, un televisore dallo schermo gigante, quadri non troppo orrendi alle pareti... la tipica casa borghese. Osservammo tutto senza toccare niente, senza fare il minimo commento. La cucina era ampia e moderna. Nel lavello c'erano una tazza e un paio di piatti da lavare.

– Se ne è andato dopo aver fatto colazione – disse Garzón.

– E dopo aver visto le notizie che i nostri capi hanno dato in pasto ai media – aggiunsi.

– Oddio! – esclamò Fraile. – È possibile che ci sia sparito sotto il naso?

Nella camera da letto, lussuosa e funzionale, erano evidenti i segni di una fuga: l'armadio aperto, il letto sfatto, abiti gettati un po' ovunque, e una piccola valigia che doveva essere stata tirata fuori e poi giudicata inadatta.

– Se quel tipo ha tanta paura di essere beccato signi-

202

fica che un modo per beccarlo c'è – osservai, mostrandomi più ottimista di quanto in realtà non fossi.

Entrammo nel bagno. L'armadietto dei medicinali era aperto. Non aveva dimenticato i farmaci che prendeva regolarmente. Dentro c'erano i prodotti soliti: aspirine, collutorio, cerotti, disinfettante... Il resto della casa era costituito da una camera per gli ospiti e da un piccolo studio in cui troneggiava un computer con un monitor di ultima generazione.

– Si tratta bene, questo bastardo. Vediamo se riusciamo a rovinargli la festa – commentò il viceispettore, già più tranquillo.

Arrivarono i colleghi della Scientifica, e mentre loro facevano i necessari rilievi noi scendemmo a interrogare il portiere. Il poveretto era annichilito, stava per mettersi a piangere. Ci fece entrare nel suo buco, un salottino minuscolo con un piccolo televisore e un tavolo con tre sedie.

– Come sa che Torres è andato in vacanza? – gli chiesi.

– L'ho visto uscire con i bagagli e gliel'ho chiesto. Però non mi ha detto dove andava.

– Che cosa può raccontarci di lui? – domandò il mio collega dando inizio a un interrogatorio formale.

– Io? Non molto. Sono almeno quindici anni che abita qui. Ha un'impresa di costruzioni. Prima era fuori tutto il giorno per lavoro, adesso molto meno. O forse lavora da casa, via internet, questo non posso saperlo. Comunque non mi risulta che sia in pensione.

– Che cosa le fa pensare che lavori di meno?

– Non lo vedo più uscire al mattino, e a volte rimane a casa tutto il giorno. Però se quando esce gli chiedo: «E allora, signor Torres, andiamo a lavorare?», lui mi risponde sempre di sì, che va in ufficio. Di più non mi ha mai detto.

– Riceve gente a casa? Delle donne?

– Sapete, il mio orario finisce alle otto di sera, e fino a quell'ora non ho mai visto salire nessuno da lui. All'una vado a pranzo, ho una pausa di tre ore, quindi non saprei. Ma in tutto il tempo che sono stato qui non ho mai visto né amici né parenti che andassero a trovarlo. Donne men che meno. È un uomo solitario. Però se invita gente a cena io non potrei saperlo.

– Certo. Può dirci che tipo di persona è, che carattere ha?

– Oh, una persona gentilissima! Un vero signore, molto distinto. Ci sono certi condomini, senza voler criticare nessuno, per carità, che non salutano mai. Don Armando no, lui sempre buongiorno e buonasera. E se deve chiedere un favore lo fa con garbo e ringrazia mille volte. È molto educato.

– Le ha mai parlato delle sue cose? Le ha mai detto qualcosa della sua vita privata? Immagino che in tanti anni le sarà capitato di scambiare con lui qualche parola oltre ai saluti.

– No, veramente no. E poi sono solo due anni che io lavoro qui.

– In due anni succedono tante cose.

– Un portiere deve essere discreto. Se comincia a prendersi delle confidenze non va bene. Ce ne sono che lo
fanno, io no. Poi ti possono sempre rinfacciare quello
che hai detto.

– Quindi non parlavate mai?

– Due parole sul calcio, qualche volta. Sapete, don
Armando teneva per il Real Madrid, qui a Barcellona
capita di rado. E siccome io...

– Anche lei è del Real – azzardai.

Come se si sentisse colto in fallo, si affrettò a precisare:

– A me più di tanto non interessa, è solo un gioco, ma insomma, diciamo che proprio del Barça non
sono.

– E a parte il calcio, non le ha mai raccontato niente? Qualcosa della sua vita, anche se non per forza una
confidenza.

– Be', vede, delle volte io lo prendevo in giro perché è scapolo. Nei limiti, eh? Senza esagerare. Lui si
è sempre fatto una risata. E una volta mi ha detto che
magari gli scapoli andranno all'inferno dopo morti, ma
che noi ammogliati all'inferno ci stiamo da vivi. E un
po' ha ragione. In fondo è un uomo da invidiare: libero, sempre tranquillo e ben vestito, non gli manca
niente, non ha preoccupazioni, responsabilità... Molti ci metterebbero la firma. Posso chiedere perché lo
state cercando?

– Non c'è ancora nulla di certo – gli risposi.

– Oh, meno male, mi toglie un peso dal cuore, glielo assicuro. Se avesse fatto qualcosa di male, io...

– Ci dia tutti i recapiti che possiede, per favore, cellulare, numero dell'ufficio... – lo interruppi.

– Ho il numero di cellulare in caso di emergenza.

– E un recapito del lavoro? Il nome della sua impresa?

– No, quello non l'ho mai saputo. La posta è sempre arrivata a nome suo.

Ci diede il numero che aveva. Naturalmente il telefono non rispondeva. Doveva giacere in fondo a qualche tombino. Uscimmo. Fraile congedò la pattuglia dei Mossos che era venuta ad assisterci. In commissariato trovammo Coronas ad aspettarci. Non fu per nulla contento quando gli spiegammo della fuga del nostro sospettato. Neppure noi lo eravamo.

– Chiederemo un ordine di cattura. Per il momento sul territorio nazionale, poi si vedrà – disse, e sparì con aria preoccupata.

Fraile non se la sentiva di aspettare chiuso in un ufficio, quindi andò a raggiungere i colleghi informatici che stavano esaminando il computer di Torres. Garzón ed io, invece, ci dirigemmo verso la sede della Scientifica dove erano allo studio le impronte. Quando arrivammo la squadra destinata alla casa di Torres non era ancora rientrata. Decidemmo di aspettare in un bar. Eravamo entrambi storditi, come in stato di shock. Ordinammo due birre e bevemmo in silenzio. All'improvviso Garzón trasalì:

– Qualcuno si sta occupando del conto in banca di Torres?

– Sì, non si preoccupi. C'è un mucchio di gente che sta lavorando per noi.

– E se quello fosse già all'estero?

– Avrebbe avuto bisogno di prepararsi meglio – dissi. – Si direbbe che sia scappato così com'era. Si sarà fatto prendere dal panico quando ha visto le notizie.

– Strano, nessuno ha mai detto che eravamo sulle tracce dell'assassino. Che cosa può averlo spaventato, secondo lei? In fondo sapeva già che avevamo trovato i corpi, o no?

– L'accenno all'agenzia matrimoniale dev'essere stata la goccia che ha fatto traboccare il vaso. E poi, Garzón, non dimentichi che in teoria si tratta di uno psicopatico. Chi lo sa come ragiona uno psicopatico? Magari vedendo la notizia in televisione si è reso conto per la prima volta di quello che ha fatto.

– Le confesso, ispettore, che non arrivo a immaginare uno che ammazza tre persone senza sapere quello che fa.

– Le menti disturbate sono scisse, Garzón. Una parte non riconosce le azioni dell'altra. Ma se vuole chiediamo lumi allo psichiatra che lavora per noi.

– Può farlo Roberto Fraile, io gli psichiatri non li reggo, non capisco mai quello che dicono.

– Mi pare che non piacciano troppo neanche a lui.

Garzón finì la sua birra e posò il bicchiere vuoto sul tavolo. Mi guardò, sfatto.

– Crede che avranno finito?

– Secondo me abbiamo tempo per un altro giro.

Ci servirono altre due birre piccole, fresche e lucenti come pietre preziose. Erano l'unica promessa di felicità possibile, tutto il resto ci appariva scuro e opaco. Garzón sospirò, con i baffi innevati e gli occhi persi nel vuoto.

– Lo vede, ispettore? Per una volta che la vita ci regala un serial killer, il destino crudele ce lo porta via!

– Non dica così, Fermín! Ho paura che questo mito del serial killer ci faccia vedere le cose più grandi di quello che sono.

– E come vuole che lo chiami, allora?

– Non lo so. Preferisco pensare a un tipo che ha ucciso tre donne.

– Va bene. Però lo vuole prendere o no?

– Certo che lo voglio prendere, che domande! Ma non per appuntarmi una medaglia o per poter dire a tutti che ho catturato un serial killer. Voglio prenderlo perché abbia quello che si merita, e soprattutto perché la smetta di andare in giro a uccidere di nuovo.

– Molto bello da parte sua. Bisogna sempre agire con freddezza professionale.

– Non sono io la fredda della situazione, è un ruolo che lascio volentieri a Fraile. Finisca la sua birra, andiamo.

Il capo dell'unità di identificazione della Scientifica, un cordialissimo andaluso alto e robusto, ci portò nell'ufficio dove sarebbero state esaminate le impronte rinvenute nell'appartamento di Torres. L'intero materiale era già digitalizzato e ora due dei suoi uomini procedevano ai raffronti con le impronte delle tre vittime per sapere se fossero state nell'appartamento. Garzón ed io non potevamo essere d'aiuto, ma almeno avevamo la sensazione di occuparci di qualcosa e ci distraevamo dalla delusione per la fuga dell'indiziato.

Assistemmo al procedimento per ore, e fummo presenti quando i colleghi cantarono vittoria: comparvero le impronte di Berta Cantizano, l'ultima vittima. Non fu facile, erano state rilevate su un vaso dorato che conteneva dei fiori secchi. Non c'erano altre impronte sue da nessuna parte. E di quelle delle altre due vittime nessuna traccia.

– Prova inconfutabile – disse il viceispettore fra i denti.

Tornammo in commissariato mentre lì si continuava a lavorare. In quel momento rientrava anche Fraile, con la faccia bianca come un lenzuolo. Non ci salutò nemmeno.

– Andiamo nel suo ufficio, Petra.

Dal suo sguardo assente, come ipnotizzato, capii che era successo qualcosa. Mi chiese il permesso di sedersi alla mia scrivania, tirò fuori il suo portatile, lo avviò.

– Guardate – disse a bassa voce.

Ci mettemmo alle sue spalle. Le immagini cominciarono a scorrere sullo schermo. Erano fotografie. Vi compariva un uomo non alto, ma di costituzione massiccia, per lo più in abito scuro e cravatta. In tutte era accompagnato da una donna diversa.

– Guardate bene queste donne. Quella della prima fotografia è Paulina Armengol. Quest'altra è Aurora Retuerto. Qui invece potete riconoscere Berta Cantizano. Non erano in quest'ordine quando le abbiamo trovate, siamo stati noi a metterle in una cartella.

Ce le mostrò di nuovo una dopo l'altra. L'effetto era agghiacciante. Quelle donne che noi avevamo visto morte, imbrattate di sangue rappreso, orribilmente tumefatte e sfigurate, senza un volto e senza espressione, qui sorridevano allegre, piene di vita. Aurora rideva accanto all'uomo che, come tutto sembrava indicare, sarebbe diventato il suo assassino. Per questo le vittime non avevano opposto resistenza, tutte e tre dovevano essere state bene con lui, si erano divertite.

– È tremendo – commentò il viceispettore.

– Terribile – confermò Roberto Fraile. – Ma non avete ancora visto il resto.

La rassegna continuò. Seguirono altre foto, simili a quelle che avevamo già esaminato, in cui Armando Torres compariva al fianco di sempre nuove donne. Donne di tutte le età, assai diverse nell'aspetto e del tipo più vario. Tutte sorridenti, tutte con l'aria di chi sta trascorrendo una piacevole serata. Sembravano fotografie scattate in periodi diversi. In alcune Torres appariva decisamente più giovane.

– Un collezionista di donne. Ho contato fino a un centinaio di fotografie come queste.

– Senza nomi?

– Senza nomi! Ma c'è la data in cui sono state scattate. E sapete una cosa? Tutte queste donne senza nome sono precedenti all'iscrizione di Torres all'agenzia matrimoniale. A quanto pare, ha ucciso solo le sue ultime tre conquiste, quelle che ha conosciuto attraverso Vida Futura.

– Che cosa significa? – dissi. – È diventato matto all'improvviso?

– Neanch'io riesco a trovare una logica in questo – mi rispose il collega. – Per il momento ho inoltrato le fotografie all'ufficio persone scomparse, per vedere se sono mai state segnalate

– Buona idea! – disse Garzón.

– E adesso? – chiesi.

– Adesso i miei colleghi stanno cercando di rintracciare Margarita Estévez Roldán, l'ultimo contatto fornito dall'agenzia – mi ricordò Fraile.

– Sempre che non la trovino morta – disse Garzón.

– Non faccia l'uccello del malaugurio! – lo redarguii. – C'è qualche altra operazione in corso?

– Sono stati individuati i conti bancari di Torres, li stanno verificando.

– Che altro possiamo fare? – incalzai.

– Appena commetterà un minimo errore, lo troveremo.

– Forse non è uscito dalla città – azzardai.

– In questo caso passeremo al setaccio tutti gli alberghi – disse Fraile.

– Lei lo sa quanti alberghi ci sono a Barcellona? – chiese Fermín. – Migliaia! Di lusso, di media categoria, scalcinati... E poi ci sono le stanze e gli appartamenti in affitto, dichiarati e in nero. Se dobbiamo setacciarli tutti ci metteremo un mese.

– Se non c'è altra soluzione, lo faremo.

Adesso sì che ero in grado di farmi un ritratto completo di Fraile come poliziotto. Era un uomo testardo, ossessivo, che contrariamente alla calma apparente del suo contegno rimaneva sempre in stato di allerta. Forse non era esattamente il tipo di persona di cui avevamo bisogno in una situazione come quella. A volte il detective che non sa fermarsi a riflettere induce negli altri una confusione poco opportuna. Fare la prima cosa che capita pur di non stare fermi? È un modo per ingannare l'ansia. Non serviva a nulla sguinzagliarci per la città senza un indizio. Armando Torres poteva essersi nascosto a Pechino.

Mi allontanai un momento, sentivo il bisogno di ragionare. Non avevo ancora avuto il tempo di farmi un'idea del presunto assassino. Piccolo, tracagnotto, affabile e apparentemente inoffensivo. Un impresario edile dalla vita tranquilla. Segretamente, un incallito collezionista di conquiste amorose. Avevamo la prova che era uscito con molte donne. Chissà come le aveva conosciute. Probabilmente era un uomo pieno di complessi per il suo aspetto fisico, per la sua solitudine, per la mancanza di amore nella sua vita. Possibile che tutte le donne delle foto lo avessero abbandonato? Era questo che lo aveva spinto a rivolgersi a un'agenzia matrimoniale? Le sue tre vittime si erano comportate allo stesso modo? E per questo lui le aveva uccise? Poteva essere una spiegazione. Le lettere cariche di rimproveri trovate sui cadaveri lo facevano pensare. Quell'individuo mi suscitava una ripugnanza infinita: solo nel suo angolo, ossessionato dai suoi fallimenti, oppresso da traumi inimmaginabili, capace di uccidere brutalmente e di sfigurare il volto di donne con le quali aveva avuto un rapporto più o meno intimo. Tutto questo era terribilmente insano. Dio, Dio! mormorai fra me. Quali mostruosità possono nascondersi fra le quattro pareti?

Sentii la mano calda del viceispettore scuotermi il braccio:

– Petra, si svegli, si è addormentata!

Avevo chiuso gli occhi per un attimo. Lui mi guardò con aria compassionevole.

– Perché non va a casa? Anch'io adesso me ne vado, sono uno straccio.

Mi misi in piedi con scarsa energia. Fraile continuava a digitare rapidissimo sulla tastiera del suo portatile, con le palpebre basse e gli occhi arrossati. Lo salutai, non mi sentì nemmeno. Garzón, paterno, mi faceva cenno di filarmela senza dir niente. Gli obbedii.

Per fortuna quando arrivai a casa Marcos capì al volo che non era il momento per le domande. Neanche un innocuo «Hai cenato?». Sedette sul divano e aprì le braccia. Io mi precipitai accanto a lui e mi rannicchiai contro il suo petto.

Dopo qualche minuto provò a dirmi:

– Stai bene, Petra?

Alzai gli occhi. La sua faccia, matura e serena, apparteneva a un mondo diverso da quello in cui ero immersa.

– Ogni tanto la vita mi fa paura, Marcos.

– Sei stanca. Quando siamo stanchi vediamo le cose più nere di come sono.

– Le cose sono sempre nere. Ma non sempre sappiamo o vogliamo vederle per come sono.

213

– Tu per me non sei nera, sei bianca come una nu-
vola, sei un raggio di sole.

– Che romantico – gli dissi sorridendo.

9

Quella mattina Garzón mi venne incontro trafelato.
Non vedeva l'ora di dirmi che Roberto Fraile era rimasto tutta la notte in commissariato a lavorare. Gli
sembrava una cosa da matti. È vero che tre donne am-
mazzate non capitano tutti i giorni, è vero che ci trovavamo in un momento critico delle indagini, ma secondo lui spingere lo zelo lavorativo fino a quel punto non poteva dare buoni risultati.

– La mia mamma buonanima diceva sempre che il corpo è come una macchina, e se non le dai il carburante
che ti chiede, prima rallenta e poi ti pianta in asso, così diceva.

– Un concetto meccanico della vita, quello di sua
madre.

– Ah, lei era un fenomeno con la meccanica. Pensi
che quando si rompeva il trattore, ci si metteva lei e
lo aggiustava. Mio padre non capiva niente, non aveva testa per quelle cose.

Lo osservai bene. Si era rasato con cura e profumava
di acqua di colonia come un bebè. Era fresco e riposato,
la sua macchina era perfettamente lustra e pronta per il
lavoro della giornata. Tutt'altra impressione mi fece Ro-

215

berto Fraile. La notte al computer aveva lasciato il segno: barba lunga, occhiaie, capelli arruffati e carnagione terrea. Non ci salutò neppure.

– Siamo riusciti a rintracciare la donna delle pulizie di Torres. Sarà qui fra poco – annunciò. – E ho i movimenti del suo conto corrente nell'ultimo anno. Non c'è traccia di un'uscita da tremila euro. Strano. Se è cliente di Vida Futura, dovrebbe aver pagato anche lui la sua quota.

– Poteva avere delle entrate in nero, chi lo sa.

– Chiederemo a Bárbara Mistral – dissi. – A proposito, che cosa si sa di lei?

– Niente di particolare. Dal suo telefono risultano un paio di chiamate alle amiche. Uscita dal lavoro ha fatto uno spuntino in un bar e poi si è infilata alla Filmoteca. Di lì è rientrata direttamente a casa.

Le telefonò subito, chiedendole in che modo Torres avesse effettuato il pagamento. Annuì più volte e riattaccò.

– Dice che così su due piedi non si ricorda, che deve verificare.

– È probabile che i conti non siano in regola – affermò Garzón.

Fraile non fece alcun commento, era sfinito. Continuò a informarci sulle novità:

– Abbiamo trovato Margarita Estévez Roldán, l'ultima amica di Torres. L'abbiamo messa sotto protezione ventiquattr'ore su ventiquattro. Verrà oggi stesso a dirci quello che sa. Sarà una giornata difficile.

– Ha fatto colazione, Roberto? – gli chiese il vice-ispettore.

Lui ci guardò come un pugile suonato, ebbe bisogno di pensare prima di rispondere.

– No, mi pare di no.

– E allora propongo di andare tutti e tre a ricaricarci.

– E se arriva la colf di Torres?

– Aspetterà, Fraile, aspetterà.

Ordinammo pane tostato con burro e marmellata per tutti, caffè e spremute d'arancia. Il viceispettore si premurò di enunciare a beneficio di Fraile la teoria meccanica di sua madre sul funzionamento del corpo umano. Stranamente, il nostro collega reagì con un sorriso. Gli chiese:

– È preoccupato per me, viceispettore?

Garzón rimase un po' interdetto. Con aria lievemente offesa rispose:

– Lei del suo fisico può fare quello che vuole, ispettore Fraile. Mi preme solo che non vada k.o. Altrimenti poi toccherà a noi sobbarcarci il suo lavoro.

– Non se la prenda, Fermín. È che non sono abituato. Nessuno si preoccupa mai per me.

– E allora adesso può stare tranquillo, io sono un esperto in preoccupazioni.

Mangiammo con voracità da lupi. Fraile bevve tre tazzine di caffè espresso, una dietro l'altra, come una medicina. E immediatamente dopo l'ultimo sorso si alzò e andò a pagare. Aveva fretta di tornare al lavoro.

– Oggi offro io – disse timidamente.

La signora che faceva le pulizie in casa di Torres ci stava già aspettando. La facemmo accomodare nel mio ufficio. Era una donna robusta, sulla cinquantina, dall'aspetto lindo e materno. Si chiamava Lola. Sembrava molto spaventata. Fraile cercò di tranquillizzarla.

– L'unica cosa che le chiediamo, signora, è di rispondere a qualche domanda. Tutto qui. Poi sarà libera di andare.

Lei ci fece un ritratto del nostro uomo che non si discostava da quanto già sapevamo. Ne parlava con affetto e stima.

– Con me si è sempre comportato da signore, mi paga puntuale ogni settimana e non ha mai avuto niente da ridire, gli va bene tutto quello che faccio.

Via via che parlava, il quadro di normalità si rafforzava: Torres non frequentava donne, non faceva una vita disordinata, non dava feste, non aveva amici, o almeno lei non ne conosceva. Era riservato, preciso e cortese. Ci mise un po' a trovare le parole, ma alla fine disse che era «uno scapolo soddisfatto». A ogni domanda, con nostra disperazione, rispondeva di no: non sapeva dove lavorava, anche se negli ultimi tempi lo vedeva uscire di meno, non conosceva le sue abitudini fuori casa, non sapeva se frequentasse qualche bar o qualche circolo. Di nuovo, il deserto. Finché mi venne in mente di chiederle nel modo più diretto:

– Se lei dovesse trovarlo, dove lo cercherebbe?

– Magari andrei a vedere nel monolocale alla Barceloneta.

Ci fu un moto di sorpresa generale.

– Come ha detto? – la assalì Garzón.

Lola ebbe un sussulto, spaventata dal tono della domanda. Rimase zitta come una morta.

– Torres ha un monolocale? Perché non l'ha detto subito? – incalzò il mio sottoposto.

La donna si mise a piangere. Era terrorizzata. Fraile intervenne.

– Si calmi, la prego. Lei sa dove si trova?

– Sì, sì che lo so. Sono andata a vederlo un paio d'anni fa, mio figlio cercava un posto dove stare e il signor Torres voleva darlo in affitto. Però non c'era nemmeno la cucina. Per quel prezzo mio figlio poteva trovare di meglio.

– Ricorda l'indirizzo?

– Certo che me lo ricordo. È in calle de la Sal, a un terzo piano, sotto c'è una piccola libreria che si chiama Il Giallo e il Nero.

– Può andare, Lola – le dissi.

– Se non ve l'ho detto prima, è solo perché credevo che lo sapeste già. Come faccio a sapere che cosa sapete e che cosa no?

Fraile la accompagnò alla porta cercando di tranquillizzarla. Poi si voltò verso di noi, aveva ritrovato tutta la sua energia. Sembrava che la sua stanchezza fosse svanita.

– Viceispettore, corra a prendere il mandato del giudice. Intanto Petra ed io ci fiondiamo alla Barceloneta. Porteremo con noi una pattuglia di scorta.

– Non credo che Torres sia armato – obiettai, – ammesso che si trovi lì. Rischiamo di farci notare. Chi può sapere se in quel momento non sta tornando a casa o non sta prendendo un caffè al bar?

– Ha ragione, ispettore, andiamo io e lei da soli.

Malgrado la notte in bianco, Roberto Fraile sembrava perfettamente lucido. Guidava con attenzione e scioltezza, non sembrava affatto rallentato. Era certamente un uomo con i nervi d'acciaio. Io, invece, non ero precisamente nelle condizioni ideali per arrestare il nostro caro assassino. Più ci avvicinavamo a quel suo appartamento, più sentivo crescere dentro di me una brutale avversione verso quell'individuo che non avevo mai visto se non in fotografia. Covavo l'intenzione di aggredirlo appena me lo fossi trovato davanti. Avrei voluto prenderlo a schiaffi, sputargli in faccia, strappargli tutto quello che aveva addosso e lasciarlo a terra nudo e umiliato. Uno stato d'animo certamente inadatto al compito che dovevo affrontare.

Lasciammo l'automobile in un parcheggio pubblico e ci dirigemmo a piedi verso il luogo indicato. La via era tranquilla. Identificammo lo stabile e alzammo gli occhi verso il terzo piano. Mentre agli altri balconi c'erano panni stesi, quello di Torres era vuoto, con le persiane chiuse. Sembrava che lì non abitasse nessuno. Poteva essersi asserragliato dentro, cercando di passare inosservato. Mi pentii di essere venuta senza una scorta. Come potevo essere sicura che non fosse armato? Quasi certamente era un pazzo. Lo era? Da quando eravamo entrati in possesso delle sue fotografie, da quando l'avevo visto sorridere come un cretino al fianco delle sue vittime, avevo smesso di considerarlo un malato di mente. Mi era parso più che altro un complessato, un furbo, un essere apparentemente inoffensivo con una mente distorta, che concepiva i suoi vizi come un diritto da esercitare impunemente.

Fraile premette entrambi i pulsanti del citofono. C'erano due appartamenti per piano, ottenemmo risposta da uno solo. La voce era quella di una donna poco amichevole.

– Chi è?

– Abita qui Armando Torres? – chiese Fraile.

– No, qui no.

– Apra, per favore. Dobbiamo andare dal suo vicino.

– Non vogliamo pubblicità.

Fraile non poté fare a meno di pronunciare le parole fatidiche:

– Polizia. Apra immediatamente.

Aprì. Salimmo al terzo piano. La signora era già sulla porta, con un bambino aggrappato al grembiule sporco. Non sembrava intimorita dalla nostra presenza.

– Cosa volete? Sto preparando il pranzo e non ho tempo da perdere.

– Non abita qui Armando Torres? – tornò a dire il mio collega.

– Qui non c'è nessun Armando, gliel'ho già detto.

Un'occhiata all'interno dell'appartamento mi permise di cogliere un ambiente piccolissimo, molto modesto.

– E di fronte chi ci abita? – chiese Fraile indicando l'altra porta.

– Non lo so. È sempre chiuso. Ogni tanto sento qualche rumore, ma di rado.

– Le è mai capitato di vedere qualcuno?

– Senta, io non sto qui a vedere chi va e chi viene. Lavoro tutto il giorno e ho tre figli. Siamo una famiglia normale. Non ho tempo per niente, nemmeno per tirare il fiato. Come vuole che sappia chi abita lì?

– Suo marito è in casa?

– No, fa il turno di mattina. Ma neanche lui ha mai visto il vicino, glielo posso assicurare.

– Va bene.

– A posto? Posso chiudere la porta?

Assentimmo. Chiuse. Il campanello dell'appartamento di Torres era staccato. Scendemmo di nuovo in strada. Ci mettemmo a camminare nervosamente per il marciapiede.

– Ma cosa diavolo combina Garzón? – dissi quasi fra me. – Ci mette un po' troppo a portarci quel benedetto mandato.

– Tranquilla, ispettore, è ancora presto.

– Il giudice avrà dei problemi a rilasciarglielo?

– Non credo, sta collaborando egregiamente, non ha mai fatto nessuna difficoltà.

La quarta volta che passammo davanti alla libreria, ne uscì un signore magro coi baffi.

– Cercate qualcuno? – chiese.

– Quest'uomo – gli dissi, mostrandogli una foto di Torres. La osservò con attenzione.

– Purtroppo non mi dice niente. Ho buona memoria, e posso dirle che qui non è mai venuto.

– Conosce tutti i suoi clienti? – chiesi, stupita.

– Questa libreria è un po' come una famiglia – mi disse. – Siamo specializzati in romanzi polizieschi e

222

thriller, e chiunque venga da noi si ferma a far due chiacchiere. In fondo condividiamo le stesse passioni. Il romanzo poliziesco unisce molta gente.

In quel momento vedemmo arrivare il viceispettore.

– Accidenti, Paco, lo sapevo di trovarti qui! – esclamò Garzón avvicinandosi.

– Il viceispettore Garzón in persona! – esclamò il libraio.

Ero sbalordita. Continuarono con i loro convenevoli finché Fraile, impaziente, chiese:

– Ha con sé il mandato, Fermín?

– Sì, sì, scusate. Il dovere chiama. Paco, ti devo lasciare.

– State dando la caccia a qualcuno? – mi chiese quel gentile signore. Gli misi una mano sulla spalla e gli dissi cordialmente: – Lei pensi alla finzione, caro amico, lasci a noi la triste realtà.

Mentre salivamo di nuovo le scale fino al terzo piano di quel vecchio stabile senza ascensore, chiesi a Fermín con una punta di sarcasmo:

– Ormai credevo di sapere tutto di lei, e invece continua a stupirmi. Non mi dica che è un appassionato di romanzi gialli!

– L'appassionata è Beatriz, io ogni tanto la accompagno a comprare libri. Va matta per le storie poliziesche. E dato che non le racconto mai niente, pesca nei romanzi quello che può.

Fraile, che ci precedeva, ci guardò dall'alto con stupore. Anche lui non faceva che scoprire cose su di noi, e probabilmente tutte si riassumevano in una sola constatazione: eravamo due perfetti incoscienti.

Provammo di nuovo a premere il campanello. Niente. La porta non aveva serratura di sicurezza, non fu difficile aprirla. Il quadro che si presentò ai nostri occhi non lasciava dubbi: quello era il «nido d'amore» del nostro uomo. Nulla poteva essere più diverso dal tinello intravisto poco prima. Le pareti interne erano state abbattute per creare un'unica stanza, arredata senza badare a spese ma con notevole cattivo gusto. Un grande letto troneggiava nel mezzo; sul soffitto brillava l'immancabile specchio. Un orrendo mobile bar molto fornito indicava quale fosse una delle attività che si svolgevano nell'appartamento, sebbene non la principale. Tutto il resto era accessorio: una caffettiera elettrica con due tazzine, un impianto stereo, quadri alle pareti scelti per suggerire un'atmosfera sensuale: fotografie di labbra velate dal fumo, un volto di donna seminascosto dai capelli, una spiaggia con palmizi. Era un compendio di estetica kitsch in piena regola. A completare l'insieme c'erano una quantità di cuscini rossi sparsi dappertutto. Garzón, che dal suo matrimonio con Beatriz aveva acquisito un certo gusto, esclamò:

– Miseria, in un posto come questo non mi si alzerebbe nemmeno con una gru!

– Fermín! – lo redarguii.

Fraile scoppiò in una risata e andò ad aprire l'unica porta in fondo alla stanza. Lo seguimmo. Dava in un bagno piuttosto ampio, anche se non luminoso, decorato con le stesse pretese del monolocale: rivestimento in piastrelle nere, specchio e portasciugamani dorati. Aveva persino la vasca idromassaggio.

– Sarà dannatamente brutto, ma ci ha speso parecchio – osservai, sperando di prevenire i commenti del viceispettore.

Mentre Fraile chiamava la Scientifica, ci guardammo intorno senza toccare nulla. Tutto era in ordine, benché non troppo pulito. In un armadietto dissimulato dietro la porta c'era un aspirapolvere. Probabilmente lo stesso Torres si occupava di rassettare dopo le visite.

– Non sembra esserci traccia di attrezzatura erotica che possa far pensare a pratiche sadomaso – disse Fraile con distacco.

– Infatti si limitava ad ammazzarle – brontolò Garzón.

All'arrivo dei colleghi con la loro strumentazione noi ce ne tornammo in commissariato. Decidemmo che Garzón avrebbe steso la nota sul sopralluogo. Lo lasciammo al computer.

– Margarita Estévez Roldán, l'ultima amica di Torres, non sarà qui prima di mezz'ora – mi disse Fraile, una volta nel mio ufficio. – Nel frattempo mi permetterebbe di sdraiarmi sul divano? Conviene che io riposi una ventina di minuti.

– Ma ci mancherebbe, Roberto. Chiudo la porta a chiave. La sveglio quando è ora.

Si lasciò andare come un sacco e all'istante si addormentò. Lo osservai. Giaceva supino, rigido, con gli occhi strizzati, la testa piegata di lato. Sulla faccia aveva un'espressione sofferente. Chi era quell'uomo in realtà? Che vita faceva, ammesso che avesse una vita fuori dal lavoro? Lavorava così tanto per pura passione o per ansia di fare carriera? Ci sono persone che passano anni al nostro fianco senza mai rivelarci chi sono, a cosa pensano, come vivono. Forse anche il nostro caro assassino era un tipo del genere: convenzionale nella forma, mostruoso nell'intimità. Mi sporsi verso di lui dalla mia poltrona girevole. Il suono del suo respiro profondo e cadenzato mi induceva al sonno. Sentivo una grande stanchezza, non fisica, psicologica. Cominciavo a temere che non avremmo mai preso quel maledetto Armando Torres, e che tutti i progressi fatti si sarebbero dissolti come svanisce il ricordo di una storia immaginata. Un assassino che a forza di mostrarsi normale finiva per essere mortalmente scontato. Uno scapolo d'altri tempi, con una vita parallela che nessuno intorno a lui poteva sospettare o biasimare. Lo dicevano tutti: il signor Torres, tanto educato, tanto gentile, così per bene al punto da essere noioso. Che cosa si nasconde dietro la facciata delle persone? Come ci si può fidare delle apparenze? Sentii che qualcuno mi scuoteva, cacciai un urlo. Era Fraile. Appena mi vide sveglia corse ad aprire la porta. Sentii la voce di Domínguez:

– È arrivata la teste. La faccio passare?

– La accompagni in sala. Arriviamo.

Domínguez allungò il collo per vedere dove fossi. A forza di chiudere la porta a chiave stavo mettendo in pericolo la mia reputazione. I colleghi avrebbero perdonato un momento di leggerezza, ma una scappatella con un membro di un'altra forza di polizia sarebbe stata imperdonabile. L'espressione di Fraile era un poema, sembrava emerso dall'aldilà.

– Si era addormentata, ispettore – mi disse. – Vado a lavarmi la faccia.

– Anch'io – risposi, più per vergogna che per solidarietà.

Garzón, instancabile, era già nella sala degli interrogatori. Seduta davanti a lui c'era l'ultima cliente dell'agenzia ad aver conosciuto Armando Torres: Margarita Estévez Roldán. Alta, robusta, ancora decisamente bella, era vestita con abiti firmati e vistosi. Capii che la donna che avevamo davanti era una cinquantenne disinvolta e decisa. Ci guardò con aria di sfida.

– Bene, adesso ci siamo tutti! – esclamò con ironia. – È a voi che devo dir grazie per gli agenti che mi seguono dappertutto come se fossi una criminale? Questo signore dice che non ne sa nulla.

– Questo signore, come lei lo chiama, è il viceispettore Garzón. Le presento l'ispettore Fraile, dei Mossos d'Esquadra. Io sono Petra Delicado, ispettore della Policía Nacional. Stiamo svolgendo un'indagine congiunta.

– Perfetto, allora lo dico a tutti e tre, così forse è più chiaro. Io non ho nessuna voglia di vivere sotto scorta.

– È una misura necessaria per proteggere la sua incolumità.

– Questo è un paese libero, che io sappia, e ciascuno protegge la sua incolumità come meglio crede.

– Signora Estévez – intervenne Fraile, conciliante. – Abbiamo fondati motivi per ritenere che l'uomo con cui lei sta uscendo abbia commesso una serie di omicidi.

– L'uomo con cui sto uscendo? Ma io non esco con nessuno!

– Le parlo di Armando Torres – specificò Fraile, – che lei ha conosciuto tramite l'agenzia Vida Futura.

– Ma per favore! Non mi parli di quell'agenzia. Tante storie sull'accurata selezione dei loro clienti e poi mi hanno proposto dei personaggi semplicemente ridicoli. Il primo era un vecchio di settant'anni che voleva portarmi allo stadio come se fosse il massimo della vita. E poi quell'Armando, un poveretto pieno di smancerie che avrò visto due volte e ho mandato subito a quel paese. E voi dite che quel tipo è un assassino? Santo cielo, quello non è capace di ammazzare una mosca con uno spray!

– Cominciamo dall'inizio, signora – ripresi io con grandissima pazienza. – Per quale motivo lei ha scelto di rivolgersi a un'agenzia così poco conosciuta come Vida Futura?

– Vede, ispettore, io sono vedova da diversi anni. Ho due figli grandi e due nipoti. Non devo nascondere niente a nessuno, ma non mi va che nel mio ambiente si sappia quello che faccio nel tempo libero, capisce? Come probabilmente saprete, sono titolare di un ristorante abbastanza conosciuto, e non è il caso che girino voci sul mio conto. Un'amica mi aveva parlato di quest'agenzia, sembrava garantire la massima riservatezza e l'idea mi era piaciuta. Poter conoscere qualcuno fuori dal solito giro, potermi concedere qualche sfizio ogni tanto... lei capisce. Non ho intenzione di trovarmi un nuovo marito, ma...

– Capisco molto bene – dissi. – Può raccontarci meglio come sono andate le cose con Armando Torres?

– Malissimo, l'ho già detto. L'aspetto fisico non mi convinceva, tanto per cominciare, e neanche il modo di porsi. Io non sarò una ventenne, ma almeno cerco di essere al passo coi tempi. Lui era vecchio in tutti i sensi, nel parlare, nel vestire, nella mentalità.

– Che cosa avete fatto quando vi siete visti?

– Le solite cose che si fanno a un primo appuntamento. Siamo andati a cena in un ristorante di pesce.

– Dove?

– Alla Barceloneta.

– E lì che cos'è successo?

– Niente. Lui si è messo a parlare di viaggi, di posti che aveva visitato. Ma era tutto di un banale! Una noia infinita. E una cosa che mi ha colpito è che non ha riso nemmeno una volta in tutta la cena. Al dessert, quando ormai avevamo già bevuto un po', si è messo a dire che lui era un galantuomo e che aveva intenzioni serie. Ve lo immaginate? Io naturalmente gli ho detto che non avevo nessuna intenzione di nessun genere, perché amo moltissimo la mia libertà.

– E lui come ha reagito?

– Non ha reagito. Sembrava fatto di gomma. Generoso lo era, ha ordinato un vino decisamente caro. Lo so perché è il mio lavoro. E poi ha insistito per pagare il conto.

– Ma com'è finita?

– Con la scusa di conoscerci meglio mi ha chiesto se poteva offrirmi qualcosa in un appartamentino che aveva proprio lì dietro, per combinazione. Io gli ho detto che ero stanchissima, che lo ringraziavo tanto ma dovevo andare. Lui non se l'è presa, deve aver capito che qualcosa non aveva funzionato. Forse era davvero un galantuomo come diceva di essere, solo che non era esattamente di un uomo all'antica che io avevo bisogno.

– E non l'ha più rivisto?

– Ovviamente no! Sarei dovuta passare dall'agenzia per chiedere che mi proponessero qualcun altro, ma poi ho pensato che non ne valeva la pena. Il candidato precedente era ancora peggio. Con questi risultati, capite anche voi che non avevo più voglia di perdere tempo. Ho detto addio ai tremila euro e morta lì.

– E dall'agenzia non l'hanno più cercata? – chiese Fraile.

– E per cosa? I soldi li avevano presi e io non mi facevo più vedere. La cliente ideale, non crede? Ma giuro che d'ora in poi smetterò di dar retta ai consigli delle amiche.

– Forse evitando di rivedere quell'uomo si è salvata la vita, Margarita – concluse il mio collega.

Lei scoppiò in una risata sarcastica.

– Ma per favore, ispettore! Non riuscirete mai a farmi credere che quell'imbranato sia un serial killer.

Nell'immaginario collettivo l'assassino seriale riveste i panni che gli sono attribuiti dal cinema o dalla televisione. Prevale la figura dello psicopatico patibolare o del tipo strano che colleziona animali impagliati, come Anthony Perkins in *Psycho*. Le notizie uscite sui giornali non avevano contribuito a sfatare la leggenda. Margarita si rivolse a me:

– Immagino che adesso mi toglierete di torno quel gorilla che mi segue ovunque, vero?

– Non sarebbe prudente – obiettai.

– Ditegli almeno che rimanga in strada. Non mi va di trovarmelo nel ristorante.

– Vedremo che cosa si può fare.

Uscì imprecando sottovoce, con il passo deciso che caratterizzava la sua personalità. Garzón non vedeva l'ora di dire la sua:

– Io non mi preoccuperei troppo. Se dovesse capitarle davanti l'assassino quella è capace di farlo a pezzi con le sue stesse mani.

Rimanemmo zitti tutti e tre, ci guardammo. Nessuno aveva idea di quale sarebbe stato il passo successivo. Dovevamo aspettare che la Scientifica ci fornisse i risultati del sopralluogo nel nido d'amore di Torres. Mi alzai.

– Voi siete liberi di fare quello che volete, io esco. Ho bisogno di bere qualcosa.

La mia esigenza fu condivisa all'istante da Garzón. Fraile tentennò un pochino ma poi anche lui si alzò in piedi. Attraversammo la strada e l'atmosfera accogliente della Jarra de Oro ci diede il benvenuto. Ordinammo tre birre e bevemmo il primo sorso tutti e tre insieme. Quando le cose si fanno difficili, rimangono sempre la birra e gli amici. Eravamo stanchi, non ne potevamo più. Stavamo scoprendo cose nuove, ma la preda ci sfuggiva. Dove si era nascosto quel bastardo? Poteva aver lasciato il paese? Nessun commissariato di Spagna ne aveva avuto notizia. Era il momento di richiedere un mandato di arresto europeo? Di mobilitare addirittura l'Interpol? I nostri capi erano restii, volevano che andassimo più a fondo. Non era il caso di muovere mari e monti, Torres poteva comparire da un momento all'altro. Fraile, che non riusciva a staccare la mente dal lavoro neppure per un attimo, chiamò l'agente che seguiva Bárbara Mistral. Si allontanò di qualche passo per parlare. Lo vedemmo annuire più volte, scuotere la testa. Tornò dicendo che non c'era niente di nuovo. Uscita dall'agenzia, la Mistral era stata a fare acquisti, aveva visto un'amica e poi era andata di nuovo alla Filmoteca. Se ne ricavava che era una cinefila incallita, e parecchio abitudinaria, niente di più.

– Avete visto com'era arrabbiata Margarita Estévez per la scorta? Nessuno vuole essere protetto dalla polizia. Neanche fosse un'offesa – dissi fra i denti.

– Anche lei non ha voluto una scorta – mi ricordò il viceispettore.

– Ma perché c'è mancato poco che venisse con la banda musicale!

Nessuno rise. Guardai i miei due colleghi. Non avevo mai visto due uomini più abbattuti. Se qualunque lavoratore, in qualunque ambito, permettesse alle difficoltà professionali di influire fino a questo punto sul suo stato d'animo, gli consiglierei caldamente di andare da uno psicologo. Eppure, ecco com'eravamo ridotti, consumati dalla frustrazione e dall'impotenza, come se sentirci schiacciati dalla sconfitta fosse un nostro sacro dovere. Non stavamo forse facendo tutto il possibile per riuscire? Non stavamo rubando ore al sonno per aggiungerle alle nostre interminabili giornate di lavoro? Non stavamo forse facendo progressi, per quanto lentamente? Nessuno poteva chiederci di più. Decisi di dare una bella scrollata all'albero. Se non ne fossero caduti dei frutti maturi, almeno ci saremmo liberati delle foglie morte.

– Sapete cosa vi dico, signori? Che vista l'ora che si è fatta, non combineremo più nulla. Vi propongo di telefonare ai nostri rispettivi coniugi per avvisarli e poi di andare a cena tutti e tre. Chissà che così non riusciamo a dissipare i nuvoloni neri che ci opprimono.

– Aderisco all'istante – dichiarò Garzón.

– Ma forse lei, Roberto, è meglio che vada a letto. Non credo sia in grado di stare in piedi.

– Ormai ho preso tanto di quel caffè che non riuscirei ad addormentarmi. E poi, se andassi a letto adesso, credo che non smetterei di rimuginare. Vengo con voi.

Io chiamai Marcos, Garzón chiamò Beatriz e Fraile non chiamò nessuno, come sempre. Raccogliemmo alla chetichella le nostre cose e ce ne andammo a piedi per Barcellona in una serata umida e abbastanza tempestosa. Ma quel piccolo accenno di sovversione sembrava aver migliorato l'atmosfera.

– Che dite, ci buttiamo su un thailandese? – chiesi.

– Io non mi butto né su un thailandese né su un finlandese – disse Garzón, che sembrava di nuovo in forma. – Meglio una bettola di quelle di una volta. Ne conosco una in calle Montcada che serve un mucchio di *tapas* come si deve.

Ottenne il nostro consenso e continuammo la passeggiata verso l'antica calle Montcada. Il ristorante era affollato di stranieri, ma ci trovarono un tavolino vicino al banco che prometteva una certa intimità. Catturati dai deliziosi aromi che aleggiavano nell'ambiente non eravamo disposti ad abbandonare il locale.

Il cameriere ci propose, insieme alla lista completa delle *tapas*, un menu di assaggi che venivano serviti ciascuno con il vino più adatto. «I nostri accoppiamenti giudiziosi» li chiamò. Accettammo, nessuno di noi aveva voglia di scervellarsi a scegliere fra tanta varietà.

– Tutte solenni cazzate – protestò Garzón appena il giovanotto si fu allontanato. – Una volta uno entrava in un bar e indicava quello che voleva dai vassoi in fila sul banco. Poi ordinava una caraffa di rosso o di bianco ed era finita lì. Adesso si inventano tutte queste baggianate per complicarti la vita. Vi assicuro che come mi mettono davanti una *tapa* di sushi faccio un casino che non finisce più.

– Lei è un tradizionalista, Fermín. Alla gente piacciono queste novità, se ne faccia una ragione – gli dissi.

– Stronzate. Quello che piace alla gente è farsi prendere per il culo.

– Lei non solo è tradizionalista, è anche sboccato – affermai.

– Se non avessi qualche difetto gli altri ci rimarrebbero male.

Inaspettatamente, Fraile scoppiò a ridere.

– Siete davvero incredibili – ci disse. – Stiamo indagando su un caso che definirlo contorto è poco e la cosa migliore che vi viene in mente è andare a cena e mettervi a scherzare.

– Le ho già spiegato che è un ottimo metodo per ritrovare la carica – replicai.

Le *tapas* erano saporitissime e le spazzolammo una dopo l'altra con entusiasmo. Nel frattempo si vuotavano i calici. Gli «accoppiamenti giudiziosi» forse giudiziosi non lo erano poi così tanto, sembrava sempre che ci fosse più da bere che da mangiare, ma nessuno di noi era restio alla degustazione enologica. Neanche Fraile, poco abituato agli alcolici, restava indietro di un giro. I risultati non tardarono a notarsi. Eravamo allegri, ci brillavano gli occhi, e cominciavamo a dimenticare i tormenti investigativi. Fraile tentò, senza successo, di ricondurci sul seminato.

– Che cosa pensate della situazione, signori? Che cosa prevedete per l'immediato futuro?

Garzón, schiarendosi ostentatamente la gola, dichiarò:

– In questo momento, caro il mio ispettore, io non vedo altro che questo bel vinello. Per me tutti gli assassini psicopatici di questa terra possono andare tranquillamente a farsi friggere.

– Come può dire questo, viceispettore? – si scandalizzò il nostro collega.

– Guardi, io me ne infischio degli assassini. E sa cosa le dico? Le improvviserò dei versi:

Uno psicopatico assassino,
andò un giorno a far visita a un casino...

Lo interruppi, temendo che il senso dell'umorismo di Fraile non coincidesse con il nostro.

– Anche questo tipo di conversazione può esserci di grande aiuto, Roberto. Diciamo che allenta lo stress e impedisce che i problemi si trasformino in ossessioni.

Garzón, che non era disposto a perdere l'afflato poetico per colpa delle mie considerazioni, continuò:

*... e visto che nessuna gliela dava
prendeva il suo coltello e le ammazzava,
quel simpatico psicopatico assassino.*

Per fortuna in quel momento arrivò il cameriere che con studiato entusiasmo disse:

– E questo è tutto, signori! Gradite qualcos'altro?

Garzón, pienamente in vena, esclamò:

– E adesso dagli accoppiamenti giudiziosi passiamo alle gioie del celibato! Ci porti una bottiglia del miglior *cava* che avete –. Poi si voltò verso di noi: – Stasera offro io.

Le mie cautele riguardo al senso dell'umorismo di Fraile si rivelarono del tutto inutili, perché il nostro collega fu colto da uno scoppio di ilarità incontenibile. Rosso in viso, si premeva gli occhi con le mani, nascondendo una parte della faccia. Non capivamo che cosa lo facesse ridere tanto, forse era ubriaco, forse erano gli effetti ritardati della strofetta di Garzón. Ma quel cambiamento era più di quanto potessimo sperare.

Brindammo, finimmo il *cava* e uscimmo in strada, nel freddo della sera. Ho idea che barcollassimo un po' tutti e tre. Stavo per chiamare un taxi quando Fraile mi sorprese:

– Offro il bicchiere della staffa!

La prudenza era una virtù che per quella sera avevamo dimenticato. Ci infilammo in un antro tenebroso dove servivano cocktail e rum. Lì l'euforia etilica cominciò a scendere. Rimanemmo zitti, pensando forse al mal di testa che ci avrebbe martellato il cranio la mattina dopo. Fu allora che Fraile, guardandosi le mani, cominciò a parlare:

– È stata una fortuna conoscervi, ve lo assicuro. Non so se le indagini si risolveranno con un successo o un nulla di fatto, ma voglio che sappiate che mi avete aiutato moltissimo. Da voi ho imparato a vedere le cose con occhi diversi, ho riso, abbiamo condiviso momenti importanti... Ci tengo a ringraziarvi.

– Santo cielo, Roberto, se continua così riuscirà a farci piangere! – dissi, cercando di sdrammatizzare.

– Spero di no! Però vorrei dirvi una cosa.

– Forza, siamo tutt'orecchi – lo incoraggiò Garzón con il suo tono scherzoso. Io mi feci seria, avevo capito che qualcosa, nel modo di parlare di Fraile, lo richiedeva.

– Come già sapete – cominciò, – sono sposato. Quello che non vi ho detto è che mia moglie è ricoverata in una struttura psichiatrica.

L'immediatezza di quella confidenza ci lasciò senza fiato. Lui continuò a parlare in tono pacato.

– Ci siamo sposati giovanissimi e siamo stati molto bene insieme finché Elena non ha avuto la prima crisi psicotica. Non entrerò nei particolari. Nel corso degli anni ha avuto molti ricoveri. Le cure la rimettono in sesto, per un po' sta bene, poi ricade. L'ultima volta ha cercato di puntarmi contro la mia pistola. I medici hanno ritenuto necessario un lungo periodo in clinica. Io non perdo mai la speranza che possa tornare a casa, che trovino il farmaco giusto per compensare il suo disturbo e che possiamo riprendere la nostra vita ed essere felici.

Rimase in silenzio, e anche noi. Poi Garzón ruppe il gelo dicendo:

– Ma certo che non deve perdere le speranze! Oggi la medicina fa passi da gigante, si trovano sempre farmaci nuovi, trattamenti più efficaci...

– È quello che penso anch'io – rispose Fraile.

– Grazie di essere stato così sincero con noi, di averci dato tanta fiducia – disse ancora Garzón.

– Sentivo di dovervelo dire. Non lo faccio mai con nessuno, detesto ricevere la compassione della gente.

– Ah, per questo non si preoccupi, lo sa che né io né l'ispettore abbiamo compassione per nessuno. Siamo fatti di pietra, noi!

Roberto si mise a ridere. Com'era stato bravo Garzón, quanta sensibilità aveva mostrato nella scelta delle frasi, fino a che punto era riuscito ad avere un tono e un'aria di sincerità! Io ero rimasta muta come una morta, senza idee, senza parole, senza un gesto di solidarietà, di vicinanza, di comprensione. Lo svelamento dell'intimità altrui mi intimorisce, mi induce una timidezza patologica. Non voglio sapere niente della gente, non mi va di entrare nella sfera personale degli altri. Sono imperdonabile, lo so. In base a quello che Fraile ci aveva appena confidato, diventavano chiare molte cose riguardo al suo comportamento. La sua dedizione assoluta al lavoro, per esempio, doveva aiutarlo a non pensare troppo al suo problema. Eppure l'unica cosa che fui capace di fare fu stringergli la mano un po' più forte del necessario quando me la porse prima di andare via.

Poco dopo Garzón, mentre mi accompagnava a prendere la macchina, mi disse:

– Che imbarazzo, non sapevo cosa dirgli!

– Ha detto la cosa più giusta.

– Lei se lo immagina, Petra, vivere con un simile peso? Dev'essere tremendo. Per questo si è arrabbiato tanto quella volta che parlavo dei matti. Adesso passerò tutta la notte a pensare alle cose sbagliate che ho detto in queste settimane.

– Lasci stare. La cosa migliore è continuare a trattarlo come prima, come se non sapessimo nulla.

– Credo di sì, ma non sarà facile. Gli handicappati adesso si chiamano diversamente abili, i ciechi si chiamano non vedenti, quelli che si rovinano al gioco si chiamano ludopati... lei sa se c'è un modo più gentile per dire che uno è psicopatico? D'ora in poi dirlo davanti a lui mi metterà in imbarazzo.

– Non mi tormenti, Fermín, muoio di sonno.

Ci salutammo ammutoliti dalla stanchezza.

Arrivata a casa, mi preparai un bicchiere di latte caldo. Mi pareva di ricordare che i figli di Marcos dovevano venire a dormire da noi quella sera. Stavo per salire di sopra quando il mio ricordo trovò conferma. Marina sgattaiolò fuori dalla sua camera per chiedermi a voce bassissima:

– Petra, avete scoperto qualcosa sull'assassino di quelle signore?

– Marina! Ma non dovresti dormire?

– La nonna ci ha detto che quando lo prenderete glielo direte subito. Hugo e Teo lo leggeranno su internet, ma io non voglio essere sempre l'ultima a sapere le cose!

– Va bene, d'accordo, ti avvertirò in anteprima. Ma adesso fila a letto.

Viviamo in un mondo di matti, pensai, prima di scivolare nel sonno.

10

Il sopralluogo approfondito nella garçonnière di Torres non aveva dato risultati degni di nota. C'era da aspettarselo. Quel tipo conduceva una doppia vita, ma entrambe le sue vite erano così insignificanti da non lasciare tracce. Forse aveva previsto da sempre di uccidere, per questo fin dall'inizio della sua carriera di dongiovanni aveva badato a fingere la più perfetta normalità. Ma dove poteva essersi cacciato? Quella domanda mi rendeva letteralmente isterica. Lo immaginavo a Honolulu, a bersi beatamente un drink a bordo piscina mentre noi ci disperavamo a fare congetture. Eppure qualcosa mi diceva che un tipo banale come lui non doveva essersi allontanato di molto. Per di più i suoi conti bancari erano ipercontrollati. Bastava che si avvicinasse a un bancomat per cadere in trappola. Ma poteva avere una buona provvista di contanti e cavarsela con quelli per qualche tempo. Garzón interruppe il filo dei miei pensieri entrando a precipizio nel mio ufficio. Voleva farmi il suo rapporto sui movimenti di Fraile:

– È andato a chiedere a Bárbara Mistral un estratto della contabilità dell'agenzia.

– Bene.

– Il fatto è che proprio adesso è arrivato lo psichiatra. Dice che aveva appuntamento con lui. Strano che Roberto se ne sia dimenticato.

– Lo faccia aspettare.

– Dice che ha fretta.

– E allora lo faccia accomodare. Lo riceverò io.

Fraile era un fenomeno. Non lasciava nessun fronte scoperto, lavorava in tutte le direzioni contemporaneamente. Lo psichiatra che in teoria collaborava con noi era gentile, ma come tutti i liberi professionisti che forniscono consulenze alla polizia aveva un mucchio di altre cose da fare e sembrava impaziente di andarsene. Lo pregai di dire a me, assicurandogli che avrei riferito al collega.

– Non ho niente di particolare da dire – mi rispose. – In genere l'ispettore Fraile mi fa delle domande e io rispondo.

Come volevasi dimostrare. Roberto era un genio. Cercai di pensare a qualcosa da chiedere a quell'uomo che mi osservava in silenzio.

– C'è una cosa che non capisco – tentai. – Perché l'indiziato avrebbe cominciato a uccidere ben oltre la metà della sua vita? Se è uno psicopatico, lo sarà stato anche prima. Perché ci ha messo tanto a passare all'azione?

– Certe patologie sono complesse, ispettore. Le ossessioni non si traducono sempre in fatti concreti. Inoltre può darsi che la malattia di quest'uomo si esplicasse già prima, in atti che potevano rimanere nascosti. Chi può dirlo? Magari uccideva topi compulsivamente, o sputava sulla propria immagine allo specchio, o conficcava spil-

242

li nelle fotografie delle donne che odiava. Azioni malsane in sé, ma inoffensive per la società.

Ebbi un brivido. Uccidere topi in casa propria mi parve quasi altrettanto orrendo che trucidare delle ex fidanzate. C'è qualcosa di profondamente oscuro nei disturbi mentali, una sofferenza che deve riuscire intollerabile.

– Eppure – aggiunsi, – l'ultima donna che ha avuto un incontro con lui non lo considera affatto un pazzo. L'ha trovato un tipo molto banale, mite, senza il minimo tratto di follia o di perversione.

– Succede. I veri psicopatici sono difficili da riconoscere.

– E nei due appartamenti di sua proprietà non ci sono particolari che facciano pensare a un malato di mente. Feticci, oggetti erotici, materiale pornografico...

Lo psichiatra diede segni d'impazienza:

– Ispettore, può dare per certa una cosa: chi uccide le proprie ex amanti sfigurandole a coltellate e lasciando lettere d'addio è di sicuro un malato di mente. L'essere umano può essere rabbioso e crudele, ma se non è psicopatico non arriva a tanto.

– Capisco.

Ma non capivo tutto. Fino a che punto l'essere umano è crudele per natura, e fino a che punto lo è per malattia? Un problema filosofico che non era il caso di sviscerare in quel momento. Eppure non mi piaceva ammettere che stavamo cercando un malato di mente. Se lo avessimo preso, forse non sarebbe stato neanche processato, avrebbe passato il resto dei suoi giorni in un ospedale psichiatrico. Certo, non sarebbe stata una vacanza in un albergo a cinque stelle, ma mi pareva una blanda punizione per i crimini odiosi che aveva commesso. Mi riscossi. Dovevo tenere sotto controllo i miei sentimenti. Rischiavo di trasformarmi in un poliziotto giustiziere, una figura profondamente fascista che mi ripugnava anche solo immaginare.

Ero rimasta sola, ed ero ancora immersa in queste riflessioni, quando rientrò Fraile, seguito a ruota da Garzón. Il mio ufficio tornò a essere la stanza chiassosa in cui si era trasformata negli ultimi tempi. Chiesi al collega com'era andata all'agenzia di Bárbara Mistral.

– Non le è piaciuto che le chiedessi i conti della sua attività, ma non ha fatto troppe storie. Mi ha stampato una copia di tutto. Le ho chiesto di nuovo di Armando Torres, come avesse pagato la sua quota. Lei ha controllato e mi ha detto che doveva aver pagato in contanti, ma la matrice della fattura non è saltata fuori. Mi ha detto che forse era dal suo commercialista. Mi ha promesso di chiedergliela e mandarmela.

– Scommetto quello che vuole che non verrà fuori – affermò Garzón. – Un'agenzia talmente riservata da essere una specie di fantasma si presta perfettamente all'incasso in nero. Che ne dite di denunciarli alla finanza?

– Per il momento non lo farei, rischiamo solo intralci nelle indagini. Potremo sempre farlo dopo – disse Fraile.

Suonò il mio cellulare, e visto che i colleghi erano ancora impegnati nella discussione uscii nel corridoio per rispondere.

– Ispettore Delicado? Sono Sebastián Comín, si ricorda?

– Sì, certo, mi dica – balbettai, senza avere la più pallida idea di chi fosse.

– Intanto, devo scusarmi. Ho detto al suo collega che avrei richiamato e poi mi è uscito di mente. Mi dispiace. Ma siccome non ha richiamato neppure lei ho pensato che magari quello che ho trovato non le interessasse così tanto.

Mi irritai profondamente con me stessa. Chiunque fosse quel tizio e qualunque cosa avesse trovato, una simile negligenza da parte mia poteva essere molto grave.

– Lei mi aveva chiesto se un certo Armando avesse lavorato presso di noi. Ho dato un'occhiata negli archivi e ho scoperto che effettivamente sì, un Armando Torres Martínez è stato a capo dell'area progetti per più di dieci anni. Poi ci ha lasciati per mettersi in proprio. Dovrebbe aver fondato una piccola impresa che si chiama, o si chiamava, Aitor.

– Lei l'ha conosciuto personalmente?

– No, io allora non lavoravo qui.

– Può dirmi qualcosa di più su questa Aitor?

– Solo l'indirizzo che probabilmente ha lasciato Torres: calle Urgell, 151, primo piano. Nient'altro. Ho cercato nel Registro delle imprese, ma probabilmente gli affari non gli sono andati benissimo. Aitor ha chiuso l'anno scorso. Ispettore, è ancora lì?

– Sì, la sto ascoltando.

– Basta, è tutto. Pensa che le possa servire?

– Certo, moltissimo. La ringrazio per la collaborazione.

Chiusi la chiamata e mi guardai attorno senza sapere che cosa stessi cercando. Non stavo cercando assolutamente niente, ero fuori di me. Mi ero completamente dimenticata delle imprese di costruzione! Un'intera linea investigativa lasciata in sospeso. Mi maledissi mille volte e uscii sparata senza dir niente a nessuno.

Non ricordo se per arrivare in calle Urgell ci fosse traffico o no. Non ricordo niente di quello che vidi o pensai durante il tragitto, non ricordo nemmeno come entrai nel portone, ma credo che non vidi né pensai assolutamente niente. Ero cieca, completamente posseduta dal mio presentimento: rimpiattato in quell'ufficio avrei trovato Armando Torres. Salii al primo piano, suonai il campanello e non ci fu risposta. Non riprovai. Mi allontanai badando a far sentire il rumore dei tacchi, scesi le scale. Quando fui di nuovo nell'androne mi tolsi le scarpe e risalii in punta di piedi. Mi fermai davanti alla porta. Silenzio assoluto. Sentivo le auto che passavano in strada, qualche voce attutita proveniente dagli appartamenti vicini. Trattenevo il respiro. Dopo un po' giunse al mio orecchio un rumore brusco. Non riuscii a identificarlo, era come se qualcuno avesse spostato una sedia trascinandola sul pavimento. Bussai forte alla porta.

– Polizia, apra immediatamente!

Nessuna risposta. Bussai ancora, premetti il campanello con insistenza.

– Aprite!

Fissavo la porta con furia, sentivo che dentro di me si preparava un'esplosione di collera. Non esitai un attimo di più, presi la pistola e scaricai diversi colpi sulla serratura. Mi spaventai io stessa del frastuono. Poco dopo una voce terrorizzata supplicò:

– Non sparate, ora apro, non sparate!

Aspettai, ansimante. Senza alcun rumore la porta si aprì di pochi centimetri. Con un calcio la spalancai. Appoggiato con la schiena al muro e con il volto trasfigurato dal panico, c'era un uomo più piccolo di me. Non osava neppure guardarmi, i suoi occhi erano fissi sulla pistola.

– Non spari – ripeté. Aveva una tale paura che non riusciva ad articolare parola.

Non abbassai la pistola. Gli ordinai di voltarsi, di appoggiare le mani al muro. Solo allora mi accorsi che quell'uomo era in pigiama, un pigiama a righe azzurre, assurdamente antiquato. Controllai che non avesse armi. Non aveva niente. Misi una sedia in mezzo alla stanza e gli ordinai di sedersi lì. Solo allora chiamai Fraile, gli dissi di venire con una pattuglia e un furgone cellulare.

Ho sempre saputo che quando l'azione non è preceduta dalla riflessione sorgono immancabilmente dei problemi. E infatti così avvenne. Ma come si può riflettere quando l'impulso è così forte da non lasciare spazio né tempo per pensare?

La prima conseguenza della mia avventatezza fu la filippica con cui mi investì Coronas:

– È diventata matta, Petra? Che cosa le è frullato per la testa da lanciarsi da sola in un'operazione di quella portata? Per non parlare degli spari nella serratura! Chi crede di essere, l'ispettore Callaghan? Il giudice ci metterà in croce! Ma è possibile che con tutta l'esperienza che ha, lei non conosca le prescrizioni di legge per un arresto?

– Non potevo essere certa che il sospettato si trovasse lì.

– Magnifico! E allora per accertarsene non ha trovato niente di meglio che andarci direttamente!

Le prediche del commissario non mi toccarono più di tanto. Con tutte le lavate di capo che mi ero presa nella mia carriera, una in più o in meno cosa poteva farmi? Ma quello che mi distrusse fu la reazione di Roberto Fraile. Quando ormai Torres era al sicuro, ed era passata la tensione del momento, Fraile venne da me tutto serio e mi disse:

– Mai avrei pensato, Petra, che ci fosse da parte sua tanta competitività.

– Non capisco – risposi, ed ero perfettamente sincera.

– Se voleva far ricadere tutto il merito sulla Policía Nacional, poteva dirlo. Mi sarei astenuto addirittura dal presentarmi sul luogo dell'arresto.

Per me fu come una pugnalata. Un profondo senso di ingiustizia mi scosse dalla testa ai piedi.

– Davvero pensi questo? – gli chiesi. – Davvero sei arrivato a pensare che io…? Ma io ho agito d'impulso, Roberto, non mi è neppure passato per la testa che…!

Gli avevo dato del tu senza accorgermene, ero talmente agitata che non riuscivo a concludere le frasi.

– Non importa, Petra – mi disse lui sorridendo tristemente. – Lasciamo perdere. Ormai le cose stanno così e non si possono cambiare.

Se ne andò a passi lenti. Mi voltai verso Garzón, che si era tenuto in disparte.

– Fermín, lei lo sa che io non sono quel tipo di persona.

– Io lo so, Petra. Ma convincere Fraile che non ha cercato di scavalcarlo sarà dura.

Ero costernata. Il viceispettore si rese conto del mio stato d'animo e cercò di confortarmi nel solito modo:

– Non è così grave, ispettore. Passerà. Le andrebbe una birretta?

– No, Garzón. Un'altra volta. Credo che andrò a casa. Tanto non c'è più molto da fare qui.

– Bisognerà scrivere qualcosa. E sul luogo dell'arresto c'era solo lei, non vedo chi altri possa farlo.

– Non me ne frega un accidente – dissi. E me ne andai a casa. Invece di essere felice per aver preso l'assassino, mi sentivo come se l'assassina fossi io.

Una buona ragione per avere un compagno stabile è che puoi sempre scaricare le tue angosce su di lui. Questo fu quello che pensai quando Marcos mi ricevette a braccia aperte. Potevo dirgli della grandissima ingiustizia di cui mi sentivo vittima, ma capii che non sarebbe stato facile. Avevo raggiunto un obiettivo importante: trovare Armando Torres. E invece di esultare non trovavo niente di meglio che mettermi a piangere perché la mia reputazione di correttezza professionale ne era uscita compromessa. Dubitai che mio marito potesse capire. Almeno in quell'occasione dovevo rinunciare ai vantaggi del matrimonio. Informai Marcos dell'importante passo avanti nelle indagini e lui si congratulò con me. Osai chiedergli soltanto:

– Credi che io sia stata troppo impulsiva?

Lui, senza afferrare il motivo di quella domanda, mi rispose:

– Non più di quanto debba esserlo un buon poliziotto, e tu lo sei.

Aveva colto nel segno. Ma certo! Perché dovevo preoccuparmi di quello che pensava Roberto Fraile? Non doveva importarmene un fico secco della competizione tra colleghi e tra forze di polizia. E neanche della perfetta armonia all'interno della squadra investigativa. Erano tutte pretese infantili che dovevano passare in secondo piano rispetto al vero scopo del nostro lavoro: catturare un criminale. Io ero una buona poliziotta e avevo seguito il mio istinto, punto e basta. La caccia aveva dato ottimi risultati, era questo che contava. Preoccuparmi per come mi giudicavano gli altri finiva per essere un esercizio narcisista. La mia immagine perfetta ne era uscita danneggiata. E allora? Non sono le immagini a catturare gli assassini.

11

L'interrogatorio di Torres venne fissato per fine mattinata in modo che avesse il tempo di convocare un avvocato. Alle undici era tutto pronto per cominciare. E cominciò male, perché il presunto colpevole si dichiarò perfettamente innocente: lui non aveva mai ammazzato nessuno. La strada si prospettava in salita, visto che non avevamo altro che prove indiziarie. La nostra abilità negli interrogatori sarebbe stata decisiva. Con il benestare del commissario decidemmo che li avremmo condotti tutti e tre insieme: Fraile, il viceispettore ed io.

Naturalmente la prima richiesta del giudice fu una valutazione psichiatrica del soggetto. Nessun problema. Noi, nel frattempo, avemmo un primo incontro con l'avvocato, il quale ci confermò che il suo assistito si dichiarava innocente.

– E il suo cliente avrebbe qualche tipo di alibi per le date e le ore in cui sono stati commessi gli omicidi? – chiese Fraile.

– Il mio cliente conduce una vita molto tranquilla, sempre uguale. Perciò non gli è facile ricostruire che cosa stesse facendo nei momenti in cui sono stati commessi i delitti.

– Non ha alibi, quindi. Lei è il suo legale da sempre?

– No, prima d'ora non ci conoscevamo. Lui mi ha cercato perché mi aveva visto in una breve intervista televisiva e mi ha ritenuto competente.

Fraile lo guardò con gravità e gli si rivolse in un altro tono:

– Avvocato Serret, io credo che lei dovrebbe parlare seriamente con il suo assistito. La sua posizione è molto difficile, e se accettasse di confessare...

L'avvocato lo interruppe:

– Mi piacerebbe poter fare quello che lei mi suggerisce, ma il signor Torres insiste sulla sua assoluta estraneità ai fatti.

– E lei gli crede?

– So che potrà sembrarvi poco professionale, ma da come me ne ha parlato mi è parso assolutamente sincero.

– Benissimo, in questo caso non ho altro da dire – concluse Fraile.

Dopo averlo ringraziato e congedato, ci guardammo tutti e tre con scetticismo.

– O ha in mente una strategia segretissima oppure spera nella fortuna – disse Garzón.

– Intanto dovrà tener conto degli esiti della perizia psichiatrica – affermai.

– Per questo ci vorrà tempo. Occorreranno diverse sedute prima che venga espresso un parere – spiegò Fraile.

Sembrava che ora non ci fosse più fretta, ma per noi non era così. Presto le indagini sarebbero state chiuse, il detenuto rinviato a giudizio, e non avremmo avuto più voce in capitolo se non per deporre in tribunale. Dovevamo studiare subito un piano. Ci riunimmo come sempre nel mio ufficio per discuterne. Fraile, ancora offeso, faceva in modo di non incontrare il mio sguardo. Questo suo atteggiamento mi dava terribilmente fastidio, ma non avevo intenzione di chiedere perdono per qualcosa di cui non mi sentivo colpevole.

Concordavamo sul fatto che l'ideale era dare inizio all'interrogatorio tutti e tre insieme, senza forzare troppo l'indagato. Più tardi, se non ci fosse stata alcuna ammissione di colpevolezza, ci saremmo dati il turno e avremmo aumentato la pressione a poco a poco.

Entrando nella sala insieme ai miei colleghi non ebbi il coraggio di guardare in faccia Torres, che sedeva accanto al suo legale. Dopo qualche attimo alzai gli occhi verso di lui, e non lo trovai molto diverso da come lo avevo visto al momento dell'arresto. Non indossava più quel penoso pigiama, ma aveva ancora l'espressione indifesa dei vigliacchi. Era davvero basso, il tavolo gli arrivava al petto. Aveva i capelli radi, i baffetti alla Francisco Franco e le labbra umide, carnose. Mi fece schifo. Era vestito bene, con un abito impeccabile anche sulla sua figura poco slanciata, la cravatta a righe, le scarpe lustre. Un cittadino per bene. Cominciò Fraile:

– Signor Torres, lei non ha saputo dirci dove si trovasse nelle date e nelle ore corrispondenti ai tre omicidi di cui ci stiamo occupando.

– Dei primi due non ero al corrente. Io non seguo la cronaca nera. Non saprei nemmeno situarli nel tempo.

Aveva una voce blesa, sommessa, leggermente cantilenante. Lo trovai ancora più ripugnante dopo averlo sentito parlare.

– Lei conosceva tutte le donne assassinate? – continuò Fraile.

Non ebbe esitazioni:

– Sì, le conoscevo tutte e tre.

– Come le aveva conosciute?

– Tramite un'agenzia di contatti a cui mi ero rivolto. L'agenzia Vida Futura.

– Era uscito con loro?

– Non molto.

– Può specificare?

– Avrò visto quattro o cinque volte Paulina Armengol, una decina di volte Aurora Retuerto, mentre con la signora Berta Cantizano ho avuto solo due incontri.

– E che cosa è successo?

– Quando?

– Che cosa non ha funzionato? Perché quelle relazioni non sono durate?

In quel momento Torres cominciò a sudare. Prese il fazzoletto di cotone che aveva nel taschino e si tamponò la fronte.

– Vede, io sono scapolo. Non ho mai voluto sposarmi. Ho avuto molte relazioni, ma nessuna che sia durata a lungo. A un certo punto della mia vita, forse per ragioni di età, forse per pigrizia, ho pensato che un'agenzia potesse facilitarmi le cose.

Intervenni immediatamente:

– Che cosa faceva a quelle donne?

Il suo avvocato la prese malissimo. Fece un balzo dalla sedia per protestare.

– Ispettore, questa è una domanda capziosa! Il mio assistito non faceva nulla a quelle signore, le invitava a uscire e basta.

Fraile cercò di riportare la calma, ma Torres volle spiegarsi, senza dar retta al suo avvocato:

– Io amo la compagnia delle donne, le ammiro e le stimo. Non farei mai nulla di sconveniente a una donna. Le invito a cena, al cinema, facciamo conversazione...

– E il suo monolocale alla Barceloneta? – gli ricordai.

– È un posto dove a volte mi apparto con qualche signora per avere un momento di intimità. Ma solo se c'è reciproco accordo. Non mi sognerei mai di condurvi nessuno che non lo desideri.

– E perché non le portava a casa sua? – continuai.

– Sono molto geloso della mia vita privata. Per questo ho scelto un'agenzia che mi garantisse la massima riservatezza. In casa mia c'è un portiere, ci sono dei vicini. Se mi avessero visto frequentare donne diverse avrebbero potuto pensare male.

– Che cosa avrebbero potuto pensare?

– Che sono una specie di dongiovanni.

– E non è così?

– Per nulla!

– Lei come si definirebbe?

– Sono un uomo che ama la compagnia femminile.

– Lei ingannava quelle donne? – gli chiesi.

– Non capisco che cosa intende.

– Faceva promesse per il futuro? Parlava di matrimonio?

– Assolutamente no! Anzi, se si facevano illusioni su un futuro insieme spiegavo subito che non intendevo legarmi. E spesso già questo era motivo di rottura.

– Era successo con qualcuna delle vittime?

– Forse con Aurora. All'inizio non ci sono stati problemi. Era una ragazza simpatica, abbiamo avuto incontri molto piacevoli, è stato divertente. Ma da un certo punto in poi ha cominciato a parlare di matrimonio. Io le ho detto che non avevo intenzioni in quel senso, che mi sentivo troppo vecchio per queste cose.

– E lei è rimasta delusa, si è disperata, l'ha minacciata in qualche modo?

– Ispettore, non sono nato ieri. Ho una certa esperienza. E non credo che Aurora ne abbia sofferto per amore. Credo che sperasse nel matrimonio per sistemarsi, per ottenere la nazionalità. È evidente.

– Evidente – replicai. – Ma se dovessimo dar retta all'evidenza, allora lei è un assassino, lo capisce questo?

Scoppiò il finimondo. L'avvocato protestò, si alzò in piedi, Fraile e Garzón cercarono inutilmente di placare gli animi mentre io proclamavo:

– Avvocato, non tollero che si insulti la memoria delle vittime né che si facciano insinuazioni malevole circa le loro intenzioni.

L'unico che era rimasto inchiodato al suo posto era Torres. Mi guardava in preda al panico. Alla fine fu il suo legale a cercare una via d'uscita da quella situazione.

– Ispettori, vi propongo di fare una pausa per il pranzo.

Accettammo, benché fosse ancora presto. Andammo nel mio ufficio a prendere le nostre cose. Fraile ne approfittò per dirmi:

– Petra, forse dovrebbe moderare i toni. Non conviene essere così aggressivi. L'indiziato può rifiutarsi di rispondere.

– Non sopporto di sentirgli dire che colleziona donne come se andasse a caccia di farfalle!

– Collezionare donne non è un reato.

– Lo è, se poi le ammazzi e ti accanisci sulla loro faccia!

– E va bene, ispettore Delicado, come vuole, si senta libera di fare di testa sua. In fondo è così che fa sempre, no?

Garzón cercò di chiudere quel battibecco.

– Mi sembra che ci conviene andare se vogliamo trovare un tavolo.

– Io non vengo, tante grazie. Mi faccio portare qualcosa da fuori e rimango qui – disse Fraile, poi si girò e si allontanò a testa alta.

Garzón, con un gesto senza precedenti, mi aiutò a mettermi l'impermeabile. Uscimmo, attraversammo la strada ed entrammo nel bar senza scambiare una parola. Una volta che fummo seduti a tavola, il povero viceispettore annunciò:

– Oggi è giovedì, giorno di *cocido*.[2]

---

[2] Bollito di carne e legumi, solitamente preparato secondo la ricetta madrilena, che prevede un misto di carni e salumi, verza, patate e ceci. Il brodo viene servito a parte come primo piatto.

– *Cocido*? Lo odio! Mi rifiuto di ingerire quella sbobba immonda, crepo di fame piuttosto –. Era un modo come un altro per sfogare il mio malumore.

Garzón non batté ciglio.

– Allora non vuole neanche una birra. La birra è il liquido più disgustoso che ci sia, con quella schiuma che deborda, quelle bollicine che entrano nel naso, quel freddo che gela la lingua...

Mi sfuggì un sorriso. La crisi era già superata.

– Viceispettore, io odio l'aria di normalità che sta prendendo questa faccenda – gli dissi. – Armando Torres è un mostro, un assassino efferato, mi fanno schifo i suoi eufemismi: compagnia femminile, incontri piacevoli, momenti di intimità... Mi danno il voltastomaco!

– Lo so, Petra, lo so. Crede che a me stia simpatico? Quando l'ho visto gli avrei mollato un cazzottone da cambiargli i connotati. A titolo preventivo, prima ancora di farlo parlare. Ma Fraile ha ragione, bisogna andare per gradi, lasciare che cominci a fidarsi. E appena abbasserà la guardia, perché la abbasserà, attaccarlo con ogni mezzo.

– Non mi parli di Fraile. È un limitato e un rancoroso.

– L'importante è che lei adesso si beva una bella tazza di brodo caldo e poi si mangi un piatto di *cocido* come Dio comanda. Su, ispettore, non sente che profumo? Come pensa di far confessare quel disgraziato se non si rimette in forze?

Alla fine era riuscito a farmi ridere. Eppure avevo dentro un profondo malessere che non mi mollava.

Al secondo round di domande l'attacco partì da Garzón:

– Di che cosa vive, signor Torres?

– Avevo un'impresa di costruzioni che ho chiuso, poco più di un anno fa. Ho messo qualcosa da parte e percepisco una pensione. Quanto basta per vivere.

– Per vivere bene.

– Non mi posso lamentare.

– Come ha pagato la sua quota di iscrizione a Vida Futura?

– In contanti.

– Come mai?

– Disponevo di una certa somma.

– Non dichiarata.

L'avvocato tornò a intervenire, questa volta in tono più pacato:

– Il mio cliente non è qui per reati fiscali. Vi pregherei di tenere presenti le accuse che gli vengono mosse.

Garzón lo guardò come una fastidiosissima mosca che si fosse posata sul suo piatto.

– E per quali ragioni ha deciso di chiudere l'impresa? – continuò.

– C'era stata qualche divergenza con il mio socio, ma è stato soprattutto per colpa della crisi.

– Chi era il suo socio?

– Darío Navarro, un geometra, più giovane di me.

– Sa dove possiamo trovarlo?

– A casa sua, credo. Non so dove lavori adesso, ma non ho difficoltà a dirvi dove abita.

– Ricorda l'indirizzo a memoria?

– Ce l'ho sull'agenda, e la mia agenda ce l'avete voi. Mi avete tolto tutto quando sono entrato qui.

– C'è qualcun altro con cui lei sia stato in contatto negli ultimi tempi? Parenti, amici?

– Sono figlio unico, e i miei genitori sono morti molto presto. Amicizie ne ho avute, ma col tempo si perdono. Io sono una persona riservata e non ho bisogno di nessuno.

– Ha bisogno della compagnia delle donne – si inserì Fraile.

– Questo sì. Ma sotto questo aspetto me la sono sempre cavata abbastanza bene.

– Così bene che ha pensato di rivolgersi a un'agenzia. Chi le ha parlato di Vida Futura? Non è così facile venirne a conoscenza.

– Un tizio in un bar.

– Quale bar?

– Non saprei dirlo, ispettore. Ogni tanto esco a prendere qualcosa, mi piace fare quattro chiacchiere con chi ho di fianco. È un genere di amicizia senza impegno che mi piace.

– Ma era così importante per lei la riservatezza dell'agenzia? Che cosa aveva da nascondere? – gli chiesi in tono asciutto.

Ci mise un po' a rispondere a questa domanda. Per la prima volta lo vedevamo turbato.

– Ve l'ho detto. Per me è sempre stato molto importante vivere tranquillo. Non voglio che nessuno possa avere da ridire su di me e non mi piace che ci siano malintesi sulla mia vita. Sono una persona per bene e anche piuttosto all'antica, se vogliamo. Quando sono nati tutti quei siti di incontri via internet mi è parsa una cosa orrenda, impersonale e pericolosa. La riservatezza e il buon nome devono sempre venire al primo posto. Non vi dico quanto sto patendo per tutto questo. Essere arrestato ingiustamente, vedermi trattato in questo modo...

– Doveva pensarci prima! – sbottai.

– Prima di che cosa, ispettore? – intervenne l'avvocato. – La prego di limitarsi alle domande che ritiene opportune senza fare insinuazioni.

– Avvocato, lei mi sta esasperando inutilmente. Non siamo ancora al processo, ma nel corso delle indagini.

– Non credo che le sue opinioni o esclamazioni apportino nulla alle indagini, ispettore.

– Per oggi basta – disse Fraile, mettendo fine a quel botta e risposta.

Allora il detenuto fece una cosa inaspettata. Si rivolse a me e mi disse, tutto serio:

– Se lo desidera, il mio avvocato può rimanere fuori. Io in realtà non ho bisogno di lui, non ho niente da nascondere. Capisco che lei è una donna, ispettore, ma non se la prenda con me. Io non ho ucciso nessuno, glielo posso garantire.

Lo guardai con sdegno ma non dissi nulla. Chiudemmo la seduta e ci rivedemmo tutti e tre nel mio ufficio.

– Che ve ne pare? – chiese Fraile.

– A me non sembra un pazzo – disse Garzón.

– Lo ha visto lo psichiatra? – domandai.

– Sì, il nostro perito.

– Ha già dato un parere?

– Dovrà rivederlo altre volte prima di esprimersi. Lei che ne pensa, Petra?

– Che sia sano di mente o no, di sicuro è molto furbo. Non molla un attimo quella sua odiosa facciata di normalità.

– Ci sono gravi patologie che non alterano minimamente l'apparenza del soggetto.

– So che per lei quell'uomo è un malato, Roberto. Però lui è consapevole che gli indizi che abbiamo non bastano per condannarlo. E che ha buone probabilità di farla franca se non gli strappiamo una confessione.

– Che cosa propone, Petra, il cavalletto di tortura? Ho l'impressione che, in quanto donna, lei si lasci condizionare dalla solidarietà femminile con le vittime.

Mi sorpresi io stessa del salto che feci.

– È lei che si lascia trasportare dal suo orgoglio maschile ferito! Da quando ho avuto la malaugurata idea di andare da sola alla ricerca del colpevole non ha fatto altro che contraddirmi!

Garzón intervenne a tutta velocità:

– Signori, per favore, basta! Lo so che ho un grado inferiore al vostro ma sono il più vecchio. E vi dico che se continuate a beccarvi per delle cretinate non concluderemo niente neanche fra cento anni! Se ne convinca una volta per tutte, ispettore Fraile: l'ispettore Delicado sarà anche fatta a modo suo, ma se prende un'iniziativa non è perché vuol fare le scarpe agli altri, glielo posso assicurare.

– Cosa significa che sono fatta a modo mio? Mi piacerebbe sapere che cosa intende con questa espressione.

– Personalmente, io non ho mai affermato...

L'ingresso del commissario Coronas interruppe l'autodifesa di Fraile. Ci guardò tutti, sbalordito da quel pandemonio.

– Qualcosa non va? Vi si sente fin dal fondo del corridoio.

– Divergenze sull'impostazione del lavoro – rispose Garzón, ormai calato nel ruolo di paciere.

– Bene, cercate di divergere con più calma, qui dentro sembra un pollaio.

Ci calmammo a sufficienza per fargli un resoconto abbastanza obiettivo dell'interrogatorio. Lui, com'era suo dovere, ci incoraggiò e cercò di tranquillizzarci:

– Non perdete la calma, ragazzi. Il giudice istruttore ci lascerà tutto il tempo necessario. Non litigate fra di voi per questioni di metodo. Collaborate al cento per cento. Tutti per uno, uno per tutti, come i tre moschettieri.

– Mai che un capo capisca un accidente – esclamò Garzón appena fummo di nuovo soli.

– Sarà perché non diamo mai informazioni complete – disse Fraile. Poi aggiunse: – Dimenticavo. Ha chiamato Margarita Estévez. Ha saputo che abbiamo preso Torres e chiede se adesso possiamo toglierle la scorta. Forse possiamo accontentarla. Voi che ne dite?

– Ma perché nessuno ci ama? – ironizzò Garzón cercando di alleggerire la tensione. – Dovrebbero essere felici e contenti di avere qualcuno che si preoccupa per loro!

Ma nessuno rise. Era già tardi e ci preparammo tutti e tre a levare le tende.

Arrivai a casa ancora sottosopra. Morivo dalla voglia di sfogarmi e lo feci senza riguardi. Raccontai tutto a Marcos: gli interrogatori con quell'ometto orrendo, gli scontri con Fraile, il mio senso di disagio e di fallimento. Lui mi ascoltò con grandissima pazienza e alla fine delle mie esternazioni mi disse una cosa che invece di rasserenarmi riuscì a preoccuparmi ancora di più:

– Tu sei passionale sul lavoro quanto sei fredda nella vita privata. Forse converrebbe che fosse il contrario.

Messa al tappeto da una simile diagnosi, ci misi un po' a reagire:

– Qualche rimostranza in particolare?

– Lo sai quanti giorni sono passati dall'ultima volta che abbiamo fatto l'amore?

– Non sono ispirata, Marcos.

– Scusami, hai ragione. Non avrei dovuto dirtelo.

– Però lo hai detto.

– Lo cancelliamo?

– D'accordo.

Poi lui salì nel suo studio perché doveva finire una relazione e io rimasi sul divano. Mi versai un dito di whisky. Non avevo voglia di leggere, né di ascoltare musica, né di dormire. Evidentemente l'idea che avevo di me stessa non coincideva con quella che di me avevano gli altri. Io non avrei mai detto che ero «fatta a modo mio», non mi sentivo affatto condizionata dalla solidarietà femminile, non avevo alcuna consapevolezza di avere la passione e la freddezza scambiate di posto. Ma qualcosa di strano c'era se tutti quelli che conoscevo osavano dirmi cose del genere. Forse dovevo andare da uno psicologo, purificare il mio karma, trovarmi un guru orientale, leggere Paulo Coelho o arruolarmi nella legione straniera. Riflettei su quest'ultima possibilità, mi pareva la meno insopportabile.

«Conosci te stesso» consigliavano gli antichi, ma non era per niente facile. E poi gli antichi, con tutti i bei consigli filosofici che davano, commettevano atrocità che noi neanche ci sogniamo. Qual era stato il punto di rottura? Da dove partiva quella scissione un po' schizofrenica fra quella che ero e quella che sembravo? Non ci fu bisogno di pensarci troppo su: tutto era cominciato quando avevo mostrato le mie debolezze. Avevo confessato a Garzón di essere preoccupata per l'opinione di Fraile e lui mi aveva accusata di essere «fatta a modo mio». Avevo abbassato la guardia con Fraile, e lui mi mostrava i denti come non mai. Per non parlare di mio marito! Era bastato che gli parlassi delle mie difficoltà per essere criticata anche da lui. Ah, no! dovevo fare qualcosa. Io sono Petra e su questa pietra edificherò il mio spazio. Sarà anche una catapecchia modesta e malferma ma qui abito io! Chi ha detto che è necessario avere l'approvazione degli altri? Non c'è nessun papiro, né tavola della legge, né trattato, né breviario, né enciclopedia che lo dica. Al diavolo! esclamai fra me e me. Finii il whisky e andai a mettermi a letto, rinata come una rosa di primavera.

12

In commissariato i colleghi mi stavano aspettando per l'incontro con Darío Navarro, l'ex socio di Torres. Mi scusai per il ritardo, ero sempre l'ultima della squadra ad arrivare. Navarro era un uomo sulla cinquantina, alto, brizzolato e niente affatto male. Disse subito di essere in stato di shock per l'arresto di Torres. Ripeteva come se fosse un mantra: «Non ci posso credere, non ci posso credere». Il viceispettore cominciò con le domande:

– Quando ha visto Armando Torres per l'ultima volta?

– Da quando abbiamo sciolto la società non ci siamo più incontrati. È passato più di un anno.

– Come vi eravate conosciuti?

– Per lavoro. Lui lavorava per una grande impresa e lo avevo incontrato in diversi cantieri. Sapeva che volevo mettermi in proprio e così, quando ha lasciato quel posto, mi ha cercato. Ne abbiamo parlato e abbiamo deciso di avviare un'attività insieme.

– E poi perché la società si è sciolta?

– Per via della crisi. Le cose non giravano, le commissioni scarseggiavano e abbiamo capito che non c'era futuro. Lui è andato in pensione e io ho preferito lavorare per conto mio come geometra, che è quello che faccio tutt'ora.

– Ci sono mai stati problemi personali o professionali fra voi?

– No, mai.

– Torres afferma che c'erano delle divergenze.

– Ha detto questo? Mi stupisce! Forse si riferiva agli ultimi tempi della nostra collaborazione. Io avrei voluto chiudere subito, lui per un po' è stato restio. A parte questo...

Entrò in azione Fraile.

– Lei conosceva bene il suo socio?

– Insomma, lavoravamo insieme, ma da lì a dire che fossimo amici...

– Che tipo di persona era?

– Non lo so, un uomo un po' strano, solitario, introverso, ma sempre gentile con tutti.

– Lei è sposato?

– Divorziato.

– Lei sa che Torres aveva svariate amicizie femminili? Gliene parlava mai?

– Be', sì, una volta mi aveva raccontato qualcosa. Eravamo a cena insieme, ed era la prima volta che mi faceva delle confidenze, ma fu anche l'ultima.

Presi la parola io:

– Le raccontò qualcosa di preciso? Qualche esperienza particolare?

– Ma no! Come ho detto, era un tipo molto chiuso.

– Che opinione aveva delle donne, secondo lei?

La domanda lo sorprese. Sembrava imbarazzato.

Si guardò le mani, intrecciò le dita e le torse nervosamente.

– Vede, ispettore, può darsi che mi abbia detto qualcosa, ma erano cose dette senza pensare, e ripeterle ora con l'accusa che pende sulla sua testa... io non me la sento di danneggiarlo.

– Non si preoccupi, sapremo valutare il giusto peso delle parole.

– Be', Torres è un tipo che fa spesso commenti negativi sulle donne. Quando doveva incontrarne una per lavoro, un architetto, una cliente, un ingegnere, non era mai contento, diceva che erano testarde, che non sapevano trattare, che non capivano niente.

– E nell'ambito privato?

– Nell'ambito privato le solite cretinate. Mi consigliava di non risposarmi, diceva che le donne servono solo a complicare la vita, che tutto quello che fanno lo fanno per interesse...

– E lei che cosa pensava di questi discorsi?

– Che cosa vuole che pensassi, ispettore? Armando ha sessant'anni, erano i consigli di un vecchio scapolo, di uno che non vive nel presente, che se ne sta chiuso nel suo mondo. A me quello che diceva non interessava. Gli davo corda e basta.

– È mai capitato che si riferisse alle donne con cui usciva in termini violenti? – volle sapere Fraile.

– No, non l'ha mai fatto.

– Lo ha mai visto reagire in modo brusco, inaspettato? Ha mai avuto crisi di collera incontenibile? – continuò l'ispettore.

– No, è un uomo tranquillo.

– Ha mai pensato, nel corso del suo rapporto con Torres, che potesse avere qualche problema mentale?

– Ho pensato molte volte che fosse matto come una capra, sempre così solo, con quella sua fissa delle donne, ma sono cose che si pensano con leggerezza. Se lei mi chiede se ho mai pensato che fosse seriamente pazzo, disturbato, che avesse una malattia mentale, direi di no, che non mi è mai passato per la testa.

– E ora che conosce le accuse che pesano su di lui, le sembra possibile che sia uno squilibrato?

– Non lo so, ispettore, non lo so! La gente è strana, fa cose che uno non si aspetterebbe. Non posso rispondere. Anche se a essere sincero non riesco a vederlo come un assassino.

– Che lei sappia, Torres aveva qualche amico, qualcuno che lo conoscesse bene e che noi possiamo contattare?

– Ne dubito, non credo che ne sentisse il bisogno. Era troppo soddisfatto della sua vita così come se l'era organizzata.

Lo avvertimmo che probabilmente avrebbe dovuto ripetere le sue dichiarazioni davanti a un giudice e lo vedemmo andare via piuttosto preoccupato.

– Finge, ma in fondo è inorridito all'idea di aver diviso il suo ufficio con un possibile assassino – osservò Garzón.

– È normale – rispose Fraile. – Comunque è stato interessante. Nessuno ci aveva detto che cosa pensa Torres delle donne.

– Adesso lo sappiamo – dissi categorica.

– È un elemento importante, che però non chiarisce se è o non è sano di mente.

– A proposito, si è saputo qualcosa dallo psichiatra? – chiese Garzón.

– Non ancora.

– Ma non potremmo avere accesso al materiale sulle sedute già fatte?

– Gli psichiatri sono tenuti al segreto professionale.

– Un paio di palle! – sbottò il mio sottoposto. – Quindi vuol dire che lo paghiamo per far luce su un mistero e lui si permette di fare il misterioso? Ma è assurdo!

– L'ambiente della psichiatria è pieno di cose apparentemente assurde – disse Fraile, e a quel punto non osammo dire niente.

Il passo successivo era cruciale. In un nuovo interrogatorio avremmo mostrato al detenuto una serie di fotografie dei corpi delle vittime. Erano immagini crude, raccapriccianti. Le ultime erano istantanee scattate durante le autopsie. Io stessa, quando le avevamo scelte, ero stata colta da un capogiro nel vedere quei cadaveri pugnalati, con il volto distrutto, che proclamavano in tutto il loro orrore l'incredibile crudeltà dell'assassino su quelle donne inermi. Speravamo che il presunto colpevole, rivedendo quello che aveva fatto, scosso e terrorizzato all'idea di aver potuto infliggere tutto quel male, perdesse la sua sicurezza. Era importante cogliere ogni sua reazione: battiti di palpebra, rossori, alterazioni del respiro, cambiamenti nel tono di voce. Per questo sei occhi erano meglio di due.

Torres si presentò ben rasato e ben pettinato come sempre. Il giudice aveva preferito rinviare il trasferimento al carcere di Can Brians temendo aggressioni da parte degli altri detenuti. Gli assassini di donne non godono di grande stima fra i reclusi. Lui, dal canto suo, sembrava essersi abituato alla nostra camera di sicurezza. Aveva un'aria tranquilla, il volto rilassato, un'espressione di bonomia che, fosse o no l'assassino, mi pareva del tutto inadeguata alla situazione. L'avrei preso volentieri a schiaffi, e solo perché il suo atteggiamento proclamava una specie di tolleranza nei nostri confronti, come se fosse del tutto certo che prima o poi ci saremmo accorti dell'errore e gli avremmo chiesto scusa. Lo accompagnava il suo avvocato, imperturbabile e sicuro di sé.

Fraile diede inizio all'interrogatorio senza pronunciare una parola. Con un breve gesto lanciò la prima fotografia sul tavolo. Era una stampa di notevoli dimensioni, a colori. Vi si vedeva Paulina Armengol sdraiata a terra su una macchia di sangue scuro, con un impasto di carne tumefatta al posto del volto. Torres la guardò da lontano. Fraile raccolse il foglio e glielo mise davanti alla faccia.

– La guardi bene – disse.

Gli occhi del detenuto si assottigliarono, come se cercasse di mettere ordine in quella mostruosità.

– La riconosce? È la prima vittima, Paulina Armengol.

Torres era come in trance, immobile come una statua, assorto nella contemplazione della morta. Scosse lievemente la testa per dire di no, come se non riuscisse a credere a quello che stava vedendo. Fraile non lasciò che si soffermasse su quell'immagine, gliene mise davanti un'altra. Questa volta era il corpo di Paulina nudo, sul tavolo dell'obitorio. Una terza fotografia cadde sul tavolo, mostrava il cadavere di Aurora Retuerto, con il volto solcato da numerosi tagli violacei che si intersecavano. Armando Torres non ce la fece più, si mise a piangere scosso da singhiozzi laceranti. Il suo avvocato si innervosì.

– Ispettore, è proprio necessario sottoporlo a questo tormento?

– Si tratta di una semplice procedura di accertamento – replicò Fraile, asciutto.

– Il mio cliente ha già ammesso di conoscere le vittime. Non è il caso di insistere oltre.

Dentro di me si scatenò una furia immensa.

– Di che cosa ha paura, avvocato? Che la delicata sensibilità del suo cliente rimanga ferita per sempre? Il signor Torres è indiziato di una serie di omicidi aggravati dalla crudeltà! Santo Dio, non siamo in un giardino d'infanzia!

Il legale, che fino a quel momento mi era parso un uomo freddo ed equanime, si mise a gridare:

– Non usi questo tono con me, ispettore Delicado! Conosco il mio mestiere, sono iscritto all'albo da più di vent'anni!

Torres era passato dai singhiozzi agli ululati. Nel frattempo Fraile cercava di placarmi ripetendo: «Petra, per favore». Con tutto quel vociare non c'era modo di capirsi. Alla fine Torres si alzò, tirando su col naso, e si rivolse a Garzón, l'unico a essere rimasto in silenzio:

– Voglio parlare senza il mio avvocato. Ditegli di uscire, ve ne prego.

L'avvocato, stupefatto, gli strinse un braccio.

– Ma Armando...

Torres non lo lasciò continuare:

– Mi lasci solo con loro, per favore, avvocato Serret.

– Come crede.

Nella stanza rimanemmo noi quattro. Fraile cercò inutilmente di rasserenare gli animi. Appena si vide libero dal suo difensore, l'indagato si appoggiò al tavolo e, non senza difficoltà, si mise in ginocchio.

– Cosa cazzo fa? – sfuggì detto a Garzón.

Una volta inginocchiato, Torres giunse le mani. Con la faccia coperta di lacrime e muco, la cravatta storta e la voce di un mendicante che implora un'elemosina, esclamò:

– Signori, guardatemi! Io non potrei mai fare nulla di simile a una donna, mai! Lo giuro, lo giuro su Dio onnipotente. Posso essere un uomo poco socievole, un misantropo, un dongiovanni, ma non sono capace di uccidere. Iniettatemi il siero della verità, attaccatemi a quegli apparecchi che dicono se uno mente, fate quello che volete! Vedrete che quello che sto dicendo è vero, che in vita mia non ho mai ammazzato neanche un insetto.

Mi avvicinai e gli dissi:

– Si alzi, per favore. È patetico!

Poi, l'impulso che mi aveva spinta a parlargli in modo così sprezzante mi indusse a fare una cosa della quale mi pentirò finché vivo: lo schiaffeggiai. Senza pietà, senza riguardi, senza il minimo problema di coscienza. Garzón e Fraile si gettarono su di me per impedirmi di colpirlo di nuovo. È vero che non dovevo avergli fatto un gran male, ma lo schiaffo era echeggiato in tutta la stanza. Fraile mi sibilò in un orecchio:

– È impazzita, ispettore? C'è il suo avvocato qui fuori. Si calmi, faccia la cortesia.

Scostai la sua mano, che mi tratteneva, e uscii senza guardarmi indietro. Andai a rintanarmi nel mio ufficio. Ero talmente nervosa che aprii la finestra e mi accesi una sigaretta. Dopo un momento sentii bussare. Era Fraile, serio ma non alterato.

– Abbiamo finito – disse.

– Molto bene. Posso fare qualcosa per lei, ispettore? – dissi in tono leggero.

– Sì, piantarla di mandare in vacca gli interrogatori.

– Vuole ripetere?

– Petra, io capisco che quell'uomo le dia il voltastomaco, lo capisco benissimo. Ma lei non deve lasciarsi trasportare dalla sua emotività.

Mi rivoltai come una vipera, nessuno nella mia vita professionale mi aveva mai trattata a quel modo.

– Che cos'ha detto? La mia emotività? Adesso basta, Fraile! Ho già sopportato abbastanza le sue arie di superiorità, la sua arroganza, le sue scarse abilità sociali, ma non sono disposta a tollerare che nessuno mi dia dell'isterica.

– Io non ho pronunciato quella parola.

– Mi prende per scema? A quale emotività si riferisce?

– Basta, Petra, parlare con lei è impossibile!

Se ne andò con le mani nei capelli. Sono sicura che se si fosse lasciato trascinare dalla sua, di emotività, mi avrebbe rovesciato addosso la scrivania con tutto quel che c'era sopra. In quel momento Garzón si affacciò alla porta:

– È successo qualcosa?

– Avrebbe la bontà di sparire, Fermín?

– Sempre ai suoi ordini, ispettore! – disse in tono neutro, e scomparve.

Non sono mai contenta dopo una lite, mai. Non importa se si è svolta in ambito domestico o lavorativo, se lo scontro è avvenuto con un amico o con la persona che più detesto in assoluto. Le liti non mi piacciono perché sono squallide. A differenza delle battaglie, offrono ben poche opportunità di gloria. E quella lite in particolare mi sembrava quanto mai odiosa. I miei rapporti con Fraile non erano stati brillanti negli ultimi tempi, ma non era certo il caso di concluderli in modo così spaventoso. Tanto più che nemmeno io ero orgogliosa di quel ceffone. Più ci pensavo, più ero consapevole di aver commesso un errore gravissimo. L'avvocato avrebbe parlato di uso ingiustificato della forza, di metodi brutali da parte della polizia, e questo avrebbe danneggiato il nostro lavoro. Eppure dovevo confessare, almeno a me stessa, che quel ceffone quasi infantile mi aveva dato un piacere fortissimo. Torres era un individuo egoista, misogino e pieno d'ipocrisia piccolo borghese. Tutti gli indizi indicavano lui come colpevole, e ora che l'avevamo preso e lo avevamo davanti, ecco che piagnucolava come se tutta l'ingiustizia del mondo si fosse abbattuta su di lui. Forse l'ispettore Fraile aveva ragione, avrei dovuto smetterla di partecipare agli interrogatori se volevo agevolare le cose. Decisi di prendere in seria considerazione questa possibilità.

Non fu necessario girarci troppo intorno. La mattina dopo, al mio arrivo in commissariato, l'agente Domínguez mi disse che Coronas voleva vedermi. Mi avviai verso l'ufficio del capo sicura di ciò che mi aspettava. Mi sorprese non trovarlo particolarmente inviperito. Vedendomi arrivare aprì le braccia come un parroco di campagna e mi disse:

– Cristo Santo, Petra! Ma dove ha la testa? A chi può venire in mente di rifilare una sberla a un indagato mentre il suo legale è fuori dalla porta? Si ricordi che il giudice ci ha concesso qualche giorno di fermo in più proprio perché possiate interrogarlo! Non vorrà rovinare tutto proprio adesso, vero?

– Mi dispiace, commissario, ho perso le staffe. Ma non riesco a non pensare a un'eventualità raccapricciante: che quel tizio riesca a cavarsela per insufficienza di prove.

– Capisco, ispettore. Il solo pensiero fa rizzare i capelli in testa anche a me. Ma non c'è altra soluzione che interrogarlo, proprio per questo dobbiamo procedere con la massima cautela, fare dell'interrogatorio uno strumento potente e razionale, tenere sotto controllo le emozioni, dosare i tempi, l'intensità, i crescendo, i pianissimo... è come dirigere una sinfonia e lei lo sa bene.

– Infatti.

– In ogni caso, se l'ho fatta chiamare è perché il suo collega dei Mossos mi ha chiesto di tenerla fuori dalla sala interrogatori.

Non che la notizia mi cogliesse di sorpresa, ma a quel punto non avevo più nulla da dire. Vidi che Coronas aspettava una mia reazione. Non la ottenne. Continuò:

– Non riteniamo di doverla escludere dalle indagini, ma solo dagli interrogatori. Dato il tipo di delitti di cui vi state occupando, Fraile pensa che la sua sensibilità femminile possa condizionarla.

– Per la stessa ragione, io posso pensare che la sensibilità maschile di Fraile possa condizionare lui, visto che l'indagato è un uomo.

– Non complichiamo le cose, Petra, per favore. Le dirò qual è la mia decisione: lei non assisterà agli interrogatori, però vedrà i verbali e stenderà una relazione. Così si terrà perfettamente informata e potrà proporre ai suoi colleghi le domande e le strategie che le parranno utili.

– Magnifico! Doppio castigo, quindi. Non sarò presente agli interrogatori e in più dovrò sobbarcarmi tutto il lavoro burocratico. Lei crede che io meriti questo trattamento?

– Quello che credo è che lei non ha afferrato una parte del mio discorso, Petra. Quando le ho detto che è una mia decisione. Adesso può andare.

Me ne andai più che volentieri. Non intendevo passare altro tempo con chi non aveva la minima considerazione per il mio lavoro. Che cosa stava succedendo?

Sembrava che nessuno mi prendesse sul serio. D'altra parte, che altro potevo aspettarmi? Se è difficile convincere gli altri con il ragionamento, diventa impossibile quando si è in preda alla collera. Sapevo che non ero nella posizione di protestare e non protestai.

Garzón mi aspettava nel corridoio. Gli comunicai il verdetto del capo.

– Lo sapevo – rispose lui con faccia di circostanza.

– E che cosa ne pensa?

– Petra, cosa vuole che ne pensi? Non lo so! La verità è, per dirla con simpatia, che lei non ha avuto molto tatto. In altre parole: ha fatto una stronzata. Se almeno gli avesse dato un pugno da lasciarlo steso! Ma uno schiaffo sulla guancia con l'avvocato fuori dalla porta... a cosa serve? In futuro la questione cazzotti la lasci a me, che ho più esperienza e senso dell'opportunità.

Risi con una certa tristezza. Aveva ragione. Neanche il mio alleato naturale considerava ingiusto che non potessi più interrogare il sospettato.

– Ma non deve preoccuparsi. A parte i verbali che le passeremo, io le farò le mie osservazioni a margine su come sono andate le cose. Vuole che ci prendiamo una birra per cacciar via i malumori?

– No, oggi non mi va proprio, Fermín. Preferisco che mi copra la ritirata. Vado a casa, ho bisogno di riposare.

– La capisco, ispettore. Il primo che chiede di lei lo mando direttamente all'inferno.

– Cerchi di non fare stronzate nemmeno lei.

– Per carità! Io non solo sono uno specialista in cazzotti, ma anche in imboscate. Le ricordo che sono uno sbirro della vecchia scuola. Vada tranquilla.

E tranquilla me ne andai, anche se stanca, scocciata, delusa e frustrata. Alla fine una cosa era chiara come la luce del giorno: un assassino seriale di donne era troppo per me. Non avevo i nervi abbastanza saldi, non reggevo la tensione. Decisamente, non ero all'altezza.

A casa trovai Pilar, la signora delle pulizie.

– C'è Marina in camera sua, non aveva scuola oggi. Sta parlando al telefonino. Anche i miei figli fanno così, tutto il giorno attaccati a quel coso. Cellulari maledetti, rovina delle famiglie!

La mia colf aveva sempre opinioni piuttosto estreme, e per di più le esprimeva senza spegnere l'aspirapolvere. Avvolte in quel frastuono assumevano una dimensione quasi biblica.

In effetti trovai Marina seduta alla sua piccola scrivania, davanti a un mare di quaderni e libri aperti. Appena mi vide chiuse la chiamata.

– Come sei arrivata presto, Petra!

– Ho deciso di pranzare a casa. Come vanno i compiti?

– Bene. Sai, dovevo proprio parlare con Delia. È la mia migliore amica. Anzi, volevo chiederti se un giorno la posso invitare qui.

– Ma certo, non c'è nessun problema.

– Ti vuole conoscere.

– Ah, sì, e perché?

– Per conoscerti. Adesso che avete preso quell'assassino, vuole vedere come sei fatta.

In un momento più normale le avrei detto che queste cose non dovevano riguardare delle bambine. Ma in quelle circostanze sentivo il bisogno di mostrarmi magnanima e affettuosa, anche solo per rivalutarmi ai miei occhi.

– Le ho già detto che non può farti domande – mi prevenne Marina, – le ho spiegato che ti vengono i nervi quando ti chiedono del tuo lavoro. Ma a lei non importa, vuole conoscerti lo stesso.

– Bene, la prossima volta la invitiamo a far merenda. Che ne dici?

– Sarà contentissima.

Si rimise apparentemente a fare i compiti e io me ne andai nel salone, mi servii qualcosa da bere, mi sedetti sul divano. Senza neanche accorgermene, mi addormentai. Mi riscossi solo quando Pilar mi tirò leggermente per una manica:

– Signora, io vado. Ho lasciato i fagiolini già spuntati in cucina.

– Grazie. Adesso li mangio – risposi, dal profondo dell'incoscienza.

– Mi ha capita, signora? Sta bene?

– Sì, mi scusi. Mi ero assopita un momento.

– Fossi in lei, mi prenderei qualche giorno di ferie.

– Sì, magari qualche anno.

La vidi scuotere la testa come davanti a un caso irrecuperabile. Quando la sentii chiudere la porta mi decisi ad alzarmi. Deprimermi per il lavoro non era nel mio stile. Tornai a vedere che cosa faceva Marina.

– Hai finito i compiti?

– In questo preciso secondo!

– E allora vieni con me in cucina, così mi aiuti a preparare il pranzo.

Le affidai il compito di tagliare i pomodori per l'insalata. Mi piaceva averla accanto, con i capelli biondi che le ricadevano sulla fronte, tutta concentrata nella precisione del taglio. A un certo punto le chiesi:

– Ti piacerebbe che lasciassi il mio lavoro per rimanere sempre a casa? Avremmo più tempo per stare insieme.

Non ci pensò un istante prima di rispondere:

– Ma Petra, diventeresti come tutte le altre signore! Hugo e Teo ci rimarrebbero malissimo. A loro piace che tu faccia il tuo lavoro, così possono tirarsela con i compagni. L'altro giorno dicevano che papà ha fatto benissimo a sposare te, molto meglio della loro mamma che si è messa con quel dottore. Un dottore dev'essere molto noioso da avere vicino, specialmente se sta tutto il giorno a dirti quello che ti fa bene o non ti fa bene.

– Almeno potranno fargli domande sul suo lavoro senza che si arrabbi.

– Sì, ma chi se ne frega del suo lavoro. Anche la nonna è contentissima di te. Pensa che telefona tutti i giorni a papà per chiedergli se è vero che avete trovato l'assassino. Siccome al telegiornale adesso non dicono più niente...

– Veramente telefona tutti i giorni?

– Non so se tutti i giorni, ma quasi. L'altro giorno papà le ha detto che era meglio se chiamava per avere notizie di noi, non di un assassino. L'ho sentito mentre lo diceva!

Mi guardò con la sua faccia più buffa e scoppiammo a ridere tutte e due. Era evidente che il mio prestigio in famiglia poggiava sul mio mestiere di poliziotta. Forse non sarebbe stata una buona idea chiedere il pensionamento anticipato o cercarmi un altro lavoro. Quando si fugge precipitosamente si rischia di inciampare con troppa facilità.

Da quel momento in poi la situazione si fece stagnante. Non passava giorno senza che Fraile e Garzón interrogassero il presunto assassino. Nel frattempo io stendevo relazioni sulla base dei verbali. Non avevo accesso alle riprese video, ma mi stavo facendo una chiara idea di quanto stava succedendo. Il viceispettore completava il tutto con la sua versione ufficiosa a un tavolino della Jarra de Oro. Mi raccontava quello che già sapevo, ma col suo linguaggio colorito. Dove Fraile aveva scritto: «L'indagato non dà segni di cedimento», Garzón interpretava: «Quello stronzo se ne sbatte di quello che gli diciamo». Lo spavento e le proteste di innocenza dei primi giorni avevano lasciato il posto a freddezza e mutismo. Gli interrogatori procedevano in parallelo con i colloqui psichiatrici e Torres probabilmente pensava che in un modo o nell'altro se la sarebbe cavata. O per mancanza di prove, o per incapacità di intendere e di volere.

Nei lunghi momenti in cui non avevo nulla da fare, riflettevo. Perché ero così convinta che Torres fosse l'assassino di quelle donne? Cercavo di coltivare ogni genere di dubbio, ma la mia certezza non vacillava. Contro di lui non avevamo che indizi, ma erano indizi concreti, e così evidenti! Non avevamo testimoni, né elementi che potessero dare una conferma scientifica, ma era come se una gigantesca mano puntasse un dito accusatore contro di lui. Eppure, ammesso che fosse effettivamente colpevole, restava da vedere se fosse o no sano di mente. Lo psichiatra era davvero in grado di determinarlo? In ogni caso il suo parere era decisivo e il giudice ne avrebbe tenuto conto. Ero sempre stata convinta che senza un'assoluta certezza non si dovesse mai condannare nessuno. Le cronache erano piene di terribili errori giudiziari che gettavano in carcere degli innocenti, a volte per anni, finché un puro caso faceva saltar fuori il vero colpevole. Eppure riconosco che io stessa, se avessi fatto parte di una giuria popolare, avrei mandato Torres in gattabuia senza pensarci due volte. Un atteggiamento molto preoccupante. Forse alla fine Fraile e Coronas avevano avuto ragione ad allontanarmi dal cuore delle indagini.

Dopo qualche settimana il giudice ritenne opportuno cominciare a interrogare lui l'indiziato, e noi passammo a una nuova fase di revisione e ricerca delle prove, nella quale tornai a far parte della squadra a pieno titolo. Ripassammo tutti i verbali, tutte le annotazioni, tutte le perizie, ogni singolo pezzo di carta riguardante il caso: autopsie, perquisizioni, intercettazioni, pedinamenti... Ci spartimmo l'immane compito fra tutti e tre.

Da tempo i miei scambi con Roberto Fraile erano ridotti all'indispensabile. Pensavo che il nostro rapporto fosse irrimediabilmente compromesso. Mi sbagliavo. Un pomeriggio, mentre stavo lavorando nel mio ufficio, lui entrò e mi chiese il permesso di sedersi.

– Volevo parlarle, Petra, ma non del caso di Torres – chiarì.

Alzai gli occhi dal computer e mi tolsi gli occhiali. Credo di ricordare che non gli sorrisi.

– Dica, Roberto – risposi, sforzandomi di usare un tono neutro.

– Credo di doverle una spiegazione. Voglio che lei sappia, e capisca, che quando ho chiesto ai superiori di allontanarla dagli interrogatori, non l'ho fatto per motivi personali. Ero davvero convinto che la sua emotività potesse pregiudicare i risultati del nostro lavoro.

– Lei non deve spiegarmi niente, ispettore. Lei ha la direzione delle indagini.

– Ci tengo ad aggiungere che a livello personale la considero una collega preziosa e una donna straordinariamente intelligente.

– La ringrazio. C'è altro?

– No, nient'altro.

Si alzò e fece per andare. Stava per aprire la porta quando gli dissi:

– Lei non mi deve nessuna spiegazione, però mi deve delle scuse.

Lui tornò sui suoi passi con gli occhi sgranati, si sedette. Non lo lasciai parlare.

– Mi deve delle scuse per avere anche solo immaginato che arrestando Torres io volessi rubare la scena ai Mossos e a lei. È stata un'idea meschina, indegna di un collega.

Lui si precipitò a rispondere, sovrapponendosi alle mie ultime parole:

– Petra, ha ragione. Mi sono pentito cento volte di quello che ho detto allora. Non lo pensavo, davvero, mi sono lasciato trasportare da un impulso ridicolo e assurdo. La prego di perdonarmi, glielo chiedo per favore.

– Non importa, è già dimenticato.

– Dimenticherà che l'ho tenuta fuori dagli interrogatori? Ho creduto che fosse mio dovere farlo. Questo è tutto. La prego di comprendere.

– Mi prega di comprendere, mi prega di perdonare... non sta abusando un po' troppo di me?

– In realtà pensavo di abusare anche di più. Volevo chiederle un favore personale.

– Dica, la ascolto.

– Vorrebbe accompagnarmi sabato pomeriggio a far visita a mia moglie? È in una clinica a Sant Cugat, di solito ci vado alle cinque del pomeriggio.

Fu così evidente la mia sorpresa che Fraile si sentì in dovere di spiegare:

– Mia moglie mi chiede sempre delle persone che lavorano con me. Sarà contenta di conoscerla. Che ne dice?

– Ma certo, con piacere. Verrò.

Si alzò, soddisfatto e sorridente. E non senza il mio sollievo uscì. Rimasi lì a pensare. Perché mi invitava a far visita a sua moglie, in nome di cosa? Come poteva giovarle la mia presenza? Una clinica psichiatrica non è un posto divertente per nessuno, e invece si sarebbe detto che mi invitasse a una festicciola in famiglia. Ne parlai con Garzón.

– Dio santo, Petra! Certe volte lei mi sembra sciocca, scusi. Roberto sta cercando di renderla partecipe dell'aspetto più intimo della sua vita.

– Per fortuna non mi ha invitata ad assistere alla sua doccia mattutina!

– Non sia così insensibile! Si sente in debito. La gente è emotiva, cerca il contatto, la familiarità, non tutti sono selvatici come lei.

– Sciocca, insensibile, selvatica... non ci riprovi, Fermín, la avverto.

– Lo dicevo con affetto.

– Ci sono tanti modi per dimostrare affetto. Perché non viene in quella clinica anche lei?

– Non è me che ha invitato.

– Non importa, gli dica che vuole venire. Visto che anche a lei piacciono tanto il contatto e la familiarità, lo farà contento.

– Porca miseria, ispettore! Certo che passare il sabato pomeriggio in un posto pieno di matti...

– Ecco chi parla di gente insensibile! Mi faccia questo favore, Garzón, la prego. Io non saprei cosa dire, come comportarmi, e invece lei è un genio per queste cose. Ha sempre la frase giusta, l'atteggiamento adatto. Su, sia buono!

Rise sotto i baffi come piaceva a me, e naturalmente accettò.

13

Quel sabato pomeriggio il cielo era basso e grigio, come se si preparasse un acquazzone. Avevo dato appuntamento a Garzón a casa mia e Roberto Fraile passò a prenderci alle quattro e mezza con la sua macchina. Fu allegro e loquace per tutto il tragitto, molto diverso da come lo conoscevamo. Io invece, più taciturna del solito, rischiavo di far trasparire il mio imbarazzo. L'unico a essere sempre se stesso era Garzón, che nel giro di cinque minuti chiese quando ci saremmo fermati a prendere qualcosa.

La clinica non aveva nulla dell'atmosfera lugubre dei vecchi manicomi, e non era nemmeno un posto lussuoso e ultramoderno. Assomigliava piuttosto a un cascinale o a un agriturismo a conduzione familiare dove si fosse insediata una comunità. E in effetti era così, con l'unica differenza che i terreni tutt'intorno erano solidamente recintati.

Quel giorno i visitatori erano numerosi, e in linea teorica non c'era niente che distinguesse i parenti dai pazienti, nessuna uniforme né pigiama, niente del genere. I soli a indossare dei camici azzurri erano gli operatori. Accompagnavano i malati o i familiari con fare premuroso, sorridendo moltissimo. In realtà lì dentro sorridevano tutti, come se quello fosse il regno della felicità.

Fraile chiese di sua moglie e un'infermiera ci fece accomodare a un tavolo con quattro poltroncine di vimini in un ampio corridoio. Dai vasti finestroni entrava la luce fioca del pomeriggio. Dopo qualche minuto la moglie di Fraile arrivò. Era alta e bionda, esile e spirituale come le donne di certi ritratti del Rinascimento. Molto bella. Sorrideva con aria smarrita. Il suo sguardo si posò su di noi, ma come se ci osservasse da dietro un velo, come se non ci vedesse del tutto, come se i suoi occhi non riuscissero a metterci a fuoco. Fraile la abbracciò, la baciò sulle labbra, ce la presentò quasi euforico:

– Lei è Elena, mia moglie. Hai visto chi ti ho portato, cara? Questi sono i miei colleghi, Petra e Fermín. Ci tenevi tanto a conoscerli. Ecco, sono venuti a trovarti, felici di fare la tua conoscenza!

Elena ci porse una mano lunga e fredda. – Molto piacere – mormorò, senza cambiare espressione. Ci sedemmo e Fraile aprì subito la borsa che aveva portato con sé. Ne tirò fuori il necessario per una specie di picnic: bicchieri di carta, cucchiaini, una scatola di biscotti assortiti, un thermos, una confezione di cioccolatini, un barattolo di zucchero.

– Adesso ci prendiamo il nostro tè. Qui non c'è il bar. Portiamo tutto da fuori, in fondo è più pratico e ognuno si organizza come vuole. Noi siamo amanti del tè, vero, tesoro?

Fraile non la smetteva di parlare compulsivamente, mentre noi non sapevamo cosa dire. Sua moglie assisteva a quei preparativi senza entusiasmo e senza dare segni di fastidio, sempre con lo stesso sorriso fisso e lo sguardo vacuo.

– Raccontaci che cos'hai fatto questa settimana, cara.

– C'era il laboratorio di cucina – rispose lei masticando un biscotto.

– Magnifico! Così non ti dimentichi come si fa, in più impari dei piatti nuovi. Me li farai quando torni a casa, vero? E la palestra, ci sei andata in palestra?

Lei annuì vagamente. Suo marito le parlava con frasi semplici, come a una bambina, anche se con il suo tono normale. Intervenne il viceispettore:

– Che sport le piace?

Lei per la prima volta cambiò espressione e guardò il mio collega con qualcosa di simile alla simpatia.

– Il calcio! – esclamò.

– Oh, guarda, anche a me!

– Solo che qui non c'è una squadra femminile, non siamo abbastanza, e in quella degli uomini non mi fanno giocare. Ma in palestra, quando mi danno un pallone, mi alleno da sola.

– Che brava! E il campionato lo segue?

– Certo, le partite le vediamo tutte! Quando il Barça gioca col Real Madrid scoppia un casino...

Si mise a ridere scioccamente. Garzón, vedendo che l'argomento faceva presa, si mise a parlarle di squadre stranissime come l'Osasuna, il Logroñés, di giocatori a me ignoti e di quanto era costato l'ultimo acquisto dell'Atlético di Madrid. Incredibile. A Elena tutto ciò suonava familiare, sembrava contenta di seguire il discorso annuendo o scuotendo la testa, o addirittura completando certi commenti del viceispettore. La conversazione proseguì per una buona mezz'ora senza che venissero meno le conoscenze enciclopediche di lui e l'interesse di lei. Ammirai il mio collega più che se fosse stato Newton e Michelangelo messi insieme. Non mi ero sbagliata a trascinarlo lì.

Quando parve che il discorso cominciasse a esaurirsi, Fraile si alzò e propose a sua moglie di fare una passeggiata.

– Può venire anche lui? – chiese Elena indicando Garzón.

– Se gli fa piacere...

Li tolsi dall'imbarazzo dicendo:

– Andate, io vi aspetto qui. Prenderò un'altra tazza di tè.

Rimasi seduta. Cominciavano ad allungarsi le ombre della sera. Si accesero le luci. Attraverso i vetri vidi i primi gruppi di visitatori che se ne andavano, gli abbracci, le pacche sulla spalla del paziente, i baci volenterosi e i sorrisi, sempre quei sorrisi. Ero rimasta sola in quel corridoio vuoto. Soltanto la convinzione che scappare sarebbe stato imperdonabile mi impedì di correre alla ricerca del primo autobus per il centro. Io non ero fatta per sopportare il disturbo mentale, non ero equipaggiata per affrontarlo, per tollerarlo, per considerarlo come qualcosa di inevitabile e naturale. Era superiore alle mie forze. Non sa-

pevo che cosa avrei fatto se Marcos un brutto giorno fosse impazzito e io fossi dovuta andare a trovarlo in un posto del genere. Mi rifiutavo di immaginar-
lo, semplicemente.

Quando i tre passeggiatori furono di ritorno era ormai buio. Ci salutammo. Elena era tornata nello stato
in cui l'avevamo trovata: sorrideva con aria vacua e guardava senza vedere. Suo marito la baciò sulle guance,
lei ci disse di nuovo «Molto piacere» e si allontanò a
passo lento lungo il corridoio.

Nel viaggio di ritorno nessuno disse una parola.
Riaccompagnammo prima Garzón, e quando fummo sotto casa sua scese anche Fraile e lo raggiunse. Gli strinse forte la mano. Sentii che gli diceva:

– Grazie di cuore, Fermín.

Ora doveva portare me. Non parlammo. Davanti al
mio portone spense il motore.

– Ha visto, Petra, che situazione? Elena è come re-
gredita allo stato infantile, non riesce a ritrovare la sua
identità adulta. Almeno così non soffre, i farmaci le danno serenità. Lei crede davvero che una donna ridotta
in questo stato un giorno potrà tornare a casa, riprendere la sua vita, il suo lavoro, comportarsi come una
persona normale? È quello che mi dicono i medici, ma
io sento che non è possibile.

Adesso sì che non sapevo cosa rispondergli. Mi schia-
rii la gola, balbettai:

– Vede, Roberto...

Avrei potuto dirgli qualunque cosa, lui era immerso
in una sua trance personale.

– Che cosa posso aspettarmi dalla vita? Me lo dica lei. Non ho più mia moglie, ma non sono vedovo. Ogni tanto mi dimentico di tutto e sto bene, ma poi di colpo mi assale la sua immagine: lei è là, esiste, in quel posto da cui forse non uscirà più.

Tacque, guardandosi le mani posate sul volante, poi riprese:

– Capisce perché lavoro così tante ore? Lavorare aiuta a non pensare. E poi mi consola l'idea di poter trovare il colpevole di un delitto. Un colpevole in carne e ossa. Perché nessuno ha colpa della mia situazione. Capisce, Petra? Nessuno.

– Non deve essere così pessimista, Roberto. La medicina fa molti progressi e...

Lui si rese conto dello sforzo che stavo facendo e mi interruppe:

– Non ci pensi, ispettore, stia serena. Ci vediamo lunedì in commissariato, d'accordo? La ringrazio di essere venuta.

– Ci vediamo – mormorai, dandomi per vinta.

Prima di entrare in casa guardai la luce che filtrava dalle tende del soggiorno. Marcos mi stava aspettando. Ci sono persone che vivono disgrazie inenarrabili, pensai, vere e proprie tragedie che le condannano a un'infelicità cui è difficile sfuggire. Non basta avere un buon carattere, una casa, un lavoro, una speranza. Il pozzo è profondo, è scuro, e quando ci sei dentro sai bene che nessuno potrà venire a salvarti. Appena varcai la soglia mi sfuggì un grido:

– Marcos!

– Che c'è? Sono qui!

Marcos leggeva tranquillamente seduto in poltrona. Mi gettai su di lui con un abbraccio esagerato.

– Ci sono i ragazzi, stasera?

– Temo di sì. Arrivano fra poco.

– Perfetto, corro a fare una torta!

– Una torta? Ma Petra, tu non hai mai saputo fare le torte.

– Sciocchezze! Cosa vuoi che sia? Cercherò una ricetta su internet, una cosa facile. Poi la guarnirò con la crema di cacao e nocciole che a Marina piace tanto.

– E perché dovresti metterti in un simile pasticcio?

– Non lo so. Voglio fare qualcosa per la comunità.

Lui rimase a guardarmi con giustificato scetticismo, forse aveva capito che mi era successo qualcosa, perché non aggiunse altro. Mi tolsi il cappotto e andai in cucina. Di colpo quello mi parve il posto più accogliente del mondo. Tutto aveva un senso, allegro e quotidiano: le tazze colorate per il caffè, la teiera panciuta, l'orologio appeso al muro… Che razza di idioti siamo noi esseri umani! Apprezziamo quello che abbiamo solo quando vediamo il dolore degli altri.

Quel lunedì il commissariato era gelido come un igloo. Si era rotto il riscaldamento. Sentii Coronas che sbraitava:

– Roba da terzo mondo, santo Dio! Non vi avevo detto di chiamare il tecnico?

– Siccome ieri più o meno funzionava… – si giustificava Domínguez.

– Certo, dobbiamo aspettare che scendano i ghiaccioli dal soffitto prima di sistemare quella caldaia, no?

Sorrisi e me ne andai nel mio ufficio. Adoravo quelle scene da commedia neorealista che si scatenavano a ogni problema, erano il perfetto antidoto al disagio della modernità. Né Fraile né Garzón erano in vista. Sulla mia scrivania qualcuno aveva lasciato una cartella con un appunto: «Armando Torres. Perizia psichiatrica». Fantastico. Mi immersi nella lettura. Né il lessico né lo stile erano facili da penetrare, come c'era da aspettarsi, eppure le conclusioni non lasciavano dubbi. Torres, che veniva chiamato «il soggetto», non presentava tratti psicotici, né pareva affetto da evidenti disturbi di personalità, e neppure mostrava alcun segno di squilibrio mentale o neurologico riscontrabile attraverso i colloqui e gli esami clinici. Era perfettamente in grado di distinguere fra il bene e il male. Ottimo! pensai, almeno da quel lato non aveva via di scampo. Adesso dovevamo solo trovare le prove in grado di inchiodarlo.

Domínguez si affacciò alla porta semiaperta:

– Ispettore Delicado, c'è qui l'agente Juan Ortega che vuole vederla.

Gli dissi di farlo entrare, benché sul momento quel nome non mi dicesse nulla. Quando lo vidi riconobbi uno dei giovanotti che avevamo messo alle calcagna di Bárbara Mistral.

– Ispettore, sono venuto per parlarle di una cosa. Magari non ha importanza, ma non si sa mai...

– Mi dica, Ortega.

– Ieri la signora Mistral è andata a vedere un film. Questa volta, diversamente dalle altre, sono entrato. Il fatto è che davano un thriller francese e volevo svagarmi un po', ultimamente mi annoio parecchio con questo pedinamento, non succede mai niente di nuovo... Così ho pensato di vedermi anch'io il film, più che altro per passare il tempo...

– Continui, Ortega.

– La signora era seduta vicino a un signore, un tipo alto, distinto, brizzolato, e mi è sembrato, dico solo mi è sembrato, che a un certo punto si sono messi a parlare fra di loro.

– Non è riuscito ad accertarsene?

– No, ispettore. E guardi che ci sono stato attento, tanto che non ho capito quasi niente del film.

– E poi sono usciti insieme?

– No.

– È stato in grado di fotografare quell'uomo?

– Impossibile, ispettore. C'era molta gente. Quando si sono accese le luci e tutti si sono alzati in piedi, mi è stato difficile individuare il signore che era seduto vicino a lei. Io ero nelle ultime file, per non dare nell'occhio.

– Va bene, Ortega. D'ora in avanti entri anche lei tutte le volte che la Mistral va alla Filmoteca, non si perda un particolare, può essere importante.

– Questa è la volta che divento critico del cinema – ironizzò.

Verso mezzogiorno comparvero Fraile e Garzón. Fraile aveva chiesto al giudice di poter interrogare di nuovo Torres. Il presunto colpevole sarebbe arrivato in commissariato nel pomeriggio.

– Che cos'è cambiato? – gli chiesi. – Qualcosa le dà la speranza di farlo parlare?

Indicando la perizia sulla mia scrivania, Fraile rispose:

– Il parere dello psichiatra. Spiegherò al sospettato che è stato dichiarato sano di mente e responsabile delle sue azioni. Insisterò sul fatto che non può puntare sull'infermità mentale. Se vuole alleggerire la sua condanna può fare una cosa sola: dichiararsi pentito e rendere una piena confessione.

Scossi la testa in segno di scetticismo.

– Non lo so, Roberto, lei dimentica che Torres è assistito da un buon avvocato. Penserà lui a ricordargli che non abbiamo prove sufficienti per inchiodarlo.

– Dobbiamo provarci.

– Incrocerò le dita dal mio ufficio.

– Petra, guardi che se vuole... e se mi promette di non scaraventargli la borsa sulla testa... può partecipare anche lei.

– Va bene, lascerò la borsa nel mio ufficio.

Rimasi sola con Garzón.

– Ha visto, Petra? È talmente grato che siamo andati a trovare sua moglie, che è diventato perfino gentile con lei.

– Molto male, mai confondere la sfera privata con quella professionale!

– Lei è impossibile, ispettore, più la guardo più mi sembra di vedere un porcospino in un campo di cactus!

296

Socchiusi gli occhi decisa ad avere uno sguardo assassino, ma non dovetti riuscire molto convincente, perché scoppiammo a ridere tutti e due. Forse era meglio andare a pranzo prima che arrivasse Torres. Nel frattempo Fraile si sarebbe fatto portare il suo cibo spazzatura direttamente alla scrivania.

Mentre assaporavamo un succulento piatto di fagioli rossi e puntine di maiale, il viceispettore mi disse:

– Pensavo a Roberto. Che brutta vita, vero, ispettore?

– Brutta situazione, sì.

– Le ho già detto che la mia defunta moglie era una gran bigotta, vero? Ebbene, lo sa cosa diceva delle disgrazie altrui? Diceva che Dio manda a ciascuno la croce che può portare. Capito? A me è sempre sembrata una stronzata grossa come una casa, una cattiveria bella e buona. In pratica se sei un tipo con due spalle così, allora, sbadabam! Dio ti manda un macigno che non ti rialzi più. Non le sembra assurdo?

– La religione non è altro che questo, Fermín. Spiegazioni assurde di quello che non possiamo accettare.

– Meglio star zitti, piuttosto. O no?

– Dio tace, e i sacerdoti interpretano il suo silenzio come possono.

– Per questo dicono tante fesserie.

– Sarà. Però non credo che un piatto di fagioli e carne di maiale sia l'accompagnamento per le disquisizioni filosofiche.

– E invece fa bene all'anima, ispettore. Non c'è niente come una bella fagiolata per favorire la pace dello spirito.

Non glielo dissi, ma ero pienamente d'accordo. L'amicizia, un buon piatto caldo, le risate e il vino sono il fuoco di cui abbiamo bisogno per scaldare l'anima. Sempre ammesso che l'anima esista, ovvio.

Torres doveva avere architettato una scenetta delle sue. Aveva chiesto di entrare da solo nella sala degli interrogatori, mentre il suo legale rimaneva nel corridoio a fare il cane da guardia. Quando mi vide arrivare insieme ai due colleghi, si alzò in piedi e mi venne incontro.

– Lei sarà presente? – mi chiese con sguardo d'odio.

– C'è qualche problema?

– La avverto che se il mio assistito dovesse subire la minima coercizione, per non dire aggressione, lei può dare addio alla sua carriera, ispettore.

– Stia tranquillo, vengo con intenzioni pacifiche.

– Meglio per lei.

Lo guardai come un fastidioso ostacolo sul mio cammino. Fraile mi diede una lieve spintarella perché mi decidessi a entrare. L'espressione di Torres, quando mi vide, fu molto diversa da quella del suo difensore. Mi sorrise come un monaco buddhista o un pontefice in visita pastorale. Sembrava deciso a recitare fino alla fine la sua commedia di uomo per bene vittima di un fatale errore.

Fraile si preparò a dirigere la seduta.

– Signor Torres, ha avuto modo di leggere la perizia psichiatrica sul suo conto?

– L'ha letta il mio avvocato e me ne ha parlato.

– Quindi ne conosce il contenuto.

– Sì, dice che sono nella norma, sano di mente.

– Lei che ne pensa?

– Me lo aspettavo. Non ho il profilo psicologico di uno psicopatico assassino perché non lo sono. Io non ho ucciso nessuno, non ho fatto del male a nessuno. La perizia lo conferma.

– Non tutti gli assassini sono psicopatici.

– No? E allora mi dica che tipo di uomo commetterebbe i delitti orrendi di cui sono accusato. Per un comune cittadino ignorante come me certe cose può farle solo un pazzo.

Osservai che si era adattato alla nuova situazione. La paura che mostrava dopo l'arresto era sparita. Aveva guadagnato in sicurezza e tranquillità. Fraile continuò, senza perdere la calma:

– La lettura che lei fa della perizia si concentra sugli aspetti positivi, ignorandone altri che possono seriamente danneggiarla. Si rende conto che quando andrà a processo non potrà godere di nessuna attenuante? Verrà giudicato con tutta la severità che merita un omicida seriale, che uccide con premeditazione e che per di più si accanisce crudelmente sul volto delle vittime. Il giudizio su di lei sarà aggravato dalla piena consapevolezza e sanità mentale.

– Sentite, io ho chiesto al mio avvocato di rimanere fuori proprio per dimostrarvi, ancora una volta, la mia disponibilità. Ma se insistete nel dare per scontato che ho ucciso io quelle donne, dovrò chiedervi di farlo entrare. Penserà lui a spiegarvi che non potete trattarmi in questo modo. Sarò anche una brava persona, ma non sono uno stupido.

– Se non è uno stupido, allora saprà che le conviene confessare adesso, dichiararsi pentito. Noi la aiuteremo, Torres, diremo che era obnubilato, che attraversava un brutto momento. Un parere favorevole da parte nostra potrebbe risparmiarle anni di carcere. Poi, con la buona condotta, potrebbe uscire all'incirca...

Torres lo interruppe senza alterarsi. Fu categorico:

– Io non ho niente da confessare.

Non riuscii più a trattenermi, scattai:

– Come spiega, allora, che quelle donne fossero uscite tutte e tre con lei? Una sfortunata coincidenza? E poi, perché si è nascosto? E perché era così terrorizzato al momento dell'arresto? Risponda!

– Certo che mi sono spaventato quando ho saputo che erano state uccise. Mi sono sentito in pericolo. Qualcuno poteva far ricadere la colpa su di me, qualcuno che per qualche motivo volesse rovinarmi.

– E chi? Quale poteva essere questo motivo? Ha fatto del male a qualcuno? C'è qualcuno che la odia così tanto?

– No, ispettore, no! Io non ho nemici! Non so neppure se quel qualcuno ha voluto mettere di mezzo proprio me o se è stato un caso.

In quel momento la porta si aprì. Mi voltai di scatto, convinta che fosse l'avvocato. Ma in piedi sulla soglia c'era Coronas.

– Signori, potete venire un momento nel mio ufficio?

– Non abbiamo ancora finito, commissario – rispose Fraile, interdetto. – Ci lasci qualche minuto...

– L'interrogatorio è finito – dichiarò Coronas. – Vi prego di venire immediatamente.

Detto questo non se ne andò, aspettò che lo raggiungessimo. Mi accorsi che era pallido, sconvolto. Ci affrettammo verso il suo ufficio, e lì scoprimmo che c'era anche Pinzón, il commissario dei Mossos. Coronas andò a sedersi alla scrivania. Si passò le mani sulla faccia, energicamente, come se volesse cancellarsela.

– Signori – disse con solennità. – È stata trovata un'altra donna morta. Il corpo presenta le caratteristiche che conosciamo. Pugnalate al ventre, la faccia sfigurata, eccetera eccetera.

Cominciarono a ronzarmi le orecchie. Rimasi immobile, incapace di reagire. Anche i colleghi erano ammutoliti. Coronas continuò con voce grave, in tono uniforme:

– La vittima è stata identificata. Si tratta di Margarita Estévez Roldán. Immagino ve ne ricordiate. Mi avevate chiesto di toglierle la scorta e io ho dato l'autorizzazione. Dopo l'arresto del presunto colpevole sembrava che non ci fosse più motivo di proteggerla.

Fui colta da un improvviso dolore alla cervicale, una fitta insopportabile. Portai le mani alla nuca, premetti forte. Sentii Roberto che mormorava: «Dio mio!». Garzón fece un passo avanti, esclamò:

– Non può essere!

Coronas si lasciò andare contro lo schienale della poltrona.

– Ma è successo.

– Merda! – proruppe Garzón.

Il commissario dei Mossos prese la parola:

301

– Ieri sera la vittima si è recata come sua abitudine in palestra. Si è trattenuta nella piscina del centro ginnico fino all'orario di chiusura ed è uscita intorno alle ventitré. Aveva lasciato la macchina poco lontano, in una traversa di calle Craywinckel. Non è arrivata ad aprire la vettura, è stata aggredita prima. L'ha trovata un abitante della zona che rientrava da una cena. Non ci sono testimoni né telecamere di sicurezza. La solita lettera diceva: «Adesso sì che il nostro amore è finito. Finalmente siamo in pace».

Coronas si alzò. Andò alla finestra e rimase a guardare fuori dandoci le spalle. Il silenzio appesantiva l'aria. Elías Pinzón parlò di nuovo:

– Ci tengo a precisare che nessuno di voi deve sentirsi responsabile. Anch'io avrei tolto la scorta alla vittima. Il giudice è già sul luogo dei fatti. Quando credete possiamo andare a dare un'occhiata. La Scientifica sta terminando il suo lavoro. Lei viene, Coronas?

– No, io rimango qui. Chieda al giudice di segretare le indagini. Cercherò di impedire anche la minima fuga di notizie. È importante che per ora non si sappia nulla.

Non si era voltato per parlare. Evidentemente era turbato. E chi non lo era? Andammo nel mio ufficio a prendere i cappotti. Io avevo un nodo alla gola. Fraile mi strinse il braccio per farmi coraggio.

– Troveremo l'assassino, Petra, vedrà.

Sorrisi tristemente e guardai il soffitto. Era un trucco per cercare di non piangere.

14

L'indomani il commissario Coronas ci chiese con grande serietà se avessimo bisogno di aiuto.

– Posso mettervi a disposizione quanta gente volete. Senza contare che potete chiedere una dotazione della polizia autonoma. Se invece preferite continuare in tre, non c'è problema. Garantisco io della vostra efficienza e idoneità a portare a termine le indagini.

Gliene fummo grati. Pensai con inutile cattiveria che c'era voluto il senso di colpa per renderlo più comprensivo. Fraile prese la decisione senza neanche consultarci: avremmo continuato da soli. Aveva l'assoluta certezza che avremmo chiuso il caso con successo. Quando fummo soli il viceispettore bofonchiò al mio orecchio:

– Sarà un successo di pubblico. Appena questo delitto arriva in televisione diventiamo i protagonisti della serie più seguita nel paese.

Fraile lo sentì e replicò con energia:

– È adesso che dobbiamo aver fede nelle nostre capacità, viceispettore.

– Io ho molta fede, speranza e carità, ma non siamo affatto messi bene, cosa vuole che le dica?

Garzón aveva ragione. Il quadro che a gran fatica eravamo riusciti ad abbozzare si era completamente dissolto. Che fare, adesso? Ricominciare da capo? Cercare di riassemblare i vecchi elementi in modo diverso? Tanto per cominciare, il giudice aveva rilasciato Torres. Era indagato, e in quanto tale soggetto ad alcune misure cautelari come il divieto di espatrio e l'obbligo di presentarsi regolarmente in commissariato, ma era libero di fare la sua vita. Ovviamente ottenemmo senza difficoltà il permesso di mettergli il telefono sotto controllo e seguire ogni passo che faceva. Ma la speranza che commettesse degli errori era minima. Aveva dimostrato di non essere uno stupido, come lui stesso aveva detto, e certamente sarebbe rimasto tranquillo nel suo angolino per evitare di fornirci nuove piste.

Ci riunimmo nel mio ufficio. Fraile non aveva perso le energie, sembrava che volesse mangiarsi il mondo. Nemmeno quando Garzón gli fece la domanda da un milione di dollari perse il suo entusiasmo:

– E ora che facciamo, ispettore?

– Ebbene – rispose senza pensarci troppo, – finora abbiamo svolto le nostre indagini con coscienza e siamo giunti a conclusioni che non possono dirsi assurde né inverosimili. Non è il caso di buttare a mare tutto quanto. Bisogna continuare sulla stessa strada.

– Ma il nostro presunto colpevole era in carcere quando è stata uccisa Margarita Estévez! – esclamai, esasperata.

– È vero, però a uccidere potrebbe essere stato un

complice, il braccio che metteva in atto le aggressioni di cui Torres era il cervello.

– E a quale scopo? Perché il braccio avrebbe dovuto essere indipendente dal cervello?

– Per sicurezza, ispettore. Ma come lei sa bene, non è il caso di correre con le domande. Un passo dopo l'altro.

– Certo – intervenne il viceispettore, – solo che noi facciamo due passi avanti e tre indietro, come se stessimo ballando il mambo.

– Può darsi, ma la melodia è quella giusta. Direi che possiamo cominciare dall'ambiente in cui si muoveva l'ultima vittima. Margarita aveva una famiglia, degli amici, un lavoro... Vedremo che cosa ne viene fuori. E inoltre vi ricordo che non sappiamo nulla dell'autopsia. Può darsi che questa volta ci sia qualcosa di nuovo, qualche differenza rivelatrice.

E invece il referto dell'autopsia fu una nuova mazzata. Per il medico legale non c'erano dubbi, l'autore dell'omicidio era lo stesso dei casi precedenti: la direzione delle coltellate mortali, il tracciato e la profondità dei tagli al volto, l'angolazione che permetteva di ipotizzare la statura e la forza dell'aggressore, tutto coincideva. Perfino il coltello sembrava identico. Margarita Estévez, come le sue compagne di sventura, non aveva ingerito alcolici né sostanze stupefacenti. Decisamente, ci trovavamo davanti al nostro caro assassino seriale.

Il movente, però, non era chiaro. A voler prendere per buono quello che diceva Torres, qualcuno aveva ucciso per incolpare lui. Ma quella spiegazione era polverizzata dalla forza dei fatti. Nessuno che avesse agito a quello scopo avrebbe commesso un altro crimine di cui, almeno teoricamente, Torres non poteva essere accusato.

– E se proprio Torres avesse pagato un sicario perché ammazzasse una delle sue ex se mai lo avessero arrestato? – azzardò Garzón.

– Troppo macchinoso – rispose Fraile. – E poi non dobbiamo trascurare quello che ha detto il medico legale: è stata la stessa mano ad accoltellare tutte e quattro le vittime.

– Rimane la possibilità dell'esecutore materiale. Potrebbe aver agito dietro compenso, anche dopo l'arresto del mandante – disse Fermín, ribadendo la sua teoria.

Fraile fece un gesto nell'aria, come se volesse cancellare una lavagna immaginaria.

– Basta, niente illazioni, per favore. Due passi avanti e tre indietro, ma balliamo come si deve. Che ne pensa di sentire i familiari della vittima, Petra? Io mi occuperò di dare un'occhiata al ristorante di sua proprietà e il viceispettore sentirà il personale della palestra. Sono stati loro gli ultimi a vederla viva.

Parlare con i familiari di Margarita Estévez mi dava i brividi, ma sapevo già che sarebbe toccato a me. La teoria vuole che le donne siano più adatte ad affrontare i parenti traumatizzati. E devo ammettere che i due figli della vittima traumatizzati lo erano veramente. La figlia, sui trent'anni, piangeva come una fontana. Il più giovane, poco più che ventenne, sparava

306

a zero su tutti: dava la colpa alla società, alla polizia, alla sua stessa madre. Le domande, che gli uscivano di bocca una dopo l'altra senza lasciarmi il tempo di rispondere, cominciavano sempre con la formula «com'è possibile?». Com'è possibile che l'abbiate abbandonata sapendo quello che rischiava? Com'è possibile che l'assassino fosse a piede libero se sui giornali c'era scritto che lo avevate arrestato? Com'è possibile che in una città come Barcellona ammazzino la gente per strada? Com'è possibile che mia madre facesse una cosa da matti come rivolgersi a un'agenzia matrimoniale?

Era chiaro come il sole che quel ragazzo avrebbe parlato con i giornali, con le televisioni, con chiunque gli avesse dato spazio per sfogarsi. Era perfettamente inutile chiedergli di non farlo, aveva troppo bisogno di spargere la sua rabbia e di trovare sostenitori della sua causa persa.

La figlia era più pacata, anche se inconsolabile. Assomigliava straordinariamente alla madre, la stessa testa altera, le mani grandi, il tono diretto e deciso. Per me era un tormento vederla, e quello che disse mi lasciò sconvolta:

– Mia madre era una donna forte, sicura di sé, ma era molto sola. Sembrava che non avesse bisogno di nessuno. Però io l'ho vista tante volte incupirsi all'improvviso quando al ristorante venivano gli innamorati felici, le coppie che festeggiavano l'anniversario o San Valentino. Parlava spesso di quando aveva una vita completa, di quando nostro padre era vivo e facevano tante cose insieme... Non si meritava questo, ispettore, davvero, non se lo meritava.

Nessuno dei due riusciva a immaginare chi avesse potuto uccidere la loro madre, una donna che non aveva nemici, né debiti, né concorrenti invidiosi, né ex dipendenti vendicativi, né tantomeno amanti delusi.

Arrivai a casa moralmente a terra. Anche se quella storia mi pesava in modo terribile, l'ultima cosa che potevo fare era raccontare a Marcos quello che era successo. Il segreto professionale si impose su ogni impulso egoistico, ma i risultati furono imprevedibili.

Neppure Marcos era di umore radioso. Aveva avuto una discussione poco piacevole con un cliente. Insolitamente per lui, che era molto bravo a lasciare i problemi fuori dalla porta, quella sera aveva deciso di rendermi partecipe dei suoi crucci lavorativi.

– La gente è fondamentalmente idiota – decretò. – Ho studiato delle soluzioni bellissime per una piccola galleria commerciale. Il committente voleva qualcosa di nuovo, che uscisse dai soliti schemi, e allora ho pensato a una struttura molto aerea, molto luminosa, con grandi vetrate e molto verde dentro e fuori. Gli avevo mostrato i disegni e gli erano piaciuti. E adesso che i lavori sono cominciati gli sembra tutto troppo ardito, dice che c'è troppo vetro, che la manutenzione costerà un patrimonio. Ma se è il vetro a dare leggerezza al tutto! Ebbene, non c'è stato modo di fargli cambiare idea, devo sostituire il vetro con altri materiali e mi toccherà ricalcolare tutto. Senza contare che verrà fuori un capannone spaventoso, niente a che vedere con l'osmosi fra interno ed esterno che avevo ideato.

– Digli che non lo vuoi più fare.

– Le cose non funzionano così, Petra. Il cantiere è avviato, il progetto ha la firma del mio studio e gli acconti sono già stati versati.

– Cerca di convincerlo che con il vetro sarà molto più bello.

– Tu non mi stai ascoltando. Ti ho detto che non c'è stato modo di convincerlo.

– Basta, Marcos, non mi tormentare. Se ti dicessi quello che mi è successo oggi, se ti dicessi... Però non lo dico. Me ne sto zitta. Quello che non va bene è che adesso tu mi stressi con i tuoi problemi di lavoro.

– Certo, perché gli unici problemi che contano sono i tuoi, vero?

– Marcos, i miei problemi hanno a che fare con la vita umana! Non credi che questo sia importante?

– Che io sappia, le persone di cui ti occupi sono già morte. Puoi scoprire chi le ha mandate all'altro mondo, ma la vita non gliela restituisci, o sbaglio?

Scattai in piedi per l'offesa, non ci potevo credere! Senza una parola salii le scale e andai a chiudermi in camera sbattendo la porta. Quasi all'istante sentii sbattere la porta del suo studio. Bene, data la situazione la cosa più prudente era mettermi a letto senza cena e sperare di addormentarmi in fretta. Non fu difficile. Quando Marcos entrò per venire a letto ero già immersa nel sonno. Sentii appena che mi sussurrava all'orecchio:

– Mi dispiace.

– Anche a me – risposi, e pregai che la piccola riconciliazione finisse lì perché avevo bisogno di riposare.

Il giorno dopo i miei colleghi avevano l'aria di essere stati travolti da un tornado. Mi raccontarono gli esiti delle indagini compiute il giorno prima.

– Dal ristorante non sembra che possa venire fuori nulla. I dipendenti sono sotto shock, ma non sanno niente. Nessuno ha visto persone sospette venire nel locale negli ultimi tempi. E nessuno ha notato che Margarita Estévez fosse particolarmente ansiosa o diversa dal solito. Secondo loro non ha incontrato nessuno al di fuori degli abituali rapporti di lavoro e non ha ricevuto telefonate strane.

– Anche in palestra non hanno notato niente di insolito. La ragazza alla reception l'ha vista entrare e uscire come sempre. Il sorvegliante della piscina l'ha salutata. Lei ha fatto le sue solite vasche e poi è andata via.

Dopo quell'aggiornamento ci fu un silenzio generale. In effetti non c'era molto da dire.

– Ancora una volta, zero prove – disse il viceispettore. – Possiamo dedurne che ammazzare è facilissimo.

– Il nostro caro assassino è molto furbo, ha preparato bene ciascun delitto. Le vittime sono state sorprese in posti poco transitati, quando non c'era nessuno. Nel luogo dell'aggressione non ci sono banche né altri esercizi pubblici con telecamere. Non sono state trovate tracce organiche o d'altro tipo. Bisogna riconoscergli un grande talento. Indubbiamente deve essersi preparato bene, studiando le abitudini delle vittime e scegliendo il *locus operandi* con estrema cura – dissi, con il morale a terra.

– Con il *locus operandi* mi ha steso, ispettore – disse Garzón. – Può darsi che non abbiamo la più pallida idea di come cavarcela, ma almeno parliamo in latinorum.

– Calma. Non scoraggiamoci – ci esortò Fraile convinto. – Rifacciamo il cammino all'indietro. La via che stavamo percorrendo era quella giusta, solo che dev'esserci sfuggito qualcosa.

– Qualcosa che noi non potevamo vedere – dissi.

– Per esempio, l'assassino. Perché se l'ultimo delitto è stato commesso dalla stessa mano, è ovvio che a uccidere non è mai stato Torres.

– E che dire dell'ultima lettera? «Finalmente siamo in pace». Significherà che non ci saranno altre vittime? – chiesi.

– Torres non ne ha conosciute altre tramite l'agenzia – ricordò Fraile.

– E quelle di prima? – dissi. – Mi riferisco alle ragazze che compaiono nelle fotografie del suo computer.

– Ma quelle erano precedenti. Le abbiamo già fatte cercare fra le segnalazioni di persone scomparse e fra le vittime di delitti irrisolti... Non ne abbiamo trovata neanche una.

– Avremo trascurato qualcosa. Dobbiamo interrogare di nuovo Torres. Mi sembra indispensabile chiarire chi sono quelle ragazze – sentenziai.

– A me non sembra così importante – obiettò Fraile. – Lei sa che lavoraccio sarebbe rintracciarle tutte? E per cosa, poi? Se non sono morte, non sono morte. Che in passato abbiano avuto una storia con l'indagato non vuol dire che abbiano a che fare con il suo comportamento successivo.

– Può darsi che lei abbia ragione.

– Comunque mi pare una buona idea risentire Torres, anche per fargli vedere che è sempre sotto tiro. Finora non ha commesso errori, ma non è detto che prima o poi non ne commetta, se si innervosisce.

La decisione fu presa. Io però andai a cercarmi la cartella delle ex fidanzate di Torres e mi ci immersi per tutto il pomeriggio. Non so che cosa sperassi di trovarci. Erano solo delle donne: giovani, meno giovani, alcune quasi belle, altre decisamente brutte. Guardai l'ultima fotografia, risaliva a due anni prima. Stranamente c'era un nome: Belarmina Mendizábal, chissà se era quello vero. Doveva avere più di cinquant'anni. Un faccione dai tratti marcati incorniciato da ricciolini ridicoli, perfettamente definiti. Portava occhiali spessi con una montatura squadrata. Poverina, era davvero orrenda. Non era riuscita a sorridere nemmeno per la fotografia. Chi poteva averla scattata? Un passante? La si vedeva stretta al braccio di Torres in Plaza Cataluña, fra i colombi. Avevano scelto la cornice preferita da tutti i provinciali in gita. E come si aggrappava al braccio del suo innamorato! Quante storie strane nasconde il mondo! La gente che si sente sola è capace di tutto pur di trovare qualcuno, pensai. Quella era l'ultima donna che Torres aveva frequentato prima di rivolgersi a Vida Futura? Forse aveva smesso di cercare di sedurre per conto suo perché le donne che trovava erano sempre meno giovani e meno attraenti? Alcune domande gliele avevamo già fatte, altre no. Fraile aveva ragione, dovevamo tornare indietro, verificare ogni dettaglio, anche il più insignificante. Ci eravamo lasciati trasportare dalla fretta, dall'ansia di soluzioni immediate, confidando soprattutto in una confessione di Torres.

Le indagini di polizia risentono delle tendenze più deleterie dei tempi: l'ansia, il mito dell'efficienza a tutti i costi, l'idea che le cose vadano fatte a caldo altrimenti non servono. Anche noi sentivamo la tigre della velocità soffiarci sul collo. Avevamo alle calcagna i nostri superiori, il giudice istruttore, i giornalisti, perfino i nostri familiari. Ora forse potevamo prenderci del tempo, vedere le cose da una certa distanza. O forse no. Quanto era disposto ad aspettare Coronas prima di esigere risultati concreti? Ora che il presunto assassino era di nuovo in libertà, non diventava tutto più urgente? Il giudice poteva spazientirsi, non vedendo nuovo materiale. In ogni caso aveva scarcerato Torres, la mano assassina era certamente un'altra. Peggio di così non si può! esclamai scoraggiata.

Quello stesso pomeriggio Torres fu di nuovo a nostra disposizione. Questa volta si guardò bene dall'allontanare il suo avvocato. Aveva cambiato completamente atteggiamento. Se prima si era mostrato indifeso e collaborativo, adesso sembrava fortemente a disagio. Il suo ruolo era quello della vittima perseguitata. Quello stronzo dell'avvocato, che mi stava sempre più sull'anima, partì subito all'attacco mettendo in dubbio la necessità di quell'interrogatorio. Lo avrei strangolato. Fraile, più paziente di me, lo mise al suo posto.

– Immaginiamo che il suo cliente ci tenga a sapere chi è l'assassino di alcune donne che ha conosciuto. L'ultima in ordine di tempo è Margarita Estévez Roldán.

– Il mio cliente risponderà alle domande, ma lo farà in qualità di persona informata. Non accetterò che sia messa in dubbio la sua onorabilità e la sua innocenza.

– Se la pensa così non c'è bisogno della sua presenza – rispose colpo su colpo un Garzón lucido e concreto.

– Date le circostanze, preferisco rimanere. Il signor Torres ha già subito abbastanza abusi da parte dei suoi collaboratori – disse, guardando me. – Ritengo opportuno vigilare ogni contatto fra voi e lui.

Fraile sospirò. – Passiamo ai fatti – disse.

Posò sul tavolo la relazione dell'ispettore Sangüesa sul conto bancario di Torres. Cominciò a interrogarlo sistematicamente su tutte le entrate degli ultimi due anni. Le spiegazioni che Torres riusciva a fornire non erano mai del tutto convincenti, per quanto neppure inverosimili: debiti riscossi fuori tempo, interessi maturati di conti ormai chiusi. Non ricordava mai il nome del debitore che lo aveva pagato, né era in grado di fornire il numero dei conti di cui era stato titolare in passato o il nome della banca presso cui li aveva aperti. Era evidente che ci trovavamo da-

314

vanti a un evasore sistematico che non aveva mai pagato tasse in vita sua. Tuttavia le somme di cui si parlava non erano così alte da far pensare a grossi affari in nero. Però io speravo ancora in un miracoloso «effetto Al Capone», che ci consentisse di metterlo dentro per reati fiscali, tanta era l'avversione che mi suscitava. Lui, dal canto suo, rispondeva alle domande con una tranquillità stupefacente e una faccia tosta più che considerevole. Non sembrava spaventato. In fondo era sfuggito all'accusa di tre omicidi premeditati, era quasi normale che prendesse con calma le domande sul suo patrimonio.

Quando ebbe finito, Fraile non fece alcun commento, non trasse alcuna conclusione, si limitò a dire:

– È il suo turno, ispettore Delicado.

La sorpresa fece trasalire avvocato e cliente.

– Pensavo che avessimo finito – disse il legale.

– E invece no, come vede – risposi asciutta.

– Le sembra così necessario…?

– Avvocato, se intende ostacolare il mio lavoro, sarà meglio che esca dalla sala. Come ha giustamente fatto notare il mio collega poco fa, la sua presenza non è indispensabile.

– Ma prego, signora, chieda pure quello che le pare! – disse Torres con un'insolenza che mi diede sui nervi.

– Signor Torres, che effetto le ha fatto apprendere dell'assassinio di Margarita Estévez Roldán?

I due uomini rimasero paralizzati, e anche i miei colleghi. Torres non rispose subito, ci pensò su, doveva decidere che cosa gli conveniva dire. Si fece serio.

– Naturalmente sono inorridito. Ogni delitto mi fa inorridire. Ma ho l'impressione che nella sua domanda ci sia una seconda intenzione che a me sfugge.

– È una domanda personale. Ho immaginato che lei, avendo conosciuto la vittima, potesse sentirsi particolarmente colpito.

– Ispettore, io quella signora l'ho vista solo due volte, la prima all'agenzia e la seconda al ristorante. Si è trattato di un incontro cordiale, niente di più. Certo, sono rimasto impressionato da quello che le è successo, ma come lo sarei stato per qualunque altra persona.

– Eppure, grazie a quel delitto ora lei è libero.

L'avvocato scattò, rosso per l'indignazione:

– Non so a che cosa mirino queste insinuazioni che non...

– A niente, avvocato, a niente. Ho già detto che era una riflessione di tipo personale. Per me, abbiamo finito.

E dopo averlo interrotto in questo modo, uscii dalla stanza a passo rapido. Poco dopo mi ritrovai con i colleghi nel mio ufficio. Fraile mi chiese immediatamente:

– C'era qualche ragione specifica per la domanda che ha fatto a Torres?

– Volevo riportarlo alla questione principale: gli omicidi. Non sopporto il suo atteggiamento.

– Neanch'io – saltò su Garzón deciso. – Tremendo. Prima si trascinava come un verme e adesso fa il gradasso, quello stronzo.

– In ogni caso, se il medico legale non si è sbagliato, cosa improbabile, a uccidere non è mai stato lui. Può

316

aver pagato qualcuno, può avere preso parte ai delitti, tutto quello che volete, ma la mano che ha pugnalato Margarita Estévez è la stessa che ha infierito sulle altre vittime. Non lo dimentichiamo. Lui era in carcere quando è successo.

Sembrerà ridicolo e superfluo, ma ricordare l'evidenza è pratica quasi obbligata in un'indagine. Basta che un elemento della squadra si lasci trascinare da un giudizio soggettivo per condizionare l'opinione generale. Ogni tanto è opportuno tornare ai dati puri e duri. Alt! Attenzione! Le cose stanno come stanno. La realtà deve rimanere sempre sotto gli occhi di tutti. Quell'uomo poteva anche essere un assassino, un maledetto figlio di puttana, ma... non era stato lui a impugnare il coltello. Tornammo ai blocchi di partenza. Era una tecnica simile a quella che avevo usato io con Torres: va bene che sei tornato in libertà, che sei stato scagionato come autore materiale dei fatti... ma stai attento. Tutte quelle donne sono uscite con te, compresa l'ultima, uccisa proprio l'altra sera.

– Credo che lo interrogherò di nuovo – informai i colleghi. – Voglio chiedergli di Belarmina Mendizábal.

– Belarmina cosa? Santo Dio, Petra! E chi sarebbe?

– L'ultima conquista di Torres, a giudicare dalla data della fotografia. Dopo quella signora pare che tutti i suoi incontri siano avvenuti tramite Vida Futura.

– E secondo lei saperne di più su quella donna potrebbe aiutarci? – si interessò Fraile.

– Non lo so. Sono curiosa. Perché dopo avere conosciuto lei Torres ha deciso di cercare un aiuto professionale? E perché sono state uccise tutte le donne che ha incontrato attraverso l'agenzia e le altre no?

– Possono esscrcene state alcune di cui non è rimasta memoria fotografica – replicò il mio collega.

– Sì, lo so, ad ogni modo non ci perdiamo nulla a fargli qualche domanda.

– No, certo. E nel frattempo lo teniamo sulle spine.

Ci guardammo soddisfatti. Almeno avevamo la sensazione di fare qualcosa.

Il giorno dopo scoppiò la bomba che avevo previsto. Il figlio di Margarita Estévez aveva raccontato tutto alla stampa, e il suo canto non era stato il pigolio sommesso di un pulcino, ma un'aria da tenore con do di petto finale: metteva in piazza l'assassinio di sua madre e accusava la polizia di inefficienza, disorganizzazione, negligenza e incapacità. Le conseguenze dell'intervista su un quotidiano nazionale non si fecero attendere. Il caso del serial killer riesplodeva in tutta la sua virulenza: servizi speciali in televisione, dibattiti, ricostruzioni del caso con plastici e pupazzetti... Tutti gli orrori che già conoscevamo.

Coronas fu moderato.

– Me ne occupo io. Voi andate avanti tranquilli.

Mi mandava in bestia tanta pacatezza, tanta discrezione e mancanza di energia. Garzón, il cui motto era «a pensare male ci si azzecca sempre», diede la seguente spiegazione:

– Adesso che ha alle costole il commissario Pinzón ci tiene a non passare per isterico, e ancora meno per uno che si comporta da stronzo con i subordinati.

Comunque la frittata era fatta. Se prima il silenzio poteva giocare a nostro favore, impedendo all'assassino di capire come regolarsi, adesso questo vantaggio era perduto. Il gioco del gatto e del topo ricominciava. Io, poi, avevo buoni motivi per temere inconvenienti personali. I miei figliastri sarebbero tornati alla carica con la loro insaziabile curiosità, per non parlare di mia suocera, che avrebbe usato ogni scusa per estorcere a suo figlio informazioni sul terribile criminale. Dio onnipotente! All'età della pietra, quando non c'erano tanti giornalisti a rompere le scatole, trovare un assassino doveva essere più facile, anche senza analisi delle impronte e del DNA.

Quel turbine di chiacchiere inutili ebbe una conseguenza che non avevo previsto. A fine giornata, mentre stavo per lasciare l'ufficio e andare a casa, chiamò l'agente che teneva sotto controllo Bárbara Mistral.

– Ispettore, il soggetto sta entrando in commissariato. Probabilmente sta cercando lei.

La Mistral a quell'ora? Non aveva mai manifestato alcun desiderio di parlare con noi. Fraile e Garzón erano già usciti, cosa che da parte dell'ispettore dei Mossos non mi aspettavo. Mi preparai a tener duro ancora per un po'.

In effetti dopo pochi istanti l'agente di turno in portineria mi annunciò che una signora chiedeva di me. Gli dissi di farla passare. Quando Bárbara Mistral entrò nel mio ufficio il suo aspetto tornò a sorprendermi: vistosa, pettoruta, molto truccata e pettinata, con quel suo eterno tailleur da donna manager. Cominciò a parlare senza nemmeno sedersi:

– Ispettore, li ha visti i giornali? Guardi, io le dico che...

– Quello che ha da dirmi, lo dica da seduta – la interruppi decisa, e aggiunsi più gentilmente: – Si accomodi, per favore.

– Voi volete la mia rovina, ispettore. Vi ho pregati mille volte di usare la massima discrezione. Non so se vi siete degnati di leggere le dichiarazioni di quel ragazzo. Fa il nome della mia agenzia! Specifica addirittura in che via siamo! Ma le pare possibile?

– Le assicuro che questo è un problema anche per noi, signora. Finora non era trapelato nulla di preciso. Ma può stare certa che noi non ne siamo responsabili. Come avrà visto a parlare è stato il figlio di una delle vittime.

– Per me il risultato non cambia.

– Quel ragazzo sapeva che non doveva dire niente, gli era stato spiegato che ogni parola di troppo poteva compromettere il risultato delle indagini. Ma non ha voluto sentir ragioni. E non è legato da alcun obbligo, non è un poliziotto, non è un funzionario del tribunale, non possiamo agire contro di lui.

– E io cosa faccio, ispettore? Io ho un'attività che finora ha funzionato perché si reggeva sul silenzio assoluto. Adesso anche i sassi sanno che esistiamo. Ha idea di quanto ci ho messo a tirare su la mia agenzia senza pubblicità, senza internet, solo con il passaparola? No, non ne ha idea! Adesso non solo Vida Futura è sulla bocca di tutti, ma si sbandiera ai quattro venti che siamo coinvolti in una serie di omicidi! Come dovrei sentirmi? Davvero, ispettore, voi avete distrutto la mia fonte di reddito! Chi consiglierà più a un amico di venire da noi? Me lo dica lei!

– Bárbara, capisco il suo stato d'animo, ma quattro delle sue clienti sono state uccise, questo è un dato incontrovertibile.

– Lasci perdere, tanto sono venuta a dirle che chiudo l'azienda.

– Non precipiti le cose, tutto si sistemerà.

– Quando tutto sarà sistemato io sarò rovinata. Però la avverto che vado da un avvocato, lui mi dirà se è possibile querelarvi per danni. Non ho molte speranze, ma ci proverò.

– Mi dispiace, questa è l'unica cosa che posso dirle.

Quando uscì stava per mettersi a piangere, e a me stava venendo un grandissimo mal di testa. Arrivai a casa con l'unico desiderio di una tazza di tè caldo per mandare giù un paio di analgesici.

Marcos era in cucina. Mi sorrise.

– Lo so che stasera è meglio non rivolgerti la parola.

– Ha chiamato tua madre?

– Sì. Sono riuscito a convincerla che non era il caso di telefonarti.

– È molto presa dalle notizie?

– Muore dalla curiosità. Non lo avrei mai immaginato. Metti un assassino nella vita di una tranquilla signora di provincia e la vedrai trasformarsi in una fanatica lettrice di cronaca nera.

– Le regalerò qualche romanzo poliziesco perché abbia materiale più interessante.

– Vuoi cenare?

– Prenderò solo un tè. Mi fa male la testa.

– Hai mai pensato di lasciar perdere?

– Mai.

– Ti preparo il tuo tè.

Mi sedetti al tavolo della cucina. – E adesso ci manca solo la reazione dei ragazzi – osservai.

– Non ti preoccupare. Il primo che pronuncia la parola assassino lo metto a pelare patate come in caserma.

– E che cosa ce ne facciamo di tante patate?

– Un ricco purè.

Bevvi la mia tazza di tè, presi una buona dose di ibuprofene e andai a mettermi a letto. In pochi attimi mi sentii meglio.

15

Interrogare Armando Torres diventava sempre più difficile. Sentendosi ormai al riparo da ogni imputazione, accampava ogni volta delle scuse per spostare gli appuntamenti. Alla fine non poteva fare a meno di venire, ma il suo atteggiamento di fronte alle nostre domande sfiorava l'insolenza. Quel pomeriggio ero stata io a richiedere la sua presenza. Ma prima che potessi fare la prima domanda, il suo avvocato aveva già qualcosa da dire:

– Il mio cliente non può presentarsi qui ogni momento. Sarebbe opportuno che valutaste meglio il caso, in modo da disturbarlo solo per le questioni importanti.

– Lo terrò presente, avvocato. Mi dica, signor Torres, che cosa può raccontarci delle amiche che frequentava prima della sua iscrizione a Vida Futura?

– Che cosa diavolo c'entrano le mie amiche in tutto questo? Perché vuole sapere di loro?

In questi casi la risposta del poliziotto è un classico: «Le domande le faccio io», ma ci tenevo a non creare tensioni. Probabilmente quello che poteva dirmi su quelle donne non sarebbe servito a nulla, ma ero curiosa. Misi da parte ogni aggressività.

– Sto solo cercando di capire perché a un certo punto lei ha smesso di fare nuove conoscenze femminili con i metodi tradizionali – dissi.

– Sempre più spesso le signore erano gelose, noiose, asfissianti. Alcune si innamoravano e mi rendevano la vita impossibile. Pensavo che con la mediazione di un'agenzia sarebbe stato diverso.

– Ha ancora il numero di telefono o l'indirizzo di qualcuna di loro?

– Neanche per sogno! Ho buttato via tutti i contatti di quelle persone.

– Lei butta via la contabilità della sua impresa, gli indirizzi delle sue amiche. Ha la tendenza a far perdere le sue tracce... Mi piacerebbe capire come mai.

– Io vivo nel presente, ispettore. È un consiglio che mi sento di dare anche a lei. Con me ha funzionato.

– Chi le aveva parlato di Vida Futura?

– Un tale in un bar. L'avrò già detto venti volte. Senta, non avranno assassinato una di quelle altre, vero?

– Può andare, Torres. Per oggi abbiamo finito.

Raccontai ai miei colleghi come si era svolto l'incontro.

– Ho cercato di farlo parlare delle sue amiche di prima, ma ormai si sente troppo sicuro nel suo ruolo di uomo con la coscienza a posto, vittima dell'incompetenza della polizia.

– Voleva fargli dire qualcosa di specifico? – mi chiese Fraile.

– Speravo di coglierlo in contraddizione mentre mi parlava di quelle donne, o che ne emergesse una in particolare. In realtà non ne abbiamo rintracciata nessuna.

– A suo tempo abbiamo fatto delle verifiche. Non è venuto fuori nulla.

– Ma forse loro potrebbero confermarci il carattere violento di Torres, raccontarci qualche episodio...

– Petra, – mi interruppe il collega, – sarebbero indizi senza importanza. Abbiamo già molti elementi contro di lui, ma non ci sono serviti. E poi tutte quelle donne avranno sentito anche loro questa storia in televisione, e mi dica, quante si sono presentate a testimoniare? Neanche una, ispettore. Di lì non tira fuori niente, mi creda. Tanto più che ora stiamo cercando un altro assassino, non lo dimentichi.

– Ha ragione, Roberto, forse mi sono fatta prendere da una mia ossessione, comincio a fare cose senza senso.

– Non dica così. Qualunque cosa possa dare fastidio a Torres, metterlo in difficoltà, va benissimo.

– Comincio a dubitarne – dissi io. – E a voi com'è andata?

– Abbiamo parlato con la Scientifica – rispose il viceispettore. – Speravamo che questa volta fosse comparso qualcosa di nuovo: qualche traccia organica sotto le unghie del cadavere, un capello da qualche parte... e invece, niente.

– Ho la terribile sensazione che siamo arrivati al capolinea – dissi.

– Non perda le speranze, non si dia per vinta – furono le incoraggianti parole di Roberto.

– Per vincere o per essere vinti ci vuole un nemico, ma io non so più contro chi sto lottando. Mi sento senza idee, senz'armi, mi sembra di menare fendenti nell'aria a mani nude. Credo che chiederò di essere esonerata dal caso. Coronas non avrà difficoltà a nominare qualcun altro al mio posto.

– Ah, no, Petra, non lo dica neppure per scherzo! – intervenne Garzón. – Lei quello che vuole è tirarsi fuori dalla squadra prima che Coronas dia il benservito a tutti noi.

– Come può essere così meschino da pensare una cosa simile, Fermín?

– Lei non se ne va, Petra – mi intimò il mio sottoposto. – Lei rimane qui sulla nave che affonda.

– Io faccio quello che mi pare, Fermín, le ricordo che sono un suo superiore, quindi non provi a mettermi i piedi sulla testa.

Fraile, sempre sorpreso dai nostri incandescenti scambi di vedute, si mostrò abbastanza allarmato.

– Per favore, calmatevi. Fatemi parlare! Siamo in una fase di stallo e vi prego di prenderla in questo modo. È un brutto momento e passerà.

– Passerà, Roberto? Passerà? Mi dica lei in che modo! A meno che l'assassino non si faccia prendere da un pentimento improvviso e non venga a costituirsi in ginocchio...

– Ispettore Delicado, non faccia dell'ironia gratuita!

– Come si vede che lei non la conosce, ispettore Fraile! – intervenne Garzón.

– Ricapitoliamo! – Fraile alzò il tono di voce. – Sarete tutti d'accordo con me sul fatto che questo è un momento di crisi.

– È da quando abbiamo iniziato che siamo in crisi permanente – brontolai.

– Io ho ricevuto molti insegnamenti preziosi, e proprio da lei – continuò Roberto Fraile in tono solenne. – Uno di questi è che nei momenti di disperazione bisogna fermarsi e andare a prendersi una sbronza.

Garzón ed io ci guardammo allibiti.

– Quindi non se ne parli più – concluse il nostro collega dei Mossos. – Seppellite l'ascia di guerra e andiamo immediatamente al bar.

– Io eviterei la Jarra de Oro – disse Garzón. – Se a qualcuno viene in mente di raccontare a Coronas che ce la stiamo spassando, ho paura che finisca male.

Contro ogni logica, prudenza e senso dell'onore, cercammo un bar fuori mano per mettere in pratica gli insegnamenti che il giovane ispettore aveva fatto propri con solerzia.

Cominciammo con una birra. Non ero esattamente dell'umore, ma in nome della concordia generale mi unii a quella festa un po' forzata. Al terzo boccale Fraile era già brillo. Perché si ostinava ad alzare il gomito se non reggeva l'alcol? Cominciò a dire sciocchezze:

– Basta con le prove e gli indizi. Affidiamoci al nostro fiuto di segugi. Secondo voi, chi è l'assassino? Facciamo qualche ipotesi, anche campata in aria.

– L'assassino è Torres – affermai.

– Allora ci spieghi qual è il movente e chi ha compiuto l'ultimo delitto.

Bevvi un bel sorso della mia birra. Quel gioco non mi piaceva.

– Il movente è complesso. Torres è un tipo solitario, contorto, non è normale – cominciai. – Va alla ricerca delle donne per poi respingerle e compensare chissà quale trauma del passato: un rapporto difficile con sua madre, una delusione d'amore di gioventù. A un certo punto è così spaventato che pensa di rivolgersi a un'agenzia per mettersi al riparo da ogni rischio, ma la sua vita continua a fare schifo. Allora decide di punire tutte le donne con cui è uscito, le vuole morte, e per questo assolda un sicario.

Fraile scuoteva la testa con movimenti esagerati da ubriaco.

– Male, ispettore, male! La sua ipotesi fa cagare! Scusi il termine. In primo luogo, Torres è stato diagnosticato come perfettamente sano di mente. E in secondo luogo, un sicario... Dove lo trova un sicario un tipo come quello? I criminali mica crescono sugli alberi, bisogna frequentare gli ambienti giusti, conoscere i malavitosi. Il suo fiuto da segugio non funziona, forse le conviene allenarsi come cane da tartufi.

– È per questo che voglio dimettermi!

Fece finta di non avermi sentita o effettivamente non mi sentì. Continuò quel suo esercizio idiota.

– Forza, viceispettore Garzón, tocca a lei.

– Secondo me Torres un bel giorno si è messo con una tipa così fissata che ha deciso di essere il suo unico grande amore. Lei, che è una pazza vera, ha preteso l'eliminazione di tutte le sue donne. Non può sopportare l'esistenza delle altre, e poi è una prova d'amore che gli chiede. Torres accetta, e tra tutti e due cominciano ad ammazzare a destra e a manca. Adesso lei lo aspetta nell'ombra, finché gli ultimi echi del caso si saranno spenti, e poi... vivranno felici e contenti!

Fraile rideva come un ragazzino, dava perfino manate sul tavolo, tanto si divertiva.

– Lei è un romantico, Fermín. Mai mi sarei sognato un'idea più strampalata!

Il viceispettore mi guardò preoccupato. Anche lui non ne poteva più di quella situazione. Ma Fraile se la godeva alla grande, o era già perfettamente sbronzo.

– Signori, per brindare al futuro e all'amore, che ne dite di una bottiglia di spumante? È questa la procedura, vero? Prima la birra, poi lo spumante e alla fine uno o due gin tonic.

– Io credo che abbiamo già bevuto abbastanza – dissi in tono neutro.

– Lei è una guastafeste, ispettore Delicado.

– Anch'io penso che faremmo bene a fermarci – disse Garzón.

– Ma voi due vi siete messi d'accordo! E va bene, saltiamo lo spumante e passiamo direttamente ai superalcolici.

Garzón ed io stavamo benissimo, la nostra capacità di reggere l'alcol era proverbiale, ma era da incoscienti lasciare che Fraile passasse i limiti.

– E va bene, un bicchiere e andiamo. D'accordo, ispettore? – disse Fermín.

– Lei è proprio una brava persona, viceispettore. Quando il caso sarà risolto e ci daranno la medaglia, voglio che la sua sia la più grossa, la più luccicante e la più dorata di tutte. Una croce al merito ci vorrebbe per lei!

Portarono i gin tonic, brindammo. Fraile alzò il bicchiere con una certa cautela.

– Al nostro caro assassino, ovunque si trovi: Ti prenderemo!

Detto questo scivolò lentamente dalla sedia e di lì passò con un tonfo al pavimento, dove rimase senza dare segni di vita.

– Santo cielo! – esclamò Garzón. – Siamo rovinati!

Si avvicinò il cameriere, seguito dal proprietario del locale e da un paio di *hipster* barbuti che bevevano al banco. Qualcuno si offrì di chiamare un'ambulanza. Il viceispettore li tranquillizzò.

– Non è niente. Non è abituato a bere e ha avuto un capogiro.

Il barbuto più giovane obiettò:

– A me sembra coma etilico.

– È soltanto sbronzo, giovanotto. Aiutami a tirarlo su, al resto ci penso io.

Lo alzarono da terra senza troppi complimenti, e per fortuna Fraile reagì abbastanza bene. Io andai a prendere la macchina, e quando tornai me li trovai sul marciapiede: Fermín in piedi e Fraile seduto su una sedia portata fuori per lui.

– Mi sento malissimo – esclamò l'ubriaco quando, dopo una difficoltosa manovra per farlo salire a bordo, riuscimmo a partire.

– Si ricorda dove abita?

Ci diede l'indirizzo e grazie al navigatore riuscimmo a portare a termine il salvataggio senza grandi difficoltà. O così credemmo, perché al momento di scendere Fraile disse:

– Non potreste accompagnarmi di sopra?

Garzón salì con lui.

– Non gli metta il pigiama, che è tardi! – gli gridai dalla macchina. Poi accesi la radio mentre aspettavo. Che sbronza idiota, pensai. Ma l'alcol è traditore, a volte non ti fa niente e altre volte ti cala sulla testa come una mazzata. Dopo cinque minuti che mi sembrarono eterni vidi uscire Garzón. C'era qualcosa in lui che mi allarmò, veniva di corsa, con un'aria sconvolta, faceva dei cenni che non capivo. Abbassai il finestrino.

– Petra, venga immediatamente!

– Che cosa c'è? Non sta bene?

In quel momento suonò il mio cellulare. Garzón mi disse:

– Risponda!

– Ma...

– Risponda!

Era il commissario Coronas. Fu conciso e diretto:

– Si porti immediatamente in calle Industria angolo calle Cerdeña. Hanno trovato morta un'altra donna. Ho già mandato una pattuglia.

Chiusi la chiamata senza sapere che cosa stessi facendo. Il viceispettore mi disse:

– Fraile è stato chiamato dal suo capo.

– E viene con noi?

– Insiste che vuole venire. Si sta lavando la faccia. Secondo me è meglio non lasciarlo solo. Ci fermeremo in un bar e gli faremo prendere quattordici caffè.

– Laggiù c'è una farmacia aperta. Comprerò qualcosa mentre aspetto che scenda.

Parcheggiai alla bell'e meglio e presi dell'ibuprofene e un complesso di vitamina B. Poco dopo, pallido come un morto, Fraile buttava giù le compresse a due a due aiutato da una tazza di caffè doppio. Cercai di convincerlo a non venire.

– Possiamo sempre dire che si è sentito poco bene, che di colpo le è salita la febbre.

Inutile, scuoteva la testa deciso.

– Sembra che ogni volta che mi lascio andare l'assassino colpisca di nuovo.

– Magari è dell'Esercito della Salvezza – scherzò Garzón.

– Però adesso muoviamoci – li esortai. – Se facciamo tardi i capi ci degradano.

Partimmo nella notte a velocità soprannaturale, come vampiri che hanno visto l'aglio. Al nostro arrivo trovammo la via sbarrata dalla polizia autonoma. Grazie a Dio, e all'ora tarda, non c'era quasi nessuno. Il corpo della vittima era stato coperto da un telo. Garzón si avvicinò per vederlo. Io come al solito preferii aspettare. Fraile era ancora malfermo e rallentato. Pensai che se non gli veniva un mal di testa terribile, di certo gli si sarebbe aperto un buco nello stomaco per tutte le pasticche che aveva preso. Il collega che dirigeva le operazioni venne subito a cercarmi:

– Ispettore, la donna è stata aggredita proprio davanti al portone. Il corpo era pieno di sangue, con la faccia sfigurata. C'è un testimone, dice di aver visto un uomo che scappava.

– Dov'è?

L'agente mi indicò un ragazzo che si teneva in disparte, vicino alle transenne. Evidentemente a partire da una certa ora in strada c'erano soltanto giovani. Ci raccontò che stava rientrando da casa di un amico dove era andato a studiare. Girato l'angolo, aveva visto due sagome. Una distesa a terra e una in piedi, sicuramente un uomo. L'uomo non si era voltato, ma doveva averlo scorto con la coda dell'occhio perché immediatamente era corso via. In un attimo era sparito.

– Non me la sono sentita di avvicinarmi per vedere in che stato era la persona a terra. Si capiva che era grave, ho chiamato il numero delle emergenze. Mi sono spaventato, lo ammetto.

– Ha fatto molto bene. Può descriverci l'uomo?

– Era alto, piuttosto ben messo.

– Età?

– Non sembrava troppo giovane. Portava una specie di impermeabile come quelli dei marinai, non so come dire.

– Una cerata?

– Qualcosa del genere. Un coso largo e squadrato, abbastanza lungo.

– Ricorda il viso, i capelli?

– Il viso no, l'ho visto di spalle. I capelli un po' bianchi, mi pare.

– Che cosa stava facendo? Si stava chinando sul corpo? Si stava rialzando?

– Non stava facendo niente, era in piedi. Ispettore, era il serial killer di cui parlano tutti?

– Può darsi, non lo sappiamo ancora.

– Che storia! E se viene a cercarmi?

– Se è vero che non l'ha nemmeno visto, non credo abbia niente da temere.

Fraile, che sembrava essersi leggermente ripreso, gli disse:

– Ci mostri da che parte si è allontanato.

Il ragazzo non esitò a dare la spiegazione richiesta. Fraile chiamò il capo della pattuglia e gli ordinò di sentire tutti gli abitanti di quell'isolato. Qualcuno poteva aver visto l'uomo nel suo percorso di fuga, a partire dal portone dove, in teoria, doveva abitare la vittima.

Garzón ci raggiunse, bianco come la cera.

– La solita storia. Un'altra donna con la faccia distrutta a coltellate. Non si finisce mai. C'è una sola novità, manca la lettera d'amore.

– Se l'assassino è stato disturbato dal testimone, forse gli è mancato il tempo.

Intanto il ragazzo chiedeva se poteva andarsene.

– Ci lasci i suoi dati: nome, indirizzo, numero di telefono.

– Mi hanno già controllato i documenti i vostri colleghi, appena sono arrivati.

Il ragazzo ci salutò a testa bassa e si avviò. Lo richiamai indietro.

– Lei è sicuro che fosse un uomo, vero? Non è che poteva essere una donna?

Mi guardò come se non capisse le parole, poi tutto serio disse:

– Era un uomo. Molto di più non posso dire, ma di questo sono sicuro.

Ebbe inizio il solito balletto. Arrivarono i tecnici della Scientifica, il medico legale, il giudice istruttore e i nostri due commissari, che diedero uno sguardo generale alla scena e se ne andarono con facce preoccupate. I telefoni di entrambi non avevano mai smesso di squillare. Loro rispondevano a voce bassa, annuendo di continuo. Le somme autorità li chiamavano a rapporto.

Il medico si chinò sul corpo, la Scientifica si apprestò a fare il suo lavoro e il giudice venne da noi per dire:

– Sta diventando un incubo. Più ripasso i fascicoli, meno ci capisco, davvero. Forse preferirei che di questo pastrocchio si occupasse un collega.

Fraile mi prese da parte:

– Se incaricano un altro giudice siamo rovinati. Con questo, almeno, possiamo stare tranquilli. Quando un giudice non ha le idee chiare dice di sì a tutto quello che gli chiedi.

– E come vuole che abbia le idee chiare, poveretto? – gli risposi. – Non è che noi gli diamo un gran materiale.

– Lei, piuttosto, pensa ancora di uscire dalla nostra squadra?

– Può darsi, non ho più avuto il tempo di pensarci. Qui si va al ritmo di un cadavere al minuto...

– Non abbia fretta, Petra. La fretta è cattiva consigliera.

– Anche la birra, mi sa.

– Non me ne parli! Ho giurato a me stesso di non bere mai più. Al massimo un dito di spumante a Capodanno.

– È la promessa di tutti gli alcolisti. Come si vede che è su una brutta strada!

In quel momento mi avvicinò Garzón, in uno dei suoi momenti peggiori:

– Porca di una miseria ladra, ci mancava solo questa! La novità è che la tipa non abitava nel palazzo, e non c'è un solo inquilino che la conosca.

– Aveva i documenti?

– Niente! Quelli della Scientifica le hanno aperto la borsa e non c'era neanche un biglietto del tram!

– Si calmi, Fermín, che le sale la pressione – disse Fraile.

– Ma è la scalogna più nera che si possa immaginare! Ci metteranno un'eternità a identificarla. Adesso ci manca solo che ci caschi un vaso in testa da un balcone e ci faccia secchi all'istante, boia d'un boia.

– La smetta di imprecare, che non serve a niente – lo redarguii. Fraile per una volta si divertiva a quella sceneggiata.

Il destino volle che non ci cadesse nessun vaso sulla testa, ma forse ci fece un regalo anche peggiore: si abbatté su di noi una valanga di giornalisti e cameramen venuti da tutta la Spagna. Garzón partì in quarta:

– Lasci fare a me, so io come mandarli fuori dai coglioni!

– Cosa vuol fare, disperderli con i lacrimogeni? – replicai. Volevo soprattutto evitare scene penose. – Vado io a parlare con loro.

Andai loro incontro per pronunciare le solite frasi di circostanza: «Non abbiamo dichiarazioni da fare, verrete informati più tardi, vi prego di non intralciare il lavoro degli investigatori». La sola cosa che ottenni fu che si spostassero di qualche metro, dove continuarono il loro agguato con telecamere e microfoni. Ma il quarto potere è fatto così, è convinto di essere il primo.

Mandai un messaggio a Marcos: «Non torno a casa. Crisi totale» e continuai ad aggirarmi per il luogo del delitto. Vennero degli agenti a cercarmi:

– Ispettore Delicado, abbiamo trovato un testimone. Un signore del palazzo di fronte.

– Portatelo qui.

Chiamai i colleghi. Era un signore anziano in vestaglia scozzese e pantofole. Non sembrava spaventato né agitato, cominciò con calma il suo racconto:

– Vedete, io ho un gatto vecchio come me. Si chiama Guacamole. Mi fa compagnia, dato che ormai sono solo, mia moglie è mancata tanti anni fa. Tutte le sere, prima di andare a letto, gli apro la porta del balcone dove ha la sua lettiera. Sapete cos'è la lettiera, no?

Mi affrettai ad annuire, ma non importava, lui aveva già in mente tutto il suo discorso, era il momento di gloria che gli toccava alla fine di una vita. Meglio non interromperlo.

– Sarebbe quella vaschetta con la sabbia dove i gatti vanno a fare i loro bisogni. Bene, ogni sera io mando Guacamole sul balcone perché faccia quello che deve. E poi lascio la porta aperta per non mettergli fretta e intanto vado in bagno anch'io a prepararmi per andare a dormire. Solo che ieri sera c'era un film che mi interessava e sono rimasto a vedere come finiva. E dato che il balcone era aperto, a un certo punto ho sentito una donna che gridava e mi sono affacciato. Allora ho visto quel signore in piedi, e la donna sdraiata in terra. Poi è arrivato uno da dietro l'angolo e quello è filato via, mentre la donna è rimasta lì stesa.

– Sa dirci come gridava? – chiesi.

– Gridava, non so come spiegare.

– Ma erano grida di spavento, di dolore, richieste di aiuto?

– Non lo so, diceva qualcosa, come se fosse molto arrabbiata. Dev'essere quella cosa che adesso si chiama violenza di genere, non è vero?

– È questa l'impressione che ha avuto?

– Non lo so, ispettore. Io sono vecchio e non ci sento tanto bene.

– Però ha avuto l'impressione che quella donna stesse dicendo qualcosa.

– Sì, ma non sono sicuro. Non potrei giurarlo.

– Com'era l'uomo che è scappato? – intervenne Fraile.

– Alto, robusto. Con i capelli quasi tutti bianchi. La faccia non l'ho vista.

– L'ha visto aggredire la donna?

– No, questo no. Quando mi sono affacciato lei era già a terra e lui in piedi. Stava fermo, guardava. Vi as-

338

sicuro che se sapessi qualcosa di più ve lo direi. Sono vecchio, ma sono un buon cittadino.

– Ne siamo sicuri. La sua testimonianza ci è stata molto utile. Gliene siamo grati.

Se ne andò tutto contento. Lo guardai sparire nel portone con un misto di simpatia e di pietà. Ci sono tante donne sole, ma anche vecchi, bambini, studenti. Un po' tutti sono soli, ricchi e poveri. Forse perfino gli animali da compagnia sono soli. Barcellona è una grande città piena di solitudini.

– Pensate, bastava che quel ragazzo girasse l'angolo un minuto prima e quella donna sarebbe ancora viva – mi disse Garzón subito dopo.

– Però è morta. E il fatto che la vittima, come dice quell'uomo, gridasse piena di rabbia sembra confermare che conosceva il suo aggressore. Chi viene aggredito da uno sconosciuto o grida per chiedere aiuto o per lo spavento.

– Petra – mi disse Fraile, – possiamo prendere per buona questa dichiarazione, ma nei limiti. Il testimone stesso ammette di non poter giurare su quello che ha sentito.

– Purtroppo i vecchi finiscono per non fidarsi più neanche di se stessi – sospirai.

Il dottor Guitart, lo stesso medico che aveva eseguito l'autopsia sul corpo delle vittime precedenti, ci diede un primo parere sommario, identico a quello delle altre volte. Il decesso era avvenuto per accoltellamento al ventre e la faccia doveva essere stata tagliata subito dopo.

– Quando pensa di darci un referto completo? Sa bene che l'urgenza è massima.

– Vedrò quello che posso fare, ma non prima di domani.

– Cerchi di dirci qualcosa in mattinata, per favore.

– Ci proverò, ma lavorare contro il tempo non porta buoni risultati.

– Tutti lavoriamo contro il tempo! Non c'è altra soluzione, è evidente!

Il medico legale scosse la testa con aria preoccupata.

– Vedrò quello che posso fare.

– Passeremo in mattinata.

– La prego, Petra, non prima di mezzogiorno, lasciatemi respirare!

Fraile si complimentò con me.

– Io non avrei osato mettergli tanta fretta.

– Ma non siamo noi a mettere fretta. Sembra che in questa città tutti non facciano altro che avere fretta. Basta ascoltare la gente: «Sono di corsa, corro tutto il giorno, non ho nemmeno il tempo per mangiare...», e noi dovremmo prendere le cose con calma? C'è un assassino a piede libero, Roberto, che in qualunque momento può colpire di nuovo!

Il mio collega mi osservava con un mezzo sorriso.

– Non sta più pensando ad abbandonare il caso, o sbaglio?

– Crede che con un simile panorama io abbia avuto un attimo per fermarmi a pensare?

– No, certo, certo... – mi rispose in tono ironico.

Erano le cinque del mattino. Finalmente il sinistro

spettacolo era finito. Il corpo era stato rimosso, quello che c'era da raccogliere era stato raccolto, i testimoni erano stati sentiti. In scena rimanevamo solo noi tre. Chiamammo il capo per sapere quale sarebbe stata la prossima destinazione. Coronas fu tassativo:

– Andatevene a casa. Riposate il minimo indispensabile per il funzionamento di corpo e cervello e poi tornate alla carica.

Fraile aveva ricevuto analoghe istruzioni dal suo commissario. Garzón commentò gli ordini nel suo stile:

– Se io riposo il minimo indispensabile mi rivedete fra una settimana. Sono ridotto a un hamburger. Perché non facciamo uno di quei simpatici accampamenti nel suo ufficio, ispettore?

– Fate pure, io però me ne vado a casa a rinfrescarmi – gli risposi.

– Le va la soluzione dell'ufficio, ispettore Fraile? Stavolta le cedo il divano.

– Va bene, non voglio tornare a casa mia. Ma il divano spetta a lei, privilegio dell'età.

– Non lasciate tutto in disordine – mi raccomandai sorridendo.

Marcos stava uscendo dalla doccia quando arrivai.

– Dove vai così presto? – gli chiesi.

– E tu da dove vieni così tardi?

– Davvero vuoi saperlo?

– Meglio di no. Ho una riunione a Gerona.

– Stasera ci sono i ragazzi a cena?

– No, stasera no.

– Meno male. Non credo che ce la farei.

– Temi le loro domande?

– Fin troppo.

– Devo aspettarmi una telefonata da mia madre?

– Sicuro come l'oro.

– Allora saprò da lei perché hai fatto tardi.

Mi diede un bacio sulla fronte e scappò. Io crollai sul letto e immediatamente mi addormentai.

Erano quasi le otto quando mi svegliai. Sul cellulare non c'erano chiamate. Feci una doccia rapida, mi cambiai e uscii di corsa senza neanche passare dalla cucina. Quando varcai la porta del commissariato mi dissero che Fraile e Garzón erano alla Jarra de Oro a fare colazione. Li raggiunsi, avevo bisogno di un caffè più che dell'aria per respirare.

– Allora, come avete dormito nel mio ufficio?

– Meglio che nella suite reale all'Hotel Ritz – disse Garzón a nome di tutti e due.

– Me ne rallegro. Novità?

– Fra poco ci passano un elenco dettagliato di quello che c'era nella borsa della vittima. E hanno già rilevato le impronte – mi informò Fraile.

Entrambi intingevano *churros* caldi in due tazze di densa e aromatica cioccolata.

– E questa colazione in stile iberico? – chiesi.

– Dobbiamo rimetterci in forze, ispettore. Le assicuro che farebbe bene anche a lei. Non penserà di sgobbare per tutta la mattina con un misero espresso nello stomaco – mi disse il viceispettore.

– Veramente non ho appetito.

– E allora dovrebbe sforzarsi, Petra – mi ingiunse Fraile. – Pensi alla lunga giornata che abbiamo davanti. Non sappiamo che cosa ci riserverà il destino.

– Ci si mette anche lei, Roberto? Si è iscritto al sindacato dei padri iperprotettivi?

– Non le dia retta – intervenne Garzón. – L'ispettore è fatta così: bastian contrario.

Solo per non sentirli più, ordinai un caffellatte con pane tostato e marmellata. Nel frattempo loro mi misero al corrente delle non-novità: i capi non avrebbero dato fastidio, erano impegnati a gestire la crisi. Le edizioni digitali dei giornali avevano dato la notizia del ritrovamento del corpo di una donna, ma senza ricollegare il fatto al caso del serial killer. Una conferenza stampa era in programma per la tarda mattinata. Immaginai i due commissari come toreri nell'arena, impegnati a giostrarsi i giornalisti. Decisamente non avrei voluto trovarmi al loro posto.

Mentre rientravamo in ufficio suonò il mio cellulare. Era il dottor Guitart.

– Petra, può venire un attimo a Medicina Legale?

– Aveva detto non prima di mezzogiorno.

– Venga fra un'oretta, così ho tempo di finire. Vorrei parlare con lei di alcune cose.

– Ci sarò.

La mia mente attraversò rapidamente varie fasi. Per prima cosa, sorpresa e incredulità. Poi, perplessità. Infine, impazienza e frenetica ansia di sapere. Che cosa poteva aver trovato di così importante il dottor Guitart da volermene parlare di persona? Il cellulare suonò di nuovo. Lo afferrai con un fremito, ma non era il medico legale, era l'agente che seguiva Bárbara Mistral.

– Ispettore, il soggetto sta sgomberando la sede dell'agenzia con un camion dei traslochi.

– Sì, grazie, lo so già.

– Lo sa già?

La domanda mi sembrava velata di rimprovero. Mi spazientii.

– Sì, ne ero informata. Sapevo che voleva chiudere. C'è altro?

– Ultimamente non è più andata al cinema.

– Benissimo, grazie. Altro?

– Sì. Adesso cosa faccio, ispettore?

– Come, cosa fa? Continuerà a seguire tutti gli spostamenti del soggetto. Se nel giro di qualche giorno non succede niente magari decideremo di chiudere l'osservazione. In tal caso glielo farò sapere.

– No, perché il tempo passa e io e il mio collega...

– Va bene, va bene; rimaniamo così, grazie ancora – lo interruppi.

Proprio adesso quel cretino doveva rompere con le sue storie. La gente non pensa ad altro che al suo orticello, come se fosse l'unica cosa che conta!

Informai i colleghi della chiamata del medico legale e fui subito bersagliata dalle domande. Dovetti farli tacere:

– Basta, per favore, vi assicuro che non ne so niente. So che dobbiamo andare là e basta. Smettetela di seccarmi.

– Ma che cos'ha, Petra? – mi chiese Garzón. – È di un umore schifoso!

– Sono semplicemente nervosa, non mi stressi, Fermín.

Fraile ci guardava sgranando gli occhi, come ogni volta che ci prendevamo a pesci in faccia contro tutte le regole della correttezza professionale. Non gli lasciammo altre occasioni di scandalizzarsi perché nel tragitto in auto rimanemmo in tombale silenzio. Se dopo le aspettative che aveva risvegliato con quella telefonata il medico legale avesse avuto da dirci le solite cazzate, la prossima vittima sarebbe stata lui.

Il dottor Guitart era un quarantenne alto, corpulento, cordiale, abituato a muoversi tra i cadaveri come un giardiniere tra i suoi fiori. Per questo mi colpì che fosse così serio e ci facesse accomodare nel suo studio. Le altre volte avevamo parlato in piedi, direttamente nella sala refrigerata o nel corridoio, dove capitava. Quella volta non solo ci riceveva con tutti i crismi, ma voleva offrirci un caffè. Non riuscii ad aspettare che avesse assolto a tutti i doveri dell'ospitalità.

– Che cosa c'è, dottor Guitart, ha scoperto qualcosa di nuovo?

Per farmi disperare, mi rispose con una domanda:

– La vittima è stata identificata?

– Non ancora. Perché?

– Perché il primo esame superficiale ha dato risultati inattesi. Per cominciare, posso dirvi che l'aggressione è stata compiuta con una forza molto superiore rispetto ai casi precedenti: coltellate più profonde, più laceranti, più distruttive. E anche il numero dei colpi non è lo stesso. In questo caso sono stati solo quattro, sufficienti a raggiungere organi vitali e provocare la morte. Nelle altre vittime siamo arrivati a contare fino a... – cercò fra le carte che aveva sotto gli occhi – fino a ventidue coltellate al ventre, nel caso di Paulina Armengol.

Ci osservò con uno sguardo significativo che trovò come unica risposta i nostri occhi spalancati.

– Continui, per favore – lo esortò Fraile quasi sottovoce.

– I tagli al volto, invece, sono molto più superficiali –. Cercò di nuovo fra i suoi appunti. – Per darvi un'idea, nel caso di Berta Cantizano uno dei fendenti le aveva reciso il lobo dell'orecchio sinistro. Qui non c'è traccia di un simile accanimento, sono come pennellate, come potrebbe fare un pittore su un quadro. Riesco a dare l'idea?

Le nostre tre teste assentirono contemporaneamente.

– E poi un dato fondamentale: l'arma omicida non è la stessa. Anche in questo caso è stato usato un coltello, ma con una lama diversa, meno appuntita e più larga. Di conseguenza mi sento di dire che a uccidere questa donna non è stata la stessa mano che ha infierito sulle precedenti.

Un mutismo ermetico si impadronì di tutti noi. Vista la mancanza di reazioni, il medico legale continuò:

– I risultati dell'esame sono così inaspettati che ho chiesto a un collega di rivedere il lavoro e darmi un parere. Date le circostanze mi è parsa la cosa più opportuna. Lo stesso specialista sarà presente durante la dissezione. Quattro occhi vedono meglio di due.

– Quando avverrà? – chiese Garzón.

346

– In realtà dovrei occuparmi di un bambino che è caduto da una scarpata. È stato un incidente, ma la famiglia è così sconvolta che mi era parsa una questione di umanità dare la precedenza a loro, così possono fare il funerale. Ma, visto come stanno le cose, cominceremo dalla donna.

– A che ora avremo i risultati? – lo incalzai.

– Prima di sera, suppongo.

– Allora aspettiamo qui – azzardò Fraile.

– Ma è matto, ispettore? Non se ne parla proprio. Non finiremo certo prima se rimanete in corridoio ad aspettare. Riuscirete solo a rendermi nervoso, e mi sembra che siamo già tutti abbastanza agitati, no?

Uscimmo docilmente, come una processione pensierosa, quasi un piccolo corteo funebre. Ciascuno rimase chiuso nelle sue riflessioni, finché Garzón disse:

– Tra il bambino caduto dalla scarpata e le coltellate a quelle poveracce mi sento lo stomaco come se fossi in mezzo al mare. Possiamo fermarci da qualche parte a prendere un tè caldo?

Entrammo in un bar tranquillo e ci sedemmo a un tavolo lontano dal banco. Pensavo che il viceispettore una volta lì si sarebbe gettato sui panini, ma doveva stare davvero male, poveretto, perché ordinò un misero tè con limone, subito imitato da Fraile e da me. Davanti alle tazze fumanti, cominciò una sorta di brainstorming:

– Voi che cosa ne dite? – chiese il nostro collega dei Mossos.

– Io non saprei fare altro che domande, e immagino che questo non interessi – risposi.

– Fuori le domande.

– Prima lei.

– D'accordo. La prima domanda, la più inquietante, è: siamo di fronte a un fenomeno di emulazione? È possibile che un matto abbia voluto imitare le gesta del nostro caro assassino?

Questa, in effetti, era la prima cosa da chiedersi. I particolari forniti dai media erano sufficienti. Nella società folle di oggi, in cui molta gente disturbata cerca una propria identità imitando i modelli che trova su internet, non era assurdo pensare che qualche squilibrato avesse pensato di fare del nuovo serial killer il proprio eroe.

– Se è così, combinerà qualche cazzata – disse Garzón. – Il nostro assassino è furbo, sa quello che fa. Un imitatore non avrà mai la sua stoffa.

Fraile ed io ci scambiammo uno sguardo carico di dubbi. Quello che diceva il viceispettore poteva essere vero ma anche non esserlo. Uccidere senza essere visti, e sulla pubblica via per di più, cominciava a rivelarsi più facile di quanto non immaginassimo. Sembrava che non occorresse essere dei geni per farlo.

Tornammo in commissariato. Per non restare con le mani in mano e cercare di calmarmi, esaminai la lista degli oggetti trovati nella borsa della vittima: fazzolettini di carta, una biro, un blister di aspirine, tre rossetti di colori diversi, uno specchietto, un portacipria... L'unica cosa che se ne poteva dedurre era che fosse attenta al proprio aspetto, niente di più. Gli abiti erano di prezzo medio, discreti, le scarpe di pelle, di buona qualità come la borsa. L'assassino le aveva portato via il portafogli e probabilmente anche il cellulare, forse per rendere difficile l'identificazione più che per appropriarsene. Ma se era un imitatore del primo omicida, perché voleva impedire che la vittima venisse riconosciuta? Le possibili spiegazioni erano due: o non l'aveva scelta a caso oppure voleva ostacolare il lavoro della polizia. E se non l'aveva scelta a caso poteva non essere un folle, ma qualcuno che voleva liberarsi di quella donna facendo ricadere la colpa sul famoso serial killer di cui parlavano i giornali.

All'ora di pranzo, con la testa che minacciava di scoppiare, andai alla ricerca dei colleghi. Ultimamente Roberto si univa a noi senza pensarci due volte. Forse si era convinto dei vantaggi di un buon pasto caldo, o forse fermarsi in commissariato ad arrovellarsi cominciava a sembrare inutile anche a lui.

Il piatto del giorno erano lenticchie stufate e pollo al forno. Neanche Garzón aveva molto appetito, ma mangiammo con la convinzione di dover fare il pieno di energie, senza parlare. Sembravamo tre persone che si preparano psicologicamente a una gara persa in partenza.

Passammo il pomeriggio impegnati in attività di routine e verso le sei di sera la nostra ansia giunse al culmine. Fraile venne nel mio ufficio tutto trafelato.

– Ancora nessuna denuncia di scomparsa – disse, e aggiunse: – Lo so che è presto, ma suggerisco di cominciare ad avviarci per andare da Guitart.

Lieta di accogliere il suggerimento, chiusi i cassetti e il computer, andai a chiamare il viceispettore e uscimmo quasi di corsa...

Cercammo di far passare il tempo con una passeggiata silenziosa e poco prima delle sette facemmo il nostro ingresso all'Istituto di Medicina Legale. Il dottor Guitart ci ricevette quasi subito.

– Ecco, posso dirvi che ci sono delle conferme ma anche delle novità. La donna doveva avere quasi sessant'anni ed era abbastanza in buona salute... Non aveva ingerito nulla di solido da diverse ore, ma abbiamo trovato tracce di farmaci che abbiamo passato al laboratorio di analisi.

– Bene – disse Fraile sottovoce.

– Ho tutto registrato, se vi serve un referto scritto dovrete aspettare che sbobiniamo. Vuole vedere la vittima, ispettore Delicado? Lei è l'unica che non l'ha ancora vista. L'abbiamo ricomposta abbastanza bene, non le farà così impressione.

Andammo tutti e quattro nella sala e Guitart aprì la cella frigorifera. Il corpo di quella donna ne scivolò fuori lentamente. Rimasi interdetta a fissarlo. Osservai bene il volto, la fronte, la forma squadrata del mento, socchiudendo le palpebre provai a immaginarmelo vivo. Il medico stava per spingere via la lettiga ma gli bloccai il braccio per impedirglielo. Poi cercai i miei occhiali nella borsa e li posai con cura sul naso della morta. Non ebbi più dubbi:

– Io so chi è questa donna – affermai. – Si chiama Belarmina Mendizábal, ha avuto una relazione con Armando Torres.

16

Improvvisamente tutto era cambiato. In primo luogo, l'idea di farmi esonerare dal caso scomparve dal mio orizzonte. Adesso c'era materiale a sufficienza per portare a termine le indagini e non avevo la minima intenzione di scendere dall'automobile in corsa. Coronas, da parte sua, ci rassicurò. Aveva già ricevuto pressioni dal Ministero degli Interni, o così ci disse, al punto che aveva pensato di affidare il caso ad altri, ma la svolta gli aveva fatto cambiare opinione. Affrontò le polemiche a testa alta, e lottò perché la nostra squadra continuasse a lavorare. Questo non significava che avessimo un'idea precisa di come ci saremmo mossi di lì in poi, ma decisamente si era aperta una nuova strada, non eravamo più impantanati, uscivamo dal circolo vizioso.

Quel cadavere inaspettato era effettivamente di Belarmina Mendizábal, la quale aveva una sorella che per colmo di fortuna riuscimmo a rintracciare facilmente. Si chiamava Emérita, Emérita Mendizábal. Una cosa se non altro era certa, i genitori delle due sorelle non avevano avuto pietà nel battezzare le loro figlie.

Le ipotesi acquistavano dimensioni catastrofiche dalle quali era meglio non lasciarsi spaventare. L'assassino aveva cominciato a risalire all'indietro nella biografia amorosa del nostro uomo? A quanto ne sapevo Belarmina era stata l'ultima delle amiche di Torres, prima della sua decisione di rivolgersi a Vida Futura. Eppure l'autopsia escludeva che a ucciderla fosse stata la stessa mano dei casi precedenti. Chi e perché aveva voluto liberarsi di quella donna? Forse sapeva qualcosa? Garzón non era affatto contento:

– Sì, a voi piacciono le novità, ma a me sembra che andiamo di male in peggio. Questa è una storia che non finisce più, non so come ne usciamo.

– Abbia fede, viceispettore – gli dissi con un sorriso. – Guardi gli uccelli del campo. Non seminano e non mietono, eppure il Signore dà loro da mangiare.

– Non so proprio cosa c'entrino gli uccelli del campo con questa faccenda!

– Lei è un uccellaccio del malaugurio, Garzón, non fa altro che lamentarsi!

Cercai di pizzicargli il mento con affetto e lui si sottrasse con un saltino all'indietro. Fraile, che non si sarebbe mai abituato ai nostri duetti comici, ci guardò con disapprovazione.

– Signori, non capisco come vi venga in mente di fare queste scenette in un momento così cruciale.

– Che cosa ci suggerisce di fare? – gli risposi. – Avvolgerci in una tunica e batterci il petto salmodiando invocazioni?

A Garzón scappava da ridere. Cercò di rassicurare il nostro collega:

– Non ci faccia caso, Roberto. L'ispettore Delicado è sempre stata un'eccentrica.

– Non è questo il punto, signori. Il punto è che per la prima volta da quando abbiamo cominciato vedo la luce in fondo al tunnel.

– Che Dio le conservi la vista! – esclamò Garzón.

Entrò Domínguez senza chiedere permesso. Sicuro dell'importanza di ciò che aveva da dirci, si limitò ad annunciare:

– Hanno comunicato il domicilio della vittima. Una squadra della Scientifica si sta portando sul posto.

Gli strappai il foglietto dove aveva annotato l'indirizzo e mi voltai verso i colleghi:

– Sto per spiccare il volo come un uccello dei campi, venite con me?

– Un'eccentrica, gliel'ho detto – disse Garzón a Fraile.

L'agente Domínguez, ragazzo di poche parole, si strinse nelle spalle e sparì.

L'appartamento di Belarmina si trovava in calle Blesa, una delle vie principali di Poble Sec, ai piedi della collina di Montjuïc. Quello che era stato a lungo un quartiere operaio snobbato da tutti, oggi, per misteriosi cambiamenti che avvengono nelle città, si stava riempiendo di bar e locali alla moda. Al mezzanino di uno stabile piuttosto malandato viveva, o per meglio dire, era vissuta, Belarmina Mendizábal. I colleghi della Scientifica avevano già dato inizio al loro minuzioso sopralluogo. Con nostra sorpresa era già lì anche il giudice istruttore, avvertito da Coronas.

– Che ve ne pare, signori? – ci chiese.

– Se son rose fioriranno – risposi, usando un detto che forse non cadeva esattamente a proposito.

– Avete qualche ipotesi? – insistette.

– Preferiamo astenerci dal formularle, ci sembrano tutte pura fantascienza.

– Anche a me – ammise. – Avete già visto la sorella della vittima?

– Ci è parso meglio venire prima qui a dare un'occhiata.

– Va bene. Tenetemi informato. Questo caso sta cominciando a non farmi dormire la notte.

Quando il giudice si fu allontanato, Garzón brontolò:

– Se tutti decidono di affidarsi a noi per risolvere le loro insonnie notturne stiamo freschi.

Decisi di non badare al suo malumore. Ci addentrammo, letteralmente, nell'appartamento di Belarmina. Era spaventoso, poco più che una grotta abitabile. Da tempo immemorabile le pareti grigiastre avrebbero avuto bisogno di una ritinteggiatura. I mobili, da poco prezzo e di pessimo gusto, erano in cattive condizioni. La piccola cucina era un buco pieno di disordine e sporcizia. Il bagno minacciava infezioni a chiunque avesse osato varcarne la soglia. Tutto, nel suo insieme, dava un'impressione d'incuria e di emarginazione.

– Che reggia! – esclamò il viceispettore.

Il collega che coordinava il sopralluogo della Scientifica si affrettò a darci spiegazioni.

– Qualcuno è arrivato prima di noi – disse. – I cassetti della camera da letto erano tutti sottosopra, il contenuto era gettato a terra alla rinfusa, c'erano carte dappertutto. Hanno portato via il computer, sono rimasti i cavi e si vede chiaramente l'impronta sul tavolo pieno di polvere.

– Possiamo dare un'occhiata?

– Vi prego solo di non toccare niente, ispettore, per carità.

Il terrore per ogni minima alterazione delle prove gli faceva dimenticare che anche noi eravamo poliziotti e sapevamo come comportarci. Osservammo con attenzione ogni particolare. Alle pareti erano appese illustrazioni tratte da vecchie riviste di moda: erano immagini di donne ritratte in abiti molto sofisticati.

Mi fermai davanti al grande armadio che occupava il fondo della camera da letto. Era chiuso. Chiesi al collega:

– Possiamo aprirlo?

Venne lui e lo aprì con le sue mani foderate di sottili guanti di lattice. Davanti ai miei occhi comparvero un'infinità di vestiti di tutti i colori e le fogge. Erano in perfetto stato, ben stirati e ordinati, in notevole contrasto con il caos che regnava in quella casa. Chiamai Fraile per farglielo notare.

– Strano, sì – si limitò a commentare.

– L'unica cosa che le interessava era l'immagine che mostrava all'esterno – azzardai.

Arrivò Garzón a dirci che la vicina dell'appartamento di fronte ci aspettava sul pianerottolo. Era una donna anziana, avvolta in un'informe vestaglia rosa. Ci disse che viveva sola. Fraile cominciò con le domande:

– Lei conosceva Belarmina Mendizábal?

– Sono molti anni che abita qui. Posso sapere cos'è successo?

– È stata assassinata.

La donna ebbe un brivido, si fece il segno della croce.

– Dio mio! – mormorò. – È proprio vero che noi donne che viviamo sole siamo sempre in pericolo –. Poi prese fiato e aggiunse in tono più energico: – Anche se nel suo caso non c'è molto da stupirsi, francamente.

– Possiamo entrare in casa sua e parlare un momento?

– Ma certo, accomodatevi.

Il suo era un appartamento semplice, certo non moderno, ma lindo e ben tenuto. Declinammo l'offerta di un caffè. Spinta dall'atavico senso spagnolo dell'ospitalità non poté fare a meno di insistere, tanto che accettammo per non contrariarla. Mentre lei armeggiava in cucina bisbigliai a Fraile:

– Secondo me è meglio lasciarla parlare finché ne ha voglia. Non è il caso di interromperla con le domande.

– Perfettamente d'accordo – disse lui. – Però prima preferirei chiederle se ha visto qualche estraneo andare e venire nelle ultime ore.

– Certo, concordo.

Quando tornò aveva sostituito la vecchia vestaglia con un golfone di lana, vecchio anche quello. Posò il vassoio su un tavolino basso e ci servì con molto garbo. Contro la parete c'era un mobile a giorno pieno di ninnoli: cani di ceramica, una statuetta dorata della Madonna del Pilar, vasi con fiori artificiali, pastorelle di porcellana, uno stemma del Barça. Il televisore troneggiava al centro coperto con una delicata tovaglietta all'uncinetto. Pensai che in fondo preferivo la grotta di Belarmina a quel piccolo museo degli orrori.

Fraile, sempre cortese, si complimentò per il caffè e partì senza ulteriori preamboli. Niente da fare: la vicina non aveva visto né sentito nulla di strano nelle ultime ore.

– Il fatto è che prendo le pastiglie per dormire – spiegò. – Da quando sono rimasta vedova, sei anni fa, il medico me le ha prescritte perché non dormivo più.

– Prima diceva che nel caso di Belarmina non ci sarebbe da stupirsi della fine che ha fatto. Può spiegarci meglio che cosa intendeva?

– Be', non che io le abbia mai voluto male, poverina, o che sappia cose particolari. Ma negli ultimi tempi non stava molto bene.

– In che senso?

– È un po' lungo da spiegare. Belarmina aveva dei problemi di nervi, ma di quelli veri, era in cura per questo. Da quando abitava qui l'avevano ricoverata tante volte, e quando tornava dalla clinica stava bene per un po', poi però peggiorava di nuovo.

– Sa esattamente quale patologia le era stata diagnosticata? – chiesi.

Lei mi guardò senza essere sicura di capire bene.

– Be', di preciso non saprei... – disse. – Però non era una depressione di quelle che adesso hanno tutti, era più grave. Prendeva anche una pensione d'invalidità per la sua malattia.

Scambiai un'occhiata con i colleghi.

– Ne è sicura?

– Ma certo. Me l'aveva detto lei. Non lavorava più da tanto. All'inizio, visto che lei era sola e mio marito era fuori tutto il giorno – faceva il tassista, sapete? – noi due ci vedevamo parecchio. Ognuna a casa sua, però quando capitava scambiavamo due parole sul pianerottolo, o in terrazza quando andavamo a stendere. Mi aveva raccontato che aveva fatto la scuola di taglio e confezione, e aveva lavorato in un laboratorio di biancheria per signora, una marca importante. Ma poi era stata male, le era venuto l'esaurimento e aveva dovuto smettere.

– È passato molto tempo da allora?

– Oh, sì! Per lo meno quindici anni se non di più. Io sana, quel che si dice sana, non l'ho mai conosciuta.

– E com'era? Che cosa le raccontava?

– Mah, non saprei. Aveva le sue idee. Però mi è sempre sembrata una brava ragazza. Era molto sola, poverina. Aveva una sorella, ma si vedevano poco. Cose che capitano, nelle famiglie. Con gli anni Belarmina stava sempre peggio, era sempre più chiusa. E poi credo che a un certo punto avesse cominciato ad avercela con me perché io, a differenza di lei, un marito l'ho avuto, e anche un figlio. Sta a Saragozza, adesso, è sposato e ho due nipotini. Vado a trovarli ogni mese e loro vengono per Natale... Non so se mi spiego, lei vedeva che io avevo quello che hanno tutti, mentre lei poveretta non aveva niente, era abbandonata a se stessa e stava male con la testa. Purtroppo succede, diamo la colpa delle nostre disgrazie a quelli che non le hanno. È triste ma è così.

– Non veniva mai nessuno a trovarla? Non aveva amiche? Un fidanzato?

– No, chi vuole che venisse? Certe volte quando tornava dalla clinica mi parlava di qualcuno che aveva conosciuto là, poi non se ne sapeva più niente. Può immaginare che amicizie si possono fare in una clinica per gente così.

Quelle parole infastidirono Fraile, che ebbe una piccola contrazione degli occhi, come se qualcuno gli avesse avvicinato una luce troppo forte.

– E fidanzati?

– Ne ha avuto uno, neanche tanto tempo fa. Ormai non mi parlava da un pezzo, e un bel giorno mi ferma per le scale e mi attacca un bottone infinito, dicendo che finalmente ha conosciuto un uomo meraviglioso e si sarebbe sposata. Io se devo essere sincera non le ho dato molto conto, con una persona così era meglio non perdere tempo. Non si sapeva mai come prenderla. Per dei mesi ogni volta che la incrociavo si voltava dall'altra parte. E poi lasciava il suo sacchetto dell'immondizia sul pianerottolo invece di portarlo giù come tutti gli altri. Un giorno l'ho richiamata, gentilmente, e lei mi ha guardata con una faccia d'odio che metteva paura. Quindi, niente, preferivo portargliela giù io, ma niente confidenza. Con quella gente lì non si sa mai.

– E quel fidanzato? Lei lo ha mai visto, glielo ha mai presentato?

– No, mai. All'inizio pensavo che se lo fosse inventato, ma qualcosa doveva esserci, perché in quel periodo era vestita bene, truccata, con le scarpe col tacco. E usciva di più. Ma se quello era un fidanzato, le è durato poco.

– Potrebbe dirci quanto? Voglio dire, per quanto tempo l'ha vista più in ordine, più contenta?

– Questo non glielo so dire, saranno stati tre mesi, quattro, non lo so.

Quando fummo in strada constatai che Fraile era di pessimo umore. Per vaccinato che fosse contro i luoghi comuni, le somiglianze con il caso di sua moglie erano evidenti: una donna che entra e esce dalle cliniche psichiatriche, l'incapacità di badare a se stessa, la solitudine... Fu lui a proporci di andare a prendere una birra. Ci fermammo in un bar.

– Quel Torres si sceglieva sempre donne completamente sole – feci notare.

– Sole quanto lui – aggiunse Garzón.

Roberto non diceva niente, beveva in silenzio con lo sguardo perso nel vuoto. Feci un cenno impercettibile al viceispettore che lui subito afferrò. Disse la prima sciocchezza che gli venne in mente:

– Ora che ci penso! L'avete vista la Madonnina del Pilar in casa di quella signora? C'era un filo elettrico che usciva da dietro! Ve lo immaginate quando di sera si accendono tutte le lucine? La Madonna a luci rosse!

– Garzón! – Finsi di scandalizzarmi, mentre lui continuava imperterrito.

– Mi ricorda un fatto che era successo al mio paese negli anni Settanta. Il giorno delle prime comunioni tutte le mamme volevano per la loro bambina il vestito più bello. Dei maschi se ne fregavano, erano vestiti alla marinara e finito lì. Quella volta, la moglie dell'elettricista, badate bene, aveva avuto una grande idea. Aveva cucito a sua figlia le lucine di Natale tutt'intorno al vestito, e così, proprio nel momento di ricevere l'ostia, la piccola doveva solo premere un interruttorino e... tadan! Si illuminava tutta come una giostrina. Per poco al prete non gli prendeva un infarto!

Che fosse vera o no, la storia del viceispettore mi parve francamente penosa. Ma raggiunse l'obiettivo, perché quando guardai Fraile vidi che si era coperto la faccia con le mani e rideva senza fare rumore. Poi la risata aumentò fino a farsi fragorosa.

– Lei è una sagoma, viceispettore – disse, scuotendo la testa. – Quando avremo risolto il caso sentirò la sua mancanza.

– E allora non si preoccupi, tanto ne avremo fino al duemilatrentatré.

Giudicai che il momento di tristezza fosse superato.

– Se adesso avete finito di dire scemenze e di bere birra, propongo di tornare al lavoro, che ne dite?

Dissero di sì. In commissariato ci aspettava la signora Emérita Mendizábal. Era già stata all'obitorio a riconoscere il corpo della sorella. Si vedeva che aveva pianto. Aveva gli occhi gonfi e il naso come un peperone. Era brutta quanto la defunta: faccia cavallina, mandibola prominente, capelli crespi, occhiali spessi un dito... Forse la madre aveva cercato di compensare con dei nomi originali la scarsa grazia delle due neonate. Credevo di doverla affrontare con delicatezza e con il massimo rispetto per il suo dolore, ma mi accorsi che era una donna molto dura. La prima cosa che ci chiese fu se fossero proprio necessarie tre persone per quel colloquio. Le spiegai che lavoravamo in équipe. Lei, poco convinta, ci invitò a sbrigarci.

– Chiedetemi quello che volete ma facciamo in fretta, che devo tornare al lavoro.

Aveva una voce antipatica, un modo aggressivo di parlare senza mai guardare in faccia. Portava una protesi dentaria, era di tre anni più vecchia di Belarmina, anche lei non coniugata. Viveva da sola in un appartamento dell'Ensanche. Fraile le mostrò un foglio con l'indicazione del luogo dove era stato trovato il corpo di sua sorella e le fece la prima domanda:

– Lei ha idea del motivo per cui la sera del delitto sua sorella si trovava in quel punto della città?

Lesse l'indirizzo senza troppo interesse. Si strinse nelle spalle.

– No di certo. Ma che io non lo sappia non significa nulla.

Rimase zitta, incrociò le braccia e lasciò il foglio sul tavolo.

– Può spiegarsi meglio?

– È semplice. Mia sorella ed io ci vedevamo il meno possibile, al massimo poteva capitare che prendessimo un caffè insieme se avevamo qualcosa da dirci. Dei fatti suoi non mi parlava e per me era meglio così.

– Quando l'ha vista l'ultima volta?

– Sarà stato un mese fa. Ma prima penso di dovervi spiegare che tipo era Belarmina.

– Dica pure, la ascoltiamo.

– Belarmina aveva avuto una diagnosi di schizofrenia già trent'anni fa. Era stata ricoverata molte volte in strutture psichiatriche e assumeva farmaci. Non è mai stata normale. Finché sono vissuti i nostri genitori, lei è rimasta con loro. E quando loro sono morti l'ho presa con me, ma è stato un disastro. Scappava, spariva per giorni e tornava ridotta come una barbona. Una situazione spaventosa. Allora è stato deciso, d'accordo con il suo psichiatra, che avremmo cercato un appartamento dove potesse vivere per conto suo e che le sarei stata dietro il più possibile.

– La manteneva lei?

– Aveva una pensione di invalidità che le bastava per l'affitto e per mangiare. Io le pagavo le bollette e le passavo qualcosa. Non sono ricca, ma i nostri genitori hanno risparmiato, avevano fatto degli investimenti e ho sempre diviso a metà con lei la nostra piccola rendita. Ma a un certo punto ho dovuto smettere di foraggiarla, perché Belarmina faceva pazzie, certe volte spendeva tutto in poche ore, non si sapeva mai in cosa. Alla fine è stato stabilito che i suoi soldi li avrei gestiti io. Gliene versavo pochi alla volta su un piccolo conto corrente.

– Capisco – intervenni. – Ritiene che ci fosse un buon rapporto fra lei e sua sorella?

Lei storse la faccia in una smorfia di disprezzo e di tristezza.

– Ci voleva una santa per avere un buon rapporto con mia sorella, ispettore. Io ho fatto il possibile, ma a un certo punto ho capito che non potevo dedicare la mia vita interamente a lei. Io ho il mio lavoro, i miei impegni. E lei non era facile, glielo assicuro. All'inizio stavo attenta a tutto: che cosa faceva, con chi usciva, dove andava... Ma con una persona così non si può avere un rapporto normale. Mi avrà piantata in asso mille volte, mi ha mentito, mi ha accusata di cose terribili anche davanti a estranei, mi ha insultata. Un giorno mi ha perfino aggredita.

Tacque, come se un nodo alla gola le impedisse di parlare.

– L'ha aggredita? – chiese il viceispettore.

– Eravamo a casa mia, in cucina, stavo preparando il pranzo. E senza che io me lo aspettassi lei ha preso un coltello e mi ha minacciata. Ho cercato di proteggermi con le braccia, l'ho scongiurata di non fare sciocchezze, ma lei mi ha colpita alla mano. In fondo non credo che volesse davvero ferirmi, ma aveva in mano un coltello e mi ha tagliata. Sono dovuta andare al pronto soccorso. Lei, poverina, piangeva. Non era in sé. Ma io non ho nessuna colpa di questo. Da quel giorno, capirete, non l'ho più fatta venire a casa. E quando ci vedevamo non le chiedevo più niente, non volevo più saperne della sua vita. Parlavamo del tempo, del caldo, del freddo, dei colori che vanno di moda. Le davo corda come si fa coi matti, questa è la verità.

– Lei sa se sua sorella ha avuto un fidanzato qualche tempo fa? – le chiesi.

Lei rimase pensierosa, mi guardò sconfortata, come se pensasse che non capivamo niente, come se tutto quello che ci aveva detto non fosse bastato ad annullare l'importanza di qualunque cosa sua sorella potesse aver fatto o detto.

– Qualcosa mi aveva accennato, sarà stato un anno fa. Parlava di sposarsi, diceva che un uomo aveva chiesto la sua mano. Voleva dei soldi per farsi un corredo. Le ho dato qualcosa e poi non se ne è più saputo niente. Diceva addirittura che voleva mettere su un negozio di abbigliamento per bambini, che voleva farsi fare una plastica al naso, un mucchio di assurdità.

– Lo faceva per spillarle dei soldi? – sparò a bruciapelo il viceispettore.

– No, questo no. Non le importava nulla dei soldi. Con quello che aveva si arrangiava bene.

– Quindi non le ha mai presentato l'uomo che intendeva sposare – dissi.

– No.

– E il nome, glielo aveva detto?

– Non so, non mi ricordo.

– Armando, forse? Armando Torres?

– Armando? È possibile. Armando mi dice qualcosa. Ma intendiamoci, questo non significa niente. Mia sorella era pazza, capite? Pazza! Guardate com'è finita, ammazzata per strada, peggio di un cane.

E dopo quelle parole non si trattene più, scoppiò in lacrime, coprendosi la faccia con le mani per sottrarsi ai nostri sguardi.

– Ha idea di chi può averla assassinata? – provai a chiedere.

Scuoteva la testa, non riusciva a parlare. Le sfiorai timidamente il gomito.

– Si calmi, Emérita. Per oggi abbiamo finito. Dovrà dichiarare davanti al giudice e può darsi che nei prossimi giorni avremo di nuovo bisogno di lei.

Tirò fuori un fazzoletto dalla borsa e si soffiò il naso.

– Si sente bene? – le chiesi. – La faccio accompagnare a casa?

– No, no, ce la faccio. Grazie.

Uscì trascinando i piedi, grigia, brutta, sconfitta. Ci lasciò un senso di desolazione, ma anche di ripugnanza. Ecco come sono le tragedie umane, pensai. Banali, sordide, nascoste e terribili. Guardai i miei colleghi. Nessuno parlava. Sembrava di poter sentire il ticchettio dei nostri cervelli al lavoro.

– Secondo voi mente? – suggerì il viceispettore.

Fraile, che non aveva quasi partecipato all'interrogatorio, disse senza esitare:

– No. Non mente. Quello che ha raccontato è così, né più né meno. Adesso dovrà vedersela con il senso di colpa per avere abbandonato sua sorella.

Nuovo silenzio generale. Stavamo pensando, o forse stavamo solo cercando di trovare un centro nel turbine di nuove informazioni che invadeva la nostra mente. Parlai io per prima:

– Forse abbiamo trovato il nostro caro assassino. Forse è davvero una donna.

Tacqui, per osservare meglio la reazione dei miei colleghi. Fu minima.

– Vada avanti – si limitò a dire Fraile mentre Garzón mi guardava come un rospo abbagliato dai fari di un'automobile.

– Ricorderete che uno dei testimoni, Óscar Llimona, ha visto una donna fuggire dal luogo del delitto.

– E basta questo a farle pensare…? – cominciò il viceispettore.

– Proviamo a immaginare… – lo interruppi, – che Belarmina Mendizábal si fosse innamorata di Armando Torres. Profondamente innamorata, completamente, con tutta l'anima. Che si fosse innamorata con la convinzione di poter finalmente avere la vita che non aveva. Di lì in poi non occorre fare grandi sforzi di immaginazione. Sarebbe stata pronta a uccidere tutte le fidanzate dell'uomo che l'aveva sedotta e poi abbandonata.

Mi ascoltavano a bocca aperta come bambini davanti a un burattinaio. Garzón proruppe appena smisi di parlare:

– E lei crede che una disturbata come quella fosse capace di mettere in atto un piano così diabolico? Come avrebbe fatto?

Lì fu Fraile a intervenire:

– Attento, viceispettore. Uno schizofrenico, o per meglio dire uno psicotico, può avere un'intelligenza al di sopra della media, a volte nettamente superiore. Ma ci sono altri punti deboli nella teoria dell'ispettore.

– Comunque dovete riconoscere che la mia teoria ha una certa logica – mi giustificai.

– Ce l'ha, senza dubbio ce l'ha – disse Fraile. – Infatti penso che dobbiamo metterla immediatamente alla prova. Bisogna sentire di nuovo Óscar Llimona. E farci consegnare dalla Scientifica i reperti prelevati in casa di Belarmina. E poi dobbiamo parlare con il medico legale per sapere se una donna della sua forza e corporatura può avere compiuto quegli omicidi.

La mente pratica di Fraile funzionava a pieno regime. Io avrei impiegato molto più tempo a tradurre in fatti concreti le implicazioni della mia teoria. In fondo avrei preferito una smentita, non una conferma. Avevo ancora il dente avvelenato con quel vigliacco di Armando Torres e morivo dalla voglia di incastrarlo. Senza contare che c'è una bella differenza fra catturare un serial killer vivo e trovarselo già servito all'obitorio.

17

Il testimone che aveva visto una donna fuggire dalla casa di Berta Cantizano non fu difficile da rintracciare. Mi ricordavo bene la faccia di quel ragazzo.

– Salve, ispettore, come se la passa? – mi disse entrando nel mio ufficio.

Mi colse di sorpresa il suo tono disinvolto, giovanile.

– Cosa vuole, siamo immersi fino al collo nelle indagini – dissi, per tenermi al suo livello.

– Brutta storia, e ho visto che non è finita.

– Brutta, sì. Devo farle vedere una foto, Óscar. Ho bisogno di sapere se riconosce la donna che ha visto la notte del...

Non mi lasciò finire:

– Ispettore, gliel'ho detto che non ero molto in me quella notte. Se non sono riuscito a dirle niente allora, figuriamoci adesso, con il tempo che è passato.

– A volte le immagini rimangono impresse senza che noi ce ne rendiamo conto, e le riconosciamo quando ci capita di rivederle.

– Va bene, ci provo ma non garantisco.

Gli misi sotto gli occhi la fotografia di Belarmina in compagnia di Torres. Lui la osservò bene.

– E quello sarebbe l'assassino? – chiese.

– Si concentri sulla donna.

– Madonna, che rospo! Potrebbe essere, ma così su due piedi... Potrebbe anche non essere. In generale magari sì, però... non lo so, ispettore, giuro.

– In questo caso dovrà venire con noi all'obitorio per vedere se riconosce il corpo.

Lui ebbe un sussulto, si tirò indietro.

– No, ispettore, questo no! Io svengo se vedo il sangue, non riesco nemmeno a entrare in un ospedale...

– Sangue non ne vedrà. Il cadavere è stato ricomposto. È come vedere una bambola.

– Neanche per idea! Io non ho mai visto un morto in vita mia, non so se reggo.

– Lo sa che cosa rischia un testimone che rifiuta di collaborare con la giustizia?

Non rispose. Scuoteva la testa e ripeteva fra sé: – No! Oh, no, cazzo, no! – Sembrava che gli avessi chiesto di infilarsi nudo nella gabbia di un leone. Andai a cercare il viceispettore perché venisse con noi. Non ero certa di farcela a sopportare da sola tanta vigliaccheria. Garzón capì al volo e si lanciò in uno dei suoi sfoghi prediletti:

– Questi giovani d'oggi sono una banda di smidollati! Non fanno il militare, vivono con mamma e papà fino a quarant'anni, non hanno mai visto una guerra... Quello magari pensa che un cadavere sia come gli zombie che vede nei film per ragazzi in televisione!

– Non gli faccia la predica, Fermín. Si limiti a tirarlo su di morale.

Cominciavo a dubitare che chiedere la sua assistenza fosse stata una buona idea, ma ormai ci eravamo messi in strada tutti e tre. Quando arrivammo all'obitorio, Óscar Llimona si impuntò.

– Ma è proprio necessario?

Stavo per dirgli qualche banalità incoraggiante quando intervenne Garzón:

– Ascolta bene, ragazzo. Se non entri lì dentro e non ti comporti da uomo, vedi. Hai mai letto sui giornali delle pratiche violente della polizia? Bene, non credere che siano favolette inventate.

Una mano santa. Il ragazzo abbassò la testa da bravo bambino e varcò la soglia dell'Istituto di Medicina Legale trascinandosi dietro le sue paure.

Davanti alla salma parve tranquillizzarsi. L'immagine reale della morte dovette sembrargli molto meno spaventosa di quanto avesse creduto. Le nostre fantasie, in un senso o nell'altro, sono sempre eccessive rispetto alla realtà. Lo lasciammo pensare con calma. Alla fine disse:

– Non lo so. Non sono sicuro. Potrebbe essere la donna che ho visto perché di fisico era più o meno così. Anche se quella era bionda tinta, aveva i capelli un po' come questa, tipo... tipo quella matassa di stoppa che usano gli idraulici – disse queste ultime parole a voce bassa come se temesse di offendere la morta. – Però non potrei giurarlo davanti a nessuno. Lo capite, vero?

– Va bene. Basta così.

Uscendo in strada sembrava sollevato, quasi contento.

– Sta bene? Se la sente di andare a casa da solo?

– Ma certo, ispettore! Alla fine non è stato niente di che.

– Se vuoi posso accompagnarti in macchina – gli propose Garzón.

Scosse la testa più volte con cortesia forzata. Credo che in quel momento Garzón gli facesse più paura di qualunque cadavere.

– Non potremo fare conto sulla sua testimonianza – dissi mentre lo guardavamo allontanarsi di buon passo – ma mi ha fatto tornare in mente un particolare.

Presi il cellulare e chiamai Emérita Mendizábal. Rispose subito.

– Emérita, sono l'ispettore Delicado. Ricorda se sua sorella si fosse tinta di biondo negli ultimi tempi?

Ci mise un po' a rispondere, forse cercando di capire il motivo di quella mia domanda.

– Sì, sì che si era tinta. Una delle sue mattane. Stava malissimo con la testa di quel colore, sembrava stoppa. Le ho chiesto di andare subito dal parrucchiere per farselo togliere. Lei rideva.

– Quando è successo?

– Non saprei. Due o tre mesi fa, una cosa del genere. Posso chiedervi perché volete saperlo?

– Una semplice verifica. Niente di importante.

Chiusi la chiamata e guardai negli occhi il viceispettore.

– Bingo! – dissi, come nei telefilm americani.

– Ma...

– Non dica nulla, Garzón! Un passo dopo l'altro. Rientriamo all'obitorio?

– Il dottor Guitart non ci sarà fino alle quattro del pomeriggio.

– Magnifico! Lo sa cosa faccio io, allora? Mi evito un divorzio. Faccio una sorpresa a mio marito e vado a pranzo con lui. Ci rivediamo qui più tardi.

18

Decisi di osservare bene la faccia di Marcos quando mi avrebbe vista. Volevo cogliere la sua reazione, il sentimento autentico dietro la sorpresa iniziale: felicità, fastidio, allarme? Come quando interrogavo un indiziato. Negli ultimi giorni mi ero comportata come se non fossi sposata, come se vivessi completamente da sola. L'ansia del lavoro aveva cancellato ogni altro interesse, e mio marito non aveva protestato. Atteggiamento certamente comodo per me, ma per certi versi inquietante. Io sparivo dalla vita di quanti mi circondavano e la cosa non interessava a nessuno? Sembrava che Marcos potesse fare perfettamente a meno di me. Cercai di considerare la cosa con distacco, come faccio sempre con i miei sentimenti, e mi resi conto di quanto fosse immaturo quel mio modo di pensare. Che cosa volevo? Recriminazioni, lamentele, ricatti affettivi, proteste per il mio scarso impegno familiare? Proprio no! Ma dovevo ammettere che mi sarebbe piaciuto percepire un'ombra di dispiacere sul volto dell'uomo che amavo, un senso di vuoto che la mia presenza avrebbe felicemente colmato. Essere donna è una delle cose più difficili, pensai. La nostra invidiabile capacità di agire su diversi fronti, il nostro polimorfismo naturale, ci permettono di assumere molti ruoli, ciascuno dei quali richiede una perfezione che non riusciamo mai a raggiungere.

Tutte le donne che hanno fatto grandi cose nella storia si sono viste nella necessità di rinunciare ad alcune delle loro prerogative. O fai la scienziata o metti al mondo cinque figli. Quasi impossibile fare tutte e due le cose. Ci sono stati dei casi, certo. Madame Curie era sposata e aveva una figlia, ma soltanto una. E santa Teresa d'Avila, anche se per ovvi motivi non lasciò discendenza, aveva una vita pratica e una vita mistica, entrambe incredibilmente intense. Da una parte era capace di parlare con Dio come se fosse il suo migliore amico, dall'altra se ne andava in giro per la Castiglia a fondare conventi. Donne come ce ne sono poche. Per la figura della donna poliziotto con marito e quattro figliastri non c'erano precedenti noti. Forse il massimo che potevo ottenere dalla vita era trovare un serial killer di donne solitarie, lasciando definitivamente appassire l'unico nucleo che dava calore alla mia vita.

Alla fine, rendendomi conto che ragionare troppo mi porta a crearmi da sola enormi problemi, decisi di smettere di pensare. Proprio in quel momento, come se la mia decisione fosse stata premiata, vidi Marcos uscire dal suo ufficio in compagnia di un collaboratore. Gli feci un cenno da lontano e lui mi sorrise. Un sorriso ampio, sicuro, luminosissimo. Neanche la soddisfazione di prendere il premio Nobel era paragonabile alla felicità di essere ricevuta così. Questo fu il mio pensiero di quel momento. Chissà se non avrei pensato diversamente quando poi fossi tornata a rifletterci su.

– A che cosa devo tanto onore? – mi disse, dandomi un bacio.

– Non potevo più vivere senza di te. Che ne dici?

– Logico e naturale. Mangiare qualcosa turberebbe la tua felicità di avermi visto?

– Al contrario, la potenzierebbe!

– E allora andiamo. Ti porto in un posto che fa furore fra gli architetti.

– Non c'è pericolo che tu incontri qualche collega?

– Anche se dovessi incontrare Le Corbusier in persona lo ignorerei, gli sputerei in faccia se necessario.

– No, per carità! Sono venuta in cerca della pace dello spirito.

Ma tutto si svolse nel migliore dei modi e non ci fu alcun incontro che potesse disturbarci. Il ristorante era uno di quei posti minimalisti sia nel design che nella cucina che ben di rado io avevo occasione di frequentare. Fu piacevole poter parlare e ridere tranquilli come una coppia normale. Marcos ebbe l'infinito tatto di non farmi domande e questo mi permise di sentirmi una donna quasi umana, capace di concedersi una pausa per un pranzo improvvisato con suo marito, in un mondo lontano anni luce da vittime sbudellate, assassini seriali e psicopatiche armate di coltello. Quell'oasi di tranquillità mi aiutò a non perdere del tutto la ragione.

Dopo l'oasi, di nuovo il deserto. Garzón mi aspettava insieme a Fraile sulla porta dell'Istituto di Medicina Legale. Il dottor Guitart ci ricevette subito e ci illustrò gli esiti degli esami tossicologici effettuati sul corpo di Belarmina.

– Aveva preso del diazepam, Valium, in pratica, un tranquillante molto comune, e anche un neurolettico. Seguiva senz'altro un trattamento psichiatrico. Nessuna traccia di alcol o di droga nel sangue.

– Dottor Guitart, c'è una domanda particolare che vorremmo farle – dissi. – Secondo lei, una donna della corporatura e della forza di Belarmina Mendizábal avrebbe potuto sferrare le coltellate mortali che hanno tolto la vita alle vittime precedenti?

La sorpresa gli fece spalancare gli occhi e poi socchiuderli a fessura. Si prese del tempo prima di rispondere:

– Volete sapere se può essere stata lei l'assassina?

– Proprio questo.

Tornò a pensarci su, questa volta più a lungo e più intensamente.

– Sì, in teoria sì. Le sue caratteristiche fisiche non lo escluderebbero. È questo che pensate, che fosse lei la colpevole?

– È una possibilità.

– Ma allora...

– Non faccia domande, dottore. Per la semplice ragione che non sapremmo risponderle. Ci vorrà del tempo prima che riusciamo a risolvere l'enigma.

– Allora sbrigatevi. Questa storia sta diventando più interessante di un romanzo giallo!

Mi parve una reazione un pochino fuori luogo dato il suo ruolo, ma è inutile pretendere che chi, come noi,

ha a che fare con la morte violenta, non si crei una co-
razza di insensibilità per proteggersi dalle emozioni. Si
rischia di diventare odiosi, ma è così.

Al ritorno in commissariato facemmo il punto della
situazione. Se la vittima aveva preso degli psicofarma-
ci significava che non aveva abbandonato la terapia, e
quindi con ogni probabilità doveva averla vista un medico abbastanza di recente. Quel tipo di medicinali non
si vendono senza ricetta, e in genere non è possibile farne scorte significative. Ci accorgemmo di avere trala-
sciato un elemento importante: non sapevamo dove fosse in cura Belarmina e chi si occupasse di lei. La testimonianza del suo psichiatra poteva essere interessante. Fraile uscì per chiamare Emérita. Tornò cinque minuti dopo.

– Dice che il nome del medico non lo sa, ma che era
in cura al Sant Pau.

– Quando dovevano arrivare i reperti raccolti in casa della vittima? – chiese il viceispettore.

– Per quelli c'è tempo, non credo che li portino prima di stasera. Nel frattempo possiamo dedicare il resto del pomeriggio alla psichiatria.

Salimmo in macchina tutti e tre e raggiungemmo
l'Hospital de la Santa Creu i Sant Pau. Fendemmo una
piccola folla di turisti radunata nei giardini ad ammi-
rarne le magnificenze architettoniche, entrammo nel-
l'area dei padiglioni e percorremmo il lungo tunnel simile a un passaggio segreto che conduce agli ambula-
tori. Un'infermiera ci indicò quello psichiatrico. Ci qua-
lificammo presso l'impiegata alla reception. Il nome di

Belarmina Mendizábal non le diceva nulla. Si mise a cercare ansiosamente al computer, tutta presa dal fatto che fossimo dei poliziotti. Con un sospiro di sollievo ci disse:

– Sì, è in cura da noi. La segue il dottor Oller. Seconda porta a destra. Gli chiedo se può ricevervi.

Ci toccò aspettare una ventina di minuti. Sulle panche sedevano i pazienti in attesa. Una donna obesa cacciava di tanto in tanto un gemito profondo, senza cambiare espressione. Fraile la guardava preoccupato. Cercai di distrarlo.

– L'ospedale sta diventando una meraviglia con questa ristrutturazione.

Il mio collega non mi ascoltava, forse pensava a sua moglie, forse alle indagini. Era del tutto assente, fissava il vuoto. Non ci riprovai. Garzón mi disse a bassa voce:

– Mi sta venendo un sonno... Sento che mi si chiudono gli occhi. Peccato che qui non ci sia una macchinetta del caffè.

Finalmente un giovanotto in camice bianco aprì la porta e girò la testa nella nostra direzione. Alzai una mano. Ci fece entrare nel suo piccolo studio.

– In che cosa posso aiutarvi?

Gli mostrammo i tesserini. Lui scherzò.

– Mi sento quasi in soggezione, dico sul serio.

– Vorremmo farle qualche domanda su una paziente.

– Sì, lo so, Belarmina. Che cosa ha combinato?

– È stata assassinata – annunciai.

– Dio santo – mormorò, visibilmente scosso.

– L'aveva in cura lei?

– Da poco più di un anno. Era tra i pazienti che ho ereditato da un mio collega, il dottor Segura, quando è andato in pensione. Ho qui la sua cartella.

Digitò sulla tastiera. Poi di colpo alzò gli occhi e ci fissò.

– È terribile. Chi l'ha uccisa?

– Non lo sappiamo. Ci dica qualcosa della sua storia, dottore.

Lui tornò a guardare lo schermo. Riassunse:

– Il primo ricovero è avvenuto ventisei anni fa. Da allora era seguita presso questo ospedale. A volte veniva alle visite periodiche e a volte no, senza dare spiegazioni. È un comportamento che si può considerare normale per i pazienti con una diagnosi come la sua. La stessa cosa avviene con i farmaci, se non c'è nessuno che si occupa di loro li prendono per un po', ma poi li abbandonano. La sua psicosi ormai poteva essere considerata inguaribile, data la sua storia. Con i farmaci è possibile evitare le fasi acute, ma mai al cento per cento. Belarmina ne aveva avute diverse. L'ultima degenza in una clinica specializzata era durata cinque mesi.

– Era una paziente aggressiva? – chiese Fraile.

– È morta in una rissa?

– Non possiamo rivelarle i particolari, dottore. Spero possa capire. Ci sarebbe utile sapere se Belarmina Mendizábal avesse mai avuto episodi violenti, se avesse aggredito qualcuno.

– A me non risulta. Era riservata, chiusa, non era facile farla parlare, e questo è uno svantaggio. Quan-

do un malato si apre si può tentare un po' di psico-
terapia, un sostegno che lo aiuti a gestirsi meglio. Ma
credo di ricordare che nel suo caso questa possibilità
non ci fu.

– Crede di ricordare? Quando l'ha vista l'ultima
volta?

– Da mesi non si faceva vedere qui da noi.

– L'esame tossicologico sul cadavere ha riscontrato
tracce di tranquillanti e neurolettici.

– Non me ne stupirei. Poteva avere dei farmaci in
casa e usarli quando si sentiva peggio. Questi malati stanno male, sentono delle voci, entrano in stati ossessivi.
Ma non chiedono aiuto, pensano di poter affrontare la
situazione da soli.

– Ragionando per assurdo, la sua paziente sarebbe
stata in grado di ordire un assassinio, di escogitare un
piano e di metterlo in atto? – chiesi.

– Ispettore, io non posso dare una risposta scientifica alla sua domanda. Come dicevo, era una paziente
che non vedevo da tempo. Non ho idea dello stato in
cui può averla messa la sua malattia.

– Le sto parlando di una semplice ipotesi.

– In medicina non si lavora con le ipotesi.

– Nemmeno in ambito investigativo – replicai, – ma
a volte le congetture aiutano a escludere alcune possibilità o a prenderne in considerazione delle altre.

– Be', parlando in linea del tutto teorica e senza ri-
ferirmi a nessun soggetto in particolare... sì, uno psicotico può uccidere.

– Con piena consapevolezza e volontà?

– Un malato con queste caratteristiche non dispone di quella che noi chiamiamo piena consapevolezza. Loro vivono nel loro universo, ispettore, un universo estraneo a quello degli altri.

– E nel loro universo può succedere qualunque cosa – conclusi.

Lui si strinse nelle spalle, come per ammettere la sua impotenza.

Capii che non mi avrebbe detto altro, forse le mie domande lo spingevano su un terreno in cui non intendeva avventurarsi.

Salendo in macchina Fraile me lo confermò con cognizione di causa:

– Uno psichiatra non le dirà mai niente di preciso, Petra. Neanche di un paziente che conosce benissimo da anni. Oramai lo so fin troppo bene. La malattia mentale, e la cura, non ammettono certezze, questa è la cosa più terribile.

Non era bello che il caso stesse prendendo una piega del genere. Il povero Fraile ne soffriva moltissimo. Impossibile dire che cosa stesse pensando mentre cercavamo di valutare lo stato di quella donna. Non so che cosa avrei dato per poter escludere la colpevolezza di Belarmina, anche solo per mitigare il disagio del mio collega. Eppure ero sempre più convinta che fosse lei l'assassino che da troppo tempo cercavamo. Certo, questa congettura poneva un mucchio di nuovi interrogativi. Chi aveva ucciso lei, allora? E perché? Ma soprattutto, che cosa voleva ottenere il suo assassino imitando il barbaro sistema che aveva usato lei? Sarebbe stato difficile mettere in relazione la morte di Belarmina con quella delle altre vittime, se il colpevole non si fosse accanito in quel modo sul suo corpo e sul suo volto. Potevamo ipotizzare che Belarmina avesse avuto un complice? Questa fu la domanda che posi ai miei due colleghi appena arrivammo in commissariato. Garzón aveva già una risposta pronta:

– Santo Dio, ispettore, questa dei complici in serie è una novità, io non l'ho mai vista su nessun libro di criminologia!

La seconda obiezione venne da Fraile:

– Cerchiamo di ragionare, Petra. Se partiamo dal presupposto che Belarmina agiva spinta dalla malattia, chi poteva essere così folle da aiutarla nel suo piano delirante?

– Forse un'altra donna sedotta e abbandonata. Un'altra che avesse sofferto per le false promesse di Torres.

– Molto improbabile e contorto.

– E va bene, lo è! Ma qualcuno l'ha ammazzata, e chi lo ha fatto deve avere qualche rapporto con il nostro caso.

– Non necessariamente. Avevamo già parlato dell'effetto emulazione. Non è così improbabile che uno squilibrato, per ragioni sue, abbia seguito l'esempio – intervenne Garzón.

– Uccidendo proprio lei? Sarebbe pensabile se Belarmina non fosse stata una delle amiche di Torres. Ma noi sappiamo che si era invaghita di lui. Non le sembra che le coincidenze siano troppe? – obiettai.

– Non abbiamo ancora sentito Torres dopo il delitto. Sarebbe ora di farlo – disse pieno di buon senso il viceispettore.

– Dev'essere di là che aspetta – ci stupì Fraile. – L'ho fatto chiamare stamattina.

– Accidenti, Roberto, lei è una macchina da guerra, non si ferma mai! – esclamò Garzón pieno di ammirazione. – Sarà venuto con il suo avvocato?

– Ne sono quasi certo. Ora vedremo.

– Quanto mi sta sulle balle, quello là!

– Ma è normale, Fermín! Sarebbe la prima volta che a un poliziotto piace l'avvocato di un sospettato – rispose l'ispettore.

– Ammesso e non concesso che adesso Torres si possa considerare sospettato – dissi a bassa voce.

Garzón non tardò a dire la sua:

– A questo punto, signori, io non so più chi può essere l'assassino, né il sospettato né l'indagato, ho dei dubbi perfino su chi sono io e la madre che mi ha partorito.

E con questa iperbole che suonava ancora nell'aria ci avviammo all'incontro con il nostro dongiovanni. Mi si rivoltò lo stomaco quando lo vidi. La sua bassa statura, quel suo fare da uomo convinto e sicuro di sé, il sorrisetto di superiorità. Avrei preso a pugni quel suo faccione rotondo solo per come si presentava. Mi resi conto che davanti a lui reagivo come quei cani che non tollerano uno dei loro simili per ragioni che a noi umani sfuggono completamente. Però sapevo perché Armando Torres mi mandava fuori dai gangheri: era un tizio insignificante, volgare, banale e inutile il cui unico scopo nella vita era sedurre donne sole per poi mollarle al loro destino subito dopo. Sentivo di avere tutte le ragioni di questo mondo, di essere moralmente autorizzata a distruggerlo. In considerazione di questo mio stato d'animo poco imparziale preferii mordermi la lingua, legarmi mentalmente le mani dietro la schiena e astenermi dal mettere becco nell'interrogatorio. Fraile partì con sicurezza:

– Signor Torres, non abbiamo ancora reso noto ai mezzi di comunicazione l'identità di una donna assassinata negli ultimi giorni. Le modalità del delitto sono le stesse che hanno caratterizzato gli omicidi precedenti.

Torres e il suo avvocato si guardarono. Fu quest'ultimo a rispondere:

– Ispettore, tutta questa vicenda è molto spiacevole, davvero terribile. Ma il mio cliente non c'entra. Nulla di tutto ciò lo riguarda. Posso sapere perché lo avete convocato?

– L'identità dell'ultima vittima lo riguarda – continuò il mio collega senza alterarsi. – La donna assassinata è Belarmina Mendizábal.

Lo sguardo dell'avvocato guizzò rapidissimo al volto di Torres. Questi si strinse nelle spalle.

– Non so chi sia – disse.

– Invece noi crediamo che lei lo sappia – obiettò Fraile, e gli mise sotto gli occhi la fotografia in cui posava a braccetto con Belarmina.

Torres la guardò con interesse, ma non sembrava preoccupato.

– Per tutti i diavoli, adesso mi ricordo! Dite che questa donna è stata trovata morta? Non ci posso credere!

385

– È stata una sua fidanzata?

– Fidanzata? Per carità, l'ho frequentata per un paio di settimane. Ci saremo visti tre o quattro volte in tutto, ho capito subito che dovevo togliermela di torno. Era un pericolo pubblico, matta da legare. Mi telefonava continuamente, anche di notte. Le era presa una specie di smania furibonda e anche se le dicevo che fra noi non c'era niente, lei non mi ascoltava, continuava a perseguitarmi. Mi aveva detto che stava preparando il corredo per le nozze. Ci pensate? Figuriamoci se le avevo parlato di matrimonio! Allora mi sono preoccupato sul serio e ho deciso di affrontarla per chiarirci. Lei non mi ha fatto nemmeno cominciare, mi ha investito dicendo che per la prima volta si era innamorata, che non poteva vivere senza di me. A quel punto l'ho bloccata. Ho dovuto dirle in faccia che lei non significava niente per me, che non mi piaceva, e che se continuava così mi sarei visto costretto a denunciarla.

– E lei come ha reagito?

– Non mi ricordo, credo si sia messa a piangere, ma prima che mi facesse una scenata in pubblico mi sono alzato e me ne sono andato. Avevo già pagato, questo sì, perché sono un signore.

– Ricorda se avesse minacciato di vendicarsi?

– No, però le assicuro che l'idea mi era venuta. Per qualche giorno mi sono preoccupato. È stata questa una delle ragioni per cui quando mi hanno parlato di un'agenzia molto discreta, mi sono deciso a iscrivermi. Non volevo rischiare di conoscere altre squinternate. Preferivo che qualcuno facesse prima una selezione.

– Ma Belarmina come l'aveva conosciuta?

– Mentre facevo colazione in un bar. Non era certo una bellezza, ma mi era sembrata interessante, misteriosa. Misteriosa? Matta da legare, ecco cos'era!

– Non l'ha più rivista?

– Per fortuna no. È stato un incubo!

– Il mio cliente... – cominciò l'avvocato.

– Il suo cliente non è accusato di nulla. Potete andare – disse Fraile.

Il legale avrebbe voluto sapere qualcosa di più, ma l'ispettore Fraile, in tono secco, ripeté:

– Ho detto che potete andare.

Appena ci ritrovammo soli Garzón disse quello che tutti avevamo in mente.

– Un vero signore! «Va' a morire ammazzata, cara, ma sappi che il caffè è già pagato».

– Se non li mandava via lei, Roberto – dissi, – avrei finito col prenderlo a sberle.

– L'ho notato – disse il viceispettore. – Aveva la faccia di una che ha bevuto un cocktail di fiele e aceto.

– L'avrei bevuto volentieri pur di non vedermi davanti quel grandissimo bastardo.

Fraile chiuse i nostri commenti imponendo una sintesi.

– E allora?

Misi da parte il mio nervosismo per dire con piena convinzione:

– Quella donna è la soluzione del caso.

I miei due colleghi fecero un gran sospiro. L'ispettore lo tradusse dicendo:

– Siamo a cavallo!

Ma il cavallo non ci portò molto lontano. Nel corridoio ci intercettò Domínguez, mettendo fuori il pollice come se facesse l'autostop.

– Ispettore Delicado, sono venuti quelli della Scientifica con i reperti già inventariati. Ci siamo messi in tre per trasportarli nel suo ufficio.

Entrare e vedere la quantità di sacchi, sacchetti, scatole e scatoloni che gli agenti avevano sistemato dappertutto fu come sentir cadere i primi goccioloni freddi di un nubifragio.

– Beata Vergine santissima! – esclamò Garzón.

– E io che speravo di aver concluso la mia giornata! – dissi.

– Può ancora concluderla. Chiuda l'ufficio a chiave e domani ci mettiamo all'opera di prima mattina – suggerì il mio sottoposto.

– Scusate, se a voi non dispiace io mi fermerei qui per un po' – dichiarò Fraile, come immaginavo.

– Se si ferma lei, allora mi fermo anch'io – concessi. – Ormai la conosco abbastanza per sapere che è capace di rimanere qui tutta la notte.

– Ecco, lo sapevo. Disgrazie che capitano a chi lavora con gente più giovane! – esclamò Garzón. – Mi fermo anch'io, cosa volete farci. Però lei deve promettermi, ispettore, che più tardi facciamo un accampamento come l'altra volta.

– Sfido io! Tanto a lei tocca sempre il divano!

– Ma è mai possibile? Che mancanza di carità cristiana! Sa cosa le dico, Petra? Il divano lo cedo a lei, io non ne ho bisogno!

– Non se ne parla proprio, Fermín, questo divano spetta a lei per diritto naturale.

Telefonai a Marcos.

– Caro, non ci sono rose senza spine. Abbiamo pranzato insieme ma non dormiremo insieme.

Ci fu un silenzio. Poi sentii la sua voce preoccupata:

– Va bene, Petra. Però oggi mi sono accorto che stai dimagrendo. Non dovresti evitare lo stress?

– Lo stress mi passerà appena potremo fare l'amore per quattro giorni di seguito.

– E tu credi che succederà?

– Molto presto, caro. Fidati di me.

Garzón ricomparve tutto compiaciuto dopo la telefonata con sua moglie.

– Lo sa, ispettore? Beatriz dice che prima o poi deve parlare con lei. Vuole accertarsi che le notti che non passo a casa le passo davvero lavorando. È gelosa. Come se alla mia età pensassi ancora a correre la cavallina.

– Però le piace l'idea di ingelosirla!

– Certo! Questo dà sempre dei punti. Se sapesse che dormirò solo un paio d'ore su un divano scassato!

– Vada a casa, Fermín, non si preoccupi. Stasera la esonero da ogni incombenza. Domani viene al solito orario e va bene lo stesso.

– Non se ne parla! Io posso dormire anche in cima a un albero, se necessario.

– Purtroppo non abbiamo alberi qui. Altrimenti giuro che passerebbe la notte su un ramo per pagare il prezzo delle sue spacconate.

Rideva sotto i baffi felice, come faceva sempre dopo le mie frecciate. Di colpo mi resi conto che Fraile ci guardava con aria malinconica. Lui non aveva fatto telefonate, non aveva nessuno da avvertire.

Cominciammo a esaminare i reperti. Che ce ne fosse una massa così enorme dipendeva dalla maniacalità della vittima. Era di quelle persone che conservano tutto, anche il più insignificante pezzo di carta. C'era, per esempio, una scatola piena di biglietti dell'autobus timbrati. E poi ricevute della tintoria, scontrini della spesa. Collezionava anche ritagli di giornale, che mi affrettai a passare in rassegna alla ricerca di notizie di cronaca nera. Niente da fare. Erano solo articoli sulle sfilate di moda e interviste a stilisti. In una grossa busta erano archiviate le ricette di cucina: baccalà gratinato, orata al cartoccio... Poi venivano le bollette della luce, del gas, le ricevute dell'affitto... Eppure, al di là di un evidente disturbo da accumulo, non c'era nulla in quel materiale che potesse far pensare alla follia della proprietaria. Molti hanno piccole manie del genere, da quelli che non buttano via niente perché tutto potrebbe servire a quelli che collezionano gli oggetti più impensati. Ogni tanto osservavo con la coda dell'occhio i miei colleghi impegnati nella stessa operazione, vagliare minuziosamente tutta quella spazzatura. L'assenza di commenti faceva pensare che il risultato fosse lo stesso per tutti, nulla attirava la nostra attenzione.

Verso le tre del mattino decidemmo di concederci una pausa caffè. Poi ci rimettemmo al lavoro, ma ormai era tardi e cominciavo ad avvertire i primi sintomi di stanchezza. Con un ultimo sforzo aprii una nuova scatola. Era piena di biglietti di musei e spettacoli: al Teatro Goya, al Museo Picasso, a diversi cinema. Molti erano ingressi alla Filmoteca. Mi fermai a riflettere. Osservai le date. Erano recenti, diversamente dagli altri, che risalivano addirittura a dieci anni prima. Cercai subito il nome dell'agente di turno nel servizio di controllo a Bárbara Mistral. Juan Zaragoza. Lo chiamai.

– Juan? Sono l'ispettore Petra Delicado. Si trova davanti alla casa dell'indiziata?

– Sì, ispettore, non ci sono novità. Il soggetto è rincasato intorno alle sette e mezza e non si è più mosso.

– A che ora viene a darle il cambio Ortega?

– Alle otto.

– Gli dica di chiamarmi, per favore.

Gli anni non passano invano, come si suol dire. Neanche per me. Erano le quattro del mattino e mi colse un sonno feroce. Garzón già da un pezzo si era sdraiato sul suo meritato divano. Dormiva come un ghiro, russando con un piccolo sibilo tenace. Mi rivolsi a Fraile, che continuava a ispezionare oggetti d'ogni sorta.

– Dovremmo cercare di dormire un po', Roberto.

Mi diede ascolto, e strofinandosi gli occhi si sdraiò. Eravamo già in assetto da campeggio. Pensai alla faccia che avrebbero fatto i nostri capi se lo avessero saputo.

Con la sensazione di avere appena chiuso gli occhi, sentii ripetere insistentemente il mio nome. Era Fraile:

– Petra, sono le sette e mezza.

Feci uno sforzo ciclopico e mi alzai. In quel momento mi sentivo la più disgraziata delle donne, mi sarei volentieri messa a piangere. Vidi Garzón che barcollava per l'ufficio come una mummia da film splatter. Forse non era stata una buona idea fermarsi tutta la notte in commissariato. Adesso ci voleva una dose inusitata di eroismo per riprendere a lavorare.

Andammo in bagno e cercammo di metterci in ordine. A dimostrazione del fatto che l'uomo ispanico ha perso molto della sua virilità e resistenza per guadagnare in raffinatezza, Roberto venne da me e mi disse:

– Se riesco, a metà mattina passo da casa un attimo a cambiarmi la camicia.

– Anch'io – si associò il viceispettore. – Ho paura di puzzare come un caprone.

– Devo cambiarmi anch'io? Mettere un vestito intonato al mio pallore cadaverico? – scherzai.

– Non dica così, ispettore. Lei è fresca come un fiore, ancora più bella.

– Grazie, Fermín. O lei mi guarda con occhi troppo indulgenti o questa nottataccia ha compromesso la sua capacità di giudizio.

– Niente che non si possa risolvere con una buona colazione al bar! Io mi mangio una *tortilla* di patate morbida e sugosa come Dio comanda, ci bevo sopra una birretta fresca e mi ritrovo come la Bella Addormentata nel Bosco dopo vent'anni di sonno ininterrotto.

– Lei finirà male, viceispettore...

– Antichi rimedi popolari, donna di poca fede.

Fraile rideva divertito. Di colpo ci chiese:

– Ma se io non ci fossi, lo fareste lo stesso tutto questo teatrino?

– Certo che lo faremmo! – risposi. – Abbiamo seguito un corso all'Actor's Studio per poter sopportare la convivenza.

Attraversammo la strada con entusiasmo. Il trauma della levataccia era già in parte superato grazie alla nostra capacità di scherzare. Una volta dentro, Garzón si dedicò all'osservazione delle *tortillas* con l'interesse di un astronomo davanti a un nuovo sistema solare.

– Ho detto che la volevo di patate, ma data la vasta scelta mi vengono dei dubbi.

Si decise per una *paisana*, con verdure saltate e dadini di prosciutto. Fraile ed io ci attenemmo al classico caffè e croissant. Ci avevano appena serviti quando il mio telefono suonò. Era Ortega, di cui mi ero completamente scordata.

– Ispettore Delicado...

– Salve, agente Ortega! – lo interruppi. – Ho chiesto al suo collega di farmi chiamare perché volevo sapere se negli ultimi tempi...

– Mi scusi, ispettore... – mi interruppe lui, – veramente la chiamo per un'altra cosa. Cinque minuti fa il soggetto è uscito di casa con una valigia. Non l'ho trovato strano perché in questi giorni non ha fatto altro che andare e venire dall'ufficio portando scatoloni e altra roba. Solo che ha preso un taxi, e adesso lo sto seguendo.

– Bravissimo. Mi dica in che direzione va appena lo capisce.

– Agli ordini, ispettore.

Garzón e Fraile mi guardarono incuriositi.

– Non è niente. Solo una cosa di cui preferisco accertarmi. Vi spiego dopo.

Cominciammo in silenzio la nostra colazione. Dopo qualche minuto il mio telefono squillò di nuovo.

– Ispettore, il soggetto sta andando all'aeroporto.

– Appena scende dal taxi la arresti!

– Per quale reato? Che cosa le dico?

– Non le dica molto. Arriviamo –. Mi voltai verso i miei colleghi sbalorditi. – Muoviamoci, in macchina vi spiego tutto!

Dopo le mie spiegazioni un po' confuse e concitate, vennero le domande, concitate anche quelle.

– Ma, ispettore, di che cosa possiamo accusarla?

– E io che cavolo ne so, Garzón! Per il momento la fermiamo, poi si vedrà.

– Non sarebbe più prudente cercare di capire dove sta andando?

– Troppo rischioso, Roberto.

– E se andasse all'aeroporto solo per salutare qualcuno? – suggerì il mio sottoposto.

– Con una valigia?

– In realtà non le è mai stato proibito di viaggiare – intervenne Fraile.

– Volete lasciarmi in pace? Sto seguendo una mia intuizione. Se poi viene fuori che mi sono sbagliata ci scuseremo con la signora e tanti saluti.

Non osarono più insistere, cosa che mi tranquillizzò solo in parte, perché sapevo bene che tutte le loro obiezioni erano più che sensate.

Il nostro agente ci aspettava davanti al terminal dei voli internazionali. Con lui c'era Bárbara Mistral, alterata, nervosa, pallida, con le mani tremanti. Appena ci vide attaccò a parlare a tutta velocità:

– Non avete il diritto di arrestarmi! Lasciatemi andare immediatamente, sto perdendo l'aereo!

– Dove pensa di andare?

– In vacanza per qualche giorno! Avrò il diritto di muovermi come mi pare, sì o no?

– Ci mostri il suo biglietto.

Esitò un momento, si guardò intorno. Alla fine aprì la borsetta. Se prima le sue mani tremavano lievemente, ora non riusciva più a fermarle. Tirò fuori una busta che quasi le strappai di mano. La aprii e le chiesi:

– Qualche giorno in Brasile?

– Dopo tutto quello che è successo ho bisogno di riprendermi. Andare in vacanza non è un reato.

– Dov'è il suo biglietto di ritorno?

– Un'amica mi ha detto che costa meno farlo lì. Ci penserò all'arrivo.

– Venga con noi, per favore. Lei è in arresto per l'uccisione di Belarmina Mendizábal.

Garzón tirò fuori le manette e mi guardò con aria interrogativa. Annuii. Mentre gliele metteva sotto lo sguardo allarmato della gente che passava, Bárbara cominciò a piangere. Continuava a girare gli occhi in tutte le direzioni, angosciata. La presi con fermezza per il gomito, guidandola verso la macchina. Ma lei dopo tre passi si fermò.

– Posso fare una telefonata?

– La farà in commissariato. È quello che prevede la legge.

Fraile ci pensò un attimo, poi mi bisbigliò:

– La faccia chiamare dal suo cellulare.

Immediatamente capii.

– D'accordo, chiami pure. Per questa volta faremo un'eccezione.

– Con le manette ai polsi?

Garzón gliele tolse e lei si allontanò di qualche passo. Chiamò e disse poche frasi nervose. Poi scoppiò a piangere istericamente. Ci avvicinammo.

– A chi ha telefonato?

Lei scuoteva la testa, non riusciva a parlare. Era sconvolta. Non oppose resistenza quando le tolsi di mano il cellulare. Guardai la chiamata. Non c'era nessun nome, solo un numero.

– Con chi ha parlato?

Piangeva convulsamente. Chiamai l'agente che le controllava il telefono. Mi diede subito l'informazione che mi serviva.

– Sì, ispettore, ha parlato con un uomo. Gli ha detto: «Mi hanno fermata! Non andare via senza di me, non lasciarmi sola!». Lui ha risposto: «Stai tranquilla. Tornerò a prenderti, si sistemerà tutto», e ha riattaccato.

Mi girai verso Bárbara Mistral, era distrutta.

– Chiunque sia, non tornerà a prenderla, e lei verrà processata. Potrebbero attribuirle tutti gli omicidi delle sue clienti. Mi dica chi è quell'uomo.

Lei abbassò gli occhi, il trucco sciolto li aveva ridotti a due macchie nere.

– Darío Navarro – mormorò.

Ci guardammo perplessi. Ci volle la memoria del viceispettore per metterci sulla strada giusta.

– L'ex socio di Armando Torres? – chiese.

Bárbara annuì, tremava dalla testa ai piedi.

– Doveva partire con lei per il Brasile? – le chiesi.

Tornò ad annuire. Fraile prese le redini della situazione. Si rivolse a Ortega:

– Porti la signora in commissariato.

Poi chiamò la centrale dei Mossos d'Esquadra e chiese l'intervento di un paio di pattuglie. Nel frattempo cercammo di sorvegliare le porte del terminal. Per fortuna i mezzi della polizia autonoma arrivarono subito. Fraile parlò con il comandante.

– Non fate uscire nessuno – lo sentii che diceva.

Ci gettammo tutti e tre verso il banco del check-in per il volo diretto a San Paolo. Osservammo ansiosamente tutti i passeggeri in attesa. Ci separammo. Fortuna volle che fossi io ad avvistarlo. Lo riconobbi subito. Era al banco del bar, curvo in modo che la faccia non fosse troppo visibile. Mi avvicinai e lui se ne accorse. Si diresse a tutta velocità verso le uscite, mentre il cameriere inveiva perché non aveva pagato. Avvertii Fraile per telefono mentre lo seguivo. Si mise a correre e io gli tenni dietro. Di colpo avvertii un dolore terribile alla testa e delle fitte al petto. Lui, trovandosi Roberto Fraile davanti, cambiò direzione e accelerò la sua folle corsa in mezzo alla gente. Vedendo i viaggiatori bloccati davanti a una delle porte fece dietro front e puntò di nuovo verso i banchi del check-in. Fraile stava per raggiungerlo. Quando fu a pochi metri da lui gli si gettò addosso con un tuffo da portiere. Finirono entrambi sul pavimento. Quasi immediatamente arrivò Garzón, senza fiato, e posò un piede sul corpo dell'uomo come un cacciatore al termine di un safari vittorioso.

– Mani dietro la testa! – gli ordinò, prendendolo di mira con la pistola.

Fraile si rialzò. Attorno a noi la gente gridava. Mi misi accanto a Fraile e gli dissi:

– Davvero spettacolare.

Lui sorrise, ansante. Mi rispose:

– Mi fa un male cane il ginocchio.

In quel momento un nugolo di Mossos d'Esquadra si gettò su di noi. Fraile tirò fuori il distintivo e questo bastò a calmarli. Una signora giapponese si mise ad applaudire, altri la imitarono. A prudente distanza si era formato un folto pubblico. Mi vergognai. Sinceramente posso affermare che ho sempre tenuto alla riservatezza nell'esercizio delle nostre funzioni.

19

Coronas fu felicissimo che la cattura all'aeroporto di El Prat uscisse sui giornali con tanto di foto spettacolari e titoli giganteschi. Avrebbe preferito che i rinforzi fossero stati della Policía Nacional invece che dei Mossos, ma non sempre si può avere tutto dalla vita. Quando però ci chiese della soluzione del caso, ci vedemmo costretti a smorzare il suo entusiasmo.

– Al momento una soluzione non ce l'abbiamo, commissario. Ma ci stiamo lavorando – dichiarai.

– Sarà un gioco da ragazzi – concluse Garzón con una sicurezza che non so da dove avesse preso.

– Gioco o non gioco, esigo risultati immediati. Adesso andate a casa, riposate qualche ora, ma quando sarete di ritorno voglio che lavoriate senza sosta finché il caso non sarà risolto. Sono stato chiaro?

– Come il sole, commissario – risposi.

Fraile sommò agli ordini del suo capo quelli del nostro e si preparò ad andare a casa. Naturalmente, prima di lasciare il commissariato chiedemmo un nuovo arresto di Armando Torres. Ora i sospettati in guardina erano tre, ciascuno chiuso nella sua cella. Che cosa diavolo avremmo fatto di loro era ancora da vedere, ma intanto li avevamo a disposizione.

– Non so come potrò dormire sapendo che quelli là stanno aspettando – disse Fraile.

– Pensi che potrebbe passare molto tempo prima che riveda un letto. Forse questo la aiuterà – gli rispose il viceispettore. – A proposito, in previsione di nuovi accampamenti, questa volta mi porto un plaid. Ieri notte ho avuto freddo.

– Se non è chiedere troppo, porti anche uno di quei thermos di caffè che le prepara sua moglie.

– Ci avevo già pensato, Roberto. Sarà un piacere.

In casa non c'era nessuno. Salii direttamente in bagno e aprii il rubinetto della doccia. Mi guardai allo specchio: capelli senza una forma, occhiaie, pelle grigia, senza luce... E per fortuna lo specchio non rimanda gli odori! Mi spaventai dello stato in cui ero. Nessuno dovrebbe ridursi a quel modo per il lavoro. Nessun essere civilizzato può avere un aspetto simile senza neppure saperlo. All'età della pensione, ammesso che ci fossi arrivata, sarei stata un rottame. Il ritmo frenetico di quella vita mi stava facendo a pezzi, mi logorava dentro e fuori. Eppure, che diamine! quanti serial killer mi sarebbe ancora toccato affrontare nella vita? Pochi, probabilmente nessuno. No, mi dissi, il mio caro assassino, chiunque sia, merita un ultimo sforzo, anche se dopo dovessi cadere sfinita.

Dormii come un sasso, senza sussulti, senza sogni. Al risveglio mi sentivo decisamente meglio, ma come misura cautelare non mi guardai allo specchio. Mentre mi vestivo mi tornarono in mente le immagini dell'aeroporto. Una fantastica scena da film. Accidenti, la Filmoteca! pensai, per associazione di idee. Grazie alla settima arte eravamo sulla dirittura d'arrivo. Non poteva essere un caso che sia Belarmina Mendizábal che Bárbara Mistral fossero frequentatrici di quella sala. Di sicuro se ne servivano come punto d'incontro, per non destare sospetti. E l'uomo che aveva visto Ortega, alto, distinto, con i capelli brizzolati... l'uomo che aveva parlato con Bárbara Mistral, avrei giurato qualunque cosa che fosse Darío Navarro. In più corrispondeva alla descrizione dell'uomo che fuggiva dal luogo del delitto quando era stata uccisa Belarmina. Così l'avevano descritto lo studente che passava di lì e il vecchio che abitava poco lontano. Doveva essere lui l'assassino. Certo, però di chi? Solo di Belarmina o anche delle vittime precedenti? E con quale movente? Che rapporto c'era fra i tre che avevamo arrestato? Mi ero ripromessa di non tentare nuove congetture, ma non potevo fare a meno di pormi un mucchio di domande. Perché? Chi? Non ci capivo niente, anche se ormai i protagonisti della vicenda erano quelli. Darío e Bárbara erano amanti, progettavano di fuggire insieme. Benissimo. Torres e Darío erano stati soci. Bene anche questo. E poi?

Uscii di casa come se avessi il diavolo alle calcagna. In commissariato c'erano le risposte, stava a noi trovarle. Prima ancora che entrassi l'agente all'ingresso mi informò che i miei colleghi erano alla Jarra de

Oro, mi aspettavano là. Solo allora mi resi conto che non avevo toccato cibo dal pranzo del giorno prima e che dovevo mangiare qualcosa se volevo avere la forza di continuare. Fraile e Garzón dovevano aver fatto il mio stesso ragionamento, perché li trovai davanti a due ricche colazioni.

– Si accomodi e ordini anche lei, ispettore – mi incoraggiò Fermín. – Ci attendono ore di duro lavoro e non voglio veder morire nessuno per inedia.

– Di certo a lei non capiterà.

– Ci può giurare! Se lo stomaco brontola sono capace di darmi alla fuga anche in mezzo alla confessione di Jack lo Squartatore.

Mi sedetti e ordinai un tramezzino vegetariano, che a Garzón sembrò un sacrilegio. Mangiammo in silenzio, come se avessimo paura di parlare. Fu Roberto, dopo aver ordinato un secondo caffè, ad affrontare la questione che tutti avevamo in mente.

– Da chi cominciamo? Bisogna studiare una strategia.

– Le sembra importante? – chiese Garzón.

– Mi sembra fondamentale. Se si accusano fra di loro, dobbiamo decidere da chi partire, e poi vedere quali confronti sarà il caso di fare.

– Ha già qualche idea su come impostare il tutto? – continuò Garzón.

– Nessuna. Sono nella confusione più assoluta – rispose Fraile.

– E allora metta nella confusione anche me, ispettore. Avremo anche pizzicato i colpevoli, ma chi lo sa chi ha la colpa in realtà.

– Che ve ne pare se cominciamo dalla donna? – suggerii. – In fondo ha già tradito il suo compagno ed è l'unica ad avere buoni motivi per rivelarci qualcosa.

– Quello pensava di scapparsene in Brasile promettendo di venirla a prendere dopo, bella faccia tosta! – esclamò Garzón.

Mi batteva forte il cuore mentre attraversavo la strada per rientrare in commissariato. Eravamo al momento conclusivo, ma niente ci autorizzava a dichiarare «il caso è chiuso». Tutto poteva ribaltarsi di nuovo. Incrociai le dita in un gesto scaramantico che non era da me. Non sono mai stata superstiziosa.

Cominciammo da Bárbara Mistral. Le ore passate in cella non erano bastate a calmarla. A giudicare dal suo aspetto aveva pianto senza sosta. Aveva gli occhi gonfi, il viso sformato, non era rimasto nulla del suo aspetto curato da donna manager. Un simile stato d'animo giocava a nostro favore. L'obiettivo, infatti, non era che rispondesse ad alcune domande strategiche, ma che crollasse definitivamente e rendesse una confessione completa. Per cominciare le feci un resoconto della poco invidiabile situazione in cui si trovava.

– Bárbara, lei è stata fermata mentre era in procinto di uscire dal paese in compagnia di un presunto omicida. Non solo la riteniamo implicata nell'assassinio di Belarmina Mendizábal, ma abbiamo motivo di sospettare che abbia a che fare con gli omicidi precedenti. Le quattro donne uccise erano tutte clienti della sua agenzia. Se non ci spiega esattamente com'è andata, presenteremo quanto accertato finora al giudice, che senza dubbio la accuserà di concorso in omicidio premeditato e pluriaggravato. Qui non si tratta di decidere se le conviene o non le conviene parlare – specificai. – Lei non può fare altrimenti, se non vuole finire seriamente nei guai.

Lei fissava il pavimento, mi aveva ascoltata senza muoversi. Seguì un silenzio che durò non meno di cinque minuti. Finalmente rispose con voce spenta:

– Va bene, parlo.

– Perfetto, la ascoltiamo. Si prenda tutto il tempo che vuole, non abbiamo fretta.

– Io non ho ucciso quella donna, neanche la conoscevo. E non ho ucciso nessuna delle mie clienti.

– Molto bene. Ci dica allora chi lo ha fatto.

– Questo non posso saperlo. So solo che Darío ha causato la morte di Belarmina. Me lo ha detto lui. Mi ha detto che era completamente pazza, che lo aveva minacciato, e allora un giorno si sono visti, lei ha alzato la voce e lui l'ha spinta. Lei ha battuto la testa ed è morta.

– Belarmina è stata trovata in un lago di sangue, selvaggiamente accoltellata all'addome, con la faccia sfigurata come le altre vittime. Non lo sapeva?

– No.

– E per quale motivo Belarmina avrebbe minacciato Darío Navarro?

– Non lo so.

Si levò la voce di Fraile, serena, salda:

– Così non va bene, Bárbara. Se ha deciso di parlare deve dirci la verità, la verità completa ed esatta. Le assicuro che farci perdere tempo potrà solo aggravare la sua situazione.

– Erano questioni tra di loro, io non ne sapevo niente.

– Loro, chi? – saltò su Garzón quasi gridando.

– Torres e Darío.

– Che tipo di cose c'erano fra di loro?

– Erano stati soci. E quando hanno chiuso l'impresa dev'essere successo qualcosa. Darío non me ne voleva parlare, ma Torres lo ricattava.

– Si spieghi meglio.

– Darío era molto riservato su questo. Però Torres si è messo a uccidere le nostre clienti quando Darío non ha più voluto dargli quello che chiedeva. L'ha fatto per rovinare l'agenzia.

– E Belarmina? E Margarita Estévez, che è stata uccisa quando Torres era agli arresti?

– Io non ne so niente, giuro che non ne so niente! Lo chieda a loro, io non c'entro con questi casini!

Si era messa a gridare, ora piangeva convulsamente.

– Si calmi – le intimò Fraile.

– Non voglio calmarmi, non voglio stare qui! Io non ho ammazzato nessuno!

Cominciò a tremare in tutto il corpo. Si coprì la faccia con le mani. Ci guardammo. Feci un cenno a Fraile, lui annuì.

– Adesso la lasciamo riposare un po' – disse. – Nel frattempo cerchi di tranquillizzarsi e di riflettere. Pensi al suo bene, Bárbara. La verità è sempre premiata. Lei è troppo giovane per passare venti o trent'anni chiusa in un carcere. Ci rifletta. Più tardi ne riparleremo.

Domínguez la portò via, sconvolta, completamente fuori di sé. Quando fummo soli Garzón sbottò:

– Ma che senso ha questa storia? Non ci capisco niente! Questa tizia sta fingendo?

– Mente, ma non finge. È distrutta sul serio – risposi.

– Su che cosa sta mentendo, secondo voi?

– Non lo sappiamo ancora, Fermín, non ci metta ansia.

Facemmo entrare Darío Navarro. Lo osservai attentamente, forse per la prima volta. Era un bell'uomo, un cinquantenne sportivo e virile. Non sembrava particolarmente agitato, forse rassegnato, un po' indifferente. Si permetteva un sorrisetto ironico che mi innervosiva. Decisi di iniziare l'interrogatorio fingendo di sapere quello che non sapevo, era una tattica che spesso mi dava buoni risultati.

– Avevate preparato tutto con molta cura, signor Navarro. Mai una volta ha usato il telefono, nel caso fosse controllato. Non si è mai fatto vedere con Bárbara, dal momento che poteva essere controllata lei. Davvero abile, non c'è che dire. Solo che alla fine ha dovuto rischiare andando all'aeroporto, e se la sua amica non avesse preso con sé una valigia nessuno si sarebbe accorto di niente.

– Glielo avevo detto di non portare niente, ma non mi ha ascoltato. Non ci si può mai fidare di una donna.

Mi guardò con un largo sorriso beffardo. Era un osso duro. Cercai di non battere ciglio.

– Adesso ci dica perché Armando Torres la ricattava.

– Ve lo ha raccontato la mia amica?

Sottolineò la parola «amica» come se la trovasse ridicola.

– Sì, ma sostiene di non conoscere i motivi.

– Anche se glieli avessi spiegati, dubito che li avrebbe capiti. È negata con i numeri.

– Quindi si tratta di numeri. Potrebbe essere un po' più chiaro?

– Sono cose che possono succedere quando si scioglie una società. Soprattutto se il socio che ti sei trovato è un pirata.

– Torres è un pirata?

Si mise a ridere.

– Torres è... come dire? Torres è un disgraziato, un maniaco sessuale e un assassino. Non so se vi basta.

– No, non ci basta, ma andiamo per gradi. Adesso vogliamo solo sapere perché la stava ricattando.

– Torres era molto stimato quando era dipendente. Per questo pensavo che potesse essere un buon socio. Ma appena abbiamo messo su l'impresa gli è passata la voglia di lavorare e mi ha creato solo guai. Quando alla fine ho deciso di mollare voleva lasciare a me tutti i debiti. Alla fine siamo arrivati a un accordo e lui sembrava essersi placato. Per un po' non l'ho più visto. Nel frattempo avevo conosciuto Bárbara e ho cominciato a darle una mano nella sua attività. Ma un giorno Torres capita in agenzia come cliente. Non so come fosse venuto a saperlo, immagino che da quel bastardo che è mi avesse seguito o qualcosa del genere. Scusate il vocabolario, ma un tipo del genere non c'è altro modo per definirlo.

– Vada avanti.

– È stata una catastrofe. Veniva, non pagava, ma il peggio era che tutte le donne che gli facevamo conoscere uscivano dall'esperienza disgustate. Armando è un maniaco, come ho già detto, chissà quali pratiche sessuali proponeva a quelle poverette. Scappavano tutte. Era un grosso problema, e allora un giorno mi sono stufato e gli ho detto che intendevo denunciarlo. L'ho buttato fuori dall'agenzia a calci.

Rimase zitto. Il sorriso ironico era sparito.

– Continui, per favore.

– Dopo un po' è venuto a cercarmi e mi ha minacciato di ammazzare tutte le donne che aveva conosciuto grazie a noi. La sua idea era lasciare delle prove che avrebbero coinvolto l'agenzia. La polizia ci avrebbe messo poco a rovinarci. In questo modo lui credeva di tenermi in pugno, ma io l'ho mandato al diavolo. Avevo capito che era fuori di testa, ma non pensavo fino a questo punto. Perché poi lui ha messo in atto la sua minaccia e ha cominciato davvero ad accoltellarci le clienti.

– Perché non si è rivolto alla polizia quando ha saputo del primo delitto? – intervenne Fraile.

– Non saprei, ispettore, ero spaventato, pensavo di poter essere accusato di qualcosa.

– Ha visto commettere tutti quegli omicidi e pur sapendo chi era il colpevole è stato zitto? – insisté il mio collega.

– Senta, ispettore, potete anche accusarmi di intralcio alla giustizia o come diavolo si dice, ma non di omicidio. Per fortuna stavo giocando a carte ogni volta che una di quelle donne è stata assassinata. Frequento un circolo di poker dove si gioca fino all'alba. E ogni volta che è successo io ero al tavolo verde. Glielo potranno confermare.

– Che felice coincidenza – commentai.

– Non è una coincidenza. Gioco quasi tutte le sere. Non c'è niente di illegale e non puntiamo grandi somme. Quattro spiccioli e qualche birra, ci piace divertirci. Potete controllare.

– Controlleremo – disse Garzón.

– E attualmente come si guadagna da vivere, signor Navarro? – chiesi.

Tornò alla sua espressione strafottente.

– Ve l'ho già detto, aiuto la mia amica in agenzia.

– Senza comparire come socio? Senza mai farsi vedere in sede? Senza figurare da nessuna parte?

– È una ditta individuale, ed esiste una cosa che si chiama internet. Posso perfettamente lavorare da casa. Personalmente ritengo che quando la titolare di un'attività è la donna, è meglio che l'uomo non si faccia vedere troppo. Ci fa sempre una magra figura.

– Magari viene fuori che, come Torres, lei è di quelli che non hanno voglia di lavorare.

Si raddrizzò sulla sedia, si sporse in avanti e mi puntò addosso un dito minaccioso:

– Lei non sa quello che dice! Sono stato io a insegnare a Bárbara come doveva mettere su quella cazzo di agenzia! Io ho organizzato tutto! È stata mia l'idea della massima riservatezza, che l'ha resa diversa da tutte le altre! Senza i miei consigli quella mentecatta non avrebbe saputo da che parte cominciare!

Garzón gli si avvicinò e lo prese per i risvolti della giacca.

– Non so quanti cazzotti lei abbia preso in vita sua, ma se parla di nuovo all'ispettore con questo tono, può stare sicuro che il mio se lo ricorderà per molto tempo.

Navarro non lo guardò nemmeno. Teneva gli occhi fissi su di me, come se volesse inocularmi il veleno del suo odio.

– C'è un problema nella sua versione dei fatti – intervenne Fraile gelido. – Quando è stata assassinata Margarita Estévez, la quarta vittima, Torres era qui da noi, in camera di sicurezza. Non può essere stato lui.

– Non lo so, avrà pagato qualcuno. Si suppone che gli esperti siate voi.

– E poi c'è il caso di Belarmina Mendizábal, che aveva conosciuto Torres ben prima che lui si rivolgesse a voi.

– Certo, lui assassinava quelle che conosceva, più chiaro di così!

– Ma in quell'occasione due testimoni hanno visto un uomo sul luogo del delitto. Un uomo alto sulla cinquantina. La descrizione coincide con la sua persona.

– Ah, ma che colpo di scena! Mi sembra di essere in un film! – Scoppiò in una risata.

Fraile mi guardò. Chiusi le palpebre in segno di assenso.

– Può andare.

– A casa?

Nessuno gli rispose. Domínguez lo riportò in cella. La violenza che Garzón aveva represso non tardò a riaffiorare:

– Ma quello è un filibustiere! Giuro che non esce da questo commissariato senza aver assaggiato il mio pugno destro, o anche il sinistro, che tanto non ho preferenze.

– Stia calmo, Fermín, non roviniamo tutto per una questione di forma – lo avvertì Fraile.

– E che cosa facciamo adesso? Chiamiamo Torres? Lui per lo meno fa venire i nervi a Petra, non a me.

– Io sarei favorevole a una pausa – dissi.

– Una lunga pausa – concordò l'ispettore. – Pensavo di organizzare un confronto all'americana con i due testimoni, mentre voi andrete a verificare l'alibi di Navarro a quel circolo di poker.

– E Torres lo lasciamo aspettare?

– Da questo momento in poi comincia la guerra dei nervi, Garzón, e le lunghe attese sono l'ideale per il logoramento psicologico.

Partimmo immediatamente. Il circolo che frequentava Navarro si trovava nella parte bassa della calle Santaló, quartiere di gente danarosa. Entrando, fummo sorpresi dal chiasso che saturava l'ambiente. Ci rivolgemmo al direttore, un uomo di mezz'età che sembrava indifferente a tutto.

– Ci sarebbe un posto tranquillo dove parlare?

– Vi dà fastidio tutto questo vociare, vero? Be', dentro la sala è ancora peggio. Certe volte devo battere le mani perché abbassino il volume. Ormai mi sono abituato, ma è dura. Sono tutti signori distinti, ma messi insieme fanno un casino del diavolo.

– Qui vengono solo uomini? – chiese Garzón.

– Anche qualche donna, ma di meno – ci spiegò. – La cliente tipo ha una certa età, di solito è una signora che vive sola, vedova o divorziata. Passano il pomeriggio, trovano compagnia e con il gioco tengono svegli i neuroni. Per gli uomini è più o meno lo stesso, solo che molti non smettono fino al mattino.

– Possiamo dare un'occhiata alla sala? – chiesi.

Dalla piccola reception l'uomo ci condusse nella sala da gioco. Il livello del rumore crebbe. C'erano decine di tavoli verdi che funzionavano a pieno regime. In effetti i presenti erano quasi tutti uomini, c'era qualche signora, ma di età più che matura. Nessuno parve accorgersi della nostra presenza, nulla di ciò che avveniva fuori dalla loro partita era degno della loro attenzione. Nell'aria aleggiava una fragranza indefinibile, come quella di molte lozioni dopobarba mescolate insieme. Osservai i clienti: ben pettinati, vestiti di colori discreti, con le mani curate, i polsini che uscivano dalla giacca. Un altro rifugio per solitari, pensai. Associazioni di escursionisti, centri culturali, agenzie di contatti, circoli di poker... Barcellona dovrebbe essere proclamata capitale mondiale dei cuori solitari. Al mio fianco, il viceispettore non si perdeva un dettaglio.

– All'anima! – mi sussurrò all'orecchio. – Che bisca, qua dentro! Che ne dice di fare una bella retata da film di gangster?

– Rimanderei a un altro giorno – risposi.

Poi il direttore ci condusse in un ufficetto dal quale fece sloggiare una ragazza che lavorava al computer.

– Che cosa desiderate esattamente? – ci chiese.

Garzón gli mostrò la fotografia scattata a Navarro dopo l'arresto.

– Riconosce quest'uomo?

Inforcò un paio di avveniristici occhiali da presbite. Osservò attentamente la foto.

– Sì, è un socio. Il nome però non me lo ricordo.

– Darío Navarro.

– Ah, ecco chi è! Ha fatto qualcosa che non va?

– Non lo sappiamo ancora. Ci dica quello che sa di lui.

– Be', anche se non è un ragazzo è fra i più giovani soci del circolo. Si è iscritto all'incirca un anno fa, viene abbastanza spesso. Adesso è un po' che non lo vedo. Mi ha colpito perché fin dal primo giorno ha voluto darmi la mancia. Le prime volte gli dicevo di no, che qui non c'è l'abitudine, ma lui insisteva, diceva che non importava, che gli piaceva com'era organizzato tutto quanto e voleva dimostrarmelo. Erano venti euro ogni volta, mica spiccioli.

– E la cosa non la sorprendeva? – chiese il viceispettore.

– Certo, mi è sembrato strano. Per questo gli ho detto subito che non doveva. Ma se uno insiste e le mette in mano venti euro, lei cosa fa, rifiuta? Non era il caso di offenderlo, le pare?

– Lei ha un registro dei soci?

– Ma certo! Lo teniamo per cinque anni, in caso di ispezioni.

Digitò rapidamente sulla tastiera del computer e fece partire la stampante.

– Sono contemplate anche le ore di presenza all'interno del circolo?

– Sì, in questo foglio Excel. Mi pare che in genere lui si fermi tutto il pomeriggio, fino a tarda sera. Tenga conto che finché c'è gente noi non chiudiamo. Ci sono tavoli che vanno avanti fino alle nove del mattino.

– Le spiacerebbe lasciarci un momento soli?

– Per carità, come desiderate.

Uscì e immediatamente Garzón tirò fuori il nostro schemino con le date e le ore di tutti i delitti. Scrutammo e controllammo i dati per maggiore sicurezza. Non c'era nessunissimo dubbio: Navarro si trovava al circolo tutte le volte che il nostro assassino seriale aveva colpito, proprio nell'ora alla quale il medico legale faceva risalire la morte di ciascuna vittima. Con un'unica eccezione: la notte in cui era stata uccisa Belarmina Mendizábal. Garzón mi guardò e mi disse:

– Cosa cazzo significa, secondo lei?

– Non lo so, Fermín, non mi metta ansia.

– Il direttore del circolo gli avrà fatto un favore?

– Non credo. Non ci avrebbe detto nulla di quelle mance generose.

– E perché no?

– Perché potevano far ricadere dei sospetti su di lui. Navarro in realtà lo pagava perché notasse la sua presenza. Per essere certo che il suo alibi venisse confermato.

– Questo è vero.

– E poi questo tizio non mi sembra uno che mente. Gli dica di venire.

Tranquillo come un papa l'uomo entrò nell'ufficio.

– Può dirci se c'è qualcosa che l'ha particolarmente colpita nel signor Navarro? Qualcosa di strano in certe sere particolari? Era nervoso, distratto? – chiesi.

Ci pensò un attimo e poi si strinse nelle spalle.

– No, a parte quei venti euro tutte le volte, mi è parsa una persona perfettamente normale. Spero sinceramente che non sia coinvolto in qualche brutta faccenda. Non vorrei che per colpa dei giornali la reputazione del circolo ne uscisse danneggiata. Non sono il proprietario, ma lavoro qui da tanti anni.

Usciti di lì avvistammo un bar e facemmo rotta in quella direzione. Ordinammo due caffè al banco. Garzón sembrava molto deluso.

– Quindi Navarro può essere accusato solo di uno dei delitti, per gli altri ha un alibi di ferro – sospirò.

Lo fissai. Mentre parlava riflettevo, poi dissi:

– Comunque, viceispettore, l'omicidio di cui sarebbe colpevole Darío Navarro è diverso dagli altri, ricordi quello che ha detto il medico legale.

– Certo, la Mendizábal non l'ha uccisa la stessa mano.

– Ma se Navarro tutte le altre volte è sempre stato chiuso in quel cazzo di circolo, dobbiamo pensare che non c'entri niente con gli altri omicidi?

– Non lo so. So solo che Belarmina l'ha fatta fuori lui, su questo non ci piove.

– Certo, ma perché?

– Non ne ho idea. Ma se adesso nel confronto all'americana i due testimoni lo riconoscono, avremo delle prove, e immagino che finirà per dircelo lui stesso.

Garzón si passò le mani sulla faccia come se volesse cancellare tutti i dubbi.

– Non ne posso più, ispettore, dico la verità. Se risolviamo il caso giuro che è la volta che chiedo la pensione.

– Si annoierebbe a morte a non lavorare.

– Non creda, da quando mi sono imborghesito ho molte passioni nuove. Per esempio ho scoperto che mi piace giocare a golf.

– Non la vedo riempire le sue giornate marciando dietro a una pallina.

– Abbia un po' di pietà di me! Ho passato la vita a spaccarmi la schiena, e adesso che potrei fare il grasso borghese...

– Non le fa bene ingrassare, e poi lei è un poliziotto fino al midollo.

– Sarà per questo che ho male a tutte le ossa.

Mi misi a ridere. Lo presi amichevolmente a pugni sulla spalla.

– La smetta, ispettore! Vuole scassarmi definitivamente?

– Torniamo in commissariato a vedere come va il confronto di Fraile.

Lui mi guardò quasi implorante, come un vecchio gatto.

– Sa cosa le dico, Petra? Che i confronti all'americana sono una gran rottura di palle. Bisogna avere l'autorizzazione del giudice, poi cercare dei soggetti somiglianti al sospettato... L'ispettore Fraile se la caverà benissimo da solo. Anzi, sono sicuro che preferisce non averci fra i piedi.

Inarcai al massimo le sopracciglia. Non capivo dove volesse arrivare.

– E allora che cosa propone?

– Perché non andiamo a fare una passeggiata al Parque de la Ciudadela? Pensi che poi ci toccherà starcene chiusi in quel grigio commissariato, con quegli schifosi dei sospettati, a respirare aria viziata senza sapere quando ne usciremo.

– Non si usa ancora scegliere i sospettati che ci piacciono.

– Be', non sarebbe male.

Lo guardai con simpatia. Era stanco, forse angosciato da tutto quanto.

– Ha ragione, Fermín. Il contatto con la natura ci farà bene. Spero che non stia pensando anche a un picnic.

– Per questa volta ne faremo a meno.

– E allora andiamo.

Fortunatamente la fauna umana che si aggirava nel parco a quell'ora del giorno era del tutto pacifica. All'inizio ci sentimmo un po' fuori posto tra ragazzi con gli zainetti, mamme con i passeggini, pensionati e turisti disorientati. Poi cominciammo ad apprezzare l'aria fresca, il cinguettio degli uccelli, l'ombra degli alberi sul viale. Non parlavamo, tanto eravamo impegnati a goderci quella pace ristoratrice come se potessimo farne provvista per più tardi.

Ci sedemmo su una panchina a riposare. Mi accorsi che Garzón si stava addormentando. Lo lasciai tranquillo. Io, da parte mia, mi sarei volentieri sdraiata come un barbone. Mi trattenni, pensai al rischio che un vigile urbano potesse richiamarci. Però credo che finii per assopirmi anch'io, perché al suono del mio cellulare sussultai e ci misi un po' a rendermi conto che lo avevo infilato nella tasca dell'impermeabile.

– Petra, dove diavolo siete finiti? – Era la voce di Roberto Fraile.

Guardai l'albero più vicino.

– Sotto un verde cipresso.

– Morti e sepolti?

– Qualcosa di simile.

– Venite immediatamente. Ci sono importanti novità.

– Non potrebbe anticiparci...?

Aveva già chiuso. Garzón mi guardava con occhi piccoli e offuscati.

– Ci crede che mi sono addormentato profondamente, ispettore? Ho fatto un sogno!

– Ha sognato la soluzione del caso?

– No. Sognavo che era Natale e mi regalavano uno slittino.

– Peccato, avrebbe potuto essere un sogno profetico.

Partimmo di corsa in cerca di un'uscita. Il parco mi sembrava un'allucinazione. Non capivo come avessimo potuto arrivare fin lì e che cosa diavolo stessimo facendo.

20

Roberto Fraile era così entusiasta che non ci chiese nemmeno che cosa avessimo combinato fino a quell'ora. I due testimoni avevano riconosciuto Darío Navarro come l'uomo che si era allontanato dalla scena del delitto la notte in cui era stata uccisa Belarmina Mendizábal. Successo su tutta la linea! A quanto ci raccontò Roberto con orgoglio, non c'erano stati dubbi. Anche il ragazzo che all'inizio aveva dichiarato di non aver visto in faccia l'assassino aveva indicato lui senza nessuna esitazione.

– Cominciamo a muoverci sulla base di fatti concreti, basta con le congetture! – concluse il nostro collega pieno di speranza.

– Abbiamo controllato l'alibi di Navarro al circolo – gli dissi. – È sufficientemente solido per tutti gli omicidi tranne che per quello della Mendizábal.

– Perfetto! Tutto torna.

– E il movente? E l'assassino seriale? E Margarita Estévez?

– Non corriamo, per favore! Si era detto che avremmo fatto un passo alla volta.

– Benissimo. Il prossimo passo quale sarebbe? –

chiesi. – Torres è ancora da interrogare. Che si fa? Sentiamo lui? Oppure facciamo un confronto fra Torres e Navarro? O un nuovo interrogatorio a Navarro? Oppure un confronto fra Navarro e la Mistral? O li interroghiamo insieme tutti e tre? – Le possibilità mi si affollavano nella mente.

– La prima cosa da fare è scrivere una relazione sugli ultimi sviluppi delle indagini – disse Fraile.

– Come? – insorgemmo in coro il viceispettore ed io.

– Il mio capo, che non è il vostro, si lamenta perché da tre giorni non forniamo uno straccio di documento scritto, e voi sarete così solidali con me da aiutarmi nell'ingrato compito. O no?

– Non è che non vogliamo darle una mano, Roberto – intervenne Garzón. – Ma in un momento critico come questo e con i tre sospettati a portata di mano, mi sembra che mettersi a imbrattare carte sia solo una perdita di tempo.

– Ma proprio quel tempo che a noi sembra di perdere giocherà a nostro favore. Più cuociono nel loro brodo, quei tre che abbiamo di là, più li indeboliamo.

– Vedrà che l'avvocato di Torres comincerà presto a seccarci – rincarò Garzón.

– Questo non mi preoccupa. Abbiamo il giudice dalla nostra parte.

– L'unico elemento che abbiamo contro è che non ci stiamo capendo niente – dissi di malumore.

Fraile mi guardò con un sorriso e aprì le braccia alzando gli occhi al cielo.

– Mi aiutate con queste annotazioni, sì o no?

– La aiutiamo, ispettore – concessi. – Cosa vuole che le dica!?

Non so perché avessimo protestato tanto. In realtà, mettere le cose nero su bianco aiuta sempre a riordinare i fatti, a fissarli nella mente. L'unico problema fu che quando avevamo finito era già sera. Eppure nessuno dei tre accennò ad andare a casa. Ci riunimmo nel mio ufficio. Garzón aveva le idee chiare:

– Ho portato provviste e caffè per l'accampamento notturno. Questa volta è tutto organizzato. Beatriz mi ha dato tre plaid perché possiamo coprirci. Dice che di notte rinfresca.

– Sua moglie non avrebbe dovuto disturbarsi tanto! – esclamò Fraile, commosso.

– Lei è fatta così, Roberto, le piace occuparsi degli altri. E vedrà che spuntino ci ha preparato. Che ve ne pare se cominciamo subito? Vado a prendere le cibarie in macchina e intanto controllo se sono andati via tutti.

– La aiuto, vengo con lei – si offrì il nostro collega. Rimasta sola, sospirai profondamente. Allungai braccia e gambe. Ciò di cui avevo davvero voglia era tornare a casa e dormire nel mio letto ampio, pulito, morbido, con un uomo accanto. Di colpo l'ansia di sapere era passata in secondo piano. Avevo sonno, ero stanca e stufa e mi faceva male la schiena.

Un attimo dopo i ragazzi riapparvero carichi come per salire sull'Everest: sacchetti di plastica, borsa frigo e un gran pacco che doveva contenere le coperte. Mi venne da ridere.

– Prevede di trasferirsi a vivere in commissariato, Fermín?

– Abbiamo tutti un'età, ispettore, e se vogliamo avere un buon rendimento sul lavoro dobbiamo ovviare alle carenze, soprattutto io, che sono il più vecchio.

– Ottimizzare le risorse, come si dice – lo prese in giro Fraile.

– Perché non ha pensato anche a una doccia portatile? Ci tornerebbe comoda – dissi.

– Potete prendermi in giro quanto volete, ma io un'altra notte a digiuno non la passo. Sposti il computer, Petra, e tolga tutte le carte dalla scrivania che apparecchiamo per il banchetto.

Sotto i nostri occhi increduli, Garzón tirò fuori dallo zaino una tovaglia a quadretti bianchi e rossi e la distese per bene. Poi, fischiettando un motivo irriconoscibile, dispose piatti, bicchieri e posate di plastica. Alla fine comparvero i contenitori ermetici, che aprì con un sorriso di felicità: *tortillas* di patate, cotolette e pomodori ripieni. Completato il quadro, alzò un dito nell'aria e proclamò tutto contento:

– E se mai vi saltasse in mente di dire che manca qualcosa, ho lasciato il pezzo forte per il finale.

Infilò una mano nella tasca del giaccone ed estrasse una bottiglia di vino. Poi con una risata teatrale fece comparire dall'altra tasca il cavatappi.

– Et voilà – disse alla fine.

Io ero divertita più che sorpresa, ma Fraile non si riaveva dallo stupore. Proprio quando credeva di conoscere a fondo la nostra eccentricità scopriva che eravamo capaci di spingerci ancora oltre. Riuscì a balbettare:

– Dio santo, alcolici in commissariato!

– E non pensiate che sia un vino da battaglia! Un barricato di quelli buoni. Di questo non dovete dir grazie a mia moglie. L'ho scelto io personalmente nella cantina di casa.

– È davvero diventato uno sporco borghese.

– Petra, lei non faccia la vipera o rimane senza cena.

Il mio sottoposto era raggiante nel ruolo di anfitrione. Vedendo che Fraile osservava perplesso la tavola imbandita, lo mise in azione.

– E lei, Roberto, invece di starsene lì imbambolato, tiri fuori le coperte e le sistemi sul divano.

Il mio collega obbedì all'istante. Garzón era diventato il nostro capo in questioni logistiche. Ci sedemmo come potemmo intorno alla scrivania e Garzón aprì la bottiglia e versò il vino. Poi ciascuno si servì con discrezione e cominciammo a mangiare, constatando a ogni boccone fino a che punto eravamo affamati.

– È tutto delizioso! – esclamai. – Domani faccio mandare un mazzo di rose a Beatriz. È il minimo che possiamo fare per ringraziarla.

– Anch'io voglio partecipare al regalo – esclamò Roberto, tagliando con entusiasmo la sua cotoletta.

Sul più bello del festino qualcuno aprì la porta senza bussare. Si fece silenzio e tutti ci voltammo. Nello spiraglio comparve il commissario Coronas, con gli occhiali inforcati, gli occhi fissi su un documento che aveva in mano. Lo sentimmo dire:

– Senta, Petra, nell'annotazione di oggi...

Poi alzò lo sguardo e la sua frase si concluse in un'esclamazione:

– Madonna santa! E questo cos'è?

– Se vuole favorire... – tentò di dire il viceispettore.

Coronas, allibito, faceva scorrere lo sguardo sui piatti, sulla bottiglia aperta, sui bicchieri a metà, sulla tovaglia stesa sul tavolo.

– Ma, signori... – riuscì appena ad articolare, senza finire la frase.

Gli uomini, che davanti all'autorità vanno subito in crisi, rimasero muti. Io partii al contrattacco:

– Dal momento che rimarremo qui tutta la notte, ci siamo provveduti di qualche genere di conforto.

– Lo vedo. Più che di conforto mi sembrano generi di sollazzo. E quelle? – chiese indicando le tre coperte disposte sul divano. – Dopo si fa la nanna?

– Commissario Coronas, a lei tutto questo potrà sembrare eccessivo, ma deve sapere che abbiamo già passato tre notti in commissariato, cerchiamo solo un po' di sollievo. Cenare come si deve, riposare almeno un paio d'ore...

– Ma Petra, una cosa è portare un contenitore di plastica e scaldarlo nel microonde, un'altra mettere su il cenone di Capodanno. Non se ne rende conto? Un simile bivacco mi sembra fuori luogo. A questo punto è preferibile che andiate a casa e torniate domattina!

Aveva alzato la voce e i miei colleghi rimanevano zitti e muti. Mi arrabbiai.

– Con tutto il rispetto, signor commissario, a quello che ho detto devo aggiungere che per tutte le notti in cui abbiamo rinunciato ad andare a casa nessuno di noi ha segnato un'ora di straordinario. Quindi non stiamo pesando sulle spalle del contribuente.

– Petra Delicado, lei riesce sempre a farmi la testa come un pallone! E va bene, cenate, brindate, e ballate pure un paso doble se vi garba. Ma poi voglio che qui tutto torni pulito come uno specchio. E mettete via quella tovaglia, che sembra di stare all'osteria!

Si girò per andarsene, ma poi ebbe un ripensamento e si voltò verso il povero Roberto. Agitando un dito minaccioso gli disse:

– E lei, Fraile, si ricordi che se va a raccontare queste cose ai Mossos d'Esquadra, penserò io a bloccarle la carriera a vita, intesi?

Fraile annuì più volte.

– Stia tranquillo, commissario.

Lo schianto della porta sbattuta rimbombò negli uffici vuoti. Guardai Garzón.

– Non doveva controllare che non ci fosse nessuno?

– Non mi è venuto in mente di guardare nell'ufficio del capo. Dato che è sempre il primo ad andare via... Ma non si preoccupi, se l'è cavata benissimo.

– Certo meglio di lei, che non ha aperto bocca.

– Volevamo solo darle l'occasione di brillare, Petra. Mangiamo, adesso, tanto non tornerà.

Finimmo di cenare in santa pace, e devo dire che della visita del commissario ci dimenticammo in fretta. Poi Garzón tirò fuori dal suo zaino senza fondo dei cioccolatini al liquore e ci concentrammo sulla prima tazza di caffè di quella che sarebbe stata una lunga notte.

– Io voto per interrogare di nuovo Navarro.

– Motivo? – chiesi.

– Dargli la notizia che i testimoni lo hanno riconosciuto.

– Io me la terrei per un momento più cruciale.

– Motivo? – mi imitò Fraile.

– Lo metteremo alle strette quando avremo più chiaro il movente.

Si stese fra di noi un silenzio di riflessione.

– D'accordo – concluse il mio collega.

– E se riparlassimo con la Mistral? – si inserì Garzón.

– Più tardi. La notte è ancora giovane – risposi.

– Ma questo non si dice quando si fa festa?

– L'ha detto, viceispettore. Vada a prendere Torres, diamo inizio alle danze.

– Ma è legale interrogare gli indiziati in questo modo così... così poco ortodosso? – intervenne Fraile.

– Si tratta di un'emergenza.

Garzón partì, pieno di entusiasmo. La nostra cena gli aveva dato energia e ottimismo. Io non condividevo il suo stato d'animo, ma dovevo ammettere che quel momento di serenità mi aveva fatto bene. Guardai il mio collega.

– Ha in mente qualche strategia, Roberto?

Scosse la testa.

– Neanch'io – ammisi.

– E allora la festa comincia male.

Mi sentii invadere dalla stanchezza quando Garzón tornò accompagnato dai due agenti che scortavano Armando Torres. Ricominciare da capo mi dava la terribile sensazione di girare sempre intorno allo stesso punto. Feci cenno a Roberto di cominciare. Lui annuì con le palpebre. Andò giù duro:

– Signor Torres, perché lei ricattava Darío Navarro?

L'interrogato rimase interdetto. Poi parlò nervosamente, mangiandosi le parole.

– A quest'ora della notte, senza il mio avvocato, io considero un abuso...

Fraile lo interruppe.

– Senta, Torres, forse lei non ha capito in quale situazione si trova. Glielo spiego io: il suo ex socio la accusa di avere ucciso le donne con cui è entrato in contatto tramite l'agenzia della Mistral. È chiaro? Quindi si decida a rispondere alle mie domande e pensi seriamente a che cosa è in gioco.

L'interrogato era impallidito. Deglutì.

– Ma è assurdo! C'è stato un quarto omicidio mentre io ero agli arresti, e lo ha commesso la stessa persona che ha assassinato tutte le altre.

– Questo lo dice lei.

– Perché allora il giudice mi ha rimesso in libertà?

– Il giudice fa quello che gli indichiamo noi allo scopo di catturare il colpevole. Nessuno ha mai detto che quella donna sia stata uccisa dalla stessa persona che ha ucciso le altre. Lo abbiamo lasciato credere per vedere se lei, acquistando sicurezza, avrebbe fatto qualche passo falso –. Il mio collega mentiva spudoratamente. Ero sbalordita.

– Lei sta cercando di raggirarmi! – esclamò Torres. – Voglio il mio avvocato!

– Il suo avvocato adesso non c'entra niente. Lo lasci dormire tranquillo. È probabile che quando saprà come stanno le cose non vorrà più difenderla.

– E poi è un coglione – si inserì inaspettatamente Garzón.

Mancavo solo io nel coro, e mi unii con piacere:

– C'è un'altra persona che indica lei come colpevole: Bárbara Mistral.

– E che valore può avere questo? La Mistral è l'amante di Navarro, stanno insieme.

– Lei come lo sa?

– Lo so.

– Bárbara Mistral – specificai, – dice che lei ricattava Navarro per questioni legate alla società che avevate sciolto. Quando lui si è rifiutato di pagare, lei avrebbe deciso di assassinare le clienti dell'agenzia perché la colpa ricadesse su di loro.

– Ma se è l'esatto opposto! Non vi rendete conto? Lui mi ricattava. Lui ha ucciso le donne per far ricadere la colpa su di me perché mi ero stancato di mantenere quei due parassiti!

Rimanemmo sbalorditi tutti e tre.

– Perché Navarro la ricattava? – chiese Roberto.

– Esattamente per quello che racconta lui, pendenze della società che avevamo creato. Debiti col fisco, irregolarità.

– E per questioni di soldi si ammazzano cinque donne? Non ci credo, caro signore, mi sembra esagerato – continuò Fraile.

– E se invece lo avessi fatto io, allora ci crede?

Garzón intervenne con enorme ferocia, gli occhi iniettati di sangue, la mandibola contratta:

– Solo perché nel tuo caso, pezzo di merda, c'è un grave problema. A te piacciono le donne, vero? Ti piace portartele a letto senza fatica, promettere mari e monti e poi, quando non sai più come spremerle, ti piace ficcargli un coltello in pancia e veder uscire le budella! Lì sì che ti viene duro davvero. E poi per godere meglio gli tagli la faccia. Vero che è così?

Torres si mise a tremare, si coprì il volto con le mani, scoppiò in singhiozzi.

– Io non ho mai fatto del male a nessuno, mai, quello che lei dice è spaventoso!

Fraile approfittò di quell'abbassamento delle difese per prenderlo per il bavero, lo scosse.

– Confessi, Torres, solo così può sperare che un giudice la tratti con un minimo di clemenza!

– Ma io non ho niente da confessare – balbettò lui.

– Ci racconti del ricatto, la storia ci interessa, pensi un po' – gli dissi con un sorriso, ignorando completamente la sua disperazione.

– Era Navarro a ricattarmi.

– E perché?

– Per questioni dell'impresa, ve l'ho già detto.

– Questa è una balla grossa come una casa. Non le crediamo.

Lui continuava a piangere da vigliacco, proprio come il giorno dell'arresto. Continuai: – Confessi, dica la verità.

Garzón ebbe un altro dei suoi scatti: – Ti piaceva vederle morire, eh, figlio di puttana? Un piacere speciale! E per di più potevi ricavarne il tuo tornaconto ricattando l'ex socio, che affare! E se potevi scaricargli addosso le colpe dei tuoi delitti, chi poteva essere più contento di te?

Dopo più di un'ora che insistevamo con le stesse domande, Torres ebbe una specie di mancamento, disse che non si sentiva bene. Acconsentimmo a farlo tornare in cella. Rimanemmo noi tre soli, non così esausti ma abbastanza scossi da prendere un altro caffè.

– Stiamo andando bene? – si chiese Fraile. – Non è che uno di noi dovrebbe assumere il ruolo del poliziotto buono?

– Non credo – risposi. – Quello è un coniglio, la linea dura con lui va benissimo.

– E così si accusano fra di loro esattamente della stessa cosa: ricatto e assassinio per far ricadere la colpa sull'altro. C'è da diventare matti – disse Garzón.

– Succede. Si rubano l'idea fra loro – rispose Fraile.

Il caffè era forte, aromatico, ed era ancora ben caldo. Ci rilassammo un po'. Dopo qualche minuto Fraile fece la domanda più temuta:

– E adesso?

– Un confronto? – suggerì il viceispettore.

Il dubbio aleggiava nell'aria.

– Bisogna tenerli in ammollo ancora per un po' – dissi con convinzione. – Sono ancora troppo saldi. Perché non facciamo venire la Mistral? Non conviene che rimanga in disparte.

Ci fu accordo generale. Garzón andò a prenderla. Cercai il pettine nella borsa, tentai di darmi una sistemata guardandomi nel vetro della finestra. Per fortuna l'immagine era molto confusa. Quando Bárbara Mistral ricomparve davanti a noi non sembrava stare molto meglio. Occhi arrossati e gonfi, pieghe del viso segnate, pelle quasi verdognola... Se si fosse vista in uno specchio in quel momento avrebbe detto tutto quello che sapeva pur di uscire dalla stanza.

– Salve, Bárbara. Non ci piace svegliare la gente a quest'ora, ma il lavoro ha la precedenza su tutto. Lei questo lo capisce, vero?

Mi guardò come se fosse sotto l'effetto di una droga. Alzò le spalle. Io andai avanti in una specie di lieta cantilena.

– Lo vuole un caffè?

Lei tornò ad alzare le spalle. Gliene versai una tazza senza fare altre domande.

– Il fatto è che il tempo stringe, Bárbara. Sono morte troppe donne, troppe, e dobbiamo trovare il colpevole al più presto. E se ci sono altre persone coinvolte, pagheranno anche loro, ovviamente, ciascuno secondo il suo grado di responsabilità. Prendiamo lei, per esempio. È evidente che avrà delle imputazioni. Se è vero che era Torres a uccidere e lei ne era al corrente, verrà accusata di favoreggiamento, per non averlo detto alla polizia evitando la morte di altre donne. Ma sarà molto meno pesante che essere accusata di concorso in omicidio o addirittura di aver commesso lei stessa quei crimini orrendi.

Lei si svegliò dal suo letargo, si sporse in avanti ed esclamò:

– Io non ho ammazzato nessuno!

– Bene, poi ne parleremo – le dissi. – Ora facciamo un'altra ipotesi che non abbiamo ancora considerato. Immaginiamo che l'assassino non sia Armando Torres ma il suo amico, il signor Darío Navarro. Perché forse, dico forse, la storia del ricatto si è svolta esattamente al contrario di come lei ce l'ha presentata: era Navarro a ricattare Torres, e quando Torres si è rifiutato di pagare...

– Non è così – disse con molta meno energia di prima l'interrogata. – Darío era al circolo, a giocare a carte, quando quelle donne sono state uccise.

– L'ha imparata bene la lezione! – si congratulò Fraile in tono sarcastico.

– Ci andava quasi ogni sera.

– Ma quando è stata uccisa Belarmina Mendizábal non c'è andato – precisai.

– E perché lo dice a me? Io non sono lui!

– Ha ragione – ammisi. – Ma la sa una cosa? Darío è stato riconosciuto da due testimoni mentre si allontanava dalla scena del delitto.

Lei mi guardò negli occhi.

– Mi sta mentendo.

Intervenne Garzón con asprezza:

– Noi non mentiamo, signora. Su questo l'esclusiva ce l'ha lei. Ha mentito tutto il tempo e mi piacerebbe sapere a che pro. Che cosa vuole? Aiutare un tipo che la stava mollando all'aeroporto? Dev'essere davvero innamorata!

– Queste sono cose che non vi riguardano!

Feci un gesto con la mano per mettere pace.

– Calma, signori, calma. Bárbara ha ragione, non sono fatti nostri se lei vuole scagionare il suo compagno. Come ha giustamente detto prima, lei non è lui. E a questo proposito vorrei chiederle un'altra cosa: dov'era lei le notti in cui sono stati commessi gli omicidi?

– Non lo so. A casa mia, immagino.

– Quindi un alibi lei non ce l'ha.

– Io non ho bisogno di nessun alibi.

– E perché no? – disse Fraile. – Se, come sembra, Navarro stava giocando a carte, magari è stata lei ad accoltellare quelle donne.

– Perché avrei dovuto farlo? È stato Torres a ucciderle!

– Non corra troppo – continuò il mio collega. – La aiuteremo noi a ricordare.

Tirò fuori il foglio su cui erano segnati tutti i giorni e le ore dei delitti e cominciò la sua lenta opera demolitiva. Con lentezza esasperante declamava il nome della vittima e il giorno e l'ora in cui era stata uccisa. Poi chiedeva a Bárbara Mistral che cosa stesse facendo in quel momento. Lei rispondeva che non ne aveva idea e allora lui, paziente, in tono suadente e falsamente affettuoso, la esortava a fare mente locale.

– Su, Bárbara – diceva Fraile. – Era già l'alba. Faceva freddo in quei giorni. Aveva già preso il caffè a quell'ora? Immagino di no, anche se so di persone che si alzano molto presto per avere un momento di tranquillità prima di andare al lavoro. Ha aperto l'agenzia alla solita ora, quella mattina? Ci pensi, per favore. È importante per lei.

Dopo più di un'ora e mezza di quel martellamento ero io la prima a non reggere più, stavo impazzendo, come se quelle domande Fraile le stesse facendo a me. Non per un senso di simpatia nei confronti di quella donna, ma per una mia particolare tendenza all'osmosi, a compenetrarmi nelle tensioni dell'ambiente. Lì dentro l'atmosfera era talmente tesa da essere carica di elettricità.

– Esco a prendere un po' d'aria – dissi. Fraile annuì e Garzón si alzò per venire con me.

Uscimmo dal commissariato. Erano le quattro del mattino. La strada era deserta e il cielo molto scuro. Il viceispettore respirò profondamente più volte.

– Maledizione al *mosso d'esquadra*. È peggio di un bulldozer. La sta letteralmente spianando!

– Fa bene. Quella donna mente.

– Ma certo! Ha commesso un errore gravissimo rivelando che conosceva l'alibi del suo uomo.

– E non sta cercando di proteggerlo, ma di proteggere se stessa. Lei è complice, poco ma sicuro.

– E allora sarebbe Navarro l'assassino di tutte quante, con un sistema che non conosciamo? L'alibi del circolo sarebbe solo un paravento?

– La pianti, Fermín! Sono uscita un attimo per prendere fiato, non mi tormenti anche lei.

– Mi scusi. Ha ragione. Facciamo a chi arriva primo al semaforo, ispettore? L'ultimo che arriva è una femmina!

Si mise a correre come un matto. Dopo un attimo di

sorpresa partii all'inseguimento mettendocela tutta. Correvamo tutti e due sul marciapiede deserto, fianco a fianco, ansimando, sforzandoci di non ridere per non perdere forza nella falcata. Eravamo quasi al traguardo quando lo superai di poco e lui, prima che arrivassi a toccare il palo del semaforo, mi piombò addosso in un placcaggio da rugbista. Rotolammo a terra, fra frenetiche risate, e lì rimanemmo agitando in aria gambe e braccia come due scarafaggi. Alla fine il viceispettore riuscì a rialzarsi, non senza difficoltà, e mi aiutò a fare altrettanto.

– Lei è un maledetto traditore!

– Cosa vuole, Petra, avevo detto chi arriva ultimo è una femmina, mica potevo arrivare secondo! Per lei, tanto, non cambia niente.

Lo guardai con affetto.

– E va bene, ma sappia che è un campione di scorrettezza, politica e non solo.

– Faccio quello che posso. Andiamo? Magari quella ha cantato e noi siamo qui a fare i cretini.

Tornammo in commissariato. Mi sentivo meglio. Tutte le donne sole che avevano perso la vita in quel modo assurdo erano lì, a guardarci con occhi accusatori, come se ci fossimo completamente scordati di loro, presi dal nostro gioco puramente cerebrale, senza pietà né sentimenti.

Fraile stava ancora interrogando la Mistral. Lei era seduta, lui passeggiava per la stanza. Dal volto del nostro collega non si era cancellato il sorriso gelido che ostentava quando eravamo usciti. Guardai l'interrogata. Era pallida, tremante, devastata. Fraile decise di concederle una tregua.

– Va bene, Bárbara. Torni a riposare, continueremo più tardi.

Non erano passati tre secondi da quando Garzón era uscito per riaccompagnare la detenuta, che Fraile si era già sdraiato sul divano. I lineamenti gli si erano addolciti, il sorriso cinico era sparito. Lo vidi strofinarsi più volte le palpebre per la stanchezza.

– Si sente bene, Roberto?

– Sono a pezzi. Portare una maschera stanca in modo inimmaginabile.

– Vuole del caffè?

Lo stava bevendo stancamente quando rientrò il viceispettore, che lo investì con le domande:

– Allora? Com'è andata? È riuscito ad arrivare fino in fondo? Ha confessato?

– Calma, Fermín, lo lasci respirare!

– Non si preoccupi, sto già meglio. No, non ha confessato un bel niente. Ma sono sicuro che quella donna si ostina a nascondere qualcosa. Per il momento non ha cambiato versione. Attribuisce tutta la colpa a Torres. Si dice convinta che se Navarro ha ucciso Belarmina è stato accidentalmente.

– Che coraggio – biascicò Garzón.

– Ma l'interrogatorio non è stato inutile. Ormai è psicologicamente distrutta. Basterà un ultimo colpetto per farla parlare.

– E adesso che cosa facciamo? – chiesi.

– Diamo un'altra ripassata a Navarro – rispose Fraile.

– Non dovremmo cercare di dormire un po'? Un'oretta sarà sufficiente – propose Garzón.

– Non c'è tempo. Questa è la nostra unica opportunità. Non li avremo mai più tutti insieme a completa disposizione. Domani sarà diverso, chiederanno la nostra testa quando sapranno di questi interrogatori nel cuore della notte. Tutti avranno da dire la loro: gli avvocati, il giudice, Coronas, il commissario dei Mossos. Stanotte possiamo fare come ci pare. Ora o mai più.

Garzón abbassò le palpebre rassegnato. Si versò un altro caffè. Mi parve giusto dirgli:

– Se si sente troppo stanco, Fermín, vada pure a casa, continuiamo noi.

Lui fece un atletico sobbalzo:

– Come dice? Sta scherzando, ispettore. Io sono ancora capace di farle un placcaggio che non riesce più a camminare per un mese.

– E allora, forza, si va avanti.

Fraile, che aveva trovato un po' strana l'idea del placcaggio, mi disse in un soffio:

– Lascio a lei le redini, ispettore. Così mi rilasso.

Annuii e gli spiegai la strategia che pensavo di adottare con Navarro:

– Gli farò credere che la sua amante è la principale sospettata. Non gli diremo che gli attribuisce la morte di Belarmina.

– Non strafaccia, ispettore, che poi ci accuseranno di scorrettezza procedurale – disse Roberto. – Anche se con tutto quello che stiamo facendo per scoprire l'assassino, difficilmente potranno azzardarsi a dire qualcosa.

437

Tacqui sul fatto che lui stesso aveva mentito spudoratamente poco prima. L'ultima cosa che volevo era mettere a rischio l'unità della squadra per una stupida discussione.

Garzón andò a prendere Navarro, che si mostrò sicuro e spaccone come al solito. I due agenti delle camere di sicurezza si ritirarono.

– Svegliare la gente in piena notte per un interrogatorio dev'essere completamente illegale – disse Navarro.

– Veramente pensavamo che i rimorsi non la facessero dormire – cominciai.

– Io sono tranquillissimo.

– Meglio così. La prima cosa che devo annunciarle è che i due testimoni hanno riconosciuto lei come l'uomo che hanno visto allontanarsi dal luogo del delitto la notte in cui è stata uccisa Belarmina Mendizábal.

– Ah! Mi immagino la validità che può avere un riconoscimento al buio.

– Vedo che è molto esperto.

– Un avvocato mi tirerà immediatamente fuori di qui. Ma non ho fretta, voglio che vi convinciate che non potete accusarmi di nulla.

– Nemmeno di proteggere il colpevole?

La sorpresa gli affiorò sul viso, ma subito la nascose.

– Proteggere Torres? Certo, non penso ad altro!

– Non mi riferisco a Torres. Vede, ormai siamo convinti che Belarmina Mendizábal l'abbia uccisa lei, ma non sappiamo perché. È probabile che lei volesse proteggere qualcuno a cui tiene particolarmente. Forse Belarmina sapeva di quell'orrenda serie di delitti e lei si è prestato a...

– Mi sta dicendo che Bárbara ha confessato di avere ucciso quelle donne?

– Le domande qui le facciamo noi.

– Se sta cercando di confondermi, ispettore, la avverto che è fuori strada. L'assassino è Armando Torres. Lui mi ricattava, e da quello schifoso maniaco sessuale che è non ha trovato niente di meglio che ammazzarci le clienti per rovinare l'agenzia.

– Quando Margarita Estévez e Belarmina Mendizábal sono state uccise lui era sotto stretta sorveglianza.

– Come mi pare di avervi già detto, avrà pagato un sicario.

– Potrebbe averlo fatto anche lei.

– A quale scopo? E poi i miei conti bancari li avete visti. C'è forse traccia di pagamenti strani? Un sicario si paga, e anche caro. O almeno così sembra a me.

– Neppure sui conti di Torres risultano prelievi di grosse cifre.

– Ma per favore! Non vorrà paragonare i conti della nostra piccola agenzia, chiari come il sole, con quelli di un tizio che non si sa di cosa vive.

– In Spagna, purtroppo, il nero circola che è un piacere.

– E allora circolerà in tutte le direzioni, no? O deve venire tutto da me?

– Sarà meglio che ne parliamo tutti insieme da buoni cittadini. Viceispettore Garzón, sarebbe così gentile da far venire qui il signor Torres? – E rivolgendomi di nuovo a Navarro aggiunsi: – Prima che le ven-

gano dei dubbi, le dirò che la procedura è perfettamente regolare. Si chiama confronto.

Garzón si alzò immediatamente e corse a eseguire gli
ordini.

21

Torres non si aspettava di trovare Navarro nel mio ufficio. Per quanto scrutassi la sua faccia non notai nulla di particolare, solo un attimo di stupore prima, e un irrigidimento del viso poi. Li facemmo sedere uno di fronte all'altro, a prudente distanza per rendere meno immediato un eventuale attacco fisico. Navarro inalberava il suo sorriso sarcastico, che non cambiò quando vide entrare il suo ex socio. Garzón rimase in piedi accanto a Torres, Fraile accanto a Navarro. Io mi appoggiai alla scrivania. Cominciò Fraile:

– Dato che le vostre versioni dei fatti sono quanto meno lacunose, speriamo che fra tutti e due riuscirete a ricordare più facilmente.

– Ah, ah! – esclamò Navarro imitando una risata.

– La cosa la diverte, signor Navarro? – chiese il mio collega.

– Molto spiritoso, ispettore. Continui, ho proprio voglia di divertirmi un po'.

– Mi fa piacere – continuò Fraile. – Vuole ripetere chi è, secondo la sua opinione, il colpevole della serie di omicidi di cui ci stiamo occupando?

Navarro non sembrava in difficoltà. Tutto il suo corpo trasudava disprezzo.

– Il colpevole ce l'avete lì. È questo signore che di nome fa Armando Torres.

Torres arrossì, la sua rabbia era ben visibile. Gli faceva assottigliare gli occhi e contrarre la mandibola. Se il silenzio fosse stato assoluto sono certa che lo avremmo sentito digrignare i denti. Ma non diede segno di voler dire nulla.

Fraile continuò parlando lentamente:

– Ci dica perché è convinto di questa sua affermazione, signor Navarro.

– Questo signore non ha fatto altro che ricattarmi da quando abbiamo chiuso l'attività che avevamo in comune, finché un giorno mi sono deciso a non dargli più un soldo. E allora si è messo ad assassinare le donne che aveva conosciuto per mezzo dell'agenzia. È un maniaco, lo faceva per divertimento, convinto di far ricadere i sospetti su di noi.

Torres scuoteva la testa come se non credesse alle sue orecchie. Alzò la mano e cercò di dire qualcosa.

– Silenzio! Non è ancora il suo turno di parlare – lo bloccò Garzón.

Fraile chiese:

– In che modo il signor Torres la ricattava?

– Minacciava di denunciare certe irregolarità economiche riguardanti la nostra società. Debiti col fisco di cui io sarei stato responsabile, cose che avrebbero potuto mettermi nei guai.

Ora toccava a me. Mi rivolsi a Torres:

– È vero quello che racconta il suo ex socio?

Lui rimase un attimo in silenzio, guardando a terra con particolare intensità.

– È vero che lui mi corrispondeva delle somme di tanto in tanto.

I miei colleghi ed io non nascondemmo la sorpresa.

– Questo non è quanto aveva dichiarato in precedenza.

– Ecco, io... Ora vi dirò la verità. Avevo paura e non ho osato dirlo fin dal principio. Comunque, ricatto è una parola grossa. Navarro era un disastro come socio. Si serviva dalla cassa quando gli pareva. Non pagava i fornitori, si intascava le somme che doveva versare per le imposte. Quindi mi sono stufato e abbiamo sciolto la società. E siccome alla mia età non era facile trovare un'altra occupazione, quando ho cominciato a essere in ristrettezze ho ritenuto giusto che lui a poco a poco mi risarcisse di quello che aveva rubato. Gli chiesi di accettarmi come cliente dell'agenzia e anche... di darmi una piccola quota di quello che guadagnava senza muovere un dito.

– E quando Navarro si è rifiutato di versargliela – continuai io per lui, – ha cercato di convincerlo in qualche modo, come per esempio minacciando di addossargli una serie di delitti?

– Ma è assurdo, ispettore! Quale matto ucciderebbe per una cosa simile? La realtà è che lui a un certo punto ha effettivamente smesso di pagarmi, e poco tempo dopo ho visto al telegiornale che era stata uccisa la prima signora, e poi le altre, io ero... come dire, ero molto spaventato. Mi sono nascosto, avevo il terrore che mi si potesse incolpare di quelle atrocità.

– Lei ha appena detto che neppure un matto ucciderebbe per questioni puramente economiche. Crede che
il suo ex socio ne sia stato capace? – gli chiesi.

– Magari lui ha delle ragioni che non vuole riconoscere. Glielo dirà lui quello che ha da dire.

Allora Navarro si alzò inaspettatamente in piedi e in
due falcate fu davanti al suo ex socio.

– Verme schifoso! Tu sì che le avevi tutte le ragioni per uccidere! Sei tu il bastardo che gode torturan-
do e ammazzando le donne!

Lo aveva già afferrato per la camicia quando Garzón
e Fraile gli furono addosso. Vedendosi libero, Torres
corse a ripararsi dietro la sedia. Era terrorizzato.

– Fermatelo, vi prego!

Fraile e Garzón costrinsero Navarro a sedersi. Fraile lo avvertì:

– Se ci riprova le mettiamo le manette, intesi?

– Gliele metta, per favore – implorava Torres sull'orlo del pianto.

– Lei stia zitto e si sieda una buona volta! – lo redarguì Garzón.

– Chi ha ucciso Margarita Estévez Roldán? – chiese Fraile di punto in bianco.

Torres, con voce isterica, rispose immediatamente:

– L'ha uccisa lui, le ha uccise tutte lui! Io non ne sarei mai capace, non lo vedete?

Visto che Navarro stava in silenzio, Fraile lo incalzò:

– Chi l'ha uccisa, Navarro? Confessi adesso.

– Non lo so, non lo so chi l'ha uccisa.

Qualunque traccia di spacconeria o cinismo era scomparsa dal suo volto. Adesso era serio, come scosso. Presi Garzón per un braccio e lo condussi nel corridoio. Lì dissi ai due agenti in attesa:

– Andate a prendere la donna.

Tornai dentro e rimanemmo in silenzio tutti e quattro. Torres singhiozzava sommessamente. Quando il viceispettore tornò con la Mistral, Navarro si alzò in piedi. Un forte spintone di Fraile lo rispedì sulla sedia. Bárbara li guardò tutti e due. Non l'avevo mai vista in uno stato peggiore, sembrava dovesse svenire da un momento all'altro. Guardò il suo amante senza mostrare nessuna emozione. Lui le sussurrò:

– Stai bene, tesoro? Ti hanno fatto qualcosa?

Avevamo avvicinato una sedia e le indicammo di sedersi. Lei lo fece meccanicamente. Si muoveva come una zombie, c'era da temere che non aprisse bocca. Fraile mi chiese con lo sguardo di dare inizio al confronto a tre.

– Eccoci qui, Bárbara. Questi due uomini si accusano a vicenda. Ma adesso è ora che questa storia finisca. La prego di raccontarci quello che sa.

Lei fissò il soffitto cercando di trattenere il pianto che le inondava gli occhi, ma non ci riuscì e un fiume di lacrime cominciò a scorrerle sulle guance. Io incrociai le dita, era un buonissimo segno. Scambiammo un cenno concorde fra noi tre. Navarro, vedendola piangere a quel modo, allungò una mano e con voce intenerita le disse:

– Resisti, cara, non hanno niente di concreto contro di noi. Passerà tutto in fretta, vedrai.

Lei fissò il suo amante, si asciugò le lacrime e prese fiato.

– No, invece, è finita. Io non ne posso più – disse risoluta.

Lui si agitò sulla sedia, voleva che lei lo guardasse, riuscì a dire:

– Amore...

– Lasciami in pace! Quando dico che è finita mi riferisco anche a quello che c'è fra noi. Sono stanca di essere manovrata come un burattino! Sono stanca che tu mi usi per i tuoi sporchi piani, che tu mi prenda per un'imbecille! L'hai dimostrato all'aeroporto quanto ci tieni a me, però ti dirò una cosa: lo sapevo fin dall'inizio. Ma dato che forse sono davvero un'imbecille, pensavo che col tempo mi avresti voluto bene. E invece no. Tu quando mi hai conosciuta ti sei detto: To', guarda, un'imbecille che mi tirerà fuori dai guai in cui mi sono cacciato!

Navarro scattò come una molla:

– Bárbara, la tua piccola agenzia matrimoniale via internet non valeva un tubo. Sono stati le mie idee e il mio lavoro a cambiare tutto, a darti da vivere! Come puoi dire che ho approfittato di te?

– Non è il momento di discuterne – lo interruppe Bárbara, e si voltò verso di me. – Ispettore, voglio fare una dichiarazione.

– Avanti, la ascoltiamo.

– Armando Torres non ha ucciso quelle donne, e neanche Darío.

Mentre le mie orecchie divoravano le sue parole, i miei occhi erano fissi sul volto di Navarro. Vidi chiarissimi i segni del sollievo. Bárbara si era fermata. In tono suadente, quasi senza osare intervenire, sussurrai: – Continui, per favore.

Ma in quel momento Torres si alzò in piedi per gridare istericamente:

– Lo vedete? Io non ho ammazzato nessuno! Non sono capace di ammazzare una mosca, ve l'ho ripetuto mille volte e voi non mi credevate!

– Zitto! – tornò a tuonare il viceispettore.

Bárbara era rimasta in silenzio. Il cuore mi batteva forte.

– Chi ha ucciso quelle donne? – ripetei quasi con dolcezza.

– È stata Belarmina – rispose Bárbara.

Darío Navarro annuiva vigorosamente, come se di colpo le desse tutta la ragione del mondo. Torres era rimasto a bocca aperta. Navarro disse:

– Lo so che avremmo dovuto avvertire subito la polizia, però...

– Stia zitto! – gli ordinai, imitando il metodo del mio sottoposto.

– Può spiegarci tutto dal principio? – intervenne Fraile.

– Quella donna era stata una cliente dell'agenzia – cominciò Bárbara sospirando. – Era uscita qualche volta con Armando e si era innamorata. Lui, come sempre, l'aveva mandata a quel paese. Purtroppo Belarmina era pazza, una pazza furiosa. Venne nel mio ufficio e mi minacciò con un coltello. Voleva l'indirizzo di Armando. Disse testualmente che era per ammazzarlo, che sarebbe andata a cercarlo a casa sua. Ditemi voi se non era una pazza. Naturalmente l'indirizzo non glielo abbiamo dato. Meno di un mese dopo è stata trovata morta la prima donna, e poco più tardi la seconda. La spiegazione è semplice – concluse, – non potendo colpire l'uomo che l'aveva delusa, ha pensato di vendicarsi uccidendo le altre donne che erano uscite con lui.

Smise di parlare, chinò gli occhi a terra. Fraile non tardò a chiederle:

– E come faceva a sapere Belarmina con quali altre donne era uscito Torres?

Bárbara guardò per la prima volta il suo amante con aria allarmata.

– Non lo so, immagino che lo avesse seguito – disse. – Magari era ancora innamorata di lui e non se la sentiva di ammazzarlo. Ha preferito sfogarsi sulle sue fidanzate.

Scossi la testa. Fraile stava facendo esattamente la stessa cosa.

– No, Bárbara, questa storia non tiene. Il successo della sua agenzia dipendeva dalla riservatezza. Nessuno tranne lei e Navarro conosceva i nomi di quelle donne. Nessuno sapeva dove abitassero – dissi tutto d'un fiato.

– È stata Belarmina Mendizábal a uccidere quelle donne e a sfigurarle – insisté.

– Va bene – intervenne Fraile. – Ammettiamo che sia stato così. Chi ha ucciso Belarmina, allora?

– Questo non lo so.

Evidentemente aveva deciso di cambiare la precedente versione. Ora cercava di scagionare Navarro.

Si fece di nuovo silenzio.

– Perché non avete chiamato la polizia?

– Posso parlare? – chiese Navarro.

– No – risposi.

– È che forse potrei spiegare...

– Stia zitto! – ripeté Garzón come un ritornello.

Bárbara era di nuovo scossa da un tremito, dopo la calma che aveva dimostrato durante il suo racconto.

– Abbiamo sbagliato, lo so. Avremmo dovuto pensarci prima.

– Avete sbagliato? – barrii. – Stavano ammazzando una donna dopo l'altra sotto il vostro naso, sapevate chi era il colpevole e non avete detto niente? Siete rimasti muti come pesci! E dice di aver sbagliato come se avesse parcheggiato in sosta vietata. Basta con queste prese in giro!

– Perché non avete avvertito Armando Torres di quello che stava succedendo? Non date il suo indirizzo a Belarmina per proteggerlo, e poi lasciate che venga arrestato per tre omicidi? – rincarò Roberto.

– Temevamo lo scandalo – si difese lei.

– No, non è così che è andata, cara signora. Ora lo dirò io che cosa è successo – cominciai, convinta della mia chiaroveggenza. – Torres vi ricattava e voi pagavate senza fiatare. Quando Belarmina si è presentata all'agenzia chiedendo l'indirizzo di Torres, siete stati voi a orientare i suoi istinti omicidi sulle altre clienti che gli avevate procurato. Le avete dato nomi e indirizzi di quelle donne. Anzi, l'avete aiutata a pianificare scrupolosamente i delitti in modo che i sospetti cadessero su Torres. Era un piano studiato al millimetro: voi vi liberavate del vostro ricattatore senza sporcarvi le mani.

Feci una pausa. Bárbara si era messa a piangere col viso fra le mani. Navarro era paonazzo e stringeva i braccioli della sedia come se si trovasse su un ottovolante. Continuai sicura di me, mi sembrava di essere un'insegnante che spiega alla classe un concetto difficile e per la prima volta si accorge di essere capita.

– Poi Armando è stato arrestato. Ma Belarmina era diventata una macchina per uccidere, aveva ancora un nome a disposizione, quello di Margarita Estévez Roldán. Voi le avete spiegato che non era il caso di colpire ancora, perché ormai, con Armando in gattabuia, la colpa non sarebbe ricaduta su di lui. Ma lei non ha voluto sentire ragioni e ha ucciso di nuovo, di fatto scagionandolo da tutti i delitti. Ecco cosa succede con le persone mentalmente disturbate: si lasciano manipolare ma fino a un certo punto. Di lì in poi a dominare è il loro disturbo. Questo è stato il vostro errore. Avete fatto affidamento sulla follia di quella donna, ma non avete fatto bene i vostri conti. Lei si è sentita investita di una sacra missione di vendetta e ha voluto arrivare fino in fondo.

Bárbara piangeva soffocata dai singhiozzi. Io continuavo imperterrita, al di sopra del rumore del suo pianto.

– Fu allora che Darío Navarro, il suo compagno, ha deciso di mettere fine a questa storia e ha ucciso Belarmina, ma non accidentalmente, cara signora. Ormai eravate spaventati della potenza dell'arma che avevate usato. Chi poteva essere il prossimo? Voi stessi? L'impiegata dell'agenzia? C'era perfino il rischio che Belarmina andasse a raccontare le sue imprese alla polizia. È vero o non è vero? – gridai, e poi ripetei ancora, così forte da farmi male alla gola: – È vero o non è vero?

Bárbara Mistral si lasciò cadere a terra, tenendosi stretta la gonna, sussultava, piangeva e alla fine strillò:

– Sì... è vero! Lasciatemi stare adesso! Lasciatemi in pace!

Torres, che fino a quel momento era rimasto docilmente al suo posto, si alzò e si precipitò su Navarro. Gli mise le mani al collo dicendo fra i denti:

– Maledetta carogna, figlio di puttana!

In tre non riuscivamo a fargli mollare la presa. Richiamati da quel pandemonio di grida, sedie cadute e rumori di colluttazione, piombarono dentro i due agenti. Con il loro aiuto riuscimmo a ristabilire una relativa calma.

– Le portiamo via qualcuno, ispettore? – propose uno di loro.

– No, grazie, non abbiamo ancora finito.

La mia decisione di continuare quel brutale confronto ebbe il potere di stupire tutti quanti. La scena sembrava un campo di battaglia dopo la resa: Navarro imprecava a bassa voce massaggiandosi il collo, Bárbara se ne stava raggomitolata a terra con le braccia sopra la testa come se volesse proteggersi da un bombardamento aereo, Torres piangeva a dirotto e noi eravamo senza fiato per lo sforzo. Ma io avevo ancora le idee chiare. Guardai Armando Torres.

– E tutto per una miserabile questione di soldi – dissi.

Lui si mise a scuotere la testa, così forte che lacrime e muco schizzarono in tutte le direzioni. Provavo ribrezzo per quell'uomo, e insieme enorme curiosità per quello che si preparava a dire. Stranamente, nessuna compassione.

– Due anni fa Darío ha ucciso una ragazza. Era una puttana. Io c'ero, l'ho visto con i miei occhi.

Quella dichiarazione seminò il più assoluto sconcerto fra i presenti. Perfino l'inerme Bárbara alzò la faccia per sentire quello che Torres stava dicendo. Darío Navarro si passò disperatamente le mani sul volto.

Fraile prese la parola:

– Calmiamoci tutti un momento. Non c'è nessuna fretta. Ora il signor Torres ci farà un racconto dettagliato di come si sono svolte le cose.

Torres respirava a fatica. Navarro aveva ritrovato la sua ghignante maschera di indifferenza. Presi Bárbara per un braccio e la aiutai ad alzarsi, indicandole di riprendere il suo posto.

– Forza, signor Torres, la ascoltiamo.

– Posso avere un po' d'acqua?

Garzón riempì un bicchiere di plastica e glielo porse. Lui bevve con avidità, poi cominciò a parlare:

– Voi sapete che mi piacciono le donne, ma questo non è un reato. Quando Darío ed io eravamo soci... ecco, anche lui aveva un debole per le ragazze e capita-

452

va che ogni tanto uscissimo insieme a divertirci. E dato che io avevo l'appartamentino alla Barceloneta, magari ci portavamo una o due puttane e si faceva festa. Una sera di un paio d'anni fa...

– Cerci di essere più preciso, per favore – lo interruppe Fraile.

– Non mi ricordo quando è stato esattamente. Credo prima dell'estate, verso fine maggio o ai primi di giugno. Eravamo usciti a cena e poi avevamo trovato una prostituta colombiana in un bar. Era una bella ragazza, divertente, molto sensuale. Abbiamo bevuto parecchio, e verso il mattino abbiamo deciso di salire da me per... be', per una cosa a tre. Eravamo già abbastanza su di giri, e per scaldare l'ambiente abbiamo bevuto ancora un bicchiere. A un certo punto, non mi ricordo per quale motivo, Navarro e la ragazza si sono messi a litigare.

– Per soldi?

– Può darsi, ma non l'ho capito, ero molto sbronzo. Comunque credo di no, credo che la ragazza avesse detto qualcosa che lo aveva offeso. Fatto sta che lui le ha mollato un ceffone, e lei come una furia gli si è buttata addosso e lo ha morso. Allora il mio socio ha perso il controllo, non lo avevo mai visto così. Si è messo a picchiarla selvaggiamente. Prima l'ha caricata di pugni, poi ha preso una sedia e l'ha colpita alla testa. Lei è caduta a terra e non si è più mossa. Era morta, col cranio spaccato.

A quel punto Torres rimase zitto, chinò il capo.

– E poi cos'è successo?

– Lui mi ha detto che era stato un incidente, che se non tenevo la bocca chiusa avrebbe ammazzato anche me. E poi se l'è portata via dicendo che l'avrebbe buttata da qualche parte sul Montjuïc e che io dovevo pulire l'appartamento, far sparire le tracce di quello che era successo.

– E lei gli ha obbedito?

– Sì.

– Non ha pensato di denunciare l'accaduto?

– No, ecco... – gli tremò la voce per un momento. Poi si riprese e disse chiaramente: – No.

– Mi dica il nome della ragazza.

– E chi lo sa il nome vero? Diceva di chiamarsi Jennifer.

– Jennifer?

– Sì. Ricordo che per qualche tempo abbiamo guardato i giornali, il corpo era stato trovato ma non si è parlato a lungo di quel fatto. Il nome non lo abbiamo saputo.

– Che età poteva avere?

– Era molto giovane. Credo che non arrivasse nemmeno a vent'anni.

– Che storia edificante – mi permisi di commentare.

– Ha ragione, ispettore, una storia disgustosa. Però io posso avere coperto un balordo e averlo ricattato, tutto quello che volete, ma non ho mai fatto del male a nessuno. Non lo vedete? Sono un vigliacco, questa è la verità.

Fraile sbatté le palpebre più volte, si passò una mano sulla fronte come se volesse asciugarsi un'inesistente goccia di sudore. Rivolto verso Navarro, chiese:

– Che cosa ne pensa lei di questa storia?

Navarro, che non aveva battuto ciglio, rispose con quell'odioso sorriso sulla faccia:

– Che è una storia.

– Falsa?

– Ma certo! E poi, scusate, se anche fosse vera, chi vi dice che sono stato io e non Torres a uccidere la ragazza? Potrebbe essere andata esattamente al contrario di come lui la racconta.

– Ma se Torres la ricattava, un motivo ci sarà stato, no?

In quel momento Bárbara intervenne senza chiedere permesso.

– Quello che ha detto l'ispettore è vero. Poco fa ero troppo sconvolta, ma ora mi sento di dirlo: è venuto in mente a Darío di usare la Mendizábal per i suoi scopi, e quando lei ha deciso fare di testa sua, lui l'ha eliminata. Questa è la verità, sono disposta a ripeterla davanti a un giudice. E ci tengo ad aggiungere una cosa: non sapevo che avesse ucciso una puttana, ma non faccio fatica a crederlo. È un violento, lo so ben io, che più di una volta ho dovuto subire i suoi raptus.

– Ah, ah, ah! – rise teatralmente Navarro.

– Stia zitto! – gli ordinò Garzón secondo il suo copione.

– Lei si crede molto furbo, vero? – disse Fraile.

– Mi scusi, è che mi stavo immaginando la faccia del giudice, quando un'amante delusa e un ex socio maniaco sessuale cercheranno di attribuirmi la colpa dei delitti di una pazza da manicomio! Tanto si sa che oggi i matti sono i membri più rispettati della società.

Senza che nulla potesse farlo presagire, Fraile spiccò un incredibile balzo felino e piombò su Navarro per riempirlo di una scarica di pugni rapidi e decisi. Il detenuto riusciva solo a coprirsi la faccia con le mani. Garzón, dopo aver pronunciato un forte e sonoro «Madonna santa!», si precipitò sul nostro collega per immobilizzarlo. Fraile ripeteva spasmodicamente fra i denti:

– Quindi non ti piacciono i matti, eh, brutto pezzo di stronzo?

In due salti raggiunsi la porta e chiesi rinforzi. Dissi ai due agenti:

– Riportateli in cella tutti e tre. E poi fatemi sapere come va.

Garzón era riuscito a fermare il mio collega e gli sussurrava all'orecchio:

– Si calmi, per favore, Roberto. È passata, si calmi, la prego.

Rimanemmo nella stanza noi tre soli, senza guardarci, senza parlare. Fermín si lasciò cadere sul divano, ansimando.

Entrò uno degli agenti.

– Sono già sotto chiave. Nessun problema. Notte movimentata, eh, ispettore?

– Se ne vada! – fu la mia risposta.

Fraile si strofinava la faccia come se cercasse di svegliarsi da un brutto sogno. Di colpo disse a bassa voce:

– Mi dispiace. Scusatemi.

Non rispondemmo. Dopo un attimo Garzón scattò in piedi guardando l'orologio.

– Adesso quello che bisogna fare è informare il giudice e chiudere il caso.

Annuii. Il mio sottoposto continuò:

– Però si dà il caso che siano le sei e mezza del mattino. Nessuno lavora a quest'ora. Ma se non sbaglio la Jarra de Oro apre alle sei. E siccome non ci è rimasto un solo goccio di caffè, propongo di andare a vedere che cosa possono darci.

Presi dall'attaccapanni il mio impermeabile e anche il giubbotto di Fraile. Glielo porsi. Lui lo indossò senza guardarmi. Uscimmo dal commissariato in fila indiana, a passo lento attraversammo la strada ed entrammo nel bar. Eravamo i primi clienti della giornata.

– Bella levataccia, stamattina! – esclamò il proprietario vedendoci arrivare.

– La cucina è aperta? – chiese Garzón.

– Aperta e funzionante a tutto vapore.

Ci sedemmo. Il padrone arrivò con i menu.

– Mentre noi pensiamo a che cosa mangiare, cominci a portarci dodici litri di caffè ben carico – disse il viceispettore.

– Perfetto. Una vasca da bagno di caffè per i paladini della legge! – declamò il proprietario con insolito buonumore per quell'ora.

Girando il cucchiaino nella tazza, Garzón cominciò solennemente il suo discorso:

– Siete stati brillanti, sul serio. Complimenti. Nessun poliziotto avrebbe saputo fare di meglio. Ma io –

aggiunse, – non sono stato da meno con i miei «Stia zitto!». E mi obbedivano, gli stronzi. Non avrei mai pensato di avere tanta autorità. Il brutto sarà quando dovremo stendere il verbale di quello che è successo stanotte.

– Sembrerà un bel dramma rusticano – commentai.

– Un tocco di Spagna profonda fa sempre colore – aggiunse il mio sottoposto.

Scoppiai a ridere, e anche lui, prima piano, poi progressivamente più forte, con sussulti e sghignazzi da far venire le lacrime agli occhi. Fraile ci guardava incredulo, come faceva sempre in simili frangenti. Poi perse la sua espressione afflitta e si unì al nostro divertimento, anche se a un certo punto mi parve sull'orlo del pianto.

22

La fortuna, che fino ad allora ci era parsa impassibile come una statua, per una volta ci sorrise. Fu ripescata la storia della giovane prostituta uccisa due anni prima. Non si chiamava Jennifer, ma María Rosario Mendoza, originaria di Cali, Colombia. A suo tempo il corpo era stato rimpatriato e consegnato alla famiglia. Le indagini non avevano dato risultati, le prove erano troppo scarse, eppure negli abiti era stato trovato un capello che non apparteneva alla donna. Ora la Scientifica avrebbe fatto un confronto con il DNA di Armando Torres e Darío Navarro. Eravamo a un soffio dall'incastrare il colpevole. Navarro ci appariva ormai chiaramente come il responsabile di tutti quegli omicidi concatenati. Ma non sarebbe stato l'unico a uscire male da quella storia sinistra. Per il giudice istruttore sarebbe stato un rompicapo fissare i capi d'imputazione: occultamento di prove, favoreggiamento, istigazione a delinquere, circonvenzione di incapace, concorso in omicidio, omicidio premeditato... Gli avevamo passato una bella gatta da pelare! Eppure il giudice era contento, in realtà tutti erano contenti, come succede quando le cose riescono bene.

Il test del DNA confermò Darío come assassino della povera Jennifer. Coronas ci fece i complimenti, e anche il commissario Pinzón dei Mossos d'Esquadra. Tutti ci tennero a congratularsi con noi. I due commissari tennero una conferenza stampa che servì soprattutto a esaltare la magnifica collaborazione fra le forze di polizia operanti in Catalogna. Noi la seguimmo in televisione. Dissero che si era trattato di uno dei casi più complessi della storia criminale del Paese e che le indagini erano durate così a lungo proprio per l'insolita complessità. Fecero un figurone.

I giornalisti ebbero da divertirsi ricamando sugli aspetti più morbosi della vicenda, che quanto a morbosità non lasciava a desiderare. E immagino che anche il pubblico ebbe la sua parte di divertimento, fremendo di pietà e di orrore, i due ingredienti che un tempo rendevano irresistibile la tragedia greca quanto oggi i talk-show in tarda serata.

In verità la questione era assai contorta, perché appena uno si metteva a compatire le povere donne in cerca d'amore che erano state ingannate e barbaramente assassinate, scopriva che l'autore materiale dei delitti era un'altra povera donna in cerca d'amore, ingannata e a sua volta assassinata. Un serpente che si mordeva la coda. E un colpevole che non sia colpevole al cento per cento non piace mai al pubblico. Così come non piace una vittima che non sia vittima al cento per cento. Se ci si mette a pensare dove comincia e dove finisce la malvagità si rischia di diventare matti. Ma non importa. In confronto alla freddezza e alla noia delle notizie sull'Unione Europea e l'andamento dei listini di borsa, una bella storia sanguinosa piena di passioni e follia è sempre un intrattenimento gradito.

Gli unici delusi nell'esultanza generale furono i tre investigatori propriamente detti. Eravamo riusciti a chiudere il caso, ma l'ipotesi del serial killer era crollata. È vero che c'erano stati degli omicidi in serie, ma il colpevole non era stato un freddo assassino che nell'isolamento della sua mente disturbata ordisce maniacalmente le sue malefatte. Lì c'era un concorso di colpe che non si riusciva a sbrogliare. Non era stato come nei film. Avevamo tanto immaginato il nostro caro assassino e alla fine la sua figura infernale si era dissolta. Ma nessun assassino è perfetto.

Quella mattina, dopo il confronto cruciale, dopo esserci debitamente rifocillati nel nostro solito bar, ci presentammo da Coronas per informarlo sommariamente dell'accaduto. Poi chiedemmo la giornata libera per andare a riposare. Garzón raccolse le sue coperte, lamentando che non fossero servite, e ciascuno se ne andò a casa. Io, personalmente, mi feci un sonno di dodici ore di fila, senza sogni, senza interruzioni, come si dice dormano gli angioletti. Non so che precauzioni prendano gli esseri eterei in questi casi, ma io avevo appicciato un foglietto giallo alla porta della camera da letto: «Non svegliatemi!». E funzionò.

Quando alla fine aprii gli occhi non sapevo che ore fossero, dove mi trovassi e nemmeno come mi chiamavo. Tutto tornò normale quando scesi nel soggiorno per incontrare un atletico ultracinquantenne che identificai come mio marito. Lui mi sorrise:

– Il caso è chiuso?

Annuii.

– Stai bene?

– Non lo so ancora.

Si avvicinò, mi abbracciò e non mi lasciò andare per un pezzo. Mi sentivo al caldo e al sicuro fra le sue braccia. Come sempre lui non mi fece domande sul caso appena risolto. Gliene fui grata, benché in fondo un po' mi dispiacesse la sua poca curiosità. Era una sua delicatezza naturale o un modo per preservarsi dalle crudezze del mio lavoro? Non volendo pensar male, scelsi la prima ipotesi.

Nei giorni successivi i familiari di Marcos al gran completo mi dimostrarono che la scarsa curiosità non era una caratteristica scritta nel loro DNA. I gemelli cercarono di demolirmi a forza di domande, sui serial killer in generale e sui delitti in particolare. In teoria Marina non avrebbe dovuto essere presente a quelle chiacchierate. Era troppo piccola per essere messa a parte dei torbidi retroscena di quella vicenda. Questo la portò più volte a capricci incontenibili. Implorava e strepitava e sosteneva che anche se noi non ne parlavamo in sua presenza, lei sapeva già tutto, nei minimi particolari.

– E allora non hai nessun bisogno di chiedere – concludeva suo padre con perfetto senso logico.

– Non è giusto! – contrattaccava lei.

– Ci sono pochissime cose giuste nella vita, Marina. È ora che cominci ad abituarti.

– Questo lo dici tu! – concludeva lei, offesa a morte.

Tutto si complicò quando, tre giorni dopo, mia suocera si presentò a casa nostra con un preavviso di poche ore. Era al settimo cielo, entusiasta, esaltata e, quel che è peggio, sorprendentemente informata. Aveva avuto la pazienza di ritagliare, raccogliere e sottolineare tutti gli articoli usciti sui giornali e voleva discutere con me i punti che trovava poco chiari Ma questo fu solo l'inizio, perché da lì voleva arrivare per vie traverse a spiegarmi i gravi errori che, secondo lei, avevamo commesso.

– Come avete fatto a non rendervi conto che Bárbara Mistral andava alla Filmoteca solo per vedere il suo amante?

– Be', Elvira, le cose non sono sempre evidenti come sembra quando il mistero è ormai risolto. In primo luogo noi non potevamo collegare la Mistral con Darío Navarro. Non avevamo alcun sospetto su di lui, e neppure lei aveva fatto nulla che si potesse ritenere fuori dal normale. Era una donna preoccupata per il buon nome della sua agenzia, tutto qui.

Mia suocera annuì. Le si leggeva in faccia che la mia spiegazione non l'aveva soddisfatta. Continuò:

– Perché allora non vi è parso strano che Bárbara chiudesse la sua attività? Era evidente che voleva tagliare la corda.

– Adesso, visto che effettivamente ha provato a fuggire. Ma che chiudesse l'agenzia dopo uno scandalo di quella portata, e dopo che ormai tutti ne conoscevano l'esistenza, non era affatto impensabile.

– Ma...

– Elvira, credo che con questo possa bastare.

Lei mi guardò contrariata. Mi corressi, cercai di spiegare:

– Vedi, la prospettiva è molto diversa quando si è assillati dalle incognite di un'indagine complicata. Gli avvenimenti si sovrappongono, certi indizi possono rimanere in secondo piano rispetto a informazioni che a prima vista sembrano più importanti. Ma posso assicurarti che senza il tuo contributo questo caso non lo avremmo mai risolto. Quello che hai fatto tu è stato fondamentale, decisivo. Sei stata così brava che non potrei essere più orgogliosa di te.

Lei arrossì. Il suo corpo fu scosso da un brivido di emozione.

– Be', Petra, non credo sia stato nulla di straordinario.

– E invece sì, e per dimostrartelo – improvvisai, – voglio parlare con il nostro commissario, in modo che lui stesso ti porga i ringraziamenti che meriti a nome di tutto il corpo di polizia.

Questo fu troppo per lei. Mi saltò al collo e mi diede due baci ardenti sulle guance che mi inondarono di imbarazzo e di profumo francese. Decisi che avrei davvero parlato con Coronas. In quel momento di euforia non mi avrebbe rifiutato un piccolo favore. Speravo solo che mia suocera non gli spiegasse nei particolari quanto fossero deliziosi quei camerieri col turbante del resort sul mare.

Epilogo

Ci fu un pranzo per festeggiare la chiusura delle indagini. Lo scenario fu un buon ristorante di El Borne. I commensali, rigorosamente noi tre: Fraile, Garzón ed io. Non doveva essere un momento ufficiale, e non volevamo nessun altro oltre a noi. Il patto era che non si facesse parola di nessun aspetto sgradevole o luttuoso del nostro lavoro comune. Per dimenticare la sofferenza, condizione indispensabile per la felicità.

Eravamo di ottimo umore. Ordinammo i nostri piatti preferiti e i migliori vini per accompagnarli. Il vice-ispettore dimenticò senza problemi la sua dieta anticolesterolo. Quel pomeriggio non dovevamo rientrare al lavoro, eravamo liberi e leggeri come ragazzi. Ci furono battute e frecciatine per tutti, di quelle che si scambiano solo fra veri amici. Garzón fu abbondantemente preso in giro per essere una buona forchetta e naturalmente fu ricordato il mitico picnic sulla mia scrivania.

– Coronas, poveraccio, c'è rimasto di sale – dissi. – Di certo in tutti i suoi anni di carriera non aveva mai visto niente di simile.

– Ci credo – commentò il viceispettore. – Però comodo per lui tenerci a lavorare tutta la notte senza neanche un kit di sopravvivenza.

– Solo che nel kit che ha portato lei mancava solo il cameriere col farfallino – rise Fraile.

– Ma no, cosa dite! Quattro cosucce indispensabili per la nostra ispirazione.

– E le coperte? – chiesi.

– Peccato che alla fine non le abbiamo usate! Un sonnellino di mezzanotte non ci avrebbe fatto male.

Ridemmo di cuore, e poi toccò a me subire l'ironia dei miei colleghi.

– La cosa migliore di queste indagini – cominciò Fraile, – è che mi hanno permesso di conoscere a fondo l'ispettore Petra Delicado.

– Ah, sì? – chiesi in tono di burla. – E a quale conclusione è arrivato?

– Ho capito che di lei non ci si può mai fidare. Sembra una signora tranquilla, controllata, direi quasi fredda, e poi di colpo diventa una furia, un ciclone, una forza della natura.

– Io? – chiesi, fingendomi incredula. – Ma se sono una delle persone più emotivamente stabili di questa città, anzi, di questo paese.

– Eh, le palle! – replicò Garzón. – Vada a raccontarlo al povero Torres, che se la faceva sotto ogni volta che la vedeva.

– Avevamo deciso di parlare solo di cose piacevoli – ricordai, nel caso se ne fossero dimenticati.

– È vero, e poi nemmeno io posso considerarmi un esempio di correttezza negli interrogatori – ammise Roberto.

– Chissà come mai – disse Garzón, – io che sono il più vecchio e il più rozzo fra tutti e tre, sono stato l'unico ad attenermi ai regolamenti. Voi due, con le vostre lauree, l'accademia di polizia e tutto il resto, gli interrogati a momenti ve li mangiavate vivi. Meno male che non eravate a stomaco vuoto.

Protestammo rumorosamente senza riuscire a non ridere. Ma Garzón ormai era lanciato e continuò:

– E anche lei, Roberto, prima si fa vedere in un modo e poi viene fuori che è tutt'altro. Quando è arrivato si nutriva di spazzatura impacchettata, e adesso che ha conosciuto noi ha cominciato a mangiare come si deve. Per non parlare del suo rapporto con gli alcolici...

– Sì, la vostra influenza è stata molto educativa, devo ammetterlo. Tutti i vizi me li avete insegnati voi.

Nuove risate, nuove proteste... Di colpo il nostro collega dei Mossos divenne serio.

– Lo so che non è il momento per dire una cosa seria, ma ci tengo a farlo. Questo pranzo è un festeggiamento, ma è anche un addio, non è vero?

Annuimmo, senza sapere dove volesse arrivare.

– Bene, devo riconoscere che quando vi ho conosciuti mi siete sembrati una coppia, come posso dire? un po' bizzarra. Non è stato facile per me abituarmi ai vostri scherzi, alla vostra ironia, alla vostra tendenza a prendervi gioco di tutto e di tutti. Quel teatrino che ogni volta inscenate fra di voi come se non contasse nient'altro al mondo... Non so, trovavo che eravate un po' troppo sopra le righe, che sarebbe stato difficile lavorare con voi.

Ci scappava da ridere ma non volevamo interromperlo.

– Ora conoscete la mia situazione familiare per nulla facile. Ma lavorare con voi mi ha aiutato molto anche in questo e voglio che lo sappiate. Ho capito quanto sono importanti i momenti di semplice distensione: un buon pasto, due risate, un caffè. Ho scoperto che essere seri non significa per forza essere tristi e che la tragedia può buttarti a terra solo quando ti prendi troppo sul serio. Vi ringrazio, di cuore.

Garzón aveva gli occhi velati dalla commozione. Io ero confusa, non sapevo cosa dire. Stavo alzando il bicchiere per brindare quando sentii Fraile che continuava:

– Ma non ho ancora finito! Non pensiate che per me sia stato tutto rose e fiori, con voi. Devo ammettere che qualcosa di negativo c'è stato. Ed è che... che mi avete proprio rotto le scatole con questa storia che bisogna sempre darsi del lei. È assurdo che in pieno ventunesimo secolo voi continuiate con questo antico costume borbonico! Non ci posso credere!

Scoppiammo in sincere risate. Garzón lo assecondò:

– Hai ragione, ragazzo. Ti togliamo il lei, se sei più contento, cazzo.

– Un po' di rispetto, Garzón! – gridai divertita.

Uscimmo nel sole tiepido del pomeriggio. Era venuto l'inevitabile momento di lasciarci. Il viceispettore posò una mano sul braccio di Roberto:

– Ci vai questo sabato a trovare tua moglie? – gli chiese.

Fraile rimase interdetto, ci mise un attimo a rispondere.

– Sì, certo. Ci andrò di mattina.

– Ti spiace se vengo con te? Le ho comprato una cosa che credo le piacerà: una collezione di figurine dei calciatori. È completa. Deve solo attaccarle all'album. Così vede che faccia ha il centravanti del Betis, in che anno il Sevilla ha vinto il campionato. Tutte cose che piacciono a noi patiti del calcio. Ho pensato che possa aiutarla a passare il tempo.

L'ispettore dei Mossos era rimasto a bocca aperta, senza parole. Alla fine disse, sforzandosi di suonare naturale:

– Ma certo che puoi venire, Fermín, sarà un piacere. Mia moglie ne sarà felicissima. Nessuno ha mai avuto un'idea del genere. Ti chiamo venerdì per metterci d'accordo.

Si scambiarono un abbraccio molto virile con furibonde pacche sulle spalle. Poi toccò a me congedarmi:

– Roberto, io non verrò con voi. Non sono brava in queste cose, non so mai che dire. Mi agito, mi intristisco, e alla fine peggioro tutto. Spero che tu capisca, che non ti arrabbi con me.

Lui sorrise, mi prese i polsi con le mani e disse ridendo:

– La grande Petra Delicado. Come potrei arrabbiarmi con te? Saresti capace di tirarmi un ceffone!

– Peggio, pagherebbe un sicario per liquidarti – si inserì Garzón.

Fraile mi diede un paio di sonori baci sulle guance e aggiunse:

– Ciascuno è fatto a modo suo. Tutti dovremmo avere più tempo e voglia di conoscere gli altri. C'è sempre da guadagnarci.

– Verrai a trovarci ogni tanto? – gli chiesi.

– Ma certo! E ci faremo una sana abbuffata alla Jarra de Oro.

Fece un gesto d'addio con la mano e si avviò verso la macchina.

– Non verrà – dissi al viceispettore, che era rimasto accanto a me.

– Mi dispiace, perché è un bravo figliolo. Sarebbe bello che passasse alla Policía Nacional, così ogni tanto ci rivedremmo.

– Non lo farà. E la sa una cosa? Continuerà a mangiare schifezze seduto alla scrivania. Lo ha detto: ciascuno è fatto a modo suo. Le esperienze condivise servono per conoscere gli altri, non per cambiare.

Ci incamminammo anche noi lentamente. Di colpo Garzón si ricordò di una cosa:

– E sua suocera? Coronas alla fine l'ha ricevuta?

– Non me ne parli! Sì che l'ha ricevuta, le ha espresso ufficialmente i suoi ringraziamenti e le ha regalato uno di quei fermacarte spaventosi con cui omaggiamo i visitatori di riguardo. Si sono piaciuti da morire. Se devo dirla tutta, solo il fatto che il commissario sia un uomo sposato ci ha salvati da un imbarazzante fidanzamento.

Il viceispettore rideva di gusto sotto i baffoni.

– La porto a casa.

– No. Preferisco camminare.

– È sicura?

– Guarderò un po' di vetrine.

Lo vidi aprire lo sportello e incastrare dietro il volante il suo considerevole stomaco. Non si voltò per salutare, la sua mente era già da un'altra parte. Per me sarebbe stato molto più difficile dimenticarmi di quel caso. Sarebbero passati giorni, forse mesi, prima che riuscissi a dissipare i miasmi di quell'imbroglio mostruoso e miserabile. Non era facile dimenticare quel caro assassino che poi erano diventati due. E neanche l'ometto che assassino non era ma collezionava donne come cartoline.

Camminai lentamente per le strade. Respirai, sospirai. Chiunque mi avesse visto poteva prendermi per una delle tante donne sole che popolano la città senza che nessuno si accorga mai di loro.

19 giugno 2017

Indice

Mio caro serial killer

1	9
2	37
3	62
4	82
5	102
6	126
7	159
8	190
9	215
10	241
11	251
12	266
13	287
14	303
15	323
16	351
17	369
18	374

19	399
20	419
21	441
22	459
Epilogo	465

Questo volume è stato stampato
su carta Palatina
delle Cartiere di Fabriano
nel mese di aprile 2018
presso la Leva srl - Milano
e confezionato
presso IGF s.p.a. - Aldeno (TN)

La memoria

Ultimi volumi pubblicati

901 Colin Dexter. Niente vacanze per l'ispettore Morse
902 Francesco M. Cataluccio. L'ambaradan delle quisquiglie
903 Giuseppe Barbera. Conca d'oro
904 Andrea Camilleri. Una voce di notte
905 Giuseppe Scaraffia. I piaceri dei grandi
906 Sergio Valzania. La Bolla d'oro
907 Héctor Abad Faciolince. Trattato di culinaria per donne tristi
908 Mario Giorgianni. La forma della sorte
909 Marco Malvaldi. Milioni di milioni
910 Bill James. Il mattatore
911 Esmahan Aykol, Andrea Camilleri, Gian Mauro Costa, Marco Malvaldi, Antonio Manzini, Francesco Recami. Capodanno in giallo
912 Alicia Giménez-Bartlett. Gli onori di casa
913 Giuseppe Tornatore. La migliore offerta
914 Vincenzo Consolo. Esercizi di cronaca
915 Stanisław Lem. Solaris
916 Antonio Manzini. Pista nera
917 Xiao Bai. Intrigo a Shanghai
918 Ben Pastor. Il cielo di stagno
919 Andrea Camilleri. La rivoluzione della luna
920 Colin Dexter. L'ispettore Morse e le morti di Jericho
921 Paolo Di Stefano. Giallo d'Avola
922 Francesco M. Cataluccio. La memoria degli Uffizi
923 Alan Bradley. Aringhe rosse senza mostarda
924 Davide Enia. maggio '43
925 Andrea Molesini. La primavera del lupo
926 Eugenio Baroncelli. Pagine bianche. 55 libri che non ho scritto
927 Roberto Mazzucco. I sicari di Trastevere
928 Ignazio Buttitta. La peddi nova
929 Andrea Camilleri. Un covo di vipere
930 Lawrence Block. Un'altra notte a Brooklyn
931 Francesco Recami. Il segreto di Angela
932 Andrea Camilleri, Gian Mauro Costa, Alicia Giménez-Bartlett, Marco Malvaldi, Antonio Manzini, Francesco Recami. Ferragosto in giallo
933 Alicia Giménez-Bartlett. Segreta Penelope
934 Bill James. Tip Top
935 Davide Camarrone. L'ultima indagine del Commissario
936 Storie della Resistenza
937 John Glassco. Memorie di Montparnasse
938 Marco Malvaldi. Argento vivo
939 Andrea Camilleri. La banda Sacco

940 Ben Pastor. Luna bugiarda
941 Santo Piazzese. Blues di mezz'autunno
942 Alan Bradley. Il Natale di Flavia de Luce
943 Margaret Doody. Aristotele nel regno di Alessandro
944 Maurizio de Giovanni, Alicia Giménez-Bartlett, Bill James, Marco Malvaldi, Antonio Manzini, Francesco Recami. Regalo di Natale
945 Anthony Trollope. Orley Farm
946 Adriano Sofri. Machiavelli, Tupac e la Principessa
947 Antonio Manzini. La costola di Adamo
948 Lorenza Mazzetti. Diario londinese
949 Gian Mauro Costa, Alicia Giménez-Bartlett, Marco Malvaldi, Antonio Manzini, Francesco Recami. Carnevale in giallo
950 Marco Steiner. Il corvo di pietra
951 Colin Dexter. Il mistero del terzo miglio
952 Jennifer Worth. Chiamate la levatrice
953 Andrea Camilleri. Inseguendo un'ombra
954 Nicola Fantini, Laura Pariani. Nostra Signora degli scorpioni
955 Davide Camarrone. Lampaduza
956 José Roman. Chez Maxim's. Ricordi di un fattorino
957 Luciano Canfora. 1914
958 Alessandro Robecchi. Questa non è una canzone d'amore
959 Gian Mauro Costa. L'ultima scommessa
960 Giorgio Fontana. Morte di un uomo felice
961 Andrea Molesini. Presagio
962 La partita di pallone. Storie di calcio
963 Andrea Camilleri. La piramide di fango
964 Beda Romano. Il ragazzo di Erfurt
965 Anthony Trollope. Il Primo Ministro
966 Francesco Recami. Il caso Kakoiannis-Sforza
967 Alan Bradley. A spasso tra le tombe
968 Claudio Coletta. Amstel blues
969 Alicia Giménez-Bartlett, Marco Malvaldi, Antonio Manzini, Francesco Recami, Alessandro Robecchi, Gaetano Savatteri. Vacanze in giallo
970 Carlo Flamigni. La compagnia di Ramazzotto
971 Alicia Giménez-Bartlett. Dove nessuno ti troverà
972 Colin Dexter. Il segreto della camera 3
973 Adriano Sofri. Reagì Mauro Rostagno sorridendo
974 Augusto De Angelis. Il canotto insanguinato
975 Esmahan Aykol. Tango a Istanbul
976 Josefina Aldecoa. Storia di una maestra
977 Marco Malvaldi. Il telefono senza fili
978 Franco Lorenzoni. I bambini pensano grande
979 Eugenio Baroncelli. Gli incantevoli scarti. Cento romanzi di cento parole
980 Andrea Camilleri. Morte in mare aperto e altre indagini del giovane Montalbano
981 Ben Pastor. La strada per Itaca
982 Esmahan Aykol, Alan Bradley, Gian Mauro Costa, Maurizio de Giovanni, Nicola Fantini e Laura Pariani, Alicia Giménez-Bartlett, Francesco Recami. La scuola in giallo
983 Antonio Manzini. Non è stagione
984 Antoine de Saint-Exupéry. Il Piccolo Principe
985 Martin Suter. Allmen e le dalie
986 Piero Violante. Swinging Palermo
987 Marco Balzano, Francesco M. Cataluccio, Neige De Benedetti, Paolo Di Stefano, Giorgio Fontana, Helena Janeczek. Milano
988 Colin Dexter. La fanciulla è morta
989 Manuel Vázquez Montalbán. Galíndez
990 Federico Maria Sardelli. L'affare Vivaldi

991 Alessandro Robecchi. Dove sei stanotte
992 Nicola Fantini e Laura Pariani, Marco Malvaldi, Dominique Manotti, Antonio Manzini, Francesco Recami, Gaetano Savatteri. La crisi in giallo
993 Jennifer Worth. Tra le vite di Londra
994 Hai voluto la bicicletta. Il piacere della fatica
995 Alan Bradley. Un segreto per Flavia de Luce
996 Giampaolo Simi. Cosa resta di noi
997 Alessandro Barbero. Il divano di Istanbul
998 Scott Spencer. Un amore senza fine
999 Antonio Tabucchi. L'automobile, la nostalgia e l'infinito
1000 La memoria di Elvira
1001 Andrea Camilleri. La giostra degli scambi
1002 Enrico Deaglio. Storia vera e terribile tra Sicilia e America
1003 Francesco Recami. L'uomo con la valigia
1004 Fabio Stassi. Fumisteria
1005 Alicia Giménez-Bartlett, Marco Malvaldi, Antonio Manzini, Santo Piazzese, Francesco Recami, Gaetano Savatteri. Turisti in giallo
1006 Bill James. Un taglio radicale
1007 Alexander Langer. Il viaggiatore leggero. Scritti 1961-1995
1008 Antonio Manzini. Era di maggio
1009 Alicia Giménez-Bartlett. Sei casi per Petra Delicado
1010 Ben Pastor. Kaputt Mundi
1011 Nino Vetri. Il Michelangelo
1012 Andrea Camilleri. Le vichinghe volanti e altre storie d'amore a Vigàta
1013 Elvio Fassone. Fine pena: ora
1014 Dominique Manotti. Oro nero
1015 Marco Steiner. Oltremare
1016 Marco Malvaldi. Buchi nella sabbia
1017 Pamela Lyndon Travers. Zia Sass
1018 Giosuè Calaciura, Gianni Di Gregorio, Antonio Manzini, Fabio Stassi, Giordano Tedoldi, Chiara Valerio. Storie dalla città eterna
1019 Giuseppe Tornatore. La corrispondenza
1020 Rudi Assuntino, Wlodek Goldkorn. Il guardiano. Marek Edelman racconta
1021 Antonio Manzini. Cinque indagini romane per Rocco Schiavone
1022 Lodovico Festa. La provvidenza rossa
1023 Giuseppe Scaraffia. Il demone della frivolezza
1024 Colin Dexter. Il gioiello che era nostro
1025 Alessandro Robecchi. Di rabbia e di vento
1026 Yasmina Khadra. L'attentato
1027 Maj Sjöwall, Tomas Ross. La donna che sembrava Greta Garbo
1028 Daria Galateria. L'etichetta alla corte di Versailles. Dizionario dei privilegi nell'età del Re Sole
1029 Marco Balzano. Il figlio del figlio
1030 Marco Malvaldi. La battaglia navale
1031 Fabio Stassi. La lettrice scomparsa
1032 Esmahan Aykol, Gian Mauro Costa, Alicia Giménez-Bartlett, Marco Malvaldi, Antonio Manzini, Francesco Recami, Gaetano Savatteri. Il calcio in giallo
1033 Sergej Dovlatov. Taccuini
1034 Andrea Camilleri. L'altro capo del filo
1035 Francesco Recami. Morte di un ex tappezziere
1036 Alan Bradley. Flavia de Luce e il delitto nel campo dei cetrioli
1037 Manuel Vázquez Montalbán. Io, Franco
1038 Antonio Manzini. 7-7-2007
1039 Luigi Natoli. I Beati Paoli
1040 Gaetano Savatteri. La fabbrica delle stelle
1041 Giorgio Fontana. Un solo paradiso
1042 Dominique Manotti. Il sentiero della speranza

1043 Marco Malvaldi. Sei casi al BarLume
1044 Ben Pastor. I piccoli fuochi
1045 Luciano Canfora. 1956. L'anno spartiacque
1046 Andrea Camilleri. La cappella di famiglia e altre storie di Vigàta
1047 Nicola Fantini, Laura Pariani. Che Guevara aveva un gallo
1048 Colin Dexter. La strada nel bosco
1049 Claudio Coletta. Il manoscritto di Dante
1050 Giosuè Calaciura, Andrea Camilleri, Francesco M. Cataluccio, Alicia Giménez-Bartlett, Antonio Manzini, Francesco Recami, Fabio Stassi. Storie di Natale
1051 Alessandro Robecchi. Torto marcio
1052 Bill James. Uccidimi
1053 Alan Bradley. La morte non è cosa per ragazzine
1054 Emile Zola. Il denaro
1055 Andrea Camilleri. La mossa del cavallo
1056 Francesco Recami. Commedia nera n. 1
1057 Marco Consentino, Domenico Dodaro, Luigi Panella. I fantasmi dell'Impero
1058 Dominique Manotti. Le mani su Parigi
1059 Antonio Manzini. La giostra dei criceti
1060 Gaetano Savatteri. La congiura dei loquaci
1061 Sergio Valzania. Sparta e Atene. Il racconto di una guerra
1062 Heinz Rein. Berlino. Ultimo atto
1063 Honoré de Balzac. Albert Savarus
1064 Alicia Giménez-Bartlett, Marco Malvaldi, Antonio Manzini, Francesco Recami, Alessandro Robecchi, Gaetano Savatteri. Viaggiare in giallo
1065 Fabio Stassi. Angelica e le comete
1066 Andrea Camilleri. La rete di protezione
1067 Ben Pastor. Il morto in piazza
1068 Luigi Natoli. Coriolano della Floresta
1069 Francesco Recami. Sei storie della casa di ringhiera
1070 Giampaolo Simi. La ragazza sbagliata
1071 Alessandro Barbero. Federico il Grande
1072 Colin Dexter. Le figlie di Caino
1073 Antonio Manzini. Pulvis et umbra
1074 Jennifer Worth. Le ultime levatrici dell'East End
1075 Tiberio Mitri. La botta in testa
1076 Francesco Recami. L'errore di Platini
1077 Marco Malvaldi. Negli occhi di chi guarda
1078 Pietro Grossi. Pugni
1079 Edgardo Franzosini. Il mangiatore di carta. Alcuni anni della vita di Johann Ernst Biren
1080 Alan Bradley. Flavia de Luce e il cadavere nel camino
1081 Anthony Trollope. Potete perdonarla?
1082 Andrea Camilleri. Un mese con Montalbano
1083 Emilio Isgrò. Autocurriculum
1084 Cyril Hare. Un delitto inglese
1085 Simonetta Agnello Hornby, Esmahan Aykol, Andrea Camilleri, Gian Mauro Costa, Alicia Giménez-Bartlett, Marco Malvaldi, Antonio Manzini, Santo Piazzese, Francesco Recami, Alessandro Robecchi, Gaetano Savatteri, Fabio Stassi. Un anno in giallo
1086 Alessandro Robecchi. Follia maggiore
1087 S. N. Behrman. Duveen. Il re degli antiquari
1088 Andrea Camilleri. La scomparsa di Patò
1089 Gian Mauro Costa. Stella o croce
1090 Adriano Sofri. Una variazione di Kafka
1091 Giuseppe Tornatore, Massimo De Rita. Leningrado